2023年国家社科基金西部项目：“唐代诗赋文体交互渗透研究”（编号：23XZW004）

文本/文心/文化

唐宋文学研究论稿

杨许波◎著

图书在版编目（CIP）数据

文本·文心·文化：唐宋文学研究论稿 / 杨许波著. 兰州：兰州大学出版社，2025. 5. -- ISBN 978-7-311-06920-9

Ⅰ. I206.4-53

中国国家版本馆 CIP 数据核字第 202589HX21 号

责任编辑 锁晓梅
封面设计 汪如祥

书　　名 文本·文心·文化：唐宋文学研究论稿
WENBEN·WENXIN·WENHUA：TANGSONG WENXUE YANJIU LUNGAO
作　　者 杨许波 著
出版发行 兰州大学出版社 （地址：兰州市天水南路222号 730000）
电　　话 0931-8912613（总编办公室） 0931-8617156（营销中心）
网　　址 http://press.lzu.edu.cn
电子信箱 press@lzu.edu.cn
印　　刷 甘肃发展印刷公司
开　　本 880 mm×1230 mm 1/32
成品尺寸 148 mm×210 mm
印　　张 10.875
字　　数 270千
版　　次 2025年5月第1版
印　　次 2025年5月第1次印刷
书　　号 ISBN 978-7-311-06920-9
定　　价 38.00元

序言

整理这部书稿之时，脑海中自然而然地开始回想起我与唐宋文学研究结缘的点点滴滴。

小时候家里没什么课外书籍，我的文学启蒙读物是外公在村子里所开的租书铺中的金庸武侠小说。金庸先生武侠小说中儒释道、琴棋书画、诗词歌赋等内容无所不有，读起来如痴如醉的我，开始对中国古代文学与传统文化产生了浓厚的兴趣。之后，高中文理科分班时我毫不犹豫地选择了文科，高考报志愿时又顺理成章选择了兰州大学文学院，推免读研时选择了中国古代文学专业。

而之所以选择唐宋文学方向，一方面是出于对唐诗宋词的喜爱，一方面是受恩师庆振轩先生影响。2003年9月，庆老师为我们2001级汉语言文学专业开设宋元文学史课程，这门课很自然地成为我最用心去听的课程，九十八分是我大学四年最高的分数，现在所保留的最早的一篇古代文学研究的论文就是这门课的课程作业《李清照词中的时间词与季节词》。现在回看这篇论文，自然稚嫩无比，但毕竟是第一篇通过阅读词集，形成观点，并搜集材料进行论证，从而形成的论文，也代表了我之后研究的大致路向：从文本出发去探索文心。2005年9月，我开始跟随庆老师攻读唐宋文学方向硕士研究生，大量阅读唐宋文学的原始典籍与研究论著，并以北宋文人苏舜钦为研究对象撰写了学位论文《苏舜钦诗歌研究》，公开发表了第一篇学术论文《苏舜钦研究综述》，正式走上了唐宋文学研究之路，后来在硕士论文基础上修改完善，又陆续发表了八篇苏舜钦研究论文。

2007年9月，我有幸进入南京大学文学院跟随恩师许结先生攻读中国古代文学博士学位。许老师是辞赋研究大家，而我之前于辞赋所知甚少，在老师的指导下，选择了一个辞赋与唐宋文学交叉的选题“汉赋影响唐诗”完成了博士学位论文，这也成为我致力较多的第二个研究方向。在此研究方向上我先后发表论文十篇，并于2023年获批国家社科基金西部项目：“唐代诗赋文体交互渗透研究”。

2010年7月，我博士毕业回到母校任教，主要讲授魏晋隋唐文学史、魏晋隋唐文学作品选、中国古典诗词名篇赏析、诗词格律等课程，在阅读、教学、交流的过程中，发现问题就会撰写成文。后来开始带唐宋文学方向的硕士研究生之后，也会经常将自己的想法与同学们分享，并与感兴趣的同学合作撰写论文。南京大学著名文史学家程千帆先生曾言，“老师与学生的合作，这是一个很好的指导研究生的方法”，“与同学合作，有明确的结论，也有解决的方法，可是要同学亲自做一遍，这样对他们的发展比较快”。程千帆先生在培养学生方面的卓有成效素为学界所公认。虽不能至，心向往之。东施效颦，我也想通过与学生的合作，使学生的研究能力得到锻炼与提高。因此，除了将苏舜钦研究、诗赋文体交互渗透外，在与华若男、桂怀怀、任梦园、李欣宇、张夏薇等硕士生切磋琢磨的过程中，我在唐宋文学研究领域中开始了更多的尝试。

收在本书稿中的论文共十六篇，其中包括正文十四篇、附录二篇。正文十四篇可以大致分为三部分：第一部分为李杜研究。“李杜文章在，光焰万丈长”，作为唐代乃至中国古代诗歌史上最伟大的两位诗人，李白和杜甫文学作品丰富的内容与独特的魅力吸引着众多学者从不同的角度进行持续不断的研究。本部分共选录论文四篇，分别探讨了李白与杜甫诗歌中凤凰书写的不同，并考察了其中所蕴含的不同的文化渊源与意蕴；探讨了李白与刘长卿诗中“万”“千”使用的异同，并考察了其所反映的诗风由盛唐到大历诗风的转变；考察了杜甫大量运用汉赋词汇入诗的体现、原因与诗史意义；分析了杜甫雨诗的地域倾向、情感内涵、艺术技法与独特价值。第二部分为唐代文学研究，共收录论文五篇，其中二篇论文分别从模式书写、京都题材探讨了汉赋对唐诗的影响，一篇论文探讨了唐诗中“胡”的激增、新变及其所体现的文化碰撞与交融，一篇论文考察了唐诗对巫山神女的接受，一篇论文分析了唐代同题赋的题材分布与新变及其原因。第三部分为宋代文学研究，共收录论文五篇。二篇为苏舜钦研究，分别探讨了其交游与对杜甫诗歌的学习；二篇为吕祖谦《宋文鉴》研究，分别探讨了其选录北宋诗歌、辞赋的文学史意义；一篇探讨了宋词中的重阳节习俗。最后附录的两篇论文，是对兰州大学文学院唐宋文学研究方向前辈学人林家英、庆振轩两位先生学术研究的综述。兰州大学文学院中国古代文学专业有着悠久且优良的学术传统，其中唐宋文学历来为优势方向之一，这与两位先生的贡献密不可分。两位先生诲我至深，选录其综述于此，以示学术渊承，同时期望在继承基础上能有所发展。

林家英先生于我影响较大的是其融诗词创作于生活，是其赏析诗词时以善感之诗心，通过文本直达诗人心灵，灵犀一点，妙解诗心。庆振轩先生于我影响较大的是其将多年人生感悟与学术思考紧密结合，从古代经典中不断汲取人生智慧，是其将文学置于大的文化背景中，不断开辟新的研究领域。受两位先生影响，本书稿所收入的论文，都是从具体的文本出发，试图去探索文本背后的文心，去思考文本中所蕴含的文化意蕴。文本是基础，是出发点；文心是灵魂，是落脚点；文化是背景，是角度，是方法，很多时候也是研究的意义所在。将三者结合，才能在唐宋文学研究中开展一些有追求、有情怀、有新意的尝试。当然，“文本—文心—文化”三者的有机结合，我做得也还很不够。林家英先生即将90高龄，依然用诗词书写着生活，庆振轩先生说退休之后可以尽情随性地阅读与研究，我的唐宋文学研究之路也才刚刚开始。

本书稿中的部分论文曾在《南京大学学报》(哲学·人文科学·社会科学)、《福建师范大学学报》(哲学社会科学版)、《杜甫研究学刊》、《中国李白研究》等刊物上发表，因代表了不同时期的学术思考，收入本书稿时仅按出版社要求统一格式、核对引文、修改文字疏误，未做内容上的改动。书稿整理过程中，兰州大学文学院中国古代文学专业研究生陈凌霄、洪逸、曹济麟、李紫妍、胡亚楠、张雪垚六位同学参与了部分文稿的校对工作，在此一并表示感谢。

由于著者水平有限，本书难免存在疏误之处，敬请读者批评指正。

杨许波

2024年12月27日

目录

李杜研究

李杜诗歌中的凤凰书写及其文化渊源与意蕴*

李白和杜甫一直被视为中国古典诗歌史上最璀璨的两颗明珠，给中国古典诗坛增添了极为绚丽的色彩，但是在二人的诗歌创作中却表现出不同的政治追求和审美理想。究其根源，是二人在教育背景、思想倾向和审美理想上的差异，这也致使他们在诗歌创作过程中，会选择不同的诗歌意象来寄寓不同的理想与追求，但有时也会选择同一意象表现各自不同的审美情趣，在李杜的诗歌中，“凤凰”就是此类意象之一。关于李、杜诗歌中“凤凰”意象的单独研究，学界成果较多，但是将二人诗歌中“凤凰”意象进行比较的研究，

*本文系与兰州大学文学院中国古代文学专业2021级硕士研究生桂怀怀合撰，原载中国李白研究会、马鞍山李白研究所编《中国李白研究（2021）》，黄山书社，2023。

仅见于个别论文，尚未有系统性的研究成果。[①]事实上，在李、杜诗歌中，“凤凰”除了作为意象存在，还有着更丰富多样的书写，梳理其具体表现，同时分析文化渊源及包含的文化意蕴，对于诗歌史中凤凰意象的发展、文化史中凤凰符号的嬗变与李、杜诗歌研究都将有所裨益。

一、李杜诗凤凰书写的具体表现

凤凰作为一种神鸟，是中国传统文化的重要组成部分，有着极其深刻的文化意蕴和内涵。作为一种秉德祥瑞的图腾符号，凤凰在上古时期就成为中国先民顶礼膜拜的对象，代表着先民们对光明的向往。随着时间的推移，凤凰所蕴含的意蕴和内涵也在逐渐丰富。将目光聚焦到中国古典诗歌史上，就会发现它曾在众多文人笔下大放异彩，或有“非梧桐不止，非练实不食，非醴泉不饮”（《庄子·秋水》）[②]以喻高洁，或有“凤皇鸣高冈，有翼不好飞。安知凤皇德，贵其来见稀”（汉代古诗）[③]以述苦闷，或有“凤皇于飞，翙翙其羽，亦集爰止”（《诗经·卷阿》）[④]以象征爱情，这些都在

① 涉及李、杜诗歌中凤凰意象比较的论文有：高雨的《论李、杜诗歌中的“凤凰”》（《理论界》2008年第4期）主要论述了李、杜诗歌中的“凤凰”所体现的儒、道两种文化精神；何锋兵的《李、杜诗歌中“凤凰”意象之比较》（《古籍研究》2013年第1期）阐释了李、杜诗歌中“凤凰”意象的内蕴及其复杂性；刘燕的《论李、杜诗歌中的凤凰意象》（《名作欣赏》2018年第8期）则是从思想上论述李、杜诗歌中“凤凰”意象的内涵。

②〔清〕郭庆藩：《庄子集释》卷六下，王孝鱼点校，中华书局，1961，第605页。

③ 逯钦立：《先秦汉魏晋南北朝诗》，中华书局，1983，第340页。

④ 程俊英：《诗经译注》，上海古籍出版社，1985，第548页。

一定程度上丰富了凤凰意象的内涵。同样，“凤凰”也是李白和杜甫共同关注的对象，但他们在各自的“凤凰”书写上又存在着较多差异，主要表现在数量、表现手法以及意象构成方式三个方面。

首先，在表现数量上。李白的诗歌中经常可以看到自由翱翔、翩然腾跃的飞鸟，而“在这一鸟类王国中，出现频率最高的并非大鹏，而是凤鸟”①。翻检李白诗歌，我们发现与凤凰相关的诗歌有六十六首：从“凤”“凤凰”“鸾”“鸾凤”等字样来看，单“凤”字样的诗句最多，有十八处（另有“彩凤”“孤凤”各四处，“鸣凤”“凤吹”“凤笙”各三处，“群凤”“凤毛”“凤鳞”“凤曲”“凤驾”“凤阙”“凤池”各一处）；有“凤凰”字样的诗句十七处（另有“凤凰台”二处，“凤凰楼”“凤凰池”各一处）；单有“鸾”字样的诗句十五处（另有“青鸾”二处，“鸾车”三处，“鸳鸾”“鸾辇”“鸾笙”各一处）；“鸾凤”字样的诗句有八处。此外，还有“鹓”二处，“鹙鹭”和“鹍鸡”各一处。而在杜甫的诗歌中，正如冯至在《杜甫传》中所说：“杜甫，这个歌颂了人间与自然界许多壮美事物的诗人，生物中除却马和鹰外，在他的诗里占有重要位置的就要算想象中的凤凰了，不管作为直接歌咏的对象，或是作为对比，提到凤凰的地方不下六七十处。”②据统计，杜甫诗歌中与凤凰相关的诗有六十五首：其中与“凤”相关的有四十一处（单“凤”字样诗句有十八处，“朱凤”“铁凤”各二处，“归凤”“高凤”“威凤”“丹凤”“紫凤”“白凤”各一处，此外还有“凤池”“凤穴”“凤毛”各二处，“丹凤城”“凤城”“凤嘴”“凤辇”“凤林”“凤舆”

① 李浩：《李白诗文中的鸟类意象》，《文学遗产》1994年第3期。

② 冯至：《诗与遗产》，载《冯至全集》卷六，河北教育出版社，1999，第18页。

“凤声”各一处）；与“凤凰”相关的有十五处（其中“凤凰”十处，“凤凰池”“凤凰台”“凤凰山”“凤凰城”“凤凰村”各一处）；与“鸾”相关的有八处（其中“鸾”有三处，“鸾皇”二处，“紫鸾”“鸾舆”“鸾刀”各一处）；另外还有“鸾凤”三处，“鹍鸡”二处。通过以上统计，可以看到，二人书写凤凰的诗歌总量差不多，且大多数都是以“凤凰”作为诗歌意象，来寄寓诗人的政治理想和精神追求，但在如此丰富的书写凤凰的诗歌中，我们依然能够发现一些不同，主要表现为以下几个方面：一是作为专有名词，二人诗歌中都有“凤凰台”“凤凰楼”“凤凰池”等，而杜甫诗中还有“凤凰山”“凤凰城”等；二是作为诗歌意象，李白对凤凰的描写形式相对单调（“凤”“彩凤”“孤凤”“鸣凤”“凤凰”“鸾”“青鸾”等），而杜甫对凤凰的描写更加丰富，有“朱凤”“铁凤”“归凤”“高凤”“威凤”“丹凤”“紫凤”“白凤”“鸾皇”“紫鸾”等；三是作为修饰名词，杜甫也比李白丰富。通过简单的对比，可以发现相较于李白，杜甫对于“凤凰”的书写更加灵活，更加丰富，这也在一定程度上反映了杜甫诗歌中“凤凰”形象的多义性。

其次，在表现手法上。闻一多曾说：“歌谣中称鸟者，在歌者之心理，最初本只自视为鸟，非假鸟以为喻也。假鸟为喻，但为一种修词术；自视为鸟，则图腾意识之残余。”[①]凤凰作为鸟类的典型，李白更多的是通过比兴手法来给予凤凰诗人的情感。李白一方面以凤喻己，另一方面以凤喻他人，如“凤饥不啄粟，所食唯琅

① 闻一多：《诗经通义·周南》，载《闻一多全集》第二册，开明书店，1948，第107页。

玕。焉能与群鸡，刺蹙争一餐”（《古风五十九首》其四十）[①]中以“凤”自比而表现出对“群鸡”的鄙视与不屑，《登黄山凌歊台送族弟溧阳尉济充泛舟赴华阴》“鸾乃凤之族，翱翔紫云霓。文章辉五色，双在琼树栖。一朝各飞去，凤与鸾俱啼”[②]中的凤凰既是诗人自己，又是好友李济。以凤凰作为喻体，将凤凰的高洁品格嫁接到人的身上，也能够反映出李白倜傥不羁、卓立于世的高尚追求。与李白相比，杜甫也通过“凤凰”来喻己，闻一多有十分精辟的评价，他说：“子美第一次破口歌颂的，不是什么凡物，这‘七龄思即壮，开口咏凤凰’的小诗人，可以说，咏的便是他自己。”[③]但杜甫更多是以“凤凰”代表祥瑞，通过对凤凰的直接描写来寄托自己的政治理想。

最后，在意象构成上。李白善于将“凤凰”与其他意象进行组合，将自己的情感融入各类意象组合中。通过意象的组合，既能突出凤凰高洁的品质，又展现了诗人超凡脱俗、傲岸不屈、追求心身自由的个人形象。如“凤饥不啄粟，所食唯琅玕”（《古风五十九首》其四十）[④]、“叹息苍梧凤，分栖琼树枝”（《泾川送族弟錞》）[⑤]将“凤”与“粟”“苍梧”等意象组合，从凤凰的所食、所栖等方面表现了凤凰的与众不同；《赠郭季鹰》“耻将鸡并食，长与

①〔唐〕李白：《李太白全集》卷二，〔清〕王琦注，中华书局，1977，第138页。

②〔唐〕李白：《李太白全集》卷十八，第868页。

③ 闻一多：《唐诗杂论》，上海古籍出版社，1998，第135页。

④〔唐〕李白：《李太白全集》卷二，第138页。

⑤〔唐〕李白：《李太白全集》卷十八，第865页。

凤为群"[1]将"凤"与"鸡"这两种不同意义的意象进行对举，在强烈的反差中更加突出了凤的形象；《望鹦鹉洲怀祢衡》"鸷鹗啄孤凤，千春伤我情"[2]，清人李光地认为，"虽有才高识寡之言，然至目为孤凤，则操与祖皆鸷鹗之群耳"[3]，该诗为怀念祢衡而作，诗中的"孤凤"是指祢衡，同时也是诗人自比，而诗中"鸷鹗"与"孤凤"的组合，给我们传递出的是才华难以施展的悲叹。在杜甫笔下，凤凰不再像李白诗中所体现的那样，在强烈的反差中突出凤凰的个性，杜诗中经常将"凤凰"与"龙""长鲸""麒麟"等意象进行组合，如"威凤高其翔，长鲸吞九州"（《晦日寻崔戢李封》）[4]、"宫中每出归东省，会送夔龙集凤池"（《紫宸殿退朝口号》）[5]、"干戈格斗尚未已，凤凰麒麟安在哉？"（《又观打鱼》）[6]。"凤凰""龙""麒麟"都是上古时期的文化符号，代表了先民们对美好生活的希望，杜甫诗中龙与凤、麒麟意象的组合突出"凤凰"在杜诗中所特有的形象。

综上，李、杜二人虽然在描写凤凰的诗歌数量上差异不明显，但在具体的表现手法和意象构成上呈现出各自的特点，李白善于比兴，杜甫善于直接描写；李诗在意象组合上具有多样性，善于对举，杜诗则更倾向于同向意象的组合。这可能与二人的性格差异有

① 〔唐〕李白：《李太白全集》卷九，第500页。

② 〔唐〕李白：《李太白全集》卷二十二，第1044页。

③ 同上书，第1045页。

④ 〔清〕仇兆鳌：《杜诗详注》卷四，〔清〕仇兆鳌注，中华书局，1979，第298页。

⑤ 〔清〕仇兆鳌：《杜诗详注》卷六，第437页。

⑥ 〔清〕仇兆鳌：《杜诗详注》卷十一，第920页。

关，但进一步说，形成李白和杜甫的差异的根源应该是二人不同的审美理想和文化渊源。

二、《庄子》与《论语》：李杜诗凤凰书写不同的文化渊源

李白与杜甫诗歌中的凤凰书写之所以呈现出很多不同之处，很大一部分原因是其文化渊源不同，这也与二人思想有着密切的关系。

清人刘熙载《艺概》中有言："诗以出于《骚》者为正，以出于《庄》者为变。少陵纯乎《骚》，太白在《庄》《骚》间，东坡则出于《庄》者十之八九"，"太白诗以《庄》《骚》为大源"[①]。可见李白诗歌深受《庄子》的影响。王运熙认为，"李白作品的思想内容，接受了庄周许多影响"[②]，周勋初亦指出，"纵观李白一生，可知其受《庄子》的影响为大"[③]。可见李白在思想上和艺术上都受到《庄子》较大影响。如较多学者所认为的李白最钟情的"大鹏"意象，就是对庄子《逍遥游》中大鹏意象的肆意发挥，大鹏寄寓了李白纵横慷慨、不可一世的宏大抱负，李白则汲取了庄子宏阔的气魄、蔑视世俗的傲骨，把大鹏看作自己的化身，对大鹏倾注了极大的热情，赋予大鹏以自己独特的理想追求与卓尔不群的性格；而作为李白诗歌中出现频率最高的鸟类意象"凤凰"，同样源自《庄子》，"梧桐巢燕雀，枳棘栖鸳鸾"（《古风五十九首》其三十

---

① 〔清〕刘熙载：《艺概》卷二，上海古籍出版社，1978，第57页。

② 王运熙：《当代学者自选文库：王运熙卷》，安徽教育出版社，1998，第614页。

③ 周勋初：《李白评传》，南京大学出版社，2005，第164页。

九）[①]、“朝饮苍梧泉，夕栖碧海烟。宁知鸾凤意，远托椅桐前”（《赠饶阳张司户燧》）[②]中对凤凰的高洁品质的描写都来自《庄子·秋水篇》，“凤无琅玕实，何以赠远游”（《江夏送友人》）[③]出自《庄子》所载老子所说：“吾闻南方有鸟，其名为凤，所居积石千里，天为生食，其树名琼枝，高百仞，以璆琳、琅玕为实。”[④]李白是一位深受道家思想影响的诗人，作为道家代表人物的庄子，无论在思想上，还是在艺术创作上，对李白的影响尤为深刻，也正因如此，我们才能够在其诗中看到自由洒脱、追求高洁，如大鹏一样遨游天际，又像凤凰一样栖于碧梧枝上的诗人形象。

与李白诗歌中的“凤凰”形象深受《庄子》影响不同，作为儒家思想忠实践行者的杜甫，其诗歌中的“凤凰”形象，则主要受到以《论语》为代表的儒家思想的影响，主要体现为致君尧舜的政治理想和推己及人的仁爱精神。首先是致君尧舜的政治理想。孔子所追求的政治理想是一种理想化了的原始社会图景，“子曰：‘巍巍乎，舜禹之有天下也而不与焉！’”，“子曰：‘大哉尧之为君也！巍巍乎！唯天为大，唯尧则之。’”（《论语·泰伯》）[⑤]，“子曰：‘无为而治者其舜也与？夫何为哉？恭己正南面而已矣！’”（《论语·卫灵公》）[⑥]。由此我们可以看出，在孔子的心中，尧的社会

①〔唐〕李白：《李太白全集》卷二，第137页。

②〔唐〕李白：《李太白全集》卷九，第496页。

③〔唐〕李白：《李太白全集》卷十八，第855页。

④〔唐〕欧阳询：《艺文类聚》卷九十，汪绍楹校，上海古籍出版社，1982，第1558页。

⑤杨伯峻：《论语译注》，中华书局，2006，第96页。

⑥同上书，第182–183页。

井然有序，舜的社会和谐美满，他所向往的正是这样一个和谐、美满、道德高尚的社会。在儒家思想影响下成长起来的杜甫也是这样，“致君尧舜上，再使风俗淳”（《奉赠韦左丞丈二十二韵》）[①]，是他最高的政治理想，即使屡经磨难，他依然“许身一何愚，窃比稷与契”（《自京赴奉先县咏怀五百字》）[②]，依然“所重王者瑞，敢辞微命休。坐看彩翮长，举意八极周。自天衔瑞图，飞下十二楼。图以奉至尊，凤以垂鸿猷。再光中兴业，一洗苍生忧”（《凤凰台》）[③]。人生的苦难并不能改变他兼济苍生的宏愿，即使到了垂暮之年，还将“致君尧舜”的理想托付于友人，又显示出他对这份理想的珍视。杜甫对其政治理想的不懈追求，不正是为实现政治理想而惶惶奔走列国的孔子最忠实的追随者吗？其次是推己及人的仁爱精神。“仁”是儒家思想的核心，“子曰……夫仁者，己欲立而立人，己欲达而达人，能近取譬，可谓仁之方也已”（《论语·雍也》）[④]。杜甫的仁爱精神就是这样一种推己及人的精神。《朱凤行》是他最后一首咏凤诗，写于诗人逝世的前一年，此诗中诗人以凤凰自喻，为天下苍生的不幸而哀鸣，诗人“愿分竹实及蝼蚁”[⑤]，使天下苍生免于饥寒，这正是诗人仁爱之心的体现。杜甫一生中都在歌唱凤凰、赞美凤凰、追求凤凰，“凤凰”意象中所寄寓的“致君尧舜”的政治理想和仁爱思想，都烙有儒家传统文化深深的印痕。

---

①〔清〕仇兆鳌：《杜诗详注》卷一，第74页。

②〔清〕仇兆鳌：《杜诗详注》卷四，第264页。

③〔清〕仇兆鳌：《杜诗详注》卷八，第692页。

④ 杨伯峻：《论语译注》，第72页。

⑤〔清〕仇兆鳌：《杜诗详注》卷二十三，第2038页。

《礼记·礼运》有云："何谓四灵，麟、凤、龟、龙谓之四灵。"[①]麟与凤凰、龟、龙合称为中国古代神话中的"四灵"，作为古老中国重要的图腾与象征，它包含着中国传统文化深厚的底蕴和内涵。先秦时期，凤凰就出现在各种文献典籍中，传说凤鸟在舜和周文王时代都出现过，它的出现将象征着"圣王"的降世。《尚书·益稷》中也说："箫韶九成，凤皇来仪。"[②]"箫韶"为虞舜时的乐曲名，"箫韶九成"极言音乐和美，而"凤凰来仪"表示吉祥征兆，但此时凤凰只是一个象征性的概念，并没有实际的意象内涵。直到《论语》中，孔子才赋予凤凰真正的意蕴，"子曰：'凤鸟不至，河不出图，吾已矣夫'"（《论语·子罕》）[③]。三国何晏《论语集解》引孔安国注曰："圣人受命，则凤鸟至，河出图。今天无此瑞。吾已矣夫者，伤不得见也。河图，八卦是也。"[④]这里"凤鸟至，河图出"就代表两种祥瑞，孔子是感慨当时没有圣王，寄希望于有圣人出现，此后凤凰就被赋予了祥瑞的内涵，成为文人士大夫对理想向往与追慕的寄托，凤凰也就成了儒家文化中圣与德的化身。同样，凤凰也经常出现在道家文献中，而且所赋予的内涵又有不同。《庄子·秋水》曰："惠子相梁，庄子往见之……曰：'南方有鸟，其名为鹓鸰，子知之乎？夫鹓鸰，发于南海而飞于北海，非

---

①〔汉〕郑玄注，〔唐〕孔颖达疏：《礼记·礼运》卷二十二，载李学勤主编《十三经注疏本》，北京大学出版社，1999，第702页。

②〔汉〕孔安国传，〔唐〕孔颖达疏：《尚书·益稷》卷五，载李学勤主编《十三经注疏本》，北京大学出版社，1999，第127页。

③ 杨伯峻：《论语译注》，第102页。

④ 程树德：《论语集释》，程俊英、蒋见元点校，中华书局，2013，第680页。

梧桐不止，非练实不食，非醴泉不饮。于是鸱得腐鼠，鹓鸰过之，仰而视之曰："吓!"今子欲以子之梁国而吓我邪?'"[①]根据郭象《庄子注》，"鹓鸰"即为鸾凤。在这篇短文中，庄子用了三个比喻，以鹓鸰喻己，以鸱喻惠子，把功名利禄比作腐鼠，表明自己鄙弃功名利禄的立场和志趣。在庄子这里，凤凰是贤才，是自由精神的象征，是高洁品格的体现，可见在道家体系中，凤凰又具有新的内涵和意蕴。由上可知，凤凰这一意象承载了中国传统文化中儒、道两种精神，而后世文人也在这两种精神中继续开拓与发展，李白和杜甫笔下的凤凰书写正是这两种精神文化的丰富体现。

三、贤才与祥瑞：李杜诗凤凰书写不同的文化意蕴

随着社会文化的发展，凤凰逐渐成为一种文化符号，或是文人高尚人格的自喻，或是贤能之人的代称，或是甜蜜爱情的象征，或是喜庆祥瑞的代表。如《诗经》中的《大雅·卷阿》篇，全诗共十章，前六章写作诗之缘由及赞美周王之美德，七至九章则以凤凰起兴，赞美贤臣明君之盛，就像高亨所说："是作者因凤凰出现，因而歌颂群臣拥护周王，有似百鸟朝凤。"[②]这里的凤凰就代表着祥瑞。而在《楚辞》中，凤凰又具有了不同的蕴涵，《离骚》有云："吾令凤鸟飞腾兮，继之以日夜。"王逸云："言我使凤鸟明智之士，飞行天下，以求同志，续以日夜，冀相逢遇也。"洪兴祖引《山海经》云："丹穴之山有鸟焉，其状如鸡，五彩而文，曰凤鸟。是鸟也，饮食则自歌自舞，见则天下大康宁。上言鸾皇，鸾，凤凰之佐；而皇，雌凤也。以喻贤人之同类者，故为命先戒百官。此云凤

①〔清〕郭庆藩：《庄子集释》卷六下，第605页。

② 高亨：《诗经今注》，上海古籍出版社，2008，第457–458页。

鸟，以喻贤人之全德者，故令飞腾，以求同志也。”[①]这里以凤凰象征贤人之士。此外还有“魂乎归来，凤凰翔只”[②]，以凤凰喻贤士，言楚多贤才，魂适合归来。由此可见，凤凰蕴含着多元的文化意蕴，历代文士也各取所需、各尽其意。李、杜二人由于其差异性，所以在“凤凰”的书写上也寄寓着不同的文化意蕴。

李白天性狂放，天才傲骨，立志要建大功，树伟业，《代寿山答孟少府移文书》一文中的“申管、晏之谈，谋帝王之术。奋其智能，愿为辅弼，使寰区大定，海县清一。事君之道成，荣亲之义毕，然后与陶朱、留侯，浮五湖，戏沧洲，不足为难矣”[③]，正是其政治抱负的体现。李白常以管仲、乐毅、诸葛亮的政治才能自许，他在自己的诗歌中也常以“大鹏”“凤凰”等意象自喻。李白诗中的凤凰形象，多是自由、高洁、脱俗的个体形象，是诗人所向往的贤才形象，这样的贤德之才有着精神的独立与高洁，乱时辅弼王室，顺时高退山林。李白自开元十二年（724年）秋离开蜀地，寻求发展，大约在开元二十年（732年）前后一入长安，最终求仕失败。之后他四处飘游，并与郭季鹰结识，以《赠郭季鹰》表达对其倾慕之情，诗中“耻将鸡并食，长与凤为群。一击九千仞，相期凌紫氛”[④]，以“鸡”比喻朝廷小人，在李白看来，与群鸡争食是可耻的，而应该始终与凤凰般高洁的人为群。这首诗一方面表现出诗人对与贤德之人交往的渴望，另一方面也能反映出他仍有很高的

①〔宋〕洪兴祖：《楚辞补注》卷一，白化文等点校，中华书局，1983，第29页。

②〔宋〕洪兴祖：《楚辞补注》卷十，第224页。

③〔唐〕李白：《李太白全集》卷二十六，第1225页。

④〔唐〕李白：《李太白全集》卷九，第500页。

抱负。天宝元年（742年），李白奉诏入朝，供奉翰林，但好景不长，屡遭排挤的他毅然决然地选择“还山”，其《古风五十九首》其四十即写于离京之时，诗中写道：“凤饥不啄粟，所食唯琅玕。焉能与群鸡，刺蹙争一餐”。[①]诗人再一次以“群鸡”喻小人，而自己则是高洁的凤凰，他不贪虚职，看不惯朝廷中无才无德、靠阿谀奉承博取功名的小人，建功立业才是贤才的志向。此后他遍游金陵、扬州等地，也写下了传世名篇《登金陵凤凰台》《金陵凤凰台置酒》等诗作，其中的“借问往昔时，凤凰为谁来。凤凰去已久，正当今日回”[②]句有着深刻的寓意，“凤凰去已久”表明朝廷用人的失败，贤人在野，还称“野无遗贤”，“正当今日回”则表明诗人对贤才归来的呼唤，他希望德才之人能为朝廷所用，希望国运昌盛。往后诗人在其政治理想破灭后，依然希望能够“凤飞九千仞，五章备彩珍。衔书且虚归，空入周与秦”（《古风五十九首》其四）[③]。他腹有良策，胸怀理想，但朝廷并不重用他。这里“凤凰”依然具有贤才的意味。李白是个体意识极强的诗人，他笔下的凤凰正是追求不世之功的自我彰显，凤凰就是李白自己，他既要保持高洁的个体精神，又希冀自己的政治才能能够被朝廷赏识，能够实现其人生理想。诗歌中的凤凰意象，淋漓尽致地展现出李白一生的抱负。

杜甫奉守儒家思想，“致君尧舜上，再使风俗淳”是其一生的政治追求，而海晏河清、天下太平、人民安居是其所追求的政治理想。这不正与“凤鸟至，河图出”相一致吗？如前文所述，《论语》中的“凤鸟”代表了祥瑞，杜甫深受儒家思想影响，其诗歌中的

① 〔唐〕李白：《李太白全集》卷二，第138页。

② 〔唐〕李白：《李太白全集》卷二十，第944页。

③ 〔唐〕李白：《李太白全集》卷二，第94页。

"凤凰"在更多的时候也象征着祥瑞，这里的祥瑞就是君明臣贤、人民幸福、天下太平。这在《凤凰台》《朱凤行》二诗中有集中体现。《凤凰台》是杜甫由秦州赴同谷时所作，首八句为全诗的第一层，仇注曰："首咏凤凰台，伤凤去台空也。"[①]诗人以描写凤凰台自然之景和地理位置开篇，由眼前的凤凰台联想到周文王凤鸣岐山的典故，相传凤鸣于岐山，遂有天下太平，而今"西伯今寂寞，凤声亦悠悠"。诗人感叹凤声之不闻，盛世难在。在经历了安史之乱，饱尝流离之苦，目睹国困民穷之后，他非常希望再有瑞鸟出现，再迎盛世太平，但是面临"山峻路绝踪，石林气高浮"的凤凰山，诗人想到上有无母的幼凤，在饥寒中亟待照料。所以从"恐有无母雏"以下十二句，是诗的第二层。诗人甘愿用自己的心血来养活雏凤，因为在诗人的心中，凤凰预示着祥瑞，为了能使这国之祥瑞健康成长，诗人甘愿"我能剖心血，饮啄慰孤愁"。即使"微命休"，也无怨无悔。自"自天衔瑞图"以下，便是诗的第三层意思，长大了的凤凰衔来瑞图，并献给至尊之主，助他平乱，国泰民安，一洗苍生忧愁，光大中兴基业。杜甫甘愿以自己的性命来换取幼凤的性命，不仅因为它的幼小，更是因为凤凰是"王者瑞"，它能够给国家带来太平，给人民带来幸福，因此诗人愿意用自己的心血来哺育凤凰，用自己的生命换得国家之昌盛。另外一首《朱凤行》，"朱氏编在大历四年潭州作"，也就是诗人去世的前一年。朱鹤龄曰："刘祯诗：'凤凰集南岳，徘徊孤竹根。岂不长辛苦，羞与黄雀群。'公诗似取其意而反之。羞群黄雀者，凤采之高翔。下悯黄雀者，凤德之广覆也。所食竹实，愿分之以蝼蚁。"[②]诗人以朱凤自比，将自己

①〔清〕仇兆鳌：《杜诗详注》卷八，第691页。

②〔清〕仇兆鳌：《杜诗详注》卷二十三，第2038页。

所食的竹实分予蝼蚁，愿黎民百姓免于饥寒，拯救天下苍生。这里所体现出来的人间大爱的精神，恰是儒家仁爱思想的忠贞持守和秉承凤凰祥瑞之德的使命感和责任感。总体而言，杜甫从传统的凤凰意蕴那里得到启发，将凤凰所蕴含的祥瑞意蕴与“致君尧舜上”的政治理想相结合，再加上社会的动荡和诗人的经历，那种渴望君明臣贤、天下太平、人民幸福的情感就更加强烈，而这种情感也很好地借助凤凰意象表达了出来；同时，这也是杜甫凤凰书写的深刻内蕴。

李白思想深受庄子之熏陶，诗歌中的凤凰是其政治追求和人格精神的统一。他一生中最倾慕的就是管仲、鲁仲连、诸葛亮等人，这些人都是古之贤才，能够辅弼王室，而后功成身退，这正是他所希望的政治理想之路。表现在诗歌中，凤凰因其高洁的品质而为李白所用，寄托着他建功立业后功成身退的胸襟抱负。杜甫则希望天下安宁的理想能够实现，杜诗中的凤凰便更多凝聚着诗人希望国家昌盛、人民安居、王朝中兴的美好愿望，展示了诗人儒家济世仁爱的高尚品质。

作为一种传统的文学意象，凤凰有着丰富的意蕴。然而纵览中国诗歌史，在唐以前，还未曾有文士像李白和杜甫那样书写凤凰，他们诗歌中的凤凰，除了继承传统中的凤凰意蕴外，还扩展了凤凰的其他内涵，主要表现在凤凰意蕴的女性化与世俗化。吴艳荣曾对凤凰的性变历程进行了梳理，她认为凤凰在人格化后，最初是喻指男性，后至汉代，人们将凰分化出来喻指女性，经魏晋南北朝过渡，到唐代，“凤凰”女性化被大大放宽。①杜诗中就有凤凰喻女性的诗作，如“渥水出骐骥，昆山生凤凰”（《送大理封主簿五郎亲

① 吴艳荣：《论凤凰的“性变”》，《江汉论坛》2005年第5期。

事不合却赴通州主簿前阆州贤子余与主簿平章郑氏女子垂欲纳采郑氏伯父京书至女子已许他族亲事遂停》）[①]，仇兆鳌《杜诗详注》曰："骐骥，阆州子。凤凰，郑氏女。"[②]一般情况下，凤凰指女性时多指向皇后、公主等地位尊贵的女子，但是在杜诗中凤凰却指向一般女子，这也说明至少到唐代，凤凰所表达的内涵逐渐世俗化，再如"小妓金陵歌楚声，家僮丹砂学凤鸣"（《出妓金陵子呈卢六四首》其四）[③]中"凤鸣"逐渐成为普通人的一种乐趣。此外，李杜笔下的凤凰深刻地体现了盛唐时期的文人情怀。李白一方面希望自己能够像凤凰一样，来去自如，无所羁绊，正所谓"皎皎鸾凤姿，飘飘神仙气"（《赠瑕丘王少府》）[④]，展现出诗人追求自由精神的美好品格；另一方面，他又在凤凰身上寄寓着自己的政治理想，《悲歌行》中他所悲的是心中的孤寂，是怀才不遇的不平，更是曾经的盛世难再，因此他发出热切的呼喊，"凤凰去已久，正当今日回"[⑤]。他期盼唐王朝有一个贤明君王，有一群德才兼备的贤臣，圣君贤臣，和衷共济，使海晏河清，盛世再现。也正如李浩在《唐诗的美学阐释》中所说："凤凰暗示出李白崇高的使命感和责任心"，"寄托了李白呼唤圣贤治世的社会理想"[⑥]。而杜甫所咏的凤凰，蕴含着其仁爱的精神品格和强烈的社会理想，"凤凰也就代表着杜甫许身稷契，以天下为己任的使命感，民胞物与忠正爱人的仁

①〔清〕仇兆鳌：《杜诗详注》卷二十一，第1861页。

②同上。

③〔唐〕李白：《李太白全集》卷二十五，第1197页。

④〔唐〕李白：《李太白全集》卷九，第471页。

⑤〔唐〕李白：《李太白全集》卷七，第944页。

⑥李浩：《唐诗的美学阐释》，安徽大学出版社，2007，第265页。

者之怀，以及追求理想、百折不回的献身精神”[①]。这不正是中国古代文人士大夫所追求的“修齐治平”的人生理想吗？

总之，深受庄子的影响，李白笔下的凤凰更多的是诗人自我形象的展示，凤凰所表达的“贤才”内蕴，更是诗人想要建功立业，以实现其政治理想的体现。而对于奉儒守官的杜甫，他借凤凰的太平之瑞，实现国家的昌盛和人民的幸福，凤凰是杜甫济世理想和仁爱情怀的集中体现。凤凰既是一种文化符号，又是一种文学意象，由文化符号发展成为文学意象，凤凰所蕴含的意义也逐渐丰富起来。李白和杜甫作为中国古典诗歌史上凤凰书写的典型，一方面，体现着他们各自的人格追求和政治理想；另一方面，对凤凰所包含的文化意蕴进行了开拓与丰富，展现出凤凰作为文化象征符号的持久性和文学意象的深刻性。

① 王飞：《天狗与凤凰》，《杜甫研究学刊》1998第3期。

李白、刘长卿诗“万”“千”使用异同及其所反映的诗风转变*

林家英先生在《李白浪漫主义诗歌的主要特征》一文中认为，“夸张是浪漫主义诗歌的主要特征，严格地说是高度的夸张才是浪漫主义的主要特征”①。李白诗歌喜用高度的夸张，“万”“千”这种包含面广的大数字在其诗歌中出现频率较高，更是出现“白发三千丈”（《秋浦歌》）②、“与尔同销万古愁”（《将进酒》）③等脍炙人口的名句。大历诗人刘长卿诗歌中同样出现较多的“万”“千”，但呈现出的诗歌风格与气象却与李白迥然不同。学界目前尚无针对李白、刘长卿诗中“千”“万”进行个案以及比较研究的成果，仅在唐诗数字运用研究、李白夸张手法研究中零星地涉及一些

---

* 本文系与兰州大学文学院中国古代文学专业2022级硕士研究生李欣宇合撰。

① 林家英：《诗词散论》，甘肃人民出版社，2001，第61页。

②〔唐〕李白：《李太白全集》卷八，王琦注，中华书局，1977，第423页。

③〔唐〕李白：《李太白全集》卷三，第180页。

诗例。事实上，通过对李白与刘长卿诗歌“万”“千”使用情况进行考察，分析相同数字词语使用下诗歌呈现的不同，既可以看出两位诗人思想性格与诗歌特色的不同，同时还表现了唐代诗歌从盛唐到大历时期诗风的转变。

一、李白、刘长卿诗中的“万”“千”使用概况

现存李白诗歌中有二百〇一首共二百二十二句出现“万”字，出现频率较高的是“万里”五十六次，“万古”二十四次，“万壑”十五次，“万乘”十四次，“万人”十一次。[①]现存刘长卿诗歌中有一百二十二首共一百二十九句出现“万”字，出现频率较高的是“万里”七十三次，“万事”八次，“万古”六次，“万井”六次，“万家”五次。[②]

现存李白诗歌有一百七十八首共二百〇三句出现“千”字，千字组词频率较高的是“千里”四十一次，“千金（黄金）”二十一次，“千载”十四次，“千岁（年）”十一次。现存刘长卿诗歌中有一百〇二首共一百〇五句出现“千”字，出现频率较高的是“千里”三十三次，“千峰”十六次，“千载”十三次。

李白传世的作品有九百八十七首，刘长卿传世的诗歌作品则有五百一十八首。李白诗歌中出现的“万”字的诗作占比20.36%，出现的“千”字诗作占比18.03%。刘长卿诗歌中出现的“万”字的诗作占比23.55%，出现“千”字的诗作占比19.69%。李白最喜欢使用的“万”字词组分别是“万里、万古、万壑、万乘”，最喜欢使用的“千”字词组分别是“千里、千金（黄金）、千载、千岁

①〔唐〕李白：《李太白全集》。

②储仲君：《刘长卿诗编年笺注》，中华书局，1996。

（年）”。刘长卿最喜欢使用的“万”字词组分别是“万里、万事、万家、万古、万井”，最喜欢使用的“千”字词组分别是“千里、千峰、千载”。将上述词组进行数据统计，可以发现，在李白含“万”字诗句中，“万里”占比25.22%，“万古”占比10.81%，“万壑”占比6.75%，“万乘”占比6.3%三，“万人”占比4.95%；含“千”字诗句中，“千里”占比20.19%，“千金（黄金）”占比10.34%，“千载”占比6.98%，“千岁（年）”占比5.41%。在刘长卿含“万”字诗句中，“万里”占比56.58%，“万事”占比6.2%，“万古”占比4.65%，“万井”占比4.65%，“万家”占比3.87%；含“千”字诗句中，“千里”占比16.25%五，“千载”占比12.38%。

通过统计得出下面三个超出了我们日常阅读中的刻板印象的结论：第一，李白和刘长卿诗中“万”“千”使用频率大体相当，这为将李白和刘长卿含“万”“千”诗句比较分析提供可行性支撑。第二，李白和刘长卿“万”“千”词组中，使用频率最高的均为远距离词汇“万里”“千里”，“万里”使用频率上刘长卿大致是李白的两倍。第三，时间词汇“千岁（载）”李白和刘长卿使用频率大体一样，在“万古”的使用频率上李白则比刘长卿要多一倍。

由李白时代到刘长卿时代，诗风大致呈现由盛到衰的变化趋势，盛衰之间最明显的标志就是气象、诗境的宏大与局促。诗境是诗人由自身体验出发构造的艺术境界，人作为一种客观存在，生活在一定时间和空间中，所以对于时空的把握感知影响着诗人的艺术创造。本文将重点分析李白、刘长卿距离词汇“千里”“万里”和时间词汇“千载”“千岁”在诗句中的使用，比较二人不同的时空观念，进而观照诗风的转变。

二、阔大与渺小：李白、刘长卿诗歌“万”“千”形成的不同诗境

同是使用“千岁”“千载”这类时间词，李白和刘长卿在面对渺远广阔的时间长河，触发对永恒以及无限的思考后所形成的诗风迥然不同；同是使用“千里”“万里”这类空间词，李白的诗歌读来多奔放飞动、奇伟壮丽，刘长卿却更多的是深稳研炼、气骨顿衰。

“千”“万”这类数字经过“泛化”应用于词组中，其主要功能已经脱离了数字的实指，而具有了其引申的含义，常被用来形容距离之遥、范围之广（千里、万里）、时间之长（千岁、千载）。诗歌是中国文学作品中一种直接而强烈地表现时间意识与生命意识的形式，诗人是时空意识的思考、书写主体。诗歌作品承载着中国古代诗人的时空观，唐代诗人在创作中表现时间时喜用“千岁”“千载”这样的词汇，表现空间的时候喜欢用“千里”“万里”这样的词汇，“借以拉大时空的距离，扩大表现的领域，同时也提升诗境”[①]。李白和刘长卿在作品中都喜欢使用“千里”“万里”，但两者却形成了不同的诗境。“境”与“景”相通，“景”与“意”相连。诗人以情为统摄，按照表情达意的需求挑选、组合物象，由此影响着不同诗境的生成。

李白和刘长卿诗歌写作中偏爱的意象不同，造成了李白诗境的阔大与刘长卿诗境的收缩。李白诗歌中的“万里”常被用作描述自然景物，最常出现的是奔腾而去的黄河——“黄河西来决昆仑，咆

① 尚永亮：《唐诗艺术讲演录》，广西师范大学出版社，2008，第212页。

哮万里触龙门”（《公无渡河》）[①]和千回百折蜿蜒流淌的江水——“濯锦清江万里流，云帆龙舸下扬州”（《上皇西巡南京歌》其六）[②]，以及飒然而过的长风——“长风几万里，吹度玉门关”（《关山月》）[③]。李白诗歌中“万里”修饰的对象大多是河流、长风等意象。从属性上来说，水流、风都是自由自在的，同时是兼具力量的事物。滚滚而去的水流带着力量与美感，引发李白对于时间、生命、人事、功业等无限的遐想。而这些遐想中附着流水和长风的特色，读起来自然流动奔放、气势磅礴。刘长卿诗歌中的“万里”常被用作描述路途的遥远，“番禺万里路，远客片帆过”（《送张司直赴岭南谒张尚书》）[④]、“谁怜万里外，离别洞庭头”（《巡去岳阳却归鄂州使院留别郑洵侍御侍御先曾谪居此州》）[⑤]、“芳时万里客，乡路独归人”（《送王员外归朝》）[⑥]。诗歌中“千”“万”对数的夸张，“往往是和量连在一起的，实际得以强调和凸显的则是数量短语所修饰的描述对象某一方面的属性和特征”[⑦]。刘长卿诗中“万里”对于路途之远的强调，为诗歌蒙上了一层感伤的情调。刘长卿的一生曲折而复杂，出仕后不断被贬，让他常处于奔波的劳苦中，不断地经受与朋友短暂的相聚和长久的别离。所以“万里”一词在他笔下，不再是滔滔奔涌的流水，不再是滚滚向前的时

①〔唐〕李白：《李太白全集》卷三，第160页。

②〔唐〕李白：《李太白全集》卷八，第438页。

③〔唐〕李白：《李太白全集》卷四，第219页。

④ 储仲君：《刘长卿诗编年笺注》下册，第470页。

⑤ 储仲君：《刘长卿诗编年笺注》下册，第376页。

⑥ 储仲君：《刘长卿诗编年笺注》上册，第181页。

⑦ 段曹林：《唐诗语法修辞研究》，中国社会科学出版社，2021，第22页。

间，而是他对奔波劳苦的人生仕宦之路的切身体会。“万里”常与隐喻愁苦羁旅的物象搭配，或是猿声，如“万里猿啼断，孤村客暂依”（《北归次秋浦界清溪馆》）[①]、“孤舟百口渡，万里一猿声”（《按覆后归睦州，赠苗侍御》）[②]；或是孤舟，如“同作逐臣君更远，青山万里一孤舟”（《重送裴郎中贬吉州》）[③]、“万里闽中去渺然，孤舟水上入寒烟”（《送秦侍御外甥张篆之福州谒鲍大夫秦侍御与大夫有旧》）[④]；或是秋雁，如“万里通秋雁，千峰共夕阳”（《移使鄂州，次岘阳馆怀旧居》）[⑤]等隐喻愁苦羁旅的物象。正如刘长卿自己在诗中所写“猿啼万里客，鸟似五湖人”（《送侯侍御赴黔中充判官》）[⑥]，愁猿、飞鸟蕴含着颠沛流离生活的深刻情绪体验。

李白和刘长卿诗歌所选取的书写对象也常有不同。李白偏向选取仙人及代表功业追求的名人，刘长卿喜用悲情人物。李白诗歌中“千岁”“千载”或描写仙人的求仙，如“一朝向蓬海，千载空石室”（《望黄鹤楼》）[⑦]、“吾营紫河车，千载落风尘”（《古风五十九首》其四）[⑧]；或描写对李耳的怀念，如“独伤千载后，空余松柏林”（《谒老君庙》）[⑨]；或描写管仲和鲍叔牙，如“无令管与

---

① 储仲君：《刘长卿诗编年笺注》上册，第234页。

② 储仲君：《刘长卿诗编年笺注》下册，第405页。

③ 储仲君：《刘长卿诗编年笺注》上册，第185页。

④ 储仲君：《刘长卿诗编年笺注》下册，第452页。

⑤ 储仲君：《刘长卿诗编年笺注》下册，第329页。

⑥ 储仲君：《刘长卿诗编年笺注》下册，第513页。

⑦〔唐〕李白：《李太白全集》卷二十一，第992页。

⑧〔唐〕李白：《李太白全集》卷二，第94页。

⑨〔唐〕李白：《李太白全集》卷二十一，第976页。

鲍，千载独知名”（《读诸葛武侯传书怀赠长安崔少府叔封昆季》）[①]，隐含自己对功名的追求。刘长卿偏爱悲情人物，如“文姬留此曲，千载一知音”（《鄂渚听杜别驾弹胡琴》）[②]中的蔡文姬，“婵娟湘江月，千载空蛾眉”（《湘妃》）[③]中的湘妃，“西子不可见，千载无重还”（《观李凑所画美人障子》）[④]中的西施。作者选用不同的对象丰富诗歌创作是主观作用的结果。对于时间倏忽、功业难成的困境，李白一方面发出“力尽功不赡，千载为悲辛”（《古风五十九首》其四十八）[⑤]的感叹，来含蓄委婉讽刺现实；一方面宽慰自己“且乐生前一杯酒，何须身后千载名”（《行路难三首》其三）[⑥]，表达超脱淡然的情怀。刘长卿则是在千年的漫长时空中，感慨世事多变，好景不长，如其巡部至零陵时所作《湘妃》一诗，唐汝询《唐诗解》评曰：“遗迹既泯，独江上之月，犹得想见其蛾眉耳。”[⑦]同为江月，在初唐张若虚《春江花月夜》中蕴含了宇宙人生哲理，而在刘长卿诗歌中弥漫更多的是人事变迁的伤感。

李白和刘长卿诗歌写作的知觉空间有所不同，李白对空间的感知指向外在宏大的向度，刘长卿指向内在幽微的向度。大字面的使用按理说会赋予诗歌超迈的想象色彩，拓展诗歌意境和扩大读者的

① 〔唐〕李白：《李太白全集》卷八，第483页。
② 储仲君：《刘长卿诗编年笺注》下册，第351页。
③ 储仲君：《刘长卿诗编年笺注》下册，第341页。
④ 储仲君：《刘长卿诗编年笺注》上册，第82页。
⑤ 〔唐〕李白：《李太白全集》卷二，第145页。
⑥ 〔唐〕李白：《李太白全集》卷三，第192页。
⑦ 储仲君：《刘长卿诗编年笺注》下册，第341页。

感受空间。如李白“玉京迢迢几千里，凤笙去去无穷已”（《凤吹笙曲》）[1]即将读者置于一个宏大的空间，感受历史的变迁，把握情感的流淌，“千里一回首，万里一长歌”（《书情题蔡舍人雄》）[2]中的情感由于空间的扩大也变得更加绵长。李白是盛唐诗人的典型代表，其诗歌往往一笔宕开，目光投向远方，自然而然地将情境延伸到想象的空间，最后停留在想象的世界，让读者自行品味遨游。刘长卿的诗歌虽然也使用了非常多的“千里”“万里”，但是他往往落于实在的现实体验中，如“千里杳难望，一身当独游”（《杪秋洞庭中，怀亡道士谢太虚》）[3]、“客心暮千里，回首烟花繁”（《旅次丹阳郡，遇康侍御宣慰召募，兼别岑单父》）[4]。蒋寅形容大历诗人是“时间上既不回溯历史也不设想未来，没有跳跃与巨大的跨度；空间上具体可视，不超出感官可及的限度”[5]。李白遨游于想象的海洋，刘长卿则徘徊在心灵的园地，所以尽管使用相同的“千里”“万里”，但最后形成了不一样的阅读感受。

李白和刘长卿在诗中同是使用拉大时空距离的“千里”“万里”“千岁”“千载”，但是却形成两种截然相反的诗境。李白的相关诗句读来宏大豪放，刘长卿的相关诗句则幽微内敛。诗境的形成与诗人写作时选取的意象、偏爱的书写对象、写作时的知觉空间有着密切的联系；同时，诗境的形成与诗人个体的情意体验更是密切相关，不同的心境影响诗人对诗歌物象的体味与塑造。

---

① 〔唐〕李白：《李太白全集》卷五，第282页。

② 〔唐〕李白：《李太白全集》卷十，第518页。

③ 储仲君：《刘长卿诗编年笺注》下册，第375页。

④ 储仲君：《刘长卿诗编年笺注》上册，第97页。

⑤ 蒋寅：《大历诗风》，上海古籍出版社，1992，第125页。

三、豪迈与忧郁：李白、刘长卿诗歌“万”“千”中的不同心境

“天地四方曰宇，往古来今曰宙。”[①]宇宙是时间与空间的组合，尚永亮将中国人观察宇宙的方式定义为“仰观俯察”式[②]。处于这样的观察状态，诗人写作主要呈现平和静谧的氛围，但是在对不同诗人的不同诗作进行比较时，也存在一些阅读差异。这主要是因为作者在创作中心境不同，李白诗作尽显仰观俯察下的豪迈，刘长卿诗作则是他忧郁心态的体现。

对于“千里”“万里”，李白和刘长卿有着不同的情绪体验。对于未来和前路，李白总是保持着昂扬的态度，如“抚剑夜吟啸，雄心日千里”（《赠张相镐二首》其二）[③]、“不以千里遥，命驾来相招”（《酬岑勋见寻就元丹丘对酒相待以诗见招》）[④]，千里虽遥却不能对李白形成阻碍。当诗人以乐观积极的态度处世时，他笔下的诗文受到影响也会流露出昂扬奋发的品格；而当诗人对现实生活抱有消极态度时，他笔下的诗文则会豪气消歇而转向低沉，如刘长卿的“千里杳难望，一身当独游”（《杪秋洞庭中，怀亡道士谢太虚》）[⑤]、“帝乡片云去，遥寄千里忆”（《桂阳西州晚泊古桥村住人》）[⑥]。在刘长卿的笔下，千里之途是漫长而难以抵达的，这与李白“日千里”形成强烈的对比。刘长卿在漫漫长途中品味的是孤

① 〔战国〕尸佼：《尸子》卷下，汪继培辑校，湖海楼丛书本。

② 尚永亮：《唐诗艺术讲演录》，第210页。

③ 〔唐〕李白：《李太白全集》卷十一，第599页。

④ 〔唐〕李白：《李太白全集》卷十九，第889页。

⑤ 储仲君：《刘长卿诗编年笺注》下册，第375页。

⑥ 储仲君：《刘长卿诗编年笺注》下册，第345页。

独与伤感，如“谁怜万里外，离别洞庭头”（《巡去岳阳却归鄂州使院留别郑洵侍御侍御先曾谪居此州》）[①]、“天南一万里，谁料得生还”（《恩敕重推使牒追赴苏州，次前溪馆作》）[②]，他的诗歌中自然就会流露出对“千里”“万里”之遥的惆怅悲戚。“千里”“万里”在李白和刘长卿诗中呈现不同的气象，与他们的关注点不同有关，李白将目光投注到大自然中，刘长卿将视线拉回到日常生活中。李白的知觉空间借由“千里”“万里”这些大数词放大到宇宙与历史交织的阔大空间中去，而刘长卿则是以自我为中心，“千里”“万里”这些大数词唤起的是个人对现实的体认。

程千帆先生曾论及中国古典诗歌中一与多的对立统一，“由于多的陪衬，一就更加突出”[③]。李白和刘长卿诗歌中都出现了“一”与“千”“万”的对照，将二者的创作进行比较可以更好地体味其间的差异。

李白诗歌中“一”与“千”“万”对照出现，往往突出“一”之独一无二与气势豪放。写个人的雄心壮志是“大鹏一日同风起，扶摇直上九万里。假令风歇时下来，犹能簸却沧溟水”（《上李邕》）[④]；追求适意的人生态度是“且乐生前一杯酒，何须身后千载名?”（《行路难三首》其三）[⑤]，借对人生“千载名”的追求进行否定，达到对于现实“一杯酒”之及时行乐的赞许；写蜀道之艰

① 储仲君：《刘长卿诗编年笺注》下册，第376页。

② 储仲君：《刘长卿诗编年笺注》上册，第208页。

③ 张伯伟：《程千帆诗论选集》，山西人民出版社，1990，第22页。

④〔唐〕李白：《李太白全集》卷九，第512页。

⑤〔唐〕李白：《李太白全集》卷三，第192页。

险是“一夫当关，万夫莫开”（《蜀道难》）[①]，用“万人”难敌“一夫”突出蜀道关隘的险要。与刘长卿一样，李白也写作了非常多的送别诗，诗中也常用“一”与“千”“万”对举，但是所形成的诗歌气派全然不同。写告别朋友时是“人分千里外，兴在一杯中”（《江夏别宋之悌》）[②]，超逸旷达，化愁思于杯酒之中；写离别是“此地一为别，孤蓬万里征”（《送友人》）[③]，离人像蓬草那样随风飘转、纷飞漂泊到万里之外，表达对友人漂泊的关切。“征”字的使用让整个情感表达舒畅自然，不拘泥于对仗，别具一格。何国治称这首诗“感情真挚热诚而又豁达乐观，毫无缠绵悱恻的哀伤情调。这正是评家深为赞赏的李白送别诗的特色”[④]。李白将“一”与“千”“万”凝结为一句，显示出强烈的对比，形成巨大的艺术张力。李白写饮酒的“琴鸣酒乐两相得，一杯不啻千钧金”（《悲歌行》）[⑤]、“吟诗作赋北窗里，万言不直一杯水”（《答王十二寒夜独酌有怀》）[⑥]，将浓烈的情感汇聚于“一杯”之中，情更浓、意更切。“横江欲渡风波恶，一水牵愁万里长”（《横江词六首》其二）[⑦]，愁情似水，用一江之水来形容愁绪似万里之长，语言自然流畅，巧用“牵”字连接起广阔的时空。

刘长卿诗歌中“一”与“千”“万”对照出现，由“千”“万”

①〔唐〕李白：《李太白全集》卷三，第165页。

②〔唐〕李白：《李太白全集》卷十五，第746页。

③〔唐〕李白：《李太白全集》卷十八，第837页。

④俞平伯等：《唐诗鉴赏词典》，上海辞书出版社，2013，第345页。

⑤〔唐〕李白：《李太白全集》卷七，第413页。

⑥〔唐〕李白：《李太白全集》卷十九，第911页。

⑦〔唐〕李白：《李太白全集》卷七，第400页。

的多来突出“一”的独，形成衰瑟冷清的诗风。刘长卿一生仕途坎坷，高仲武《中兴间气集》云：“长卿有吏干，刚而犯上，两度迁谪，皆自取之。”[①]贬谪南巴是刘长卿创作的转折点，“安史之乱”后到贬谪南巴之前是他由盛唐进入中唐的过渡时期。[②]刘长卿出狱后被李希言差摄海盐县令，到任后所作“一官如远客，万事极飘蓬”（《海盐官舍早春》）[③]与任长洲尉期间所作“一官成白首，万里寄沧洲”（《松江独宿》）[④]极为相似。“一官”与“万事”“万里”形成对比，突出失意情调，流露孤独之感。也许与频繁贬谪的仕宦生涯有关，刘长卿诗歌中非常喜欢描写船，诗歌中“孤舟”出现多达三十次，而“孤舟”作为“一”与“千”“万”也常常对举。“孤舟相访至天涯，万转云山路更赊”（《酬李穆见寄》）[⑤]是刘长卿酬答女婿李穆所作，前一句指李穆的新安之行，是客至前的寂寞心境，“孤舟”江行，带有一种凄楚意味，“至天涯”形容行程之远和途次之艰辛。次句说“万转云山”，每一转折，都会使人产生快到目的地的猜想。而打听的结果，前面的路程总是出乎意料得远。“‘路更赊’，赊，即‘远’，这三字是富于旅途生活实际感受的妙语”[⑥]。“日斜江上孤帆影，草绿湖南万里情”（《别严士元》）[⑦]，受到高仲武激赏，刘长卿所写之景是为了叙事抒情，其目的不在摹

① 傅璇琮、陈尚君、徐俊编《唐人选唐诗新编（增订本）》，中华书局，2014，第504页。

② 卞孝萱、乔长阜：《刘长卿诗初探》，《社会科学战线》1982年第4期。

③ 储仲君：《刘长卿诗编年笺注》上册，第148页。

④ 储仲君：《刘长卿诗编年笺注》上册，第247页。

⑤ 储仲君：《刘长卿诗编年笺注》下册，第467页。

⑥ 俞平伯等著：《唐诗鉴赏词典》，第453页。

⑦ 储仲君：《刘长卿诗编年笺注》上册，第126页。

山画水，“日斜江上孤帆影”写出了日落孤舟远去之景，“孤帆影”与“万里情”对举，表达了诗人对友人严士元的依依惜别之情。“同作逐臣君更远，青山万里一孤舟”（《重送裴郎中贬吉州》）[①]写尽了裴郎中旅途的孤寂，伴送他远去的只有万里青山，刘长卿将万里之广缩小到一舟天地，突出的是孤寂漂泊之感。类似的诗句还有很多，如“孤舟百口渡，万里一猿声”（《按覆后归睦州，赠苗侍御》）[②]，苍茫天地间一声猿啸，颇有郦道元笔下“高猿长啸，属引凄异，空谷传响，哀转久绝”[③]的凄清寂寥之感。刘长卿目之所及是万里山河，但是往往视线最后会落到孤独的飞鸟。例如：“万里看一鸟，旷然烟霞收”（《送裴四判官赴河西军试》）[④]；独流的黄河，如“北风雁急浮云秋，万里独见黄河流”（《王昭君歌》）[⑤]；漂泊的孤舟，如“白云如有意，万里望孤舟”（《上湖田馆南楼忆朱宴》）[⑥]。面对茫茫万里山河，刘长卿最终落笔却是蜉蝣寄于天地之间的感叹。

在“一”与“多”的对立统一中，李白强调的是统一的一面，刘长卿更多强调的是对立。李白面对广袤无垠的宇宙时，常将孤独的个体融入其中，刘长卿则是将空间上的“多”与自身的“一”安排在具有对立关系的矛盾双方，在对比映衬中突出空间的广袤与自

① 储仲君：《刘长卿诗编年笺注》上册，第185页。

② 储仲君：《刘长卿诗编年笺注》下册，第405页。

③〔北魏〕郦道元：《水经注校证》卷三十四，陈桥驿校点，中华书局，2007，第790页。

④ 储仲君：《刘长卿诗编年笺注》上册，第46页。

⑤ 储仲君：《刘长卿诗编年笺注》上册，第78页。

⑥ 储仲君：《刘长卿诗编年笺注》下册，第348页。

身的无助，从而突出内心的悲苦。

古代文人习惯于由己观物，物我反照。船和鸟的意象作为“一”在李白和刘长卿诗歌中都频繁出现，以“孤帆”这一意象为例，李白和刘长卿诗中表达了不同的情感态度。在李白的《望天门山》诗句“两岸青山相对出，孤帆一片日边来”[①]中，孤帆乘风破浪，越来越靠近天门山，带有昂扬的情感。在《送张舍人之江东》诗句“张翰江东去，正值秋风时。天清一雁远，海阔孤帆迟。白日行欲暮，沧波杳难期。吴洲如见月，千里幸相思”[②]中，天高海阔雁飞去，落日尽头孤帆扬起，李白面对此哀伤的景色却不低沉，他抬头望月，将相思之情寄于月中，见月如见面，聊慰思念之情。刘长卿笔下的“孤帆”则是天地间漂泊无依的小船，“万里孤舟向南越，苍梧云中暮帆灭”（《江楼送太康郭主簿赴岭南》）[③]。此外，刘长卿诗歌中的“鸟”意象也值得注意。在刘长卿笔下，鸟儿常常是缺少气力的，“人经秋瘴变，鸟坠火云多”（《送张司直赴岭南谒张尚书》）[④]。寒鸟、夕鸟、独鸟这类搭配也较多。刘长卿诗曾云：“鸟似五湖人。”（《送侯侍御赴黔中充判官》）[⑤]我们有理由相信他笔下的鸟其实有他现实的象征。李白笔下虽然也写鸟，与刘长卿却是大不相同。李白写群鸟“众鸟高飞尽”（《独坐敬亭山》）[⑥]，写扶摇直上九万里的大鹏鸟，写凤凰。李白虽然也常常使用“孤”这

---

①〔唐〕李白：《李太白全集》卷二十一，第1000-1001页。

②〔唐〕李白：《李太白全集》卷十六，第748页。

③ 储仲君：《刘长卿诗编年笺注》下册，第501页。

④ 储仲君：《刘长卿诗编年笺注》下册，第470页。

⑤ 储仲君：《刘长卿诗编年笺注》下册，第513页。

⑥〔唐〕李白：《李太白全集》卷二十三，第1079页。

一词，但是搭配的常是“孤月”“孤云”“孤凤雏”“孤兰”等，有选择地使用这些意象来表达他豪放不羁而又傲岸的品格。

诗主情，诗人的心态与诗作最终的形成有着千丝万缕的联系。相较于李白的自信傲岸，刘长卿更多的是黯然颓丧。刘长卿“似乎天生就带有浓重的悲观色彩，即使是青年时代的作品也看不到那种慷慨意气”[①]。不同的性格造就书写时的不同心境，同时也在塑造不同的诗风。

四、余论

李白的“千里”“万里”常描述具有生命力和活力的自然景物，如黄河、江水、长风等，“千岁”“千载”常围绕仙人或身具功业的名人进行书写。刘长卿的“千里”“万里”常被用来描述路途的艰难，所搭配的意象也让人联想到凄凉落寞情绪的猿声、孤舟等，“千岁”“千载”则围绕悲情人物展开，对宇宙人生思索减少，增添了对时间流逝、生命短暂的怆然而涕下。在“千”“万”与“一”的对举中，李白强调了物我同一的一面，刘长卿则是利用事物的多映衬个体的形单影只。诗境的形成与诗作中的选材布局相关，也与诗人的写作心境相联系。李白的诗作是他自信乐观、昂扬向上心态的产物，刘长卿的诗作则隐含着他忧郁心态的自白。

除了受自身性格影响，时代环境也深刻影响着诗人的心态和创作。安史之乱是唐王朝由盛转衰的起点，也是诗人心理发生较大转折的一个界标。在此之前，社会稳定，经济繁荣，诗人的笔下是昂扬向上的热烈高歌。就算是与友人分别之际的酬唱，内容也多为互相劝勉和对未来抱有热烈的期望。大历年间，诗风逐渐由昂扬转向

① 蒋寅：《大历诗人研究》，中华书局，1995，第24页。

了低沉，从刘长卿的诗歌中能明显地感受到这种变化。刘长卿诗歌早年有“很单纯的描述倾向，晚年愈益转向主观性的情绪表达”[①]。如前所述，虽然刘长卿诗歌中还在使用“千”“万”这样的大数字，但这是为了自我内心体验的书写，作为与“一”的对比出现，如此诗境反而缩小了。正如明人胡应麟《诗薮》云：“降而钱、刘，神情未远，气骨顿衰。”[②]时代影响的不仅有刘长卿，“安史之乱”后，随着盛世辉煌声势的消失，诗人的自信也被否定，如“李白晚年诗中忧惧、失望、自卑心理的增多，气势的下沉”[③]。李白也存在用“万”字词组形容漂泊的诗作，如“叹我万里游，飘摇三十春”（《门有车马客行》）[④]，但是这种用“千里”“万里”修饰流落异地、表达思归怀乡的诗作主要出现在后期，且其数量较少。

唐代是诗歌繁荣的时代，目前学界对唐诗分期较多认同的是四唐分期说，即分为初唐、盛唐、中唐和晚唐。除了关注诗歌发展的阶段性，还需要注意诗歌发展的连续性。王世懋《艺圃撷余》云：“唐律由初而盛，由盛而中，由中而晚，时代声调，故自必不可同。然亦有初而逗盛，盛而逗中，中而逗晚者。何则？逗者，变之渐也；非逗，故无由变。”[⑤]盛唐到中唐是两个高峰，但是两个高峰之

---

① 蒋寅：《百代之中：中唐的诗歌史意义》，北京大学出版社，2013，第10页。

②〔明〕胡应麟：《诗薮》内编卷三，中华书局上海编辑所，1958，第48页。

③ 查屏球：《裂变时代的颤音——论李白晚年诗风的一些变化》，《中国李白研究》2000年集。

④〔唐〕李白：《李太白全集》卷五，第271页。

⑤〔明〕王世懋：《艺圃撷余》，明万历间绣水沈氏尚白斋刻宝颜堂秘笈本。

间必定会有一个既带有前阶段特征又显露后阶段特点的过渡时期，大历时期可以视为盛唐到中唐的过渡时期；而刘长卿的诗歌创作事实上又可被视为盛唐诗向大历诗过渡的桥梁，他的诗作中既有着大历的特点又存在盛唐的余响。

具有表达丰富的时间感、空间感和文化内涵的数字是诗人塑造诗境的重要手段，而蒋寅先生曾指出，“盛唐诗人爱用些大数字，如前面提到的‘万里’‘百年’之类，李白、杜甫诗中‘万’‘千’‘百’等字出现的频率高得惊人。而到大历诗中这些涵盖面极广、略有空泛味道的大数字明显地减少了。较小但精度高的数字却增多起来”[①]。蒋寅先生此结论的得出是针对大历诗歌这一整体而言，在对大历诗人进行个体研究时，就会发现一个特殊的存在——刘长卿。刘长卿的诗歌中也偏爱用大数字，“千”“万”等字出现频率较高。将李白和刘长卿诗歌中“万”“千”的使用进行比较分析，重点考察体现时空意识的“千里”“万里”“千岁”“千载”以及“千”“万”与“一”的对举，在同中可以体悟刘长卿诗作的盛唐遗韵，在异中可以体悟从李白到刘长卿诗风的转变。通过相同的词语展现不同的情感及诗歌风貌，这有助于理解和把握盛唐诗风向大历诗风的渐进转变。

① 蒋寅：《大历诗风》，第186页。

杜甫汉赋词汇入诗考说*

元稹《唐故工部员外郎杜君墓系铭并序》言杜甫“上薄风骚，下该沈宋，古傍苏李，气夺曹刘，掩颜谢之孤高，杂徐庾之流丽，尽得古今之体势，而兼今人之所独专矣”[①]，清人黄生《杜诗说》称杜甫继承前代诗歌传统，“加以五经三史，博综贯穿”[②]，杜诗之所以取得巨大成就，与其广泛继承前代文学传统密不可分。汉赋以铺采摛文、奇辞丽藻著称，对后世文学产生了深远影响。汉赋创造了大量词汇，其中有些在杜甫之前的诗歌中已被广泛使用，如“纷披”首见于王褒《洞箫赋》，之后梁范缜《拟招隐士》、梁元帝萧绎《秋辞》、陈后主叔宝《洛阳道》、唐太宗李世民《咏兴国寺佛殿前幡》等诗中皆有运用。而另外一些词汇，在后世典籍中消失或仅在

---

* 本文原载《杜甫研究学刊》2011年第3期。

①〔唐〕元稹：《元稹集》卷五十六，冀勤点校，中华书局，1982，第601页。

②〔清〕仇兆鳌：《诸家论杜》，载《杜诗详注》附编，中华书局，1979，第2336页。

文、赋中习用，杜甫则将这些词汇广泛运用在诗歌创作中。

一、杜甫汉赋词汇入诗的具体体现

“赋体物而浏亮”[①]，汉代赋家更是以“苞括宇宙，总览人物”之“赋心”[②]描绘了两汉社会形形色色的物象。汉赋在体物过程中创造和发展了大量的词汇，但是这些词有许多在后世并没有被继承。杜甫以汉赋词汇入诗的第一个方面就是将许多汉赋创造、未被后世使用的词汇，运用于诗歌中。如：

“嵂崒”首见于司马相如《子虚赋》“隆崇嵂崒”[③]，至杜甫《桥陵诗三十韵因呈县内诸官》“高岳前嵂崒”[④]始再次使用。

“駊騀”首见于扬雄《甘泉赋》“崇丘陵之駊騀兮”[⑤]，至杜甫《扬旗》“庭空六马入，駊騀扬旗旌”[⑥]始再次使用。

“激越”首见于班固《西都赋》“棹女讴，鼓吹震，声激越”[⑦]，至杜甫《曲江三章章五句》之二“长歌激越捎林莽”[⑧]始

①〔晋〕陆机：《文赋》，载《陆机集》，金涛声点校，中华书局，1982，第2页。

②〔汉〕司马相如：《答盛览问作赋》，载〔晋〕葛洪集《西京杂记全译》，成林、程章灿译注，贵州人民出版社，1993，第65页。

③〔汉〕司马迁：《史记》卷一百一十七，〔南朝宋〕裴骃集解，〔唐〕司马贞索隐，〔唐〕张守节正义，中华书局，1959，第3004页。

④〔清〕仇兆鳌：《杜诗详注》卷三，中华书局，1979，第234页。

⑤费振刚、胡双宝、宗明华辑校《全汉赋》，北京大学出版社，1993，第171页。

⑥〔清〕仇兆鳌：《杜诗详注》卷十三，第1139页。

⑦费振刚、胡双宝、宗明华辑校《全汉赋》，第316页。

⑧〔清〕仇兆鳌：《杜诗详注》卷二，第138页。

再次使用[①]。

“戎戎”首见于张衡《冢赋》“灵木戎戎”[②]，至杜甫《放船》“江市戎戎暗”[③]始再次使用[④]。

“云旓”首见于扬雄《河东赋》“扬左纛，被云梢（同旓）”[⑤]，至杜甫《魏将军歌》“欃枪荧惑不敢动，翠蕤云旓相荡摩”[⑥]始再次使用[⑦]。

第二个方面是以汉赋创造，后世文、赋中习用的词汇入诗。如：

“浮柱”一词首见于扬雄《甘泉赋》“炕浮柱之飞榱兮，神莫莫而扶倾”[⑧]，之后张衡《西京赋》、马融《长笛赋》、王延寿《鲁灵光殿赋》、晋陆机《七微》、梁简文帝《大爱敬寺刹下铭》、梁陆倕《石阙铭》、后魏高允《鹿苑赋》等皆有运用。而杜甫首先将其运用

---

① 仇兆鳌注（以下简称仇注）为“震声激越”，实因句读有误而致割裂赋文。

② 费振刚、胡双宝、宗明华辑校《全汉赋》，第470页。

③〔清〕仇兆鳌:《杜诗详注》卷十四，第1230页。

④〔宋〕章樵注《古文苑》、〔明〕张溥编《汉魏六朝百三家集》、〔清〕陈元龙编《历代赋汇》所收张衡《冢赋》皆为“乃树灵木，灵木戎戎。繁霜峨峨，匪雕匪琢”，而〔元〕陈仁子《文选补遗》所收《冢赋》为“乃树灵木，戎戎繁霜。”仇注所引为后一版本。观文意以第一版本为佳。

⑤ 费振刚、胡双宝、宗明华辑校《全汉赋》，第183页。

⑥〔清〕仇兆鳌:《杜诗详注》卷四，第260页。

⑦ 仇注为张衡《西京赋》:“栖鸣鸢，曳云旓”，实际上扬雄《河东赋》已用此词。

⑧ 费振刚、胡双宝、宗明华辑校《全汉赋》，第171页。

到诗中，其《水槛》诗云："高岸尚为谷，何伤浮柱欹。"[①]

"威弧"一词首见于扬雄《河东赋》"矍天狼之威弧"[②]，之后张衡《思玄赋》、繁钦《征天山赋》、魏卫觊《大飨碑》、谢灵运《撰征赋》等皆有运用。而杜甫首先将其运用到诗中，其《送樊二十三侍御赴汉中判官》诗云："威弧不能弦，自尔无宁岁。"[③]

"奔突"一词首见于班固《西都赋》"穷虎奔突"[④]，之后王延寿《鲁灵光殿赋》、嵇康《琴赋》、贾岱宗《大狗赋》、晋武帝《诏责汝南王亮（泰始六年六月）》、晋挚虞《观鱼赋》、晋蔡谟《敕作佛象颂议》等皆有运用。而杜甫首先将其运用到诗中，其《沙苑行》云："累累堆阜藏奔突，往往坡陀纵超越。"[⑤]《巴山》云："盗贼还奔突，乘舆恐未回。"[⑥]

二、杜甫诗歌中的汉赋词汇类析

杜诗中的汉赋词汇很丰富，包括名词、动词、形容词等。

第一，名词主要包括鸟兽、草木、建筑、饮食等物象。

（一）鸟兽

鴐鹅："东飞鴐鹅后鹙鸧"（《乾元中寓居同谷县作歌七首》之

① 仇注为张衡《西京赋》，实际上扬雄《甘泉赋》已用此词。〔清〕仇兆鳌：《杜诗详注》卷十三，第1120页。

② 费振刚、胡双宝、宗明华辑校《全汉赋》，第183页。

③〔清〕仇兆鳌：《杜诗详注》卷五，第350页。

④ 费振刚、胡双宝、宗明华辑校《全汉赋》，第315页。

⑤ 仇注为张衡《西京赋》，误，应为班固《西都赋》。〔清〕仇兆鳌：《杜诗详注》卷三，第230页

⑥〔清〕仇兆鳌：《杜诗详注》卷十二，第1050页。

三）[①]出自司马相如“弋白鹄，连駕鹅”（《子虚赋》）[②]、“駕鹅属玉”（《上林赋》）[③]，张衡“鸟则鹔鷞鸹鸨，駕鹅鸿鶤”（《西京赋》）[④]、“其鸟则有鸳鸯鹄鹥，鸿鸨駕鹅”（《南都赋》）[⑤]。

鸨鹢：“急流鸨鹢（与鶂同）散，绝岸鼋鼍骄”（《桔柏渡》）[⑥]出自班固“鸧鸹鸨鶂”（《西都赋》）[⑦]。

沉牛：“沉牛答云雨，如马戒舟航”（《滟滪堆》）[⑧]出自司马相如“其兽则庸旄貘犛，沉牛麈麋”（《上林赋》[⑨]）[⑩]。

翠龙：“冥冥翠龙驾，多自巫山台”（《雨》）[⑪]出自扬雄“乘翠龙而超河兮”（《河东赋》）[⑫]。

猱玃：“猱玃须髯古，蛟龙窟宅尊”（《瞿塘两崖》）[⑬]出自扬雄“猿蠝玃猱”（《蜀都赋》）[⑭]。

豪猪：“羌父豪猪靴，羌儿青兕裘”（《送韦十六评事充同谷防

---

① 〔清〕仇兆鳌：《杜诗详注》卷八，第695页。

② 费振刚、胡双宝、宗明华辑校《全汉赋》，第49页。

③ 同上书，第63页。

④ 同上书，第417页。

⑤ 同上书，第459页。

⑥ 〔清〕仇兆鳌：《杜诗详注》卷九，第718页。

⑦ 费振刚、胡双宝、宗明华辑校《全汉赋》，第316页。

⑧ 〔清〕仇兆鳌：《杜诗详注》卷十五，第1281页。

⑨ 仇注为《子虚赋》，实为《上林赋》。

⑩ 费振刚、胡双宝、宗明华辑校《全汉赋》，第63页。

⑪ 〔清〕仇兆鳌：《杜诗详注》卷十五，第1324页。

⑫ 费振刚、胡双宝、宗明华辑校《全汉赋》，第183页。

⑬ 〔清〕仇兆鳌：《杜诗详注》卷十八，第1557页。

⑭ 费振刚、胡双宝、宗明华辑校《全汉赋》，第161页。

御判官》）[1]出自扬雄“扼熊罴，拖豪猪”（《长杨赋》）[2]。

鸧鸹：“楚岸朔风疾，天寒鸧鸹呼”（《缆船苦风戏题四韵奉简郑十三判官》）[3]出自班固“鸧鸹鸨鶂”（《西都赋》）[4]。

猛噬：“铦锋行惬顺，猛噬失蹻腾”（《故武卫将军挽词三首》之二）[5]出自班固“掎僄狡，扼猛噬”（《西都赋》）[6]。

（二）草木

冬菁：“冬菁饭之半，牛力晚来新”（《暇日小园散病，将种秋菜，督勒耕牛，兼书触目》）[7]出自张衡“秋韭冬菁”（《南都赋》）[8]。

纤末：“绝笔长风起纤末，满堂动色嗟神妙”（《戏为韦偃双松图歌》）[9]出自马融“故其应清风也，纤末奋蕱”（《长笛赋》）[10]。

稀间：“稀（与希同）间苦突过，嘴距还污席”（《催宗文树鸡栅》）[11]出自司马相如“捷垂条，掉希间”（《上林赋》）[12]。

---

①〔清〕仇兆鳌：《杜诗详注》卷五，第356页。

② 费振刚、胡双宝、宗明华辑校《全汉赋》，第201页。

③〔清〕仇兆鳌：《杜诗详注》卷二十二，第1946页。

④ 仇注为《西都赋》“鸟则鸧鸹，泛浮往来”，今存《西都赋》无此两句，或为仇兆鳌误记。

⑤〔清〕仇兆鳌：《杜诗详注》卷二，第96页。

⑥ 费振刚、胡双宝、宗明华辑校《全汉赋》，第315页。

⑦〔清〕仇兆鳌：《杜诗详注》卷十九，第1669页。

⑧ 费振刚、胡双宝、宗明华辑校《全汉赋》，第459页。

⑨〔清〕仇兆鳌：《杜诗详注》卷九，第757页。

⑩ 费振刚、胡双宝、宗明华辑校《全汉赋》，第495页。

⑪〔清〕仇兆鳌：《杜诗详注》卷十五，第1312页。

⑫ 费振刚、胡双宝、宗明华辑校《全汉赋》，第65页。

（三）建筑

枝撑："仰穿龙蛇窟，始出枝撑幽"（《同诸公登慈恩寺塔》）[①]、"河梁幸未拆，枝撑声窸窣"（《自京赴奉先县咏怀五百字》）[②]、"雷吼徒咆哮，枝撑已在脚"（《遣兴五首》其四）[③]出自王延寿"枝樘（同撑）杈枒而斜据"（《鲁灵光殿赋》）[④]。

浮柱："高岸尚为谷，何伤浮柱欹"（《水槛》）[⑤]出自扬雄"炕浮柱之飞榱兮"（《甘泉赋》）[⑥]、张衡"跨游极于浮柱"（《西京赋》）[⑦]、马融"构云梯，抗浮柱"（《长笛赋》）[⑧]与王延寿"浮柱岧嵽以星悬"（《鲁灵光殿赋》）[⑨]。

楹桷："车驾既云还，楹桷欻穹崇"（《往在》）[⑩]出自张衡"楹桷雕藻"（《七激》）[⑪]。

阴宫："想见阴宫雪，风门飒沓开"（《热三首》其二）[⑫]出自扬雄"遂臻阴宫"（《河东赋》）[⑬]与繁钦"虽托阴宫，罔所避旃"

---

①〔清〕仇兆鳌：《杜诗详注》卷二，第104页。

②〔清〕仇兆鳌：《杜诗详注》卷四，第271页。

③〔清〕仇兆鳌：《杜诗详注》卷七，第570页。

④ 费振刚、胡双宝、宗明华辑校《全汉赋》，第528页。

⑤〔清〕仇兆鳌：《杜诗详注》卷十三，第1120页。

⑥ 费振刚、胡双宝、宗明华辑校《全汉赋》，第171页。

⑦ 同上书，第414页。

⑧ 同上书，第496页。

⑨ 同上书，第528页。

⑩〔清〕仇兆鳌：《杜诗详注》卷十六，第1430页。

⑪ 费振刚、胡双宝、宗明华辑校《全汉赋》，第293页。

⑫〔清〕仇兆鳌：《杜诗详注》卷十五，第1301页。

⑬ 费振刚、胡双宝、宗明华辑校《全汉赋》，第183页。

（《暑赋》）[①]。

（四）饮食

醇酎："岑生多新诗，性亦嗜醇酎"（《九日寄岑参》）[②]出自邹阳"凝醳醇酎，千日一醒"（《酒赋》）[③]。

鲜鲙："情人来石上，鲜脍出江中"（《王十五前阁会》）[④]出自枚乘"鲜鲤之鲙"（《七发》）[⑤]。

（五）人物

墨客、翰林："翰林名有素，墨客兴无违"（《宴胡侍御书堂》）[⑥]出自扬雄"故借翰林以为主人，子墨为客卿以风"（《长杨赋序》）[⑦]。

蜀父老："犹闻蜀父老，不忘舜讴歌"（《怀锦水居止二首》）[⑧]出自司马相如《难蜀父老文》。

（六）描述人物身体形态

眉宇："汝阳让帝子，眉宇真天人"（《八哀诗·赠太子太师汝阳郡王琎》）[⑨]出自枚乘"然阳气见于眉宇之间"（《七发》）[⑩]。

---

① 费振刚、胡双宝、宗明华辑校《全汉赋》，第634页。

②〔清〕仇兆鳌：《杜诗详注》卷三，第209页。

③ 费振刚、胡双宝、宗明华辑校《全汉赋》，第37页。

④〔清〕仇兆鳌：《杜诗详注》卷十八，第1601页。

⑤ 费振刚、胡双宝、宗明华辑校《全汉赋》，第17页。

⑥〔清〕仇兆鳌：《杜诗详注》卷二十一，第1878页。

⑦ 费振刚、胡双宝、宗明华辑校《全汉赋》，第201页。

⑧〔清〕仇兆鳌：《杜诗详注》卷十四，第1238页。

⑨〔清〕仇兆鳌：《杜诗详注》卷十六，第1390页。

⑩ 费振刚、胡双宝、宗明华辑校《全汉赋》，第19页。

隅目："隅目青荧夹镜悬，肉骏碨礧连钱动"（《骢马行》）[①]出自张衡"猛毅髬髵，隅目高匡"（《西京赋》）[②]与繁钦"隅目赤眦，洞頞卬鼻"（《三胡赋》）[③]。

肌理："态浓意远淑且真，肌理细腻骨肉匀"（《丽人行》）[④]出自蔡邕"肌理光泽，滑不可屡"（《弹棋赋》）[⑤]。

（七）兵器

铦锋："铦锋行惬顺"（《故武卫将军挽词三首》其二）[⑥]、"健笔凌鹦鹉，铦锋莹鸊鹈"（《奉赠太常张卿垍二十韵》）[⑦]出自张衡"胸突铦锋"（《西京赋》）[⑧]。

威弧："威弧不能弦，自尔无宁岁"（《送樊二十三侍御赴汉中判官》）[⑨]出自扬雄"彏天狼之威弧"（《河东赋》）[⑩]、张衡"弯威弧之拨刺兮"（《思玄赋》）[⑪]与繁钦"威弧雨发"（《征天山赋》）[⑫]。

---

①〔清〕仇兆鳌：《杜诗详注》卷四，第256页。

② 费振刚、胡双宝、宗明华辑校《全汉赋》，第418页。

③ 同上书，第642页。

④〔清〕仇兆鳌：《杜诗详注》卷二，第156页。

⑤ 费振刚、胡双宝、宗明华辑校《全汉赋》，第587页。

⑥〔清〕仇兆鳌：《杜诗详注》卷二，第96页。

⑦〔清〕仇兆鳌：《杜诗详注》卷三，第221页。

⑧ 费振刚、胡双宝、宗明华辑校《全汉赋》，第419页。

⑨〔清〕仇兆鳌：《杜诗详注》卷五，第350页。

⑩ 费振刚、胡双宝、宗明华辑校《全汉赋》，第183页。

⑪ 同上书，第398页。

⑫ 同上书，第637页。

（八）车马装饰

翠蕤、云旓："欃枪荧惑不敢动，翠蕤云旓相荡摩"（《魏将军歌》）[①]分别出自司马相如"错翡翠之葳蕤"（《子虚赋》）[②]与张衡"栖鸣鸢，曳云旓"（《西京赋》）[③]。

（九）职官

典司："使者分王命，群公各典司"（《夔府书怀四十韵》）[④]出自班固"各有典司"（《西都赋》）[⑤]。

京尹："忤下考功第，独辞京尹堂"（《壮游》）[⑥]、"省郎京尹必俯拾，江花未落还成都"（《入奏行赠西山检察使窦侍御》）[⑦]、"预传籍籍新京尹，青史无劳数赵张"（《章梓州橘亭饯成都窦少尹》）[⑧]出自张衡"封畿千里，统以京尹"（《西京赋》）[⑨]。

第二，杜甫对汉赋动词的运用包括单音节动词、复合音节动词以及动词与名词构成的词组。

（一）单音节动词

逗："朝朝巫峡水，远逗锦江波"（《怀锦水居止二首》）[⑩]出

① 〔清〕仇兆鳌：《杜诗详注》卷四，第260页。

② 费振刚、胡双宝、宗明华辑校《全汉赋》，第48页。

③ 同上书，第417页。

④ 〔清〕仇兆鳌：《杜诗详注》卷十六，第1425页。

⑤ 〔南朝梁〕萧统编《文选》卷一，〔唐〕李善注，上海古籍出版社，1986，第15页。

⑥ 〔清〕仇兆鳌：《杜诗详注》卷十六，第141页。

⑦ 〔清〕仇兆鳌：《杜诗详注》卷十，第870页。

⑧ 同上书，第1026页。

⑨ 费振刚、胡双宝、宗明华辑校《全汉赋》，第416页。

⑩ 〔清〕仇兆鳌：《杜诗详注》卷十四，第1238页。

自张衡“乱弱水之潺湲兮，逗华阴之湍渚”（《思玄赋》）[①]。

界：“雪岭界天白，锦城曛日黄”（《怀锦水居止二首》）[②]出自扬雄“外则正南极海，邪界虞渊”（《羽猎赋》）[③]、班固“右界褒斜陇首之险，带以洪河、泾、渭之川”（《西都赋》）[④]与张衡“邪界细柳”（《西京赋》）[⑤]。

落：“射飞曾纵鞚，引臂落鹙鸧”（《壮游》）[⑥]出自张衡“仰落双鸧”（《南都赋》）[⑦]。

输：“潜鳞输骇浪，归翼会高风”（《秋野五首》）[⑧]出自枚乘“揄弃恬怠，输写淟浊”（《七发》）[⑨]与张衡“川渎则箭驰风疾，长输远逝”（《南都赋》）[⑩]。

（二）复合音节动词

奔突：“累累塠阜藏奔突”（《沙苑行》）[⑪]、“盗贼还奔突”（《巴山》）[⑫]出自班固“穷虎奔突”（《西都赋》）[⑬]与王延寿

---

① 费振刚、胡双宝、宗明华辑校《全汉赋》，第395页。

②〔清〕仇兆鳌：《杜诗详注》卷十四，第1238页。

③ 费振刚、胡双宝、宗明华辑校《全汉赋》，第187页。

④ 同上书，第312页。

⑤ 同上书，第416页。

⑥〔清〕仇兆鳌：《杜诗详注》卷十六，第1441页。

⑦ 费振刚、胡双宝、宗明华辑校《全汉赋》，第460页。

⑧〔清〕仇兆鳌：《杜诗详注》卷二十，第1734页。

⑨ 费振刚、胡双宝、宗明华辑校《全汉赋》，第19页。

⑩ 同上书，第459页。

⑪〔清〕仇兆鳌：《杜诗详注》卷三，第230页。

⑫〔清〕仇兆鳌：《杜诗详注》卷十二，第1050页。

⑬ 费振刚、胡双宝、宗明华辑校《全汉赋》，第315页。

“盗贼奔突”（《鲁灵光殿赋》）[①]。

扈从：“安边仍扈从，莫作后功名”（《奉送郭中丞兼太仆卿充陇右节度使三十韵》）[②]、“衣冠却扈从，车驾已还宫”（《收京》）[③]出自司马相如“扈从横行，出乎四校之中”（《上林赋》）[④]。

剖析：“台中领举劾，君必慎剖析”（《两当县吴十侍御江上宅》）[⑤]、“明明领处分，一一当剖析”（《催宗文树鸡栅》）[⑥]出自张衡“剖析毫厘”（《西京赋》）[⑦]与王逸“斩伐剖析，拟度短长”（《机妇赋》）[⑧]。

盘踞：“落落盘踞虽得地，冥冥孤高多烈风”（《古柏行》）[⑨]出自刘胜“或如龙盘虎踞”（《文木赋》）[⑩]。

手格：“偏裨无所施，元帅见手格”（《八哀诗·赠司空王公思礼》）[⑪]出自孔臧“手格猛虎”（《谏格虎赋》）[⑫]与司马相如“于

① 费振刚、胡双宝、宗明华辑校《全汉赋》，第527页。

②〔清〕仇兆鳌：《杜诗详注》卷五，第374页。

③〔清〕仇兆鳌：《杜诗详注》卷十三，第1078页。

④ 费振刚、胡双宝、宗明华辑校《全汉赋》，第65页。

⑤〔清〕仇兆鳌：《杜诗详注》卷八，第670页。

⑥〔清〕仇兆鳌：《杜诗详注》卷十五，第1312页。

⑦ 费振刚、胡双宝、宗明华辑校《全汉赋》，第416页。

⑧ 同上书，第514页。

⑨〔清〕仇兆鳌：《杜诗详注》卷十五，第1359页。

⑩ 费振刚、胡双宝、宗明华辑校《全汉赋》，第124页。

⑪〔清〕仇兆鳌：《杜诗详注》卷十六，第1375页。

⑫ 费振刚、胡双宝、宗明华辑校《全汉赋》，第115页。

是乎乃使剸诸之伦，手格此兽”（《子虚赋》）[①]。

哀号：“沙头暮黄鹤，失侣亦哀号”（《王阆州筵奉酬十一舅惜别之作》）[②]、“老雁春忍饥，哀号待枯麦”（《送李校书二十六韵》）[③]、“楚江巫峡冰入怀，虎豹哀号又堪记”（《前苦寒行二首》）[④]出自司马相如“白鹤噭以哀号兮”（《长门赋》）[⑤]。

（三）词组

荡胸：“荡胸生层云”（《望岳》）[⑥]出自张衡“淯水荡其胸”（《南都赋》）[⑦]。

缘云：“丈人祠西佳气浓，缘云拟住最高峰”（《丈人山》）[⑧]、“拂水低回舞袖翻，缘云清切歌声上”（《乐游园歌》）[⑨]出自王延寿“飞陛揭孽，缘云上征”（《鲁灵光殿赋》）[⑩]。

俶装：“俶装逐徒旅，达曙凌险涩”（《早发射洪县南途中作》）[⑪]出自张衡“简元辰而俶装”（《思玄赋》）[⑫]。

抗疏：“匡衡抗疏功名薄，刘向传经心事违”（《秋兴八首》其

---

① 费振刚、胡双宝、宗明华辑校《全汉赋》，第48页。

②〔清〕仇兆鳌：《杜诗详注》卷十二，第1037页。

③〔清〕仇兆鳌：《杜诗详注》卷六，第465页。

④〔清〕仇兆鳌：《杜诗详注》卷二十一，第1845页。

⑤ 费振刚、胡双宝、宗明华辑校《全汉赋》，第100页。

⑥〔清〕仇兆鳌：《杜诗详注》卷一，第3页。

⑦ 费振刚、胡双宝、宗明华辑校《全汉赋》，第458页。

⑧〔清〕仇兆鳌：《杜诗详注》卷十，第826页。

⑨〔清〕仇兆鳌：《杜诗详注》卷二，第102页。

⑩ 费振刚、胡双宝、宗明华辑校《全汉赋》，第529页。

⑪〔清〕仇兆鳌：《杜诗详注》卷十一，第954页。

⑫ 费振刚、胡双宝、宗明华辑校《全汉赋》，第394页。

三）[①]出自扬雄“独可抗疏，时道是非”（《解嘲》）[②]。

宗生：“野苋迷汝来，宗生实于此”（《种莴苣》）[③]出自扬雄“宗生族攒，俊茂丰美”（《蜀都赋》）[④]。

嫉邪：“历职匪父任，嫉邪常力争”（《赠左仆射郑国公严公武》）[⑤]出自赵壹（《刺世疾邪赋》）。

罹殃：“朱门任倾夺，赤族迭罹殃”（《壮游》）[⑥]出自班彪“我独惧此百殃”（《北征赋》）[⑦]。

抏士卒：“对敭抏士卒，干没费仓储”（《赠李八秘书别三十韵》）[⑧]出自司马相如“抏士卒之精”（《上林赋》）[⑨]。

偃甲兵：“请先偃甲兵，处分听人主”（《雷》）[⑩]、“狱讼永衰息，岂唯偃甲兵”（《同元使君春陵行》）[⑪]出自司马相如“以偃甲兵于此，而息讨伐于彼”（《难蜀父老》）[⑫]。

开天庭：“崇冈拥象设，沃野开天庭”（《桥陵诗三十韵因呈县

① 〔清〕仇兆鳌：《杜诗详注》卷十七，第1487页。

② 费振刚、胡双宝、宗明华辑校《全汉赋》，第220页。

③ 〔清〕仇兆鳌：《杜诗详注》卷十五，第1348页。

④ 费振刚、胡双宝、宗明华辑校《全汉赋》，第162页。

⑤ 〔清〕仇兆鳌：《杜诗详注》卷十六，第1384页。

⑥ 同上书，第1442页。

⑦ 费振刚、胡双宝、宗明华辑校《全汉赋》，第255页。

⑧ 〔清〕仇兆鳌：《杜诗详注》卷十七，第1458页。

⑨ 费振刚、胡双宝、宗明华辑校《全汉赋》，第67页。

⑩ 〔清〕仇兆鳌：《杜诗详注》卷十五，第1296页。

⑪ 〔清〕仇兆鳌：《杜诗详注》卷十九，第1692页。

⑫ 费振刚、胡双宝、宗明华辑校《全汉赋》，第107页。

内诸官》)[①]出自扬雄“开天庭兮回群神”(《甘泉赋》)[②]。

超天河:“星躔宝校金盘陀,夜骑天驷超天河”(《魏将军歌》)[③]出自扬雄“乘翠龙而超河兮”(《河东赋》)[④]。

叫帝阍:“昭代将垂白,途穷乃叫阍”(《奉留赠集贤院崔国辅于休烈二学士》)[⑤]、“谁能叫帝阍,胡行速如鬼”(《塞芦子》)[⑥]、“涕泪溅衣裳,悲风排帝阍”(《贻华阳柳少府》)[⑦]出自扬雄“选巫咸兮叫帝阍”(《甘泉赋》)[⑧]、张衡“叫帝阍使辟扉兮,觌天皇于琼宫”(《思玄赋》)[⑨]。

愤始摅:“西蜀灾长弭,南翁愤始摅”(《赠李八秘书别三十韵》)[⑩]出自蔡邕“抚长笛以摅愤兮”(《瞽师赋》)[⑪]。

捎魍魉:“翠虚捎魍魉,丹极上鲲鹏”(《寄刘峡州伯华使君四十韵》)[⑫]出自扬雄“捎夔魖而抶獝狂”(《甘泉赋》)[⑬]、张衡“捎魑魅,斮獝狂”(《东京赋》)[⑭]与王延寿“斫鬼魑,捎魍魉”

① 〔清〕仇兆鳌:《杜诗详注》卷三,第232页。

② 费振刚、胡双宝、宗明华辑校《全汉赋》,第172页。

③ 〔清〕仇兆鳌:《杜诗详注》卷四,第260页。

④ 费振刚、胡双宝、宗明华辑校《全汉赋》,第183页。

⑤ 〔清〕仇兆鳌:《杜诗详注》卷二,第130页。

⑥ 〔清〕仇兆鳌:《杜诗详注》卷四,第328页。

⑦ 〔清〕仇兆鳌:《杜诗详注》卷十五,第1315页。

⑧ 费振刚、胡双宝、宗明华辑校《全汉赋》,第172页。

⑨ 同上书,第397页。

⑩ 〔清〕仇兆鳌:《杜诗详注》卷十七,第1458页。

⑪ 费振刚、胡双宝、宗明华辑校《全汉赋》,第593页。

⑫ 〔清〕仇兆鳌:《杜诗详注》卷十九,第1718页。

⑬ 费振刚、胡双宝、宗明华辑校《全汉赋》,第170页。

⑭ 同上书,第444页。

（《梦赋》）[①]。

第三，形容词除第一节分析过的嵂崒、駊騀、激越、戎戎外，还包括：

淑真："态浓意远淑且真，肌理细腻骨肉匀"（《丽人行》）[②]出自王粲："何产气之淑真。"（《神女赋》）[③]

踆踆："焉能心怏怏，只是走踆踆"（《奉赠韦左丞丈二十二韵》）[④]出自张衡"大雀踆踆"（《西京赋》）[⑤]。

袒跣："冯陵大叫呼五白，袒跣不肯成枭卢"（《今夕行》）[⑥]出自杜笃"莫不袒跣稽颡"（《论都赋》）[⑦]。

揭巘："纷披长松倒，揭巘怪石走"（《九成宫》）[⑧]出自王延寿"飞陛揭孽（同巘），缘云上征"（《鲁灵光殿赋》）[⑨]。

呀然："呀然阆城南，枕带巴江腹"（《南池》）[⑩]出自班固"呀周池而成渊"（《西都赋》）[⑪]。

枯旱："枯旱于其中，炎方惨如毁"（《种莴苣》）[⑫]出自司马

① 费振刚、胡双宝、宗明华辑校《全汉赋》，第534页。

②〔清〕仇兆鳌：《杜诗详注》卷二，第156页。

③ 费振刚、胡双宝、宗明华辑校《全汉赋》，第650页。

④〔清〕仇兆鳌：《杜诗详注》卷一，第77页。

⑤ 费振刚、胡双宝、宗明华辑校《全汉赋》，第419页。

⑥〔清〕仇兆鳌：《杜诗详注》卷一，第59页。

⑦ 费振刚、胡双宝、宗明华辑校《全汉赋》，第267页。

⑧〔清〕仇兆鳌：《杜诗详注》卷五，第387页。

⑨ 费振刚、胡双宝、宗明华辑校《全汉赋》，第529页。

⑩〔清〕仇兆鳌：《杜诗详注》卷十三，第1095页。

⑪ 费振刚、胡双宝、宗明华辑校《全汉赋》，第312页。

⑫〔清〕仇兆鳌：《杜诗详注》卷十五，第1347页。

相如“若枯旱之望雨”（《难蜀父老文》）[①]。

屹然：“短小精悍姿，屹然强寇敌”（《赠司空王公思礼》）[②]出自王延寿“屹然特立”（《鲁灵光殿赋》）[③]。

炯炯：“炯炯一心在，沉沉二竖婴”（《八哀诗·赠左仆射郑国公严公武》）[④]、“徒步翻愁官长怒，此心炯炯君应识”（《逼侧行赠毕四曜》）[⑤]、“区区犹历试，炯炯更持久”（《奉赠李八丈判官》）[⑥]出自王粲“昼忽忽其若昏，夜炯炯而至明”（《伤夭赋》）[⑦]、“目炯炯而不寐，心忉怛而惕惊”（《闲邪赋》）[⑧]与陈琳“宵炯炯以不寐，昼舍食而忘饥”（《止欲赋》）[⑨]。

洞达：“是时仓廪实，洞达寰区开”（《昔游》）[⑩]出自司马迁“炤炤洞达，胸中豁也”（《悲士不遇赋》）[⑪]、王褒“条畅洞达，中节操兮”（《洞箫赋》）[⑫]、班固“内则街衢洞达，闾阎且千”（《西都赋》）[⑬]、“平夷洞达，万方辐凑”（《东都赋》）[⑭]、桓谭

① 费振刚、胡双宝、宗明华辑校《全汉赋》，第107页。

②〔清〕仇兆鳌：《杜诗详注》卷十六，第1374页。

③ 费振刚、胡双宝、宗明华辑校《全汉赋》，第529页。

④〔清〕仇兆鳌：《杜诗详注》卷十六，第1389页。

⑤〔清〕仇兆鳌：《杜诗详注》卷六，第466页。

⑥〔清〕仇兆鳌：《杜诗详注》卷二十三，第2020页。

⑦ 费振刚、胡双宝、宗明华辑校《全汉赋》，第661页。

⑧ 同上书，第682页。

⑨ 同上书，第701页。

⑩〔清〕仇兆鳌：《杜诗详注》卷十六，第1435页。

⑪ 费振刚、胡双宝、宗明华辑校《全汉赋》，第142页。

⑫ 同上书，第145页。

⑬ 同上书，第312页。

⑭ 同上书，第331页。

“乘凌虚无，洞达幽明”（《仙赋》）[①]。

陆梁：“爪牙一不中，胡兵更陆梁”（《壮游》）[②]出自扬雄“飞蒙茸而走陆梁”（《甘泉赋》）[③]、张衡“怪兽陆梁”（《西京赋》）[④]、王逸“怪兽群萃而陆梁”（《机妇赋》）[⑤]。

极乐：“极乐三军士，谁知百战场”（《陪柏中丞观宴将士二首》其一）[⑥]、“水深鱼极乐，林茂鸟知归”（《秋野五首》其二）[⑦]出自枚乘“烹熬炮炙，极欢到暮”（《梁王菟园赋》）[⑧]、班婕妤“勉虞精兮极乐，与福禄兮无期”（《自悼赋》）[⑨]与班固“方舟并骛，俯仰极乐”（《西都赋》）[⑩]。

杈枒：“悲台萧瑟石巃嵸，哀壑杈枒浩呼汹”（《王兵马使二角鹰》）[⑪]出自王延寿“枝撑杈枒而斜据”（《鲁灵光殿赋》）[⑫]。

谽谺：“长影没窈窕，余光散谽谺”（《柴门》）[⑬]出自司马相如“通谷𧮪兮谽谺”（《哀秦二世赋》）[⑭]与“谽呀豁閜”（《上

① 费振刚、胡双宝、宗明华辑校《全汉赋》，第248页。

②〔清〕仇兆鳌：《杜诗详注》卷十六，第1444页。

③ 费振刚、胡双宝、宗明华辑校《全汉赋》，第170页。

④ 同上书，第419页。

⑤ 同上书，第514页。

⑥〔清〕仇兆鳌：《杜诗详注》卷十八，第1576页。

⑦〔清〕仇兆鳌：《杜诗详注》卷二十，第1733页。

⑧ 费振刚、胡双宝、宗明华辑校《全汉赋》，第30页。

⑨ 同上书，第241页。

⑩ 同上书，第316页。

⑪〔清〕仇兆鳌：《杜诗详注》卷十八，第1585页。

⑫ 费振刚、胡双宝、宗明华辑校《全汉赋》，第528页。

⑬〔清〕仇兆鳌：《杜诗详注》卷十九，第1643页。

⑭ 费振刚、胡双宝、宗明华辑校《全汉赋》，第89页。

林赋》)[①]。

浩漾："知我碍湍涛，半旬获浩漾"(《聂耒阳以仆阻水书致酒肉疗饥荒江诗得代怀兴尽本韵至县呈聂令陆路去方田驿四十里舟行一日时属江涨泊于方田》)[②]出自司马相如"灏溔潢漾"(《上林赋》)[③]。

昈："爆嵌魑魅泣，崩冻岚阴昈"(《火》)[④]出自张衡"渐台立于中央，赫昈昈以弘敞"(《西京赋》)[⑤]。

此外还有象声词如：

撇洌："渡河不用船，千骑常撇烈"(《留花门》)[⑥]出自司马相如"转腾撇洌"(《上林赋》)[⑦]。

啾唧："日斜枕肘寝已熟，啾啾唧唧为何人"(《狂歌行赠四兄》)[⑧]出自枚乘"枪锽啾唧，萧条寂寥"(《柳赋》)[⑨]。

这些词中双声词有洞达、陆梁、缘云，叠韵有祖跣、杈枒、赑屃、浩漾，叠字有踆踆、戎戎、炯炯。

联边词有駕鹅、鸨鹢、鸧鸹、猱玃、醇酎、鲜鲙、榏桷、铦锋、嵂崒、駊騀、杈枒、谽谺、赑屃、浩漾、啾唧等。

① 费振刚、胡双宝、宗明华辑校《全汉赋》，第63页。

②〔清〕仇兆鳌：《杜诗详注》卷二十三，第2082页。

③ 费振刚、胡双宝、宗明华辑校《全汉赋》，第63页。

④〔清〕仇兆鳌：《杜诗详注》卷十五，第1298页。

⑤ 费振刚、胡双宝、宗明华辑校《全汉赋》，第415页。

⑥〔清〕仇兆鳌：《杜诗详注》卷七，第551页。

⑦ 费振刚、胡双宝、宗明华辑校《全汉赋》，第62页。

⑧〔清〕仇兆鳌：《杜诗详注》卷十四，第1220页。

⑨ 费振刚、胡双宝、宗明华辑校《全汉赋》，第35页。

三、杜甫以汉赋词汇入诗的方式

杜甫运用这些词汇时，有时直接引用，不加改变，如“嵂崒”在司马相如“隆崇嵂崒”（《子虚赋》）[①]与杜甫“高岳前嵂崒”（《桥陵诗三十韵因呈县内诸官》）[②]中皆为山峰高危之貌；“激越”在班固“棹女讴，鼓吹震，声激越”（《西都赋》）[③]与杜甫“长歌激越捎林莽”（《曲江三章章五句》其二）[④]中皆为歌声高昂之意；“俶装”在张衡“简元辰而俶装”（《思玄赋》）[⑤]与杜甫“俶装逐徒旅”（《早发射洪县南途中作》）[⑥]中皆为整装之意。

但诗赋毕竟是两种文体，杜诗与汉赋运用词汇的场合也不尽相同，杜甫更多的是化用。化用分三种情况：

第一，词义不变，但描述对象不同。如张衡“灵木戎戎”（《冢赋》）[⑦]与杜甫“江市戎戎暗”（《放船》）[⑧]，戎戎皆表茂盛、浓密之意，但一形容灵木，一形容市中晚烟。

第二，词义与描述对象都改变。如“駊騀”首见于扬雄《甘泉赋》：“崇丘陵之駊騀兮”[⑨]，意为“高大貌也”。至杜甫《扬

① 费振刚、胡双宝、宗明华辑校《全汉赋》，第46页。

② 〔清〕仇兆鳌：《杜诗详注》卷三，第234页。

③ 费振刚、胡双宝、宗明华辑校《全汉赋》，第316页。

④ 〔清〕仇兆鳌：《杜诗详注》卷二，第138页。

⑤ 费振刚、胡双宝、宗明华辑校《全汉赋》，第394页。

⑥ 〔清〕仇兆鳌：《杜诗详注》卷十一，第954页。

⑦ 费振刚、胡双宝、宗明华辑校《全汉赋》，第470页。

⑧ 〔清〕仇兆鳌：《杜诗详注》卷十四，第1230页。

⑨ 费振刚、胡双宝、宗明华辑校《全汉赋》，第171页。

旗》:“庭空六马入,駊騀扬旗旌”[①]始再次使用,仇兆鳌引《说文》注曰:“马摇头也”。

第三,词义相同,而对词的形式略作调整。或减字,如变“荡其胸”为“荡胸”,变“叫帝阍”为“叫阍”,变“鲜鲤之鲙”为“鲜鲙”;或增字,如变“淑真”为“淑且真”,变“崒”为“崒然”,变“呀”为“呀然”,变“超河”为“超天河”,变“啾唧”为“啾啾唧唧”;或调整次序,如变“淫雨之经时”为“经时雨”,变“殊色”为“色殊”,变“玃猱”为“玃猱”;或重新组合,如“何当击凡鸟,毛血洒平芜”(《画鹰》)[②]出自班固“风毛雨血,洒野蔽天”(《西都赋》)[③]。

另外,杜甫有时一句或数句皆从汉赋而来,如“缭以周墙百余里”(《沙苑行》)[④]一句出自班固“西郊则有上囿禁苑,……缭以周墙,四百余里”(《西都赋》)[⑤],“独鹤归何晚”(《野望》)[⑥]出自班婕妤“哀离鹤之归晚”(《捣素赋》)[⑦],“生成犹拾卵,尽取义何如”(《白小》)[⑧]出自张衡“获胎拾卵,蚳蝝尽取”(《西京赋》)[⑨],“禽兽已毙十七八”(《冬狩行》)[⑩]一句出自张衡“僵

①〔清〕仇兆鳌:《杜诗详注》卷十三,第1139页。

②〔清〕仇兆鳌:《杜诗详注》卷一,第19页。

③ 费振刚、胡双宝、宗明华辑校《全汉赋》,第315页。

④〔清〕仇兆鳌:《杜诗详注》卷三,第229页。

⑤ 费振刚、胡双宝、宗明华辑校《全汉赋》,第312页。

⑥〔清〕仇兆鳌:《杜诗详注》卷八,第619页。

⑦ 费振刚、胡双宝、宗明华辑校《全汉赋》,第244页。

⑧〔清〕仇兆鳌:《杜诗详注》卷十七,第1536页。

⑨ 费振刚、胡双宝、宗明华辑校《全汉赋》,第418页。

⑩〔清〕仇兆鳌:《杜诗详注》卷十二,第1056页。

禽毙兽，烂若碛砾。但观罝罗之所羂结，竿殳之所揘毕，叉蔟之所搀捔，徒搏之所撞㧙，白日未及移其晷，已狝其什七八”（《西京赋》）[①]，“空村唯见鸟，落日未逢人”（《东屯北崦》）[②]出自王粲“白日忽其将匿……鸟相鸣而举翼。原野阒其无人兮，征夫行而未息”（《登楼赋》）[③]，“往者灾犹降，苍生喘未苏。指麾安率土，荡涤抚洪炉”（《行次昭陵》）[④]出自班固“往者王莽作逆，汉祚中缺，天人致诛，六合相灭，……上帝怀而降监，乃致命乎圣皇……绍百王之荒屯，因造化之荡涤”（《东都赋》）[⑤]。钱谦益笺曰：“班赋序建武克命之事，几二百言，此诗概括以二十言。”[⑥]

甚至朱鹤龄认为杜甫《鹦鹉》皆为隐括祢衡《鹦鹉赋》而来，“聪明，则‘性慧辩而能言，才聪明以识机’也。别离，则‘痛母子之永隔，哀伉俪之生离’也。翠衿、红嘴，则‘绀趾丹嘴，绿衣翠衿’也。浑欲短，则‘顾六翮之残毁，虽奋迅其焉如’也。漫多知，则‘岂言论以阶乱，将不密以致危’也。未有开笼日，则‘闭以雕笼，剪其翅羽’也。空残宿旧枝，则‘想昆山之高峻，思邓林之扶疏’也。末句羽毛奇，则‘虽同俗于羽毛，故殊志而异心’也”[⑦]。

① 费振刚、胡双宝、宗明华辑校《全汉赋》，第418页。

② 〔清〕仇兆鳌：《杜诗详注》卷二十，第1771页。

③ 费振刚、胡双宝、宗明华辑校《全汉赋》，第655页。

④ 〔清〕仇兆鳌：《杜诗详注》卷五，第409页。

⑤ 费振刚、胡双宝、宗明华辑校《全汉赋》，第328页。

⑥《行次昭陵》诗注，转引自仇兆鳌：《杜诗详注》卷五，第409页。

⑦《鹦鹉》诗注，转引自仇兆鳌：《杜诗详注》卷十七，第1529–1530页。

四、杜甫以汉赋词汇入诗的原因与诗史意义

为什么杜诗中会首先出现如此之多的汉赋词汇呢?

笔者认为，首先，这是与杜甫的文学思想紧密相连的。

1.转益多师是杜甫一贯的文学主张，他对前代文学遗产如《诗经》、《楚辞》、汉魏六朝古诗等都兼收并蓄，其中汉赋同样是杜甫继承的优秀文学传统之一。

2.杜甫非常注重诗歌的艺术形式。[①]杜诗中有许多赋诗、吟诗、咏诗、学诗、听诗、题诗、抄诗、裁诗、论诗、改诗等题材的诗句[②]，可知诗歌在杜甫生命中所占的重要地位，《江上值水如海势聊短述》中“为人性僻耽佳句，语不惊人死不休”[③]一句很好地代表了他对诗歌语言不懈的追求，而以汉赋词汇入诗也是杜甫锤炼诗歌语言的方式之一。

3.杜甫论诗重学识。他曾说“读书破万卷，下笔如有神”

---

① 莫砺锋的《杜甫评传》详尽论述了杜甫重视诗歌艺术形式的文学思想，包括重视句法、重视章法、重视诗律等。

② 赋诗如“巳公茅屋下，可以赋新诗”《巳上人茅斋》，吟诗如“把酒从衣湿，吟诗信杖扶”《徐步》，咏诗如“此身饮罢无归处，独立苍茫自咏诗”《乐游园歌》，学诗如“学诗犹孺子，乡赋念嘉宾”《奉赠鲜于京兆二十韵》，听诗如“醒酒微风入，听诗静夜分”《陪郑广文游何将军山林十首》其九，题诗如“石阑斜点笔，桐叶坐题诗”《重过何氏五首》其三，抄诗如“乞米烦佳客，抄诗听小胥”《赠李八秘书别三十韵》，裁诗如“故林归未得，排闷强裁诗”《江亭》，论诗如“把酒宜深酌，题诗好细论”《敝庐遣兴奉寄严公》，改诗如“陶冶性灵存底物？新诗改罢自长吟”《解闷十二首》其七。

③〔清〕仇兆鳌:《杜诗详注》卷十，第810页。

（《奉赠韦左丞丈二十二韵》）[①]，将读书与作诗紧密联系起来。他称赞友人“群书万卷常暗诵”（《可叹》）[②]、“年少今开万卷余”（《题柏学士茅屋》）[③]，并认为“男儿须读五车书”（《题柏学士茅屋》）[④]。众书中杜甫比较重视的是《文选》，他教导儿子宗武要“熟精《文选》理”（《宗武生日》）[⑤]，自己也“续儿诵《文选》”（《水阁朝霁奉简云安严明府》）[⑥]。《文选》中尤多汉赋，杜甫以汉赋词汇入诗当也不难理解。

其次，与杜甫对诗赋两种文体的熟稔分不开。杜甫作赋常自比司马相如、扬雄，如“赋或似相如”（《酬高使君相赠》）[⑦]、“赋料扬雄敌”（《奉赠韦左丞丈二十二韵》）[⑧]，而与其交游的友朋同样如此评价他，如“往者十四五，出游翰墨场。斯文崔魏徒，以我似班扬”（《壮游》）[⑨]，“视我扬马间”（《送顾八分文学适洪吉州》）[⑩]。其“三大礼赋”（《朝献太清宫赋》《朝享太庙赋》《有事于南郊赋》）、《封西岳赋》“极力模拟汉赋”[⑪]。赋篇多用汉赋词汇的同时，其诗歌自然也难免会受影响。前文所述汉赋词汇即有许多

① 〔清〕仇兆鳌：《杜诗详注》卷一，第74页。

② 〔清〕仇兆鳌：《杜诗详注》卷二十一，第1830页。

③ 同上书，第1836页。

④ 同上书，第1836页。

⑤ 〔清〕仇兆鳌：《杜诗详注》卷十七，第1477页。

⑥ 〔清〕仇兆鳌：《杜诗详注》卷十四，第1248页。

⑦ 〔清〕仇兆鳌：《杜诗详注》卷九，第727页。

⑧ 〔清〕仇兆鳌：《杜诗详注》卷一，第74页。

⑨ 〔清〕仇兆鳌：《杜诗详注》卷十六，第1438页。

⑩ 〔清〕仇兆鳌：《杜诗详注》卷二十二，第1925页。

⑪ 马积高：《赋史》，上海古籍出版社，1987，第291页。

在杜甫赋中同时出现，如“云旓”见于“上扬云旓兮，下列猛兽”（《天狗赋》）[①]，“嵂崒”见于“郁闷宫之嵂崒，拆元气以经构”（《朝献太清宫赋》）[②]，“杈枒”见于“击丛薄之不开，突杈枒而皆拆”（《雕赋》）[③]，“浮柱”见于“扬流苏于浮柱，金英霏而披靡”（《朝献太清宫赋》）[④]，“阴宫”见于“既臻夫阴宫”（《封西岳赋》）[⑤]，“翠蕤”见于“于是翠蕤俄的，藻藉舒就”（《朝献太清宫赋》）[⑥]，“威弧”见于“彍天狼之威弧，坠魍魉之霏霏”（《封西岳赋》）[⑦]，“典司”见于“先是，礼官草具其仪，各有典司”（《封西岳赋》）[⑧]。

第三，与杜甫非凡的天赋与精湛的诗歌技艺相关。虽然赋的诗化与诗的赋化现象在南朝已出现[⑨]，但诗与赋毕竟是两种文体，赋多鸿篇，可以用大量的篇幅、许多意思相同相近的词铺排描绘同一件事物，而诗则更需要精练的语言。赋多用奇辞丽藻，僻字涩句有时候反而可以展示才学，诗则不然，佶屈聱牙是诗家大忌。汉赋词汇历经魏晋六朝而在诗歌中较少使用，当有这方面的原因在。

杜甫的赋篇，因“力求典重，追摹汉大赋，又不免出现僻字涩

---

①〔清〕仇兆鳌：《杜诗详注》卷二十四，第2183页。

② 同上书，第2108页。

③ 同上书，第2180页。

④ 同上书，第2110页。

⑤ 同上书，第2164页。

⑥ 同上书，第2109页。

⑦ 同上书，第2161页。

⑧ 同上书，第2161页。

⑨ 参看程章灿《魏晋南北朝赋史》第六章第三节《赋的诗化趋势》，江苏古籍出版社，2001。

句”[①]。那么杜甫多以汉赋词汇入诗，会不会使其诗歌像汉赋一样艰涩难读呢？

杜甫用以入诗的汉赋词汇，并非一味求偏求难，而是选择最适合诗歌具体场景的词表情达意、摹景状物。非凡的天赋与精湛的诗歌技艺又使他能将这些成语熔铸，以为己辞。如“毛血洒平芜”（《画鹰》）[②]借用班固“风毛雨血，洒野蔽天”（《西都赋》），即“妥帖自然，语如己出”[③]。“缭以周墙百余里”（《沙苑行》）[④]、“禽兽已毙十七八”（《冬狩行》）[⑤]等语虽化自汉赋，但读者是否明白成语出处丝毫不影响对诗歌的理解。

以汉赋词汇入诗的直接影响是这些词汇经杜甫使用后，有些在中晚唐诗人那里得到继承，如韩愈“岩峦虽嵂崒，软弱类含酎”（《南山诗》）[⑥]运用嵂崒，韩偓“酒荡襟怀微駊騀，春牵情绪更融怡”（《多情》）[⑦]、齐己“北阙会抛红駊騀，东林社忆白氛氲”（《答崔校书》）[⑧]运用駊騀。另一些词如俶装、剖析、威弧、戎戎、豪猪，到了宋代，开始在诗歌中出现。

更为重要的是汉赋词汇入诗是杜甫诗歌探索的一个体现。杜甫

---

① 郭维森、许结：《中国辞赋发展史》，江苏教育出版社，1996，第401页。

②〔清〕仇兆鳌：《杜诗详注》卷一，第19页。

③ 莫砺锋：《杜甫评传》，南京大学出版社，1993，第64页。

④〔清〕仇兆鳌：《杜诗详注》卷三，第229页。

⑤〔清〕仇兆鳌：《杜诗详注》卷十二，第1056页。

⑥ 钱仲联：《韩昌黎诗系年集释》，上海古籍出版社，1984年，第432页。

⑦〔清〕彭定求等编《全唐诗》卷六百八十三，中华书局，1960，第7843页。

⑧〔清〕彭定求等编《全唐诗》卷八百四十四，第9541页。

虽然强调转益多师，但并不固守于前代诗歌藩篱，而是不断地对诗歌进行创新。他扩大了诗歌题材，不再局限于言志缘情，而是将如椽巨笔伸向社会生活的方方面面，杜诗可以说森罗万象，无所不包。他发展了长诗、组诗，拓展了诗歌的容量。以汉赋词汇入诗，同样是杜甫拓展诗歌的探索之一，他扩大了诗歌语言容量，丰富了诗歌写法。这种熔铸成语，以为己辞的尝试对中晚唐诗歌尤其是以学问为诗的宋代诗风的形成，有较为深远的影响。

雨中圣手：杜甫雨诗探论*

在中国古代诗歌史上，雨这种自然现象颇受文人关注，关于雨的作品不胜枚举。中国第一部诗歌总集《诗经》中提到雨的诗歌就有二十五首，汉魏六朝时期写雨的诗篇逐渐增多，班固、曹植、陆机、陶潜等人都有写雨之作。其后，唐人写雨呈现出多样化的趋势，王昌龄、韩愈、白居易等人或写春雨如油，或写离别之雨，或写雨中愁苦，其情感内涵逐渐丰富。唐人写雨诗首推杜甫，其雨诗数量庞大、类型多样，熔铸了诗人在各个时期的情绪、体验、心态等，可谓雨中圣手。方回《瀛奎律髓》①卷十七晴雨类中收诗一百三十五首，选录杜甫的雨诗二十四首，其选录数量在唐宋诗人中位居第二，仅次于宋代诗人陈与义的二十六首。

唐代以降，学界对杜甫及杜诗的研究卷帙浩繁，成果颇丰。目

---

* 本文系与兰州大学文学院中国古代文学专业2022级硕士研究生任梦园合撰。

①〔元〕方回：《瀛奎律髓汇评》卷十七，李庆甲集评校点，上海古籍出版社，1986，第625页。

前关于杜甫雨诗的研究成果多集中在意象选用、情感内涵、艺术手法、比较研究、名作赏析等方面，整体性分析较少，对雨诗价值的关注也不够。因此本文拟从以下四个方面对杜甫雨诗进行探究。首先，从地域上关注杜甫雨诗创作最多的长安和夔州两地，分析雨诗的书写特征；其次，从诗人所处的时代背景和个人境遇等方面分析雨诗的情感意蕴；再次，从炼字和锻句两方面分析雨诗的艺术特色；最后，从雨景描摹和情感书写两方面分析其独特价值。

一、长安与夔州：杜甫雨诗的地域倾向

《杜诗详注》卷一至卷二十三为诗，收录杜甫诗歌一千四百三十九首，其中以雨题名的有五十二首。再加上诗题无雨但主题为雨的诗歌，共六十四首，其中包含五古十三首、七古七首、五律二十八首、七律七首、五排五首、七排二首、七绝二首。

从地域上看，杜甫雨诗多创作于长安十年（710年）和寓居夔州两个时期。天宝五载（746年）至天宝十四载（755年），杜甫于长安求官，以“致君尧舜上，再使风俗淳”[①]的宏愿进呈礼赋、投赠干谒之辞，却未获得任何官职。在生活处境方面，父亲杜闲去世，家中生计由杜甫一人承担，没有官俸的诗人只能通过“卖药都市，寄食友朋”（《进三大礼赋表》）[②]和“朝扣富儿门，暮随肥马尘”（《奉赠韦左丞丈二十二韵》）[③]的方式生活。在困居长安的十年时间中，杜甫上观国家政权掌握者的荒淫无度、昏庸专制，下视黎民百姓的凄惨苦境，创作了《九日寄岑参》《秋雨叹三首》《苦雨

①〔清〕仇兆鳌：《杜诗详注》卷一，中华书局，1979，第74页。

②〔清〕仇兆鳌：《杜诗详注》卷二十四，第2104页。

③〔清〕仇兆鳌：《杜诗详注》卷一，第75页。

奉寄陇西公兼呈王征士》《三川观水涨二十韵》《曲江对雨》《承沈八丈东美除膳部员外郎阻雨未遂驰贺奉寄此诗》《陪诸贵公子丈八沟携妓纳凉晚际遇雨二首》《白水明府舅宅喜雨》等十一首雨诗。这一时期的雨诗，大多是对淫雨连绵导致的雨灾的书写。诗人或直接描写雨的汹涌，如“二仪积风雨，百谷漏波涛”（《临邑舍弟书至苦雨黄河泛溢堤防之患簿领所忧因寄此诗用宽其意》）[①]；或从侧面渲染雨势之大，如“牛马行无色，蛟龙斗不开”（《雨》）[②]。其中最值得关注的是天宝十三载（754年）所写的雨诗。此年强盛的大唐王朝呈现出衰颓之势，安禄山叛乱的兆头已然出现。是年九月，长安城内淫雨连绵，六十日不止。屋宅受损，米价飞涨，官府济粮难以满足灾民需求。在民生凋敝、黎民阻饥的苦况之下，朝廷权臣杨国忠等人却将天灾作为铲除异己的工具，公然玩弄瞒上欺下的手段。据《资治通鉴·天宝十三载》记载，“自去岁水旱相继，关中大饥……高力士侍侧，上曰：‘淫雨不已，卿可尽言。’对曰：‘自陛下以权假宰相，赏罚无章，阴阳失度，臣何敢言！’上默然。”[③]为政者将黎民的生死作为政治斗争的砝码，而诗人却将浓重的厚生爱民的情怀倾注于诗歌当中。杜甫在雨诗中对雨势之大进行了多次描写：“今秋乃淫雨，仲月来寒风。群木水光下，万家云气中。所思碍行潦，九里信不通”（《苦雨奉寄陇西公兼呈王征士》）[④]、“阑风伏雨秋纷纷，四海八荒同一云。去马来牛不复辨，

①〔清〕仇兆鳌：《杜诗详注》卷一，第23页。

②〔清〕仇兆鳌：《杜诗详注》卷十五，第1338页。

③〔宋〕司马光：《资治通鉴》卷二百一十七，〔元〕胡三省音注，中华书局，1956，第6928页。

④〔清〕仇兆鳌：《杜诗详注》卷三，第214页。

浊泾清渭何当分”（《秋雨叹三首》其二）[①]，他以贫寒之身悯恤苍生万民，从不同的角度记录了这场淫雨带给民众的巨大灾难：行路不通、花草腐烂、作物受灾、粮价暴涨。

大历元年（766年），杜甫自云安移居至夔州，在此地滞留了接近两年的时间。此时，杜甫已至暮年，陷入诸病缠身、贫困交加、流离失所、远离故土的凄惨境况，在诗作中常自抒孤独伶仃之感和怀乡恋阙之情。如欧阳修所言，诗歌“殆穷者而后工也”[②]，在这一时期杜甫创作了十五首雨诗，包括《雨》（峡云行清晓）、《雨》（行云递崇高）、《雨二首》、《雨不绝》、《雨》（万木云深隐）、《雨》（始贺天休雨）、《夜雨》、《江雨有怀郑典设》、《晨雨》、《雨四首》、《久雨期王将军不至》等。夔州地处瞿塘峡口，独特的河谷位置和季风区特点导致此地潮湿多雨，又因地势不平而难以排水，故此地易涝。在杜诗中多有涉及夔州之多雨，如“风吹苍江树，雨洒石壁来”（《雨》）[③]、“江上日多雨，萧萧荆楚秋”（《江上》）[④]、“春雨暗暗塞峡中，早晚来自楚王宫”（《江雨有怀郑典设》）[⑤]等。降雨导致气温降低、湿度增高，因此杜甫夔州时期的雨诗常写这些气候变化在身体上的反映，如“清凉破炎毒”（《雨》）[⑥]之雨能消解暑热，带来清凉之感；“野凉侵闭户”（《夜雨》）[⑦]之雨则会侵扰

① 〔清〕仇兆鳌：《杜诗详注》卷三，第217页。

② 洪本健：《欧阳修诗文集校笺》居士集卷四十二，上海古籍出版社，2009年，第1093页。

③ 〔清〕仇兆鳌：《杜诗详注》卷十五，第1323页。

④ 同上书，第1329页。

⑤ 〔清〕仇兆鳌：《杜诗详注》卷十八，第1614页。

⑥ 〔清〕仇兆鳌：《杜诗详注》卷十五，第1333页。

⑦ 〔清〕仇兆鳌：《杜诗详注》卷十九，第1677页。

病体，让人不胜其苦。此外，诗人在夔州时期频繁迁移，短暂的一年多时间内居住过六处住所，这种漂泊不定的生活让他频频想起过往的生活，因而在诗作中包蕴着浓重的莼鲈之思。如《雨二首（其一）》："青山淡无姿，白露谁能数。片片水上云，萧萧沙中雨。殊俗状巢居，曾台俯风渚。佳客适万里，沉思情延伫。挂帆远色外，惊浪满吴楚。久阴蛟螭出，寇盗复几许。"[①]雨水不仅是阻碍诗人归家的障碍，还进一步渲染了行路艰难、归家无计的苦涩气氛。除了上述色调灰沉的苦雨诗外，杜甫在夔州期间还创作了一系列喜雨诗，多方面描绘了蜀地久旱得雨的景象，如《雨》（峡云行清晓）中"白谷变气候，朱炎安在哉"[②]一句，写霖雨骤降，洗去往日的炎热。但在喜雨诗中也弥漫着诗人的伤感之情，此诗以"哀"字作结，在末尾给人留下凄清悲凉之感。由此看来，杜甫夔州所作的雨诗其情感基调是低沉凝重的。

杜甫雨诗之所以多创作于长安和夔州，是与他的个人境遇和社会时局分不开的。在旅食京华的十年间，他历经天灾人祸，因而在诗句中格外关注影响民生、与人事关联的雨，其创作既有对自然万物和黎民百姓的忧思和怜悯，又有对人君昏庸和奸佞谋私的讽刺。而到了夔州时期，杜甫亲历政局之变和漂泊之苦，在诗作中书写凄冷孤苦的生活，抒发怀念故土的情思。无论是长安还是夔州，杜甫的雨诗中始终以咏叹之笔体恤万物，在字句间充盈着对苍生社稷的脉脉深情。

① 〔清〕仇兆鳌：《杜诗详注》卷十五，第1326页。

② 同上书，第1324页。

二、喜与忧：杜甫雨诗的情感内涵

作为一种客观存在的物象，雨无好坏之别，但经过诗人的审美加工后，雨成为带有主观情感的意象。杜甫对雨的情感多与雨的性质相关，他因春雨润物而喜，又因淫雨害稼而忧，在对诸多形态的雨的书写中包蕴着动人的诗情。

（一）得雨而喜

在以农业为主的传统社会，旱灾会造成田地干涸、庄稼枯死、饥殍遍野、民不聊生，而久旱得雨往往会被诗人极力称颂，将其喻为皇天恩泽。杜甫在雨诗中用大量的笔墨书写旱灾后的霖雨，诗歌中充斥着天降甘霖的喜悦。《白水明府舅宅喜雨》中对白水久旱得雨的描写，其喜悦之情溢于言表："汤年旱颇甚，今日醉弦歌。"[①]再如《大雨》："西蜀冬不雪，春农尚嗷嗷。上天回哀眷，朱夏云郁陶。执热乃沸鼎，纤絺成缊袍。风雷飒万里，霈泽施蓬蒿。敢辞茅苇漏，已喜黍豆高。"[②]《大雨》一诗描述雨雪失时，农事凋敝，庄稼枯黄。在珍贵的雨水降临之后，四周的百姓纷纷提着耒耜出门耕作，即使不是杜甫家的田地，他也为之欣喜。《喜雨》（南国旱无雨）一诗则更为详细地对雨情进行了描写："南国旱无雨，今朝江出云。入空才漠漠，洒迥已纷纷。巢燕高飞尽，林花润色分。晚来声不绝，应得夜深闻。"[③]杜甫由喜雨之缘由发端，从落雨的征兆写起，借"才""已"两个虚字和"漠漠""纷纷"两个叠词，展现了层云密布、初雨连绵的雨景。雨水渐足，诗人的喜悦之情溢至巢燕

①〔清〕仇兆鳌：《杜诗详注》卷四，第262页。

②〔清〕仇兆鳌：《杜诗详注》卷十一，第907页。

③〔清〕仇兆鳌：《杜诗详注》卷十四，第1218页。

与林花，为其得雨而喜。末句雨势愈大，连绵不绝，入夜未有雨尽的迹象。雨势随着一日内时间的推移而增大，诗人欢欣之情也随之达到顶点。

（二）对雨而愁

雨朦胧缥缈又无色无味，常常能触发杜甫的忧思。如《秋雨叹三首》通篇流露出诗人的悲悯目光。组诗第一首，首联二句承题中之雨而写，言雨中百草枯烂，唯独决明子颜色犹存。诗人既怜惜淫雨中烂死的植物，又因决明子色泽之明亮而欣喜。颔联语气急转直下，诗人忧心决明子无法在风雨飘摇的环境中独立，亦是在忧心自己无法在奸邪之世保持气节。组诗第二首，诗人将关切的目光从阶下决明子转移至长安城内外，写“阑风伏雨”持续数日，“四海八荒”都处于水患之中。深秋正值收成之季，淫雨使稼穑受灾，米价暴涨，物价居高不下，农夫田妇的生活难以为继。组诗第三首，诗人的目光回到斗室之内。此时诗人旅居长安，生活困蹇，无朋无友。面对风雨，老夫和稚子具有不同的心境：老夫不出而“长蓬蒿”，稚子因天真无忧而“走风雨”。诗篇的末尾，诗人因内心之困而发问，以连绵之雨抒写了身世飘零、孤独无依之悲。这种忧思在杜甫滞留夔州所作的雨诗中尤为深切，他在诗中用大量的笔墨来书写漂泊的苦涩。再如《暮春》一诗：“卧病拥塞在峡中，潇湘洞庭虚映空。楚天不断四时雨，巫峡常吹万里风。沙上草阁柳新暗，城边野池莲欲红。暮春鸳鹭立洲渚，挟子翻飞还一丛。”[①]作此诗时，杜甫已缠绵病榻多时，萧瑟的风雨不仅让病体不适，更阻碍了诗人回乡的归途。诗人心生烦闷，窗外鸳鸯携子归家之景又将诗人此时的处境衬托得更为悲凉。

①〔清〕仇兆鳌：《杜诗详注》卷十八，第1604页。

（三）苦雨伤农

杜甫的雨诗语意深沉，在对雨景雨况的书写中包含了对时事的批评。在《九日寄岑参》中，诗人描绘了群流乱注、稼穑受灾、民生疾苦的场景。杜甫因洪水毁灭庄稼而向上天发出呼号："吁嗟乎苍生，稼穑不可救。"[①]再如《喜雨》（春旱天地昏），此诗写于宝应元年（762年）八月，台州人袁晁起兵反叛，浙东州郡陷入敌手，诗末自注语"时浙右多盗贼"[②]即指此叛乱。杜甫在诗中真实地书写了天灾和战乱对百姓的双重迫害："农事都已休，兵戎况骚屑"，旱灾对农事的妨害尚未结束，战乱又接踵而至，百姓的生活已经到达难以为继的状态。虽然"沧江夜来雨"，但雨量不大，旱灾和兵灾的不祥之气仍然笼罩在蜀地之上。诗人对现实喜忧参半，因而突发奇想，意图鞭挞雷公，扫除盗贼，救民众于水火，在末句翘盼大雨能一洗吴越之灾："安得鞭雷公，滂沱洗吴越。"袁晁之乱的本质为农民动乱，杜甫作此诗并非站在统治阶级的立场上批判民间暴动，而是从国家命运的角度希冀战乱停止。韩成武认为，杜甫对暴动的否定正是因为他以国家命运为重、以民族存亡为大节。[③]通读全诗，可以发现杜甫的关注点始终为"农事""巴人""谷"等民生问题。由此可见，即使是批判现实的诗歌，其中也蕴含着杜甫对民生的殷忧和对黎民的哀怜。

总体来看，杜甫雨诗中丰富的情感内涵源于其复杂的人生经历和敏锐的感知力。他不仅描摹雨势雨景，还将关怀的目光投向苍生

---

① 〔清〕仇兆鳌：《杜诗详注》卷三，第209页。

② 〔清〕仇兆鳌：《杜诗详注》卷十二，第1020页。

③ 韩成武：《杜甫敌视袁晁暴动问题的再认识》，《文学遗产》1999年第1期。

万物，以强烈的共情力将充沛的情感熔铸于诗句当中。正如黄生所言，杜诗“体物之精，命意之远。说物理物情，即从人事世法勘入，故觉篇篇寓意，含蓄无限”①。

三、字与句：杜甫雨诗的艺术技法

杜甫在《寄高三十五书记》中有言：“美名人不及，佳句法如何。”②仇兆鳌在其后注：“章有章法，句有句法，字有字法。”③佳作需要在字、句、篇上遵循法度，而在杜甫雨诗中最为突出的就是其炼字锻句的功力。

杜甫的雨诗既能以寥寥数笔描绘出宏大的雨景图，又能以细腻的笔触刻画雨的神韵，这离不开他工于炼字的作诗技法。叶梦得有言：“诗人以一字为工，世固知之。惟老杜变化开阖，出奇无穷，殆不可以形迹捕。”④在雨诗中，杜甫往往借助苦心孤诣的炼字对雨的诸多形态进行描摹和观照，使物象神态毕现，从而创造雨的意境之美。如《晴二首》其一中“碧知湖外草，红见海东云”⑤，杜甫巧用“碧”“红”两个颜色字，使得雨后景物如同水洗般清澈透亮，色彩鲜明，描绘了一幅雨过天晴、万物复苏的春景图。又如“林花著雨燕支湿，水荇牵风翠带长”（《曲江对雨》）⑥中的“湿”字，仇兆鳌在《杜诗详注》中援引宋人王得臣记录的一段故事，称“此

① 〔清〕仇兆鳌：《杜诗详注》卷十七，第1536页。

② 〔清〕仇兆鳌：《杜诗详注》卷三，第194页。

③ 同上书，第195页。

④ 〔宋〕叶梦得：《石林诗话》，载〔清〕何文焕辑《历代诗话》，中华书局，1981，第420页。

⑤ 〔清〕仇兆鳌：《杜诗详注》卷十五，第1337页。

⑥ 〔清〕仇兆鳌：《杜诗详注》卷六，第451页。

诗题于院壁，‘湿’字为蜗蜒所蚀，苏长公、黄山谷、秦少游偕僧佛印，因见缺字，各拈一字补之。苏云‘润’，黄云‘老’，秦云‘嫩’，佛印云‘落’。觅集验之，乃‘湿’字也，出于自然。”[①]“润”“老”“嫩”“落”不如“湿”字自然，“湿”字不过分雕琢，以平淡而真实之笔展现了盛事不再、景非昔同的惆怅。再如“菊蕊凄疏放，松林驻远情”（《西阁雨望》）[②]二句，诗人选用了菊与松这两个代表秋天的标志性意象，“凄”“驻”二字极见杜甫炼字之功力，生动地展现了菊蕊凄然疏放和松林傲然挺立的特性，赋予物以情态。除了将雨中物象拟人以外，杜甫还擅长将雨人格化，如《春夜喜雨》，“随风潜入夜，润物细无声”[③]二句采用拟人手法，“潜”字写出春雨在夜幕的掩盖下随风降落，“细”字凸显了春雨细腻柔和的特点，正因如此，才能达成于无声中滋养万物的效果，字句之间流露出杜甫对春夜降雨的喜悦之情。总之，杜甫在雨诗中以生花妙笔描摹自然景物，其炼字的精妙离不开他对雨中物象的细致观察和对雨况变化的灵敏把握。

杜诗中的句法变化多端，清人黄生在《唐诗矩》《唐诗摘钞》《杜诗说》三书中整理评述了杜诗的句法有七十九种之多。[④]其雨诗最突出的句法便是倒装句法，杜甫经常倒置词序、转变语序，使得诗境更为开阔，以延长阅读者的审美过程。他对句法的精工雕琢由

---

①〔清〕仇兆鳌：《杜诗详注》卷六，第452页。

②〔清〕仇兆鳌：《杜诗详注》卷十七，第1472页。

③〔清〕仇兆鳌：《杜诗详注》卷十，第799页。

④ 参见清人朱之荆：《黄白山杜诗说句法》，载〔清〕黄生选评，〔清〕朱之荆增订，〔清〕程鸿绪重校：《增订唐诗摘抄》卷末附录，清嘉庆四年程氏浣月斋刻本。

来有自，受到了前人的诸多影响。在《解闷十二首》其七中，杜甫直言“颇学阴何苦用心”[①]，在句法方面他受到阴铿的影响，对阴铿倒装句式进行效仿并加以变化，创造出多种形式。如《陪郑广文游何将军山林十首》其五中“绿垂风折笋，红绽雨肥梅”[②]一句，仇兆鳌注曰：“本是风折笋而绿垂，雨肥梅而红绽，乃用倒装句法耳。”风吹折竹笋，因而绿嫩的断笋下垂；雨水滋润了梅，因而红梅的花蕾绽放。杜甫有意将“绿”“红”二字置于句首，强调了对雨景之颜色的第一印象，使得诗句色彩鲜明，在红绿映衬中呈现出植物鲜活的生命力。再如“林花著雨燕支湿，水荇牵风翠带长”（《曲江对雨》）[③]，依旧倒置了词序，写因为雨打湿了林中的鲜花，所以花才像沾了水变潮湿的胭脂一样，因为风吹着水荇，所以水荇才像长长的翠带在飘扬，同类型的还有“红稠屋角花，碧秀墙隅草”（《雨过苏端》）[④]等。杜甫雨诗中对颜色词的调用强调了鲜明的色彩美，给人以强烈的视觉冲击，而他对动词和形容词的倒置则突出了动态的场景，使诗句呈现跌宕起伏的变化。由此可见，雨诗中词序、语序的变化体现了杜甫对诗歌美学价值的追求，扩宽了雨诗的情感空间，丰富了诗歌的意蕴内涵，使得诗歌“语峻而体健”[⑤]，具有新奇的美学效果，带给读者独特的审美感受。

杜甫的雨诗注重锤炼字句，在用字造句方面进行苦思和推敲，使雨诗体物精妙、造境浑融、意涵丰富。从杜甫对雨诗艺术技法的

---

①〔清〕仇兆鳌：《杜诗详注》卷十二，第1515页。

②〔清〕仇兆鳌：《杜诗详注》卷二，第151页。

③〔清〕仇兆鳌：《杜诗详注》卷六，第451页。

④〔清〕仇兆鳌：《杜诗详注》卷四，第339页。

⑤〔宋〕王得臣语，载〔清〕仇兆鳌：《杜诗详注》卷七，第712页。

追求中，既能体悟到杜甫对周遭景物的细致观照，又能领会到他在诗歌审美效果上的探索。

四、继承与超越：杜甫雨诗的独特价值

关于雨的书写由来已久，在《诗经》中便有“习习谷风，维风及雨”（《小雅·谷风》）之类的表述，以雨这一客观物象烘托气氛，寄托绵绵无尽的情思。在《九歌·山鬼》中“表独立兮山之上，云容容兮而在下。杳冥冥兮羌昼晦，东风飘兮神灵雨”①，诗句借飘落的云雨书写山鬼的寂寞。汉魏六朝时期，雨题材受到诗人们的广泛关注，班固等人以雨入诗，抒发情思。唐代雨诗创作不乏其例，《全唐诗》中收录的雨诗有千例之多。与杜诗相比，此前的诗人大多是将雨作为一种天气气象援引入诗，刻画书写这一文学意象的审美意蕴。而杜甫的雨诗则“自开堂奥，尽削前规”②，在雨景描摹和情感意蕴上别开生面，后出转精。

雨作为古代诗歌史中重要的审美意象，历来受到众多诗人垂青。先秦至初唐对雨的形态有诸多描写，但其类别较少，比如曹植写“霖雨”“时雨”，陶渊明写“微雨”，而杜甫则对雨进行了细致入微的观察，一改此前对雨况单一、重复的书写，将雨这一意象细分为几十种。从雨势上，有小雨、细雨、微雨、疏雨、急雨；从时间上，有春雨、梅雨、夏雨、秋雨、朝雨、暮雨、夜雨；从情感上，有苦雨、喜雨；从地域上，有村雨、江雨等。杜甫在诗歌中对上述雨况进行细致的描摹，不同形态的雨在杜诗中各具特色。如他

---

①〔宋〕洪兴祖：《楚辞补注》卷二，中华书局，1983，第80页。

②〔明〕胡应麟：《诗薮》内编卷四，中华书局上海编辑所，1958，第69页。

写春雨细腻润物“润物细无声”；写秋雨萧瑟清冷“山寒著水城”；写微雨雨丝如麻“映空摇扬如丝飞”；写暴雨迅疾狂暴“雷声忽送千峰雨”。不同的雨在杜甫的笔下呈现出多种特色，可见杜甫诗心之广阔，其感物之细腻。杜甫的雨诗中不仅雨的类别和形态千差万别，对于同一类别的雨，他也有不同的写法。他的雨诗都不是凭空起笔，就物写物，而是把“雨”当作外化的物质载体，抒发自我情怀。他选取的雨的形态往往是与其抒写的情感相契合的，因此蒙蒙细雨通常用来写绵绵情思；但在具体的写法上又存在差异，如“湛湛长江去，冥冥细雨来”（《梅雨》）[①]二句写连绵细雨，与长江相对更能凸显梅雨时节雨水的充沛。“细雨鱼儿出，微风燕子斜”（《水槛遣心二首》其一）[②]则写诗人在傍晚时分凭槛眺望，周遭环境清幽，少有人迹，视野开阔，“细雨”和周遭的“澄江”“幽树”“微风”组成静谧闲雅的环境。“江上人家桃树枝，春寒细雨出疏篱”（《风雨看舟前落花戏为新句》）[③]描写春雨，突出了雨的“细”，表现出其润物无声的特点。因此，杜甫扩宽了雨这一审美对象，他对雨的细腻书写颇受白居易、李商隐等人的仿效。

杜甫此前的诗人对雨的描写大多是以雨为背景进行体物抒情的，其情感也多局限于对个人境遇和人生命运的慨叹。即使前人诗作中虽然也有对政治时局等的关心，但更多的是转向内在书写自身的情感体验和人生经历；而杜甫的诗作则将观照的范围由个体人生扩展至苍生万民，在诗作中以同情之心体恤万物，其情感内涵更为深厚真挚。天宝十五载（756年），安禄山陷京师，中原板荡，神州

①〔清〕仇兆鳌：《杜诗详注》卷九，第738页。

②〔清〕仇兆鳌：《杜诗详注》卷十，第812页。

③〔清〕仇兆鳌：《杜诗详注》卷二十三，第2050页。

陆沉，杜甫仓皇避乱。人祸与天灾接踵而至，鄜州暴雨，舟车不通，杜甫作“普天无川梁，欲济愿水缩”（《三川观水涨二十韵》）[①]，希望洪水消退，道路畅通。即使处于困顿之中，自身的生计也难以保全，但是杜甫仍然以惨怛之心关怀苍生。诗人亲历兵灾与淫雨的双重苦况，率先想到的不是个人的处境，而是忧心兵戈扰攘、生灵涂炭、十室九空、民力凋敝。此外，杜甫不仅关心身处天灾中的生民百姓，同时也对万物传递了强烈的同情和怜悯。如《秋雨叹三首》其一中“雨中百草秋烂死，阶下决明颜色鲜”[②]二句，言雨中百草枯烂，唯独决明子颜色犹存。诗人既怜惜淫雨中烂死的植物，又因决明子色泽之明亮而欣喜。和此前雨诗相比，杜甫的诗作中充满了对民瘼的关怀和对万物的同情。

总体来看，杜甫在继承雨诗传统的同时，极大地丰富并拓展了雨诗的书写内涵和情感意蕴，使雨诗这一诗歌类型受到后人关注，并不断发展。后代的诗人如白居易等人在写雨方式、情感表达等方面与杜甫一脉相承。

杜甫的雨诗创作与其个人经历和时局变化紧密相关，长安十年间他历经天灾人祸，在诗句中包含了对民生人事的关注和同情。寓居夔州期间，他漂泊西南，诗作的情感基调是凄冷孤苦的。杜甫雨诗历来赞誉颇多，是因为他对雨这一常见物象进行多方面观照，在诗篇中流露出真挚深切的情思，字句间体现了精工雕琢的诗艺。前人雨诗中大多以雨来渲染气氛、铺垫后文、引发诗情，而杜甫则以细腻的笔触对雨进行描摹，不仅借雨自抒怀抱，还进一步将关怀怜悯的目光投向苍生万民，以诗人之心体察万物。

①〔清〕仇兆鳌：《杜诗详注》卷四，第308页。

②〔清〕仇兆鳌：《杜诗详注》卷三，第216页。

唐代文学研究

汉赋模式影响唐诗考论*

一、从模拟到模式：汉赋模式的产生

两汉文坛模拟之风始于扬雄，班固《汉书》记其“实好古而乐道，其意欲求文章成名于后世，以为经莫大于《易》，故作《太玄》；传莫大于《论语》，故作《法言》；史篇莫善于《仓颉》，故作《训纂》；箴莫善于《虞箴》，故作《州箴》；赋莫深于《离骚》，反而广之；辞莫丽于相如，故作四赋：皆斟酌其本，相与放依而驰骋云”[①]。之后模拟之风甚盛，胡小石先生曾撰《两汉模仿文学一览表》，周勋初先生增订为《两汉摹拟作品一览表》。周勋初先生认为汉代之所以形成模拟学风，是因为“受经学上墨守家法的风气的影

---

*本文原载《南京大学学报（哲学·人文科学·社会科学）》2011年第3期。

①〔汉〕班固：《汉书》卷八十七下，〔唐〕颜师古注，中华书局，1962，第3583页。

响至为深巨”[①]。其中赋体文学的模拟尤为突出，如刘知几《史通·序例》曰：“方朔始为《客难》，续以《宾戏》《解嘲》；枚乘首唱《七发》，加以《七章》《七辩》”[②]，扬雄《解嘲》、班固《答宾戏》、崔骃《达旨》、张衡《应间》等皆为模拟东方朔《答客难》，而傅毅《七激》、张衡《七辩》、崔骃《七依》、马融《七广》等皆为模拟枚乘《七发》。由这种形式上的模拟逐步发展，汉赋中形成了许多模式，并对后世文学产生了深远影响。

钱锺书先生《管锥编》较早注意到后世文学对汉赋模式的袭用：

> 《游猎赋》：“双鸧下”。按《文选》李善注：“‘下’、落也。”班固《西都赋》：“矢不单发，中必叠双”；傅毅《洛都赋》：“连轩翥之双鹍”（《文选》陆机《齐讴行》注引）；张衡《南都赋》：“仰落双鸧”，又《西京赋》“磻不特絓，往必加双”；曹植《名都篇》：“左挽因右发，一纵两禽连”；《列子·汤问》：“蒲且子之弋也，弱弓纤缴，乘风振之，连双鸧于青云之际”；徐陵《紫骝马》“角弓连两兔，珠弹落双鸿”；李白《行行且游猎》“弓弯满月不虚发，双鸧迸落连飞髇”，又《赠宣城太守兼呈崔侍御》：“闲骑骏马猎，一射两虎穿；回旋若流光，转背落双鸢”；杜甫《哀江头》：“翻身向天仰射云，一箭正坠双飞翼”；白居易《杂兴》“东风二月天，春雁正离离，美人挟银镝，一发叠双飞”；李贺《荣华乐》：“天长一矢贯双虎，云弝绝骋聒旱雷。”

① 周勋初：《王充与两汉文风》，载《周勋初文集》第三册，江苏古籍出版社，2000，第7页。

②〔唐〕刘知几：《史通》卷四内篇，明万历三十年张鼎思刻本。

……

比美效颦，侈夸成习，略似《召南·驺虞》之“一发五豝”。长孙晟、高骈发一矢而贯二雕，李克用仰中双凫，乃至李波小妹射人亦“左右必叠双”，史传中大书特书者，词章中常见惯见。①

《诗经·召南·驺虞》“一发五豝”“一发五豵”虽较为夸张，但汉赋“中必叠双”的描述影响更为深远，后世诗文、史传中形容射术精湛都沿袭了这一模式。

钱锺书先生最后分析道，“诗人写景赋物，虽每如钟嵘《诗品》所谓本诸‘即目’，然复往往踵文而非践实（nicht in der Sache, sondern in der Sprache），阳若目击今事而阴乃心摹前构”②，他们在面对同一情景事物时很难摆脱前代优秀文学的影响。

二、汉赋描写模式对唐诗之影响

汉赋往往通过多种手段、多个视角，调动一切感官、运用一切语汇对一种事物无以复加地修饰与描绘，从而形成了许多描写模式，其中以田猎题材与音乐题材较为突出。

（一）田猎描写

汉赋关于田猎的描写始于枚乘《七发》，司马相如《子虚》《上林》极大地丰富了这一题材，至扬雄《羽猎赋》《长杨赋》即以此题材成篇，之后田猎成为汉赋中主要的题材之一。既有以田猎为题的赋篇，如张衡《羽猎赋》、王粲《羽猎赋》、应玚《西狩赋》《驰

① 钱锺书：《管锥编》，生活·读书·新知三联书店，2008，第580–581页。

② 钱锺书：《管锥编》，第581页。

射赋》《校猎赋》等，也有其他题材赋篇大量涉及田猎，其中京都赋如扬雄《蜀都赋》、傅毅《洛都赋》、班固《两都赋》、张衡《二京赋》《南都赋》、徐幹《齐都赋》等，七体赋如傅毅《七激》、崔骃《七依》、桓麟《七说》、王粲《七释》等。

《七发》中关于田猎的描写虽仅为"客"的虚构之辞，但已涉及后世汉赋田猎描写的主要内容：

> 将为太子驯骐骥之马，驾飞軨之舆，乘牡骏之乘。右夏服之劲箭，左乌号之雕弓。游涉乎云林，周驰乎兰泽，弭节乎江浔。掩青蘋，游清风，陶阳气，荡春心，逐狡兽，集轻禽。于是极犬马之才，困野兽之足，穷相御之智巧，恐虎豹，慑鸷鸟，逐马鸣镳，鱼跨麋角，履游麕兔，蹈践麖鹿，汗流沫坠冤伏陵窘，无创而死者，固足充后乘矣。……冥火薄天，兵车雷运，旍旗偃蹇，羽毛肃纷，驰骋角逐，慕味争先，徼墨广博，观望之有圻，纯粹全牺，献之公门。……未既。于是榛林深泽，烟云闇莫，兕虎并作，毅武孔猛，袒裼身薄，白刃硙硙，矛戟交错，收获掌功，赏赐金帛，掩蘋肆若，为牧人席，旨酒嘉肴，羞炰脍炙，以御宾客。涌触并起，动心惊耳。诚必不悔，决绝以诺。贞信之色，形于金石。高歌陈唱，万岁无斁。①

从所乘之马、所用之弓箭，到出行过程、射猎描写、犒军宴饮，基本奠定了汉赋田猎题材的模式，之后的作品都是在此基础上不断丰富。如司马相如《子虚赋》中就多了对车御的描写，"阳子

① 费振刚、胡双宝、宗明华辑校《全汉赋》，北京大学出版社，1993，第18-19页。

骖乘，孅阿为御”[①]，多了对水中狩猎的描写。这一模式对后世文学影响深远，唐代田猎诗中同样不例外。

首先，唐代田猎诗中存在较多关于弓箭的描写。如李世民“雕戈夏服箭，羽骑绿沉弓”（《出猎》）[②]、李隆基“弧矢威天下”（《校猎义成喜逢大雪率题九韵以示群官》）[③]、李峤“燕弧带晓月，吴剑动秋霜”（《奉和杜员外扈从教阅》）[④]、李白“骏发跨名驹，雕弓控鸣弦”（《秋猎孟诸夜归置酒单父东楼观妓》）[⑤]、贾至《咏冯昭仪当熊》记冯昭仪扈从皇帝校猎情景时，描写了雕弓、白羽，郑嵎的《津阳门诗》记五王扈从皇帝校猎时，描写了雕弓、绣韣。

其次，唐代田猎诗中也不乏对出行过程的描述。如李世民“金鞍移上苑，玉勒骋平畴”（《冬狩》）[⑥]、李隆基“旌旗游近县”（《校猎义成喜逢大雪率题九韵以示群官》）[⑦]、李峤“夹岸虹旗转”（《奉和杜员外扈从教阅》）[⑧]、孙逖“吴王初鼎峙，羽猎骋雄才。辇道闾门出，军容茂苑来。山从列嶂转，江自绕林回。剑骑缘汀入，旌门隔屿开”（《长洲苑》）[⑨]、贾至“霓旌动朔风。平明出

① 费振刚、胡双宝、宗明华辑校《全汉赋》，第48页。

②〔清〕彭定求等编《全唐诗》卷一，中华书局，1960，第7页。

③〔清〕彭定求等编《全唐诗》卷三，第26页。

④〔清〕彭定求等编《全唐诗》卷六十一，第727页。

⑤〔清〕彭定求等编《全唐诗》卷一百七十九，第1823页。

⑥〔清〕彭定求等编《全唐诗》卷一，第7页。

⑦〔清〕彭定求等编《全唐诗》卷三，第26页。

⑧〔清〕彭定求等编《全唐诗》卷六十一，第726页。

⑨〔清〕彭定求等编《全唐诗》卷一百一十八，第1197页。

金屋，扈辇上林中”（《咏冯昭仪当熊》）[①]。

第三，唐代田猎诗对射猎场面的许多描写也可以看出汉赋的影响。前文所引钱锺书《管锥编》所举李白、杜甫、白居易、李贺等诗中形容箭术精准时“中必叠双”的描述，即源于汉赋。此外如郑嵎“笼山络野张罝维”（《津阳门诗》）[②]描写在山野上设捕兽网，明显受班固“罘罔连纮，笼山络野，列卒周币，星罗云布”（《西都赋》）[③]的影响；李白“弓弯满月不虚发”（《行行且游猎篇》）[④]、孟云卿“所发无不中，失之如我雠”（《行行且游猎篇》）[⑤]形容箭法之准受司马相如“弓不虚发，中必决眦，洞胸达掖，绝乎心系”（《子虚赋》）[⑥]、“箭不苟害，解脰陷脑，弓不虚发，应声而倒”（《上林赋》）[⑦]的影响；魏知古“奔走未及去，翾飞岂暇翔”（《从猎渭川献诗》）[⑧]形容捕猎的声势迅疾，受扬雄“鸟不及飞，兽不得过”（《羽猎赋》）[⑨]、班固“飞者未及翔，走者未及去”（《东都赋》）[⑩]的影响。

第四，唐代田猎诗多注重对“顺时”与“讲武”的描述。古代

① 〔清〕彭定求等编《全唐诗》卷二百三十五，第2596页。
② 〔清〕彭定求等编《全唐诗》卷五百六十七，第6562页。
③ 费振刚、胡双宝、宗明华辑校《全汉赋》，第315页。
④ 〔清〕彭定求等编《全唐诗》卷一百六十二，第1683页。
⑤ 〔清〕彭定求等编《全唐诗》卷一百五十七，第1607页。
⑥ 费振刚、胡双宝、宗明华辑校《全汉赋》，第48页。
⑦ 同上书，第65页。
⑧ 〔清〕彭定求等编《全唐诗》卷九十一，第992页
⑨ 费振刚、胡双宝、宗明华辑校《全汉赋》，第188页。
⑩ 同上书，第330页。

田猎并非简单的娱乐活动，而是有着为田除害和军事训练的目的[①]。到汉代，赋作中出现的田猎活动，其主要作用为军事训练，如班固所说“盛娱游之壮观，奋大武乎上囿，因兹以威戎夸狄，耀威而讲事”（《西都赋》）[②]，操练士卒且震慑戎狄。同时田猎还要“顺时”，即在农事之暇，如班固“若乃顺时节而搜狩，简车徒以讲武”（《西都赋》）[③]，傅毅所谓“讲武农隙，校猎因田”《洛都赋》[④]，张衡“三农之隙，耀威中原”（《东京赋》）[⑤]，王粲“用时隙之余日兮，陈苗狩而讲旅”（《羽猎赋》）[⑥]。唐代田猎诗同样如此，如李世民“岂若因农暇，阅武出轘嵩”（《出猎》）[⑦]、魏知古“顺时鹰隼击，讲事武功扬”（《从猎渭川献诗》）[⑧]、李峤“薄狩三农隙，大阅五戎场”“礼振军容肃，威宣武节扬”（《奉和杜员外扈从教阅》）[⑨]。

许结先生认为狩猎题材在后世赋作中向三方面拓展：描写战争

---

①〔清〕班固《白虎通·田猎》：“王者诸侯所以田猎者何？为田除害，上以共宗庙，下以简集士众也。”载〔清〕陈立：《白虎通疏证》卷十二，吴则虞点校，中华书局，1994，第590页。

② 费振刚、胡双宝、宗明华辑校《全汉赋》，第315页。

③ 同上书，第329页。

④ 同上书，第278页。

⑤ 同上书，第444页。

⑥ 同上书，第666页。

⑦〔清〕彭定求等编《全唐诗》卷一，第6页。

⑧〔清〕彭定求等编《全唐诗》卷九十一，第992页。

⑨〔清〕彭定求等编《全唐诗》卷六十一，第726–727页。

情形、描写将军英武、引申于对兵器的歌颂[①]。这一倾向影响唐赋的同时，还影响到唐诗。田猎以野兽为对象可以训练士卒，而当交战对象由兽变成人时，就成为战争。因此汉代田猎题材赋对后世战争赋产生了深远影响，进而影响到唐诗。如前文所分析的汉赋影响唐代田猎诗的第一方面：较多对弓箭的描写，在唐代战争诗中也可以找到很多例子，如李峤“犀皮拥青橐，象齿饰雕弓”（《饯薛大夫护边》）[②]、陶翰“骍马黄金勒，雕弓白羽箭”（《古塞下曲》）[③]、陈子昂“黄金装战马，白羽集神兵”（《和陆明府赠将军重出塞》）[④]、李白“流星白羽腰间插，剑花秋莲光出匣”（《胡无人行》）[⑤]、王维“麒麟锦带佩吴钩，飒沓青骊跃紫骝”（《燕支行》）[⑥]等。此外唐代也出现了许多歌颂将军英武的诗，如刘希夷《将军行》、李白《司马将军歌》、岑参《赵将军歌》、杜甫《魏将军歌》、张籍《将军行》、李贺《吕将军歌》；许多歌颂兵器的诗，如李峤《宝剑篇》、郭震《古剑篇》、杜甫《蕃剑》、韦应物《古剑行》、刘长川《宝剑篇》、齐己《古剑歌》等，这些诗的创作意绪与汉代田猎赋是一脉相承的。

（二）音乐描写

汉赋中关于音乐的描写同样肇始于枚乘《七发》：

---

① 许结：《体物浏亮——赋的形成拓展与研究》，辽海出版社，2001，第42-45页。

②〔清〕彭定求等编《全唐诗》卷六十一，第726页。

③〔清〕彭定求等编《全唐诗》，卷一百四十六，第1473页。

④〔清〕彭定求等编《全唐诗》卷八十四，第913页。

⑤〔清〕彭定求等编《全唐诗》卷一百六十二，第1688页。

⑥〔清〕彭定求等编《全唐诗》卷一百二十五，第1257页。

龙门之桐，高百尺而无枝，中郁结之轮菌，根扶疏以分离，上有千仞之峰，下临百丈之溪，湍流溯波，又澹淡之。其根半死半生，冬则烈风漂霰，飞雪之所激也，夏则雷霆、霹雳之所感也，朝则鹂黄鳱鴠鸣焉，暮则羁雌、迷鸟宿焉。独鹄晨号乎其上，鹍鸡哀鸣，翔乎其下。于是背秋涉冬，使琴挚斫斩以为琴，野茧之丝以为弦，孤子之钩以为隐，九寡之珥以为约。使师堂操“畅”，伯子牙为之歌，歌曰：“麦秀蔪兮雉朝飞，向虚壑兮背槁槐，依绝区兮临回溪。”飞鸟闻之，翕翼而不能去；野兽闻之，垂耳而不能行；蚑蟜蝼蚁闻之，拄喙而不能前，此亦天下之至悲也。①

虽仅数百字的描写，但却确定了后世音乐赋的基本模式：先写制琴之材及其生长环境，次写名匠制琴，再写名师操琴并以歌相和，最后通过描绘鸟兽虫蚁的反应渲染音乐效果②。王褒《洞箫赋》、傅毅《琴赋》、马融《长笛赋》、蔡邕《弹琴赋》等踵事增华，对后代音乐描写诗文产生了深远影响。唐代音乐诗也不例外。首先，《七发》中关于制琴之材“龙门之桐”的描写影响了唐代的音乐诗，诗人们很注重交代乐器所用的材料。如陈叔达《听邻人琵琶》开篇即言邻人所奏琵琶“本是龙门桐”③，李贺《李凭箜篌引》开篇即交代箜篌是“吴丝蜀桐”④。司马逸客《雅琴篇》详尽地描写了琴材的生长环境：“亭亭峄阳树，落落千万寻。独抱出云节，

① 费振刚、胡双宝、宗明华辑校《全汉赋》，第17页。

② 余江：《〈七发〉——音乐赋的滥觞》，《青海社会科学》2001年第3期。

③〔清〕彭定求等编《全唐诗》卷三十一，第430页。

④〔清〕彭定求等编《全唐诗》卷三百九十，第4392页。

孤生不作林。影摇绿波水，彩绚丹霞岑。直干思有托，雅志期所任。”[①]虽一为龙门之桐，一为峄阳之桐[②]，生长环境也不同，但其创作模式明显承自《七发》。同时龙门也成为唐诗中制琴之材主要的生长地，如李白“琴奏龙门之绿桐”（《前有一樽酒行二首》其二）[③]、刘允济“昔在龙门侧”（《咏琴》）[④]、杨师道“久擅龙门质”（《咏琴》）[⑤]。

其次，制琴过程在唐代音乐诗中也经常出现。有些诗比较简略，如刘允济“雕琢今为器”（《咏琴》）[⑥]将制器过程一句带过。有些诗则比较详尽，如司马逸客在《雅琴篇》一诗中描写琴材生长环境后紧接着叙述制琴过程：“匠者果留盼，雕斫为雅琴。文以楚山玉，错以昆吾金。”[⑦]《七发》中用“野茧之丝”“孤子之钩”“九寡之珥”等名贵稀世之物制琴，《雅琴篇》亦用“楚山玉”“昆吾金”。王绩《古意六首》其一中的琴则是“材抽峄山干，徽点昆丘玉。漆抱蛟龙唇，丝缠凤凰足”[⑧]。《七发》中描写了古代著名

---

①〔清〕彭定求等编《全唐诗》卷一百，第1073页。

②《尚书·禹贡》：“厥贡惟土五色，羽畎夏翟，峄阳孤桐，泗滨浮磬，淮夷蠙珠暨鱼。”孔安国注曰：“峄山之阳特生桐，中琴瑟也。”峄阳是唐诗中另一重要的琴材产地，如王绩《古意六首》中的“材抽峄山干”、宋之问《放白鹇篇》中的“琴是峄山桐”等。

③〔清〕彭定求等编《全唐诗》卷一百六十二，第1686页。

④〔清〕彭定求等编《全唐诗》卷六十三，第745页。

⑤〔清〕彭定求等编《全唐诗》卷三十五，第460页。诗题下注曰：“一作杨希道”。

⑥〔清〕彭定求等编《全唐诗》卷六十三，第745页。

⑦〔清〕彭定求等编《全唐诗》卷一百，第1073页。

⑧〔清〕彭定求等编《全唐诗》卷三十八，第477页。

乐师师堂与俞伯牙演奏歌唱，杨师道在《咏琴》中描述音乐的则是素以能歌善舞闻名的“齐娥”“赵女”。

第三，《七发》通过飞鸟、野兽、蚑蟜蝼蚁听到音乐后的反应来渲染音乐效果。这一手法在唐诗中被频繁使用，古今人物、飞禽走兽、自然山水无不用来衬托音乐的神奇魅力。例如：

征客怀离绪，邻人思旧情。[①]

（杨师道《咏笛》）

能令楚妃叹，复使荆王吟。[②]

（杨师道《咏笙》）

陇水悲风已呜咽，离鹍别鹤更凄清。[③]

（司马逸客《雅琴篇》）

傍邻闻者多叹息，远客思乡皆泪垂。[④]

（李颀《听安万善吹觱篥歌》）

一声雍门泪承睫，两声赤鲤露鬐鬣，三声白猿臂拓颊。[⑤]

（顾况《李供奉弹箜篌歌》）

中见愁猿吊影而危处兮，叫秋木而长吟。客有哀时失志[⑥]而听者，泪淋浪以沾襟。[⑦]

（李白《幽涧泉》）

①〔清〕彭定求等编《全唐诗》卷三十三，第454页。

②〔清〕彭定求等编《全唐诗》卷三十四，第460页。

③〔清〕彭定求等编《全唐诗》卷一百，第1073页。

④〔清〕彭定求等编《全唐诗》卷一百三十三，第1354页。

⑤〔清〕彭定求等编《全唐诗》卷二百六十五，第2947页。

⑥失志，一作“失职”。

⑦〔清〕彭定求等编《全唐诗》卷一百六十三，第1691页。

山头江底何悄悄，猿声不喘鱼龙听。[①]

（白居易《小童薛阳陶吹觱栗歌》）

《七发》主要从侧面渲染来刻画音乐效果，王褒《洞箫赋》、马融《长笛赋》等极大丰富了音乐效果的表现手法，其中尤为引人注目的是比喻与通感手法的运用。南朝梁刘勰《文心雕龙》在分析“比”时认为：“王褒《洞箫》云：‘优柔温润[②]，如慈父之畜子也。’此以声比心者也；马融《长笛》云：‘繁缛络绎，范蔡之说也。’此以响比辩者也”[③]。王褒把优柔温润的箫声比喻成慈父抚养、教育儿子，马融将络绎不绝的笛声比喻成范雎、蔡泽的说辞，除此之外，这两篇赋中运用比喻的例子还非常多。《洞箫赋》如“其妙声则清静厌瘱，顺叙卑迭，若孝子之事父也。科条譬类，诚应义理，澎濞慷慨，一何壮士！优柔温润，又似君子。故其武声则若雷霆輘輷，佚豫以沸渭；其仁声则若飘风纷披，容与而施惠”[④]分别将箫声比作孝子侍奉父亲、壮士、君子、雷霆、凯风。《长笛赋》如“彷徨纵肆，旷瀁敞罔，老庄之概也。温直扰毅，孔孟之方也。激朗清厉，随光之介也。牢刺拂戾，诸贲之气也。节解句断，管商之制也。条决缤纷，申韩之察也”[⑤]，分别将笛声比作老庄的风度，孔孟之道，卞随、务光的节操，专诸、孟贲的勇气，管仲、商鞅的决断，申不害、韩非的明察。

① 〔清〕彭定求等编《全唐诗》卷四百四十四，第4971页。

② 现存王褒《洞箫赋》作：“故听其巨音，则周流泛滥，并包吐含。”

③ 〔南朝梁〕刘勰：《文心雕龙注》卷八，范文澜注，人民文学出版社，1958，第602页。

④ 费振刚、胡双宝、宗明华辑校《全汉赋》，第144页。

⑤ 同上书，第497页。

“尔乃听声类形，状似流水，又象飞鸿，泛滥溥漠，浩浩洋洋，长矕远引，旋复回皇”（《长笛赋》）[①]，将笛声比喻成流水与飞鸿，这同时又是通感手法的运用。钱鍾书先生首先注意到中国古代文学中的通感修辞手法，他认为：“在日常经验里，视觉、听觉、触觉、嗅觉、味觉往往可以彼此打通或交通，眼、耳、舌、鼻、身各个官能的领域可以不分界限。颜色似乎会有温度，声音似乎会有形象，冷暖似乎会有重量，气味似乎会有体质。”《礼记·乐记》写道：“故歌者，上如抗，下如队，曲如折，止如槁木，倨中矩，句中钩，累累乎端如贯珠。”这是“以耳为目”，“《乐记》里‘想’声音的‘形状’那一节体贴入微，为后世诗文开辟了途径”。与其相比，马融以“‘泛滥’云云申说‘流水’之状，‘长矕’云云申说‘飞鸿’之象”更为显著，且马融自己已点明是“听声类形”，以听通视。[②]

音乐无形无影，较难正面描摹，汉赋通过比喻、通感将其化虚为实，转换成大家比较熟悉的事物，这影响了后世的音乐描写，唐代诗歌亦不例外。有些诗歌明显可以看出，受到汉赋的影响，如韩愈《听颖师弹琴》：“昵昵儿女语，恩怨相尔汝。划然变轩昂，勇士赴敌场。”[③]王楙《野客丛书》即认为：“此意出于阮瑀《筝赋》‘不疾不徐，迟速合度，君子之衢也。慷慨磊落，卓砾盘纡，壮士之节也。’阮瑀此意，又出于王褒《洞箫赋》，褒曰：‘澎濞沆瀣，一何壮士！优柔温润，又似君子。’”[④]大部分诗歌虽无如此

① 费振刚、胡双宝、宗明华辑校《全汉赋》，第496页。

② 钱锺书：《七缀集》，生活·读书·新知三联书店，2002，第64-66页。

③〔清〕彭定求等编《全唐诗》卷三百四十，第3813页。

④〔宋〕王楙：《野客丛书》卷二十七，中华书局，1987，第315页。

明显的袭用，但通过比喻、通感手法以实写虚的思路与汉赋相一致。例如：

大弦嘈嘈如急雨，小弦切切如私语。嘈嘈切切错杂弹，大珠小珠落玉盘。间关莺语花底滑，幽咽泉流冰下难。冰泉冷涩弦凝绝，凝绝不通声暂歇。别有幽愁暗恨生，此时无声胜有声。银瓶乍破水浆迸，铁骑突出刀枪鸣。①

（白居易《琵琶行》）

急声圆转促不断，轹轹辚辚似珠贯。缓声展引长有条，有条直直如笔描。②

（白居易《小童薛阳陶吹觱栗歌》）

昆山玉碎凤凰叫，芙蓉泣露香兰笑。③

（李贺《李凭箜篌引》）

始似五更残月里，凄凄切切清露蝉。又如石罅堆叶下，泠泠沥沥苍崖泉。④

（吴融《李周弹筝歌》）

初调锵锵似鸳鸯水上弄新声，入深似太清仙鹤游秘馆。⑤

（顾况《李供奉弹箜篌歌》）

冲融顿挫心使指，雄吼如风转如水。⑥

（刘禹锡《和浙西李大夫霜夜对月听小童吹觱篥歌依本韵》）

①〔清〕彭定求等编《全唐诗》卷四百三十五，第4821页。

②〔清〕彭定求等编《全唐诗》卷四百四十四，第4971页。

③〔清〕彭定求等编《全唐诗》卷三百九十，第4392页。

④〔清〕彭定求等编《全唐诗》卷六百八十七，第7898-7899页。

⑤〔清〕彭定求等编《全唐诗》卷二百六十五，第2947页。

⑥〔清〕彭定求等编《全唐诗》卷三百五十六，第4008页。

通感手法可以看作比喻的一种，将音乐声比作其他声音是比喻，将音乐声比作视觉、味觉等其他感官感觉到的事物则是通感。比如李贺《李凭箜篌引》“昆山玉碎凤凰叫，芙蓉泣露香兰笑”[①]，上句将箜篌声比作玉碎的声音、凤凰鸣叫的声音，是比喻手法的运用；下句将箜篌声比作芙蓉滴露、香兰绽放，除运用比喻手法之外，将听觉比作视觉，又是通感手法的运用。

汉赋在模式化描写上对唐诗的影响还有许多，如张衡用“殿未出乎城阙，旆已反乎郊畛”（《西京赋》）[②]来形容队伍很长，很形象生动，之后陈琳“旆既轶乎白狼，殿未出乎卢龙”（《神武赋》）[③]袭用。唐代诗人在描写队伍长时同样沿用了这一写法。如许敬宗“前旌弥陆海，后骑发通伊”（《奉和入潼关》）[④]、张九龄“后殿函关尽，前旌阙塞通”（《奉和圣制途次陕州作》）[⑤]、李白“前军细柳北，后骑甘泉东”（《上之回》）[⑥]、宋之问“云罕才临御水桥，天衣已入香山会”（《龙门应制》）[⑦]等。

三、汉赋修辞模式对唐诗之影响

汉赋作家善于运用修辞手法来修饰语言、描绘事物，如上文所分析，通过比喻、通感来描写音乐，这也就形成了许多模式化的修辞，同样对唐诗产生了影响。如枚乘《七发》中“观涛”一段描写

① 〔清〕彭定求等编《全唐诗》卷三百九十，第4392页。

② 费振刚、胡双宝、宗明华辑校《全汉赋》，第443页。

③ 同上书，第693页。

④ 〔清〕彭定求等编《全唐诗》卷三十六，第463页。

⑤ 〔清〕彭定求等编《全唐诗》卷四十八，第580页。

⑥ 〔清〕彭定求等编《全唐诗》卷一百六十三，第1695页。

⑦ 〔清〕彭定求等编《全唐诗》卷五十一，第627页。

运用了大量的比喻：

疾雷闻百里……其始起也，洪淋淋焉，若白鹭之下翔。其少进也，浩浩溰溰，如素车白马帷盖之张。其波涌而云乱，扰扰焉如三军之腾装。其旁作而奔起也，飘飘焉如轻车之勒兵。六驾蛟龙，附从太白。……壁垒重坚，沓杂似军行。……观其两旁，则滂渤怫郁，暗漠感突，上击下律。有似勇壮之卒，突怒而无畏……诚奋厥武，如振如怒，沌沌浑浑，状如奔马。混混庉庉，声如雷鼓。[①]

连用十四个比喻，从声音、形貌多个层面对曲江水势进行了淋漓尽致的描绘。刘勰《文心雕龙·比兴》言“物虽胡越，合则肝胆”[②]，本来相距很远的东西通过比喻可以联系在一起，这就是巧妙的比喻；而这样的比喻在后世会得到效仿，甚至有些成为熟语。上文所引枚乘对水的那些比喻，有一些依然出现在唐诗中。

枚乘用雷声来形容波浪滔滔滚滚的声音，司马相如“礧石相击，琅琅礚礚，若雷霆之声，闻乎数百里外”（《子虚赋》）[③]继之用雷声形容水石相击之声，这成为唐诗中形容水声常见的比喻，如杨炯“瀑布响成雷”（《和刘侍郎入隆唐观》）[④]、苏味道“前浦沸成雷”（《九江口南济北接蕲春南与浔阳岸》）[⑤]、张九龄“洪涛声若雷”（《江上遇疾风》）[⑥]、“雷吼何喷薄”（《入庐山仰望瀑布

① 费振刚、胡双宝、宗明华辑校《全汉赋》，第20页。

②〔南朝梁〕刘勰：《文心雕龙注》卷八，第603页。

③ 费振刚、胡双宝、宗明华辑校《全汉赋》，第49页。

④〔清〕彭定求等编《全唐诗》卷五十，第616页。

⑤〔清〕彭定求等编《全唐诗》卷六十五，第754页。

⑥〔清〕彭定求等编《全唐诗》卷四十七，第573页。

水》）[①]、骆宾王“沸水若轻雷”（《同辛簿简仰酬思玄上人林泉四首》其三）[②]、王维“激石滈瀑似雷惊”（《白鼋涡》）[③]、杜甫“波涛未足畏，三峡徒雷吼”（《将适吴楚留别章使君留后兼幕府诸公得柳字》）[④]、岑参“乱流争迅湍，喷薄如雷风”（《冬夜宿仙游寺南凉堂呈谦道人》）[⑤]、杨发“半空飞下水，势去响如雷”（《山泉》）[⑥]、温庭筠“黄河怒浪连天来，大响谹谹如殷雷”（《拂舞词》）[⑦]、“雷吼涛惊白石山”（《昆明池水战词》）[⑧]。唐人在承袭枚乘、司马相如用法之外，有了些新变化，一是波涛声、水石相击声之外，瀑布声也比作雷声；二是与拟人化的词“吼”组合成“雷吼”，更为生动。

枚乘同时还将波涛声比作鼓声，元稹“江声如鼓复如风”（《使东川·江楼月》）[⑨]、“震地江声似鼓声”（《使东川·夜深行》）[⑩]、韦庄“八月风波似鼓鼙”（《洪州送僧游福建》）[⑪]沿用。

---

①〔清〕彭定求等编《全唐诗》卷四十七，第574页。

②〔清〕彭定求等编《全唐诗》卷七十八，第842页

③〔清〕彭定求等编《全唐诗》卷一百二十五，第1264页。

④〔清〕彭定求等编《全唐诗》卷二百二十，第2320页。

⑤〔清〕彭定求等编《全唐诗》卷一百九十八，第2025页。

⑥〔清〕彭定求等编《全唐诗》卷五百一十七，第5905页。诗题下注曰：“一作李才江诗。”

⑦〔清〕彭定求等编《全唐诗》卷五百七十五，第6698页。诗题下注曰：“一作《公无渡河》。”

⑧〔清〕彭定求等编《全唐诗》卷五百七十六，第6702页。

⑨〔清〕彭定求等编《全唐诗》卷四百一十二，第4568页。

⑩同上书，第4570页。

⑪〔清〕彭定求等编《全唐诗》卷七百，第8047页。

由于爱好夸张符合人的普遍心理[①]，雷声与鼓声相比更具声势，所以将波涛声比作雷声的更为常见。

枚乘将江涛刚开始兴起时的白浪滔天、飞泻而下比作从高空纷纷向下飞翔的白鹭，唐诗中这一比喻演变成固定用语“鹭涛”“白鹭涛”，分别见于骆宾王“鹭涛开碧海”（《夏日游德州赠高四》）[②]、耿湋“新蓂长鹭涛”（《登沃州山》）[③]、杨巨源“鹭涛清梵彻”（《供奉定法师归安南》）[④]、刘禹锡“宣风看鹭涛”（《浙西李大夫述梦四十韵并浙东元相公酬和斐然继声》）[⑤]、陈昌言“宜看白鹭涛”（《白日丽江皋》）[⑥]、陈陶“凌兢截鹭涛”（《渡浙江》）[⑦]、皎然“临流笑鹭涛”（《送禀上人游越》）[⑧]。此外，骆宾王“白鹭似江涛”（《蓬莱镇》）[⑨]，反过来用江涛来比喻白鹭，同样可以看出《七发》的影响。

《七发》继而将江涛向前推进时的茫茫浩渺比作“素车白马帷

---

① 东汉王充《论衡·艺增篇》即言：“世俗所患，患事增其实，著文垂辞，辞出溢其真，称美过其善。何则？俗人好奇，不奇，言不用也。故誉人不增其美，则闻者不快其意；毁人不益其恶，则听者不惬于心。”载黄晖：《论衡校释》卷八，中华书局，1990，第381页。

②〔清〕彭定求等编《全唐诗》卷七十七，第829页。

③〔清〕彭定求等编《全唐诗》卷二百六十八，第2989页。

④〔清〕彭定求等编《全唐诗》卷三百三十三，第3722页。

⑤〔清〕彭定求等编《全唐诗》卷三百六十三，第4099页。

⑥〔清〕彭定求等编《全唐诗》卷四百六十四，第5275页。诗题下注曰：“一作鲍溶。”

⑦〔清〕彭定求等编《全唐诗》卷七百四十五，第8476页。

⑧〔清〕彭定求等编《全唐诗》卷八百一十九，第9236页。

⑨〔清〕彭定求等编《全唐诗》卷七十九，第853页。

盖之张”[①]，李白“涛卷海门石，云横天际山。白马走素车，雷奔骇心颜”（《送王屋山人魏万还王屋》）[②]袭用；将奔腾之水比作马，唐诗中有骆宾王“惊涛疑跃马”（《渡瓜步江》）[③]、“秋涛飞喻马”（《久戍边城有怀京邑》）[④]、白居易“滟堆正如马”（《自江州至忠州》）[⑤]、温庭筠“悠悠楚水流如马”（《懊恼曲》）[⑥]。

枚乘《七发》寥寥数百字对唐诗已有如此多的影响，整个汉赋比喻的情形当可以想见。本文再略举数例，以窥汉赋比喻影响唐诗之一斑：

贾谊“夫祸之与福兮，何异纠纆”（《鵩鸟赋》）[⑦]以各股线纠结在一起的绳子比喻祸福的相依存，钱起《叹毕少府以持法无隐见系》则用“纠纆”来比喻“世事”。

枚乘“皓齿蛾眉，命曰伐性之斧；甘脆肥脓，命曰腐肠之药”（《七发》）[⑧]，韦应物“乃知甘酴皆是腐肠物”（《汉武帝杂歌三首》之二）[⑨]、白居易“嘉肴与旨酒，信是腐肠膏。艳声与丽色，真为伐性刀”（《寄卢少尹》）[⑩]、杜光庭“有皓齿青娥者为伐命之

① 费振刚、胡双宝、宗明华辑校《全汉赋》，第20页。

②〔清〕彭定求等编《全唐诗》卷一百七十五，第1789页。

③〔清〕彭定求等编《全唐诗》卷七十八，第841页。

④〔清〕彭定求等编《全唐诗》卷七十九，第862页。

⑤〔清〕彭定求等编《全唐诗》卷四百三十四，第4797-4798页。

⑥〔清〕彭定求等编《全唐诗》卷五百七十六，第6707页。

⑦ 费振刚、胡双宝、宗明华辑校《全汉赋》，第2页。

⑧ 同上书，第16页。

⑨〔清〕彭定求等编《全唐诗》卷一百九十五，第2006页。

⑩〔清〕彭定求等编《全唐诗》卷四百五十二，第5114页。

斧”（《纪道德》）[①]袭用。

司马相如“星流电击”（《子虚赋》）[②]以流星来比喻弓箭，扬雄“疾如奔星”（《长杨赋》）[③]、杜笃“军如流星”（《论都赋》）[④]以流星来比喻军队，皆是以快取譬。扬雄“涣若天星之罗”（《羽猎赋》）[⑤]以布满天空的繁星比喻射猎士卒，刘歆“离宫特观，楼比相连。云起波骇，星布弥山”（《甘泉宫赋》）[⑥]比喻宫殿，傅毅“万骑星铺”（《洛都赋》）[⑦]比喻随从帝王的骑兵，皆以多取譬。唐诗中以快取譬的较多，以多取譬的较少。以快取譬的如董思恭“激箭流星远”（《咏弓》）[⑧]、李世民“落野飞星箭”（《秋日即目》）[⑨]、独孤及“彤弓金镞当者谁，鸣鞭飞控流星驰”（《和李尚书画射虎图歌》）[⑩]皆为以星喻箭。唐诗中较少以流星比喻军队，而多比喻马和羽书，如王昌龄“白马如流星”（《少年行二首》其一）[⑪]、李白“鞍马四边开，突如流星过”（《少年

①〔清〕彭定求等编《全唐诗》卷八百五十四，第9668页。

② 费振刚、胡双宝、宗明华辑校《全汉赋》，第48页。

③ 同上书，第202页。

④ 同上书，第267页。

⑤ 同上书，第187页。

⑥ 同上书，第237页。

⑦ 同上书，第278页。

⑧〔清〕彭定求等编《全唐诗》卷六十三，第744页。诗题下注曰：“一作太宗诗。”

⑨〔清〕彭定求等编《全唐诗》卷一，第9页。

⑩〔清〕彭定求等编《全唐诗》卷二百四十七，第2770页。

⑪〔清〕彭定求等编《全唐诗》卷一百四十，第1421页。

子》）[①]、“羽檄如流星，虎符合专城”（《古风》）[②]、“银鞍照白马，飒沓如流星”（《侠客行》）[③]、李端“鞍马若星流”（《赠故将军》）[④]、刘湾“羽书如流星，飞入甘泉宫”（《出塞曲》）[⑤]等。以多取譬如王昌龄“冠冕如星罗”（《放歌行》）[⑥]、于季子“万骑星陈集颍川”（《奉和圣制夏日游石淙山》）[⑦]。

刘广世“翚若游鹰，飙骇风逝，电发波腾”（《七兴》）[⑧]将马比作飞鹰、狂风、闪电、波涛。唐诗中将马比作风的有李白“骏马似风飙”（《塞下曲六首》其三）[⑨]、储光羲“猎马既如风”（《田家杂兴八首》其三）[⑩]、李端“白马如风疾”（《送黎少府赴阳翟》）[⑪]、秦韬玉“剑光如电马如风”（《边将》）[⑫]、陆龟蒙“号令铁马如风驰”（《江湖散人歌》）[⑬]等。将马比作鹰的有鲍溶“驿

① 〔清〕彭定求等编《全唐诗》卷一百六十五，第1708页。

② 〔清〕彭定求等编《全唐诗》卷一百六十一，第1675页。

③ 〔清〕彭定求等编《全唐诗》卷一百六十二，第1688页。

④ 〔清〕彭定求等编《全唐诗》卷二百八十五，第3264页。

⑤ 〔清〕彭定求等编《全唐诗》卷一百九十六，第2011页。诗题下注曰：“一作刘济诗。”

⑥ 〔清〕彭定求等编《全唐诗》卷一百四十，第1422页。

⑦ 〔清〕彭定求等编《全唐诗》卷八十，第871页。

⑧ 费振刚、胡双宝、宗明华辑校《全汉赋》，第295页。

⑨ 〔清〕彭定求等编《全唐诗》卷一百六十四，第1700页。

⑩ 〔清〕彭定求等编《全唐诗》卷一百三十七，第1386页。

⑪ 〔清〕彭定求等编《全唐诗》卷二百八十五，第3259页。

⑫ 〔清〕彭定求等编《全唐诗》卷六百七十，第7658页。

⑬ 〔清〕彭定求等编《全唐诗》卷六百二十一，第7147页。

马如饥鹰”（《塞下》）[①]，比作鸟的有岑参“看君马去疾如鸟”（《武威送刘判官赴碛西行军》）[②]、马乂“酋马渡泸水，北来如鸟轻”（《蜀中经蛮后寄陶雍》）[③]等。将马比作闪电的有李世民“骏马疑流电”（《帝京篇》）[④]、汪遵“马如飞电毂如雷”（《函谷关》）[⑤]。

崔骃“武鼓铿而雷震”（《大将军西征赋》）[⑥]、繁钦“钲鼓雷鸣”（《征天山赋》）[⑦]、王粲“钲鼓若雷”（《浮淮赋》）[⑧]、杨修“钟鼓隐而雷鸣”（《许昌宫赋》）[⑨]以雷声比喻鼓声，李山甫“鼓势争强怒若雷”（《兵后寻边三首》其二）[⑩]、李绅“鼍鼓若雷争胜负”（《东武亭》）[⑪]、曹唐“野营轩地鼓如雷”（《送康祭酒赴轮台》）[⑫]沿用了这一比喻。

班固“虽驰辩如涛波，摛藻如春华，犹无益于殿最”（《答宾

①〔清〕彭定求等编《全唐诗》卷四百八十五，第5511页。诗题下注曰：“一作上。”

②〔清〕彭定求等编《全唐诗》卷二百○一，第2104页。

③〔清〕彭定求等编《全唐诗》卷八百八十七，第10023页。雍陶《答蜀中经蛮后友人马艾见寄》诗为“酋马渡泸水，北来如鸟轻”。

④〔清〕彭定求等编《全唐诗》卷一，第2页。

⑤〔清〕彭定求等编《全唐诗》卷六百○二，第6961页。

⑥费振刚、胡双宝、宗明华辑校《全汉赋》，第298页。

⑦同上书，第637页。

⑧同上书，第659页。

⑨同上书，第652页。

⑩〔清〕彭定求等编《全唐诗》卷六百四十三，第7373页。

⑪〔清〕彭定求等编《全唐诗》卷四百八十一，第5477页。

⑫〔清〕彭定求等编《全唐诗》卷六百四十，第7343页。

戏》)[1]，被李白“炎炎四真人，摛辩若涛波”（《送于十八应四子举落第还嵩山》）[2]袭用。

张衡“亘雄虹之长梁”（《西京赋》）[3]，将梁比作虹，唐诗中演变成固定用语“虹梁”，如王铤“虹梁雅韵仲宣情”（《登越王楼见乔公诗偶题》）[4]、柳宗元“奄忽双燕栖虹梁”（《行路难三首》之三）[5]。

张衡“裾似飞燕，袖如回雪”（《舞赋》）[6]，以飞燕和回雪比喻跳舞时摆动的衣裾衣袖，前一比喻被褚遂良沿用并缩写作“燕裾”[7]，后一比喻李白在诗句“吴刀剪彩缝舞衣，明妆丽服夺春晖，扬眉转袖若雪飞”（《白纻辞三首》其三）[8]、岑参“回裾转袖若飞雪”（《田使君美人舞如莲花北鋋歌》）[9]、谢偃“倩看飘飖雪，何如舞袖回”（《踏歌词三首》其一）[10]、韦应物“低鬟曳袖回春雪”（《长安道》）[11]、白居易“弦鼓一声双袖举，回雪飘飖转蓬舞”

---

① 费振刚、胡双宝、宗明华辑校《全汉赋》，第357页。

②〔清〕彭定求等编《全唐诗》卷一百七十六，第1798页。

③ 费振刚、胡双宝、宗明华辑校《全汉赋》，第413页。

④〔清〕彭定求等编《全唐诗》卷二百七十二，第3056页。

⑤〔清〕彭定求等编《全唐诗》卷三百五十三，第3955页。

⑥ 费振刚、胡双宝、宗明华辑校《全汉赋》，第478页。

⑦〔唐〕褚遂良《安德山池宴集》：“席上舞燕裾”，载〔清〕彭定求等编《全唐诗》卷三十三，第453页。

⑧〔清〕彭定求等编《全唐诗》卷一百六十三，第1696页。

⑨〔清〕彭定求等编《全唐诗》卷一百九十九，第2057页。

⑩〔清〕彭定求等编《全唐诗》卷三十八，第492页。

⑪〔清〕彭定求等编《全唐诗》卷一百九十四，第1998页。

（《胡旋女》）[①]、温庭筠“眉敛湘烟袖回雪”（《夜宴谣》）[②]等人皆有使用。

繁钦“威弧雨发”（《征天山赋》）[③]以雨的密集来形容箭，刘希夷“飞箭如雨集”（《将军行》）[④]、李白“虏箭雨宫阙”（《在水军宴赠幕府诸侍御》）[⑤]、李正封“雨矢逐天狼”（《晚秋郾城夜会联句》）[⑥]等人沿用了这一比喻。

夸张也是汉代赋家大量运用的修辞手法，刘勰在《文心雕龙·夸饰》中分析夸张手法在两汉的运用时所举的都是汉代赋家的例子：

> 自宋玉景差，夸饰始盛；相如凭风，诡滥愈甚。故上林之馆，奔星与宛虹入轩；从禽之盛，飞廉与鹪鹩俱获。及扬雄《甘泉》，酌其余波；语瑰奇，则假珍于玉树；言峻极，则颠坠于鬼神。至《东都》之比目，《西京》之海若，验理则理无不验，穷饰则饰犹未穷矣。又子云《羽猎》，鞭宓妃以饷屈原；张衡《羽猎》，困玄冥于朔野。娈彼洛神，既非罔两，惟此水师，亦非魑魅：而虚用滥形，不其疏乎？此欲夸其威而饰其事，义睽刺也。至如气貌山海，体势宫殿，嵯峨揭业，熠耀焜煌之状，光采炜炜而欲然，声貌岌岌其将动矣。莫不因夸以成状，沿饰而得奇也。于是后进之才，奖气挟声，轩翥而欲奋

①〔清〕彭定求等编《全唐诗》卷四百二十六，第4692页。

②〔清〕彭定求等编《全唐诗》卷五百七十五，第6695页。

③费振刚、胡双宝、宗明华辑校《全汉赋》，第637页。

④〔清〕彭定求等编《全唐诗》卷八十二，第880页。

⑤〔清〕彭定求等编《全唐诗》卷一百七十，第1749页。

⑥〔清〕彭定求等编《全唐诗》卷七百九十一，第8911页。

飞，腾掷而羞跼步，辞入炜烨，春藻不能程其艳；言在萎绝，寒谷未足成其凋。谈欢则字与笑并，论戚则声共泣偕，信可以发蕴而飞滞，披瞽而骇聋矣。[①]

刘勰虽然认为赋家夸饰有“诡滥”“义睽剌”之弊，但“莫不因夸以成状，沿饰而得奇”，充分肯定了夸张描写的艺术效果。汉赋对夸张技巧的运用和丰富对唐诗产生了深远影响，本文即以描写高度为例来具体考察。

汉赋描写高度包括直接夸张和间接夸张两类。直接夸张指用数字直接夸大高度，如司马相如形容树高为“长千仞”（《上林赋》）[②]，这是比较常见的夸张方式，张衡“通天訬以竦峙，径百常而茎擢”“神明崛其特起，井干叠而百增”（《西京赋》）[③]、马融“托九成之孤岑兮，临万仞之石[illegible]”（《长笛赋》）[④]、王逸“结灵根于盘石，托九层于岩傍”（《机妇赋》）[⑤]、刘梁“鸿台百层”（《七举》）[⑥]都运用了这一方法。到了唐代，诗人们依然喜欢夸大数字来描写各种事物的高度：

描写树木如卢照邻“千尺长条百尺枝”（《行路难》）[⑦]、张易之“千丈松萝交翠幕”（《奉和圣制夏日游石淙山》）[⑧]、司马逸客

① 〔南朝梁〕刘勰：《文心雕龙注》卷八，第608-609页。

② 费振刚、胡双宝、宗明华辑校《全汉赋》，第64页。

③ 同上书，第414页。

④ 同上书，第495页。

⑤ 同上书，第514页。

⑥ 同上书，第543页。

⑦ 〔清〕彭定求等编《全唐诗》卷四十二，第518页。

⑧ 〔清〕彭定求等编《全唐诗》卷八十，第867页。

“亭亭峄阳树，落落千万寻”（《雅琴篇》）[①]、李白“错落千丈松”（《赠宣城赵太守悦》）[②]、杜甫“黛色参天二千尺”（《古柏行》）[③]、岑参“森森千丈松”（《送王著作赴淮西幕府》）[④]、方干“涧松千尺不生枝”（《贻亮上人》）[⑤]、庄南杰“孤猿夜哭千丈树”（《湘弦曲》）[⑥]、许浑“众花尽处松千尺”（《送卢先辈自衡岳赴复州嘉礼二首》其一）[⑦]、皮日休“磥砢千丈林”（《七爱诗·李翰林》）[⑧]等。

描写悬崖峭壁如张九龄“对壁耸千寻”（《浈阳峡》）[⑨]、杨炯“绝壁耸万仞”（《西陵峡》）[⑩]、李乂“崖巘万寻悬”（《奉和登骊山高顶寓目应制》）[⑪]、李白“天台四万八千丈”（《梦游天姥吟留别》）[⑫]、白居易“上有万仞山”（《初入峡有感》）[⑬]、李德裕“奇峰千仞悬”（《思平泉树石杂咏一十首·海上石笋》）[⑭]、李贺

①〔清〕彭定求等编《全唐诗》卷一百，第1073页。

②〔清〕彭定求等编《全唐诗》卷一百七十一，第1760页。

③〔清〕彭定求等编《全唐诗》卷二百二十一，第2334页。

④〔清〕彭定求等编《全唐诗》卷一百九十八，第2035页。

⑤〔清〕彭定求等编《全唐诗》卷六百五十三，第7503页。

⑥〔清〕彭定求等编《全唐诗》卷四百七十，第5344页。

⑦〔清〕彭定求等编《全唐诗》卷五百三十五，第6105页。

⑧〔清〕彭定求等编《全唐诗》卷六百〇八，第7018页。

⑨〔清〕彭定求等编《全唐诗》卷四十八，第590页。

⑩〔清〕彭定求等编《全唐诗》卷五十，第611页。

⑪〔清〕彭定求等编《全唐诗》卷九十二，第994页。

⑫〔清〕彭定求等编《全唐诗》卷一百七十四，第1779-1780页。

⑬〔清〕彭定求等编《全唐诗》卷四百三十四，第4797页。

⑭〔清〕彭定求等编《全唐诗》卷四百七十五，第5409页。

“太华五千仞”（《赠陈商》）[①]、李商隐“灵岳几千仞”（《寄华岳孙逸人》）[②]、陆龟蒙“天台一万八千丈”（《和袭美寄题玉霄峰叶涵象尊师所居》）[③]、曹邺“巫山千丈高”（《古相送》）[④]等。

描写建筑如李治“日宫开万仞，月殿耸千寻”（《谒大慈恩寺》）[⑤]、宋之问“瑞塔千寻起”（《奉和九日登慈恩寺浮图应制》）[⑥]、李峤“旗亭起百寻”（《市》）[⑦]、张九龄“层楼百余尺”（《登荆州城楼》）[⑧]、韦应物“一旦起楼高百尺”（《酒肆行》）[⑨]、欧阳詹“宝塔过千仞”（《早秋登慈恩寺塔》）[⑩]、刘禹锡“独上百尺楼”（《登陕州北楼却忆京师亲友》）[⑪]、白居易“江畔百尺楼”（《望江楼上作》）[⑫]、李洞“平地塔千尺”（《叙事寄荐福栖白》）[⑬]、庄南杰“古磬高敲百尺楼”（《湘弦曲》）[⑭]等。

直接夸大事实是最常用的夸张方式，“万仞山”“千丈松”“百

①〔清〕彭定求等编《全唐诗》卷三百九十二，第4417页。

②〔清〕彭定求等编《全唐诗》卷五百四十，第6220页。

③〔清〕彭定求等编《全唐诗》卷六百二十六，第7193页。

④〔清〕彭定求等编《全唐诗》卷五百九十二，第6865页。

⑤〔清〕彭定求等编《全唐诗》卷二，第22页。

⑥〔清〕彭定求等编《全唐诗》卷五十二，第631页。

⑦〔清〕彭定求等编《全唐诗》卷五十九，第704页。

⑧〔清〕彭定求等编《全唐诗》卷四十九，第603页。

⑨〔清〕彭定求等编《全唐诗》卷一百九十四，第1999页。

⑩〔清〕彭定求等编《全唐诗》卷三百四十九，第3906页。

⑪〔清〕彭定求等编《全唐诗》卷三百五十七，第4019页。

⑫〔清〕彭定求等编《全唐诗》卷四百三十，第4748页。

⑬〔清〕彭定求等编《全唐诗》卷七百二十二，第8289页。诗题下注曰：“一作《听白公话旧》。”

⑭〔清〕彭定求等编《全唐诗》卷四百七十，第5344页。

尺楼”等早已成为历代文人沿用的熟语。汉代赋家并不满足于直接夸张，而是在创作中竞相使用间接夸张。“间接夸张，是通过比喻、比拟等修辞方式来实现的”[①]，在汉赋中主要体现为与衬托相结合。

首先是以天为参照物，在人的意识里，天是高高在上、遥不可及的，所描写的事物离天很近，与天一样，甚至比天还高，那么其高度则会不言而喻。这种夸张方式，《诗经·大雅·嵩高》“嵩高维岳，骏极于天”[②]已肇其始，汉代赋家沿此思维而继续发展。司马相如《上林赋》言处于宫室中“仰攀橑而扪天”[③]，则其高度自然可见。扬雄《甘泉赋》用“隐天”来形容圜丘与山峰之高[④]；班固形容阿房宫之高为“造天”，山高为“隐天”，旌旗之高为“拂天”[⑤]；张衡形容建章宫前的圜阙之高为“造天”、山高为“隐天”、树高为“刺天”[⑥]，与直接夸张事实相比，更为生动形象。唐诗描写高时承袭了这一方法。

描写山如卢照邻“孤峰半倚天”（《登玉清》）[⑦]、张九龄“巫

---

① 王希杰：《汉语修辞学（修订本）》，商务印书馆，2004，第354页。

② 程俊英、蒋见元：《诗经注析》，中华书局，1991，第889页。

③ 费振刚、胡双宝、宗明华辑校《全汉赋》，第64页。

④〔汉〕扬雄“崇崇圜丘，隆隐天兮”（《甘泉赋》）、“仓山隐天”（《蜀都赋》），载费振刚、胡双宝、宗明华辑校《全汉赋》，第173、160页。

⑤〔汉〕班固“子徒习秦阿房之造天”《东都赋》、“其阳则崇山隐天”《西都赋》、“旌旗拂天”《东都赋》。载费振刚、胡双宝、宗明华辑校《全汉赋》，第331、312、329页。

⑥〔汉〕张衡“圜阙竦以造天”《西京赋》、“鞠巍巍其隐天”“森蓴蓴而刺天”《南都赋》，载费振刚、胡双宝、宗明华辑校《全汉赋》，第414、458页。

⑦〔清〕彭定求等编《全唐诗》卷四十二，第530页。

山与天近”（《巫山高》）[1]、李峤“圣后欲扪天”（《奉和骊山高顶寓目应制》）[2]、骆宾王“层岩远接天”（《出石门》）[3]、李白“连峰去天不盈尺”（《蜀道难》）[4]、“群峭碧摩天”（《寻雍尊师隐居》）[5]、杜甫“赤甲白盐俱刺天”（《夔州歌十绝句》其四）[6]、刘长卿“三峰高际天”（《关门望华山》）[7]、萧颖士“崖崿隐天起”（《蒙山作》）[8]、吴筠“造天究磐礴”（《游倚帝山二首》其一）[9]等。

描写树木如王维“万壑树参天”（《送梓州李使君》）[10]、史俊“耸干摩天凡几寻”（《题巴州光福寺楠木》）[11]、杜甫“乔木上参天”（《杜鹃》）[12]、许棠“树古自参天”（《下黄耳盘》）[13]、马异“偃盖参天旧有松”（《答卢仝结交诗》）[14]、柳宗元“耸干会参天”

①〔清〕彭定求等编《全唐诗》卷四十七，第565页。

②〔清〕彭定求等编《全唐诗》卷五十八，第693页。

③〔清〕彭定求等编《全唐诗》卷七十七，第830页。

④〔清〕彭定求等编《全唐诗》卷一百六十二，第1681页。

⑤〔清〕彭定求等编《全唐诗》卷一百八十二，第1857页。

⑥〔清〕彭定求等编《全唐诗》卷二百二十九，第3508页。

⑦〔清〕彭定求等编《全唐诗》卷一百四十九，第1541页。

⑧上海古籍出版社编《全唐诗》上册，上海古籍出版社，1986，第364页。

⑨〔清〕彭定求等编《全唐诗》卷八百八十八，第10038页。

⑩〔清〕彭定求等编《全唐诗》卷一百二十六，第1271页。

⑪〔清〕彭定求等编《全唐诗》卷七十五，第819页。

⑫〔清〕彭定求等编《全唐诗》卷二百二十一，第2331页。

⑬〔清〕彭定求等编《全唐诗》卷六百〇三，第6973页。

⑭〔清〕彭定求等编《全唐诗》卷三百六十九，第4156页。

（《种柳戏题》）[①]、白居易“森耸上参天”（《和答诗十首·和松树》）[②]等。

描写建筑如沈佺期“披香画阁与天连”（《七夕曝衣篇》）[③]、张说“仰望高楼在天半”（《安乐郡主花烛行》）[④]、岑羲“宝台耸天外”（《奉和九月九日登慈恩寺浮屠应制》）[⑤]、李白“高楼入青天”（《拟古十二首》其二）[⑥]、“楼台与天通”（《上之回》）[⑦]、韦应物“黄金作台与天近”（《汉武帝杂歌三首》其一）[⑧]、王建“上庙参天今见在”（《华岳庙二首》其二）[⑨]、窦庠“洛阳宫观与天齐”（《奉酬侍御家兄东洛闲居夜晴观雪之什》）[⑩]等。

描写旌旗如杜甫“翠华拂天来向东”（《韦讽录事宅观曹将军画马图》）[⑪]、鲍溶“龙旗参天行殿巍”（《倚瑟行》）[⑫]等。

由此引申，天上的日月星斗、云霞虹霓也成为汉代赋家经常借助的景象。如邹阳以“凌云”形容树之高[⑬]，司马相如以“奔星更

---

①〔清〕彭定求等编《全唐诗》卷三百五十二，第3937页。

②〔清〕彭定求等编《全唐诗》卷四百二十五，第4684页。

③〔清〕彭定求等编《全唐诗》卷九十五，第1027页。

④〔清〕彭定求等编《全唐诗》卷八十六，第939页。

⑤〔清〕彭定求等编《全唐诗》卷九十三，第1004页。

⑥〔清〕彭定求等编《全唐诗》卷一百八十三，第1862页。

⑦〔清〕彭定求等编《全唐诗》卷一百六十三，第1695页。

⑧〔清〕彭定求等编《全唐诗》卷一百九十五，第2006页。

⑨〔清〕彭定求等编《全唐诗》卷三百〇一，第3430页。

⑩〔清〕彭定求等编《全唐诗》卷二百七十一，第3045页。

⑪〔清〕彭定求等编《全唐诗》卷二百二十，第2322页。

⑫〔清〕彭定求等编《全唐诗》卷四百八十五，第5507页。

⑬〔汉〕邹阳“高树凌云”（《几赋》），载费振刚、胡双宝、宗明华辑校《全汉赋》，第39页。

于闺闼，宛虹拖于楯轩”[①]来形容上林宫观之高，甚是新颖，之后赋家们沿着这一思路纷纷争奇斗巧。傅毅以“骋流星”[②]形容宫殿之高，班固以“扫霓”[③]形容羽旄之高，张衡以俯身可以听见下面轰隆隆的雷声来形容通天台之高，以“干云雾”形容建章宫别风阙之高，以“拂霓”形容旌旗之高，以“俯而观乎云霓”形容山之高[④]，王逸以“贯云表”[⑤]形容树之高，王延寿以高耸入云、“俯视流星”[⑥]形容鲁灵光殿之高。唐诗中借助日月星斗、云霞虹霓依然是描写高度时常用的夸张修辞手法。

描写山峰如卢照邻“绝顶横临日”（《登玉清》）[⑦]、王勃“峰磴入云危”（《泥溪》）[⑧]、李峤“山高入紫烟”（《奉和骊山高顶寓目应制》）[⑨]、裴耀卿“孤屿入云平”（《敬酬张九龄当涂界留赠

---

①〔汉〕司马相如：《上林赋》，载费振刚、胡双宝、宗明华辑校《全汉赋》，第64页。

②〔汉〕傅毅“骋流星于突陋”（《洛都赋》），载费振刚、胡双宝、宗明华辑校《全汉赋》，第278页。

③〔汉〕班固“羽旄扫霓”（《东都赋》），载费振刚、胡双宝、宗明华辑校《全汉赋》，第329页。

④〔汉〕张衡“伏棂槛而俯听，闻雷霆之相激”“干云雾而上达”（《西京赋》）、“云旗拂霓”（《东京赋》）、“俯而观乎云霓”（《南都赋》），载费振刚、胡双宝、宗明华辑校《全汉赋》，第414、441、458页。

⑤〔汉〕王逸“贯云表而剀仓”（《机妇赋》），载费振刚、胡双宝、宗明华辑校《全汉赋》，第514页。

⑥〔汉〕王延寿“隆崛岉乎青云”“俯视流星”（《鲁灵光殿赋》），载费振刚、胡双宝、宗明华辑校《全汉赋》，第527、529页。

⑦〔清〕彭定求等编《全唐诗》卷四十二，第530页。

⑧〔清〕彭定求等编《全唐诗》卷五十六，第679页。

⑨〔清〕彭定求等编《全唐诗》卷五十八，第693页。

之作》）[①]、李白“扪参历井仰胁息”（《蜀道难》）[②]、“举手可近月”（《登太白峰》）[③]、刘长卿“叠嶂入云多”（《湘中纪行十首·石围峰》）[④]、李翱“两山高入云”（《广庆寺》）[⑤]、欧阳玭“峰峦半入云”（《新岭临眺寄连总进士》）[⑥]、郭夔“岩翠凌云出迥然”（《九华山》）[⑦]等。

描写树木如宋之问“峰攒入云树”（《下桂江龙目滩》）[⑧]、王维“入云树深浅”（《李处士山居》）[⑨]、李白“桑柘连青云”（《赠清漳明府侄聿》）[⑩]、杜甫“阶前树拂云”（《陪郑广文游何将军山林十首》其九）[⑪]、“海棕一株高入云”（《海棕行》）[⑫]、岑参“君不见拂云百丈青松柯”（《感遇》）[⑬]、李颀“清溪入云木”（《送卢逸人》）[⑭]、元稹“亭亭乍干云”（《邮竹》）[⑮]、白居易

①〔清〕彭定求等编《全唐诗》卷一百一十三，第1148页。

②〔清〕彭定求等编《全唐诗》卷一百六十二，第1681页。

③〔清〕彭定求等编《全唐诗》卷一百八十，第1834页。

④〔清〕彭定求等编《全唐诗》卷一百四十八，第1520页。诗题下注曰：“一作石菌山。”

⑤〔清〕彭定求等编《全唐诗》卷三百六十九，第4150页。

⑥〔清〕彭定求等编《全唐诗》卷六百，第6937页。

⑦〔清〕彭定求等编《全唐诗》卷五百六十六，第6559页。

⑧〔清〕彭定求等编《全唐诗》卷五十三，第650页。

⑨〔清〕彭定求等编《全唐诗》卷一百二十五，第1248页。

⑩〔清〕彭定求等编《全唐诗》卷一百六十八，第1738页。

⑪〔清〕彭定求等编《全唐诗》卷二百二十四，第2398页。

⑫〔清〕彭定求等编《全唐诗》卷二百二十，第2315页。

⑬〔清〕彭定求等编《全唐诗》卷一百九十九，第2056页。

⑭〔清〕彭定求等编《全唐诗》卷一百三十四，第1360页。

⑮〔清〕彭定求等编《全唐诗》卷四百〇三，第4502页。

“山苗高入云”（《续古诗十首》其三）[①]。

描写建筑如刘宪“飞塔云霄半”（《奉和九月九日圣制登慈恩寺浮图应制》）[②]、沈佺期“层城入云汉”（《长安道》）[③]、宋之问“高阁凌飞霞”（《浣纱篇赠陆上人》）[④]、崔颢“长安甲第高入云”（《长安道》）[⑤]、杜甫“日月近雕梁”（《冬日洛城北谒玄元皇帝庙》）[⑥]、“七星在北户，河汉声西流”（《同诸公登慈恩寺塔》）[⑦]、白居易“骊宫高兮高入云”（《骊宫高》）[⑧]、沈亚之“雕梁峻宇入云端”（《题侯仙亭》）[⑨]、李山甫“入云高第照神州”（《公子家二首》其一）[⑩]、李商隐“十二层城阆苑西，平时避暑拂虹霓”（《九成宫》）[⑪]等。

汉赋在模式化修辞上对唐诗的影响还有许多，如依事物特征进行铺陈是汉赋比较重要且对唐诗影响比较大的一种方式。枚乘“枝逶迟而含紫，叶萋萋而吐绿”（《柳赋》）[⑫]依次描写枝与叶，司马

---

①〔清〕彭定求等编《全唐诗》卷四百二十五，第4672页。

②〔清〕彭定求等编《全唐诗》卷七十一，第780页。

③〔清〕彭定求等编《全唐诗》卷九十五，第1020页。诗题下注曰：“一作宋之问诗。”

④〔清〕彭定求等编《全唐诗》卷五十一，第620页。

⑤〔清〕彭定求等编《全唐诗》卷十八，第195页。

⑥〔清〕彭定求等编《全唐诗》卷二百二十四，第2387页。

⑦〔清〕彭定求等编《全唐诗》卷二百一十六，第2258页。

⑧〔清〕彭定求等编《全唐诗》卷四百二十七，第4700页。

⑨〔清〕彭定求等编《全唐诗》卷四百九十三，第5581页。

⑩〔清〕彭定求等编《全唐诗》卷六百四十三，第7373页。

⑪〔清〕彭定求等编《全唐诗》卷五百三十九，第6162页。

⑫费振刚、胡双宝、宗明华辑校《全汉赋》，第35页。

相如“扬翠叶，扤紫茎，发红华，垂朱荣”（《上林赋》）[①]依次描写叶、茎、花，刘胜“拂天河而布叶，横日路而擢枝”（《文木赋》）[②]依次描写叶、枝。唐诗同样如此，如李峤“白花摇凤影，青节动龙文。叶扫东南日，枝捎西北云”（《竹》）[③]分别描写了竹子的花、节、叶、枝，史俊“结根幽壑不知岁，耸干摩天凡几寻”“经行绿叶望成盖，宴坐黄花长满襟”（《题巴州光福寺楠木》）[④]分别描写了楠树的根、干、叶、花，孟郊“枝疏缘别苦，曲怨为年多。花惊燕地云，叶映楚池波”（《折杨柳》）[⑤]分别描写了杨柳的枝、花、叶，杜甫“丁香体柔弱，乱结枝犹垫。细叶带浮毛，疏花披素艳”（《江头四咏·丁香》）[⑥]分别描写了丁香的枝、叶、花，“孔明庙前有老柏，柯如青铜根如石。霜皮溜雨四十围，黛色参天二千尺”（《古柏行》）[⑦]分别描写了古柏的柯、根、皮、干。并且汉赋中写到树木总会提及树上的鸟类和虫类，如枚乘“出入风云，去来羽族。既上下而好音，亦黄衣而绛足。蜩螗厉响，蜘蛛吐丝”（《柳赋》）[⑧]、孔臧“鸣鹊集聚，百变其音”（《杨柳赋》）[⑨]、刘胜“幼雏羸鷇，单雄寡雌。纷纭翔集，嘈嗷鸣啼”（《文木

① 费振刚、胡双宝、宗明华辑校《全汉赋》，第64页。

② 同上书，第124页。

③〔清〕彭定求等编《全唐诗》卷六十，第715页。

④〔清〕彭定求等编《全唐诗》卷七十五，第819页。

⑤〔清〕彭定求等编《全唐诗》卷三百七十三，第4188页。

⑥〔清〕彭定求等编《全唐诗》卷二百二十七，第2453页。

⑦〔清〕彭定求等编《全唐诗》卷二百二十一，第2334页。

⑧ 费振刚、胡双宝、宗明华辑校《全汉赋》，第35页。

⑨ 同上书，第118页。

赋》）[①]。唐诗也不例外，如王绩“去来双鸿鹄，栖息两鸳鸯”（《古意六首》其五）[②]、卢照邻“上舞双栖鸟，中秀合欢枝”（《望宅中树有所思》）[③]、沈佺期“啼鸟弄花疏，游蜂饮香遍”（《芳树》）[④]、张九龄“侧见双翠鸟，巢在三珠树”（《感遇十二首》其四）[⑤]、李白“中巢双翡翠，上宿紫鸳鸯”（《古意》）[⑥]、元稹“游蜂竞攒刺，斗雀亦纷拏”（《芳树》）[⑦]。值得注意的是，杜甫诗反其意用之，“白鹄遂不来，天鸡为愁思”（《枯柟》）[⑧]，鸟兽不来，亦见树木之枯之病。

四、文学模式承传之意义

《文选》由于唐代科举考试对诗赋的重视，成为文人士子们诵读与摹习的范本，对《文选》的传授、讲习与注释也蔚然成风。许多文人都曾有过深入学习《文选》的过程，如李白曾三拟《文选》[⑨]，杜甫亦言“呼婢取酒壶，续儿诵《文选》”（《水阁朝霁奉

---

① 费振刚、胡双宝、宗明华辑校《全汉赋》，第124页。

②〔清〕彭定求等编《全唐诗》卷三十八，第478页。

③〔清〕彭定求等编《全唐诗》卷四十一，第515页。

④〔清〕彭定求等编《全唐诗》卷九十五，第1020页。

⑤〔清〕彭定求等编《全唐诗》卷四十七，第571页。

⑥〔清〕彭定求等编《全唐诗》卷一百六十七，第1728页。

⑦〔清〕彭定求等编《全唐诗》卷十七，第171页。

⑧〔清〕彭定求等编《全唐诗》卷二百一十九，第2307页。

⑨〔唐〕段成式在《酉阳杂俎·语资》中记载：“白前后三拟词选（即《文选》），不如意，悉焚之。唯留《恨》《别》赋。”载段成式：《酉阳杂俎》，中华书局，1981，第116页。

简严云安》）[①]、“熟精《文选》理，休觅彩衣轻”（《宗武生日》）[②]。而《文选》所选录皆为汉赋中最优秀的作品，在诗人们的竞相研习中，汉赋的一些文学模式逐渐深入人心，他们在创作时自觉或不自觉地袭用这些文学模式。

文学模式化传统由汉赋到唐诗的体现，对唐诗的发展有重要作用，同时，对整个文学的发展流变亦具有重要意义。

首先，唐诗中大量出现汉赋，体现了唐人的选择性，是对汉赋“体物浏亮”特征的肯定。刘勰《文心雕龙·诠赋》言赋“极声貌以穷文”“品物毕图”“写物图貌，蔚似雕画”[③]，体物是汉赋最重要的特征之一，而为了更好地描摹事物，汉代赋家发展了各种各样的修辞手法。这些都成为唐人学习汉赋的重要方面。

其次，唐代诗人对汉赋模式的承袭，重在创作手法的吸收，而不是字句上的亦步亦趋、字模句仿。这也是在文学发展中，模式与模拟相比更具有生命力的原因。

第三，唐人对汉赋文学模式在吸收、承袭中，同样有新变。赋和诗是两种文体，有着不同的特征和规范，将汉赋中的文学模式恰当地运用到诗歌中，这本身就体现出唐代诗人的创新精神。文学是丰富多彩的，不同诗人对汉赋模式的化用有着各自不同的特点，这值得我们去进一步探索。

---

①〔清〕彭定求等编《全唐诗》卷二百二十一，第2333页。

②〔清〕彭定求等编《全唐诗》卷二百三十一，第2535页。

③〔南朝梁〕刘勰：《文心雕龙注》卷二，第134–136页。

从汉赋到唐诗：京都书写的承变及其原因*

京都文学肇端于汉代京都赋，以班固《两都赋》、张衡《二京赋》为代表，对后世京都文学影响深远。班、张之后，晋左思《三都赋》、唐李庾《两都赋》、宋周邦彦《汴都赋》等继作，大赋依然是最能彰显帝国盛貌的文体，但京都文学并不仅限于赋。在唐代，诗是最有代表性的文体，出现了许多歌咏帝京的作品。唐代京都诗不可避免地受到了汉代京都赋的影响，已有学者注意到这一现象，如商伟《论初唐诗歌的赋化现象》即认为卢照邻《长安古意》、骆宾王《帝京篇》《畴昔篇》、王勃《临高台》等“尤其是像京都大赋那样集中在京都生活的表现上”[①]，然而寥寥数语，语焉不详。余恕诚《唐诗与其他文体之关系》中较详细地论述了初唐七古与汉大赋的关系，并认为骆宾王《帝京篇》在天文、地理、人事等上下四

* 本文原载《福建师范大学学报（哲学社会科学版）》2017年第2期。

① 商伟：《论初唐诗歌的赋化现象》，《北京大学学报（哲学社会科学版）》1986年第5期。

方铺叙和博大旺盛气概上，“皆与汉赋之侈衍宏丽一脉相承”[1]，颇为精当。曹成飞《从京都赋到京都诗：汉代城市文学题材的变迁》一文注意到了京都赋与京都诗都表现了城市的基本建设、礼教宗仪、商贸往来、风俗物产、演艺游乐这些相同的内容，而相异之处则有：京都赋擅长修辞，京都诗则是在文词之后更多个人感慨，以取意造境为高；京都赋以铺排描述见长，诗歌重在借物（景）达神，以实摹虚，化虚为实；诗歌要求创作者多才情，赋作则要求创作者兼才学。[2]此文观点有较多启发性，但可惜立论多而论证少，没有落实到具体文本，并且所言较为表面化，未注意到深层次的同异。

目前关于唐代京都诗接受汉代京都赋的研究虽已取得一些成果，但是还存在很大空间。首先，现有研究多集中在“初唐四杰”的几首诗上，未能对唐代京都诗进行整体观照；其次，多考察汉赋对唐诗的影响，对唐代诗人的新变关注不够；最后，多集中在文学层面，从文化层面进行的讨论不足。鉴于此，本文以唐代京都诗接受汉代京都赋为题，从唐代京都诗概况，对汉代京都赋的继承、新变及其原因四个方面进行考察。

一、唐代京都赋的衰落与京都诗的兴盛

京都为天子所居，在中国古代大一统帝国中处于核心位置，张

① 余恕诚、吴怀东：《唐诗与其他文体之关系》，中华书局，2012，第43页。

② 曹成飞：《从京都赋到京都诗：汉代城市文学题材的变迁》，《焦作大学学报》2012年第4期。

衡《西京赋》言“封畿千里，统以京尹”，[①]歌咏京都的文学作品也受到人们的重视，梁萧统《文选》所收文学作品第一类即为京都赋。大赋铺陈排比、博丽宏侈，是最适合展示帝都盛况的文体，但直到晚唐，李庾才创作了《两都赋》。之前从初唐到盛唐，赋体并未参与歌咏京都。京都题材在赋中的衰落。究其原因，主要有三：

首先，唐代的社会环境发生了变化，之前对汉赋兴盛起到推动作用的因素已不复存在。以京都赋为代表的骋辞大赋在汉代达到兴盛，有多种原因，而帝王的提倡和献赋入仕的制度有很重要的推动作用。汉武帝、宣帝皆喜好辞赋，武帝还亲自创作，上有所好，下必效焉；同时献赋可以入仕，利禄机制激起了士人们创作的热情。而到了唐代，帝王的喜好从赋转移到了诗，再没有像汉武帝、汉宣帝那样喜好辞赋的帝王，因此献赋入仕的机会也变得很渺茫。李白曾献《明堂赋》《大猎赋》，杜甫献《雕赋》《三大礼赋》，但都未得到直接进入仕途的机会。唐代科举制度考赋，为什么没有推动大赋的发展呢？这主要是因为科举考赋有严格的时间限制，“考试体赋不可能用那种竞骋才学、体国经野的大赋体，所以短篇小制成了制度的选择”。[②]讲求声病技巧且篇制短小的律赋显然不适合京都题材的书写。

其次，类书、志书的兴盛削弱了京都赋在社会中的影响和重要性。清代的袁枚曾经说道：

古无志书，又无类书，是以《三都》《两京》，欲叙风土物

---

① 费振刚、胡双宝、宗明华辑校《全汉赋》，北京大学出版社，1993，第416页。

② 许结：《制度下的赋学视域——论赋体文学古今演变的一条线索》，《南京大学学报（哲学·人文科学·社会科学版）》2006年第4期。

产之美，山则某某，水则某某，草木、鸟兽、虫鱼则某某，必加穷搜博访，精心致思之功。是以三年乃成，十年乃成。而一成之后，传播远迩，至于纸贵洛阳。盖不徒震其才藻之华，且藏之巾笥，作志书、类书读故也。今志书、类书，美矣，备矣，使班、左生于今日，再作此赋，不过翻撷数日，立可成篇，而传抄者亦无有也。①

袁枚认为《三都》《两京》之类京都赋之所以风靡社会，被竞相传抄，主要是因为古代没有志书、类书，京都赋在很大程度上可以替代志书、类书的作用，而到了清代，志书、类书都已经很完备，所以即使是班固、左思复生，再作此赋，也不会有那么大的影响力，不会有人去传抄。这种现象并不是到了清代才有，在魏晋时已经出现。程章灿在《魏晋南北朝赋史》一书中指出“类书发达之后反过来使骋辞大赋失去其在文化史舞台上的一个重要的角色地位”②，并依《隋书·经籍志》列表统计了魏晋南北朝时所编撰的主要类书二十一种，其中十余种唐初尚存。至唐代，出现了四大类书，分别是欧阳询编《艺文类聚》、虞世南编《北堂书钞》、徐坚编《初学记》、白居易编《白氏六帖》，这些类书收录资料宏富，影响较大。志书据《隋书·经籍志》记载，从三国吴人顾启期《娄地记》开始，相继涌现了《洛阳记》《吴兴记》《吴郡记》等书，隋代更是出现了规模浩大的结集性方志《诸郡物产土俗记》《区宇图志》《诸州图经集》。唐代依然很重视地志编纂，有《贞观郡国志》《括地志》《元和郡县图志》等。值得注意的是，魏晋南北朝时期还出

①〔清〕袁枚：《〈历代赋话〉序》，载〔清〕浦铣《历代赋话校证》，何新文、路成文校证，上海古籍出版社，2007，第3页。

② 程章灿：《魏晋南北朝赋史》，江苏古籍出版社，2001，第194页。

现了专门记秦都城咸阳、汉都城长安的《三辅黄图》。志书、类书的普及削弱了以京都赋为代表的骋辞大赋在社会和文化中的作用。

最后，班固《两都赋》、张衡《二京赋》（《西京赋》《东京赋》）甫一出现即达到京都赋的顶峰，后代作者难以为继。文学中存在这样的情况，一种文体或一类题材达到鼎盛之后，会给后人造成很大压力。汉代以后创作京都赋的赋家们就始终在班、张二赋的笼罩之下。左思一面批评司马相如、扬雄、班固、张衡的赋作“假称珍怪，以为润色”[①]，一面又“自以其作不谢班、张”[②]，这种心理颇值得玩味。批评班、张，又以班、张为争胜的对象，可见左思在创作《三都赋》时，始终没有摆脱班固《两都赋》、张衡《二京赋》的影响。终于，左思历时十年，苦心经营，殚精竭虑写成的《三都赋》，赢得了可以与班固《两都赋》、张衡《二京赋》相媲美的声誉，张华称其“此二京可三”[③]，一时之间，洛阳纸贵。其他赋家就没有如此幸运，虽然之后不乏创制，但已难以达到班固、张衡、左思这样的成就。程章灿认为左思《三都赋》是骋辞大赋最后的辉煌[④]，据严可均辑《全上古三代秦汉三国六朝文》统计，西晋以后隋以前的京都赋共有十四篇，其中八篇存目，六篇残缺，竟无一完整。因此，到了唐代，京都题材在赋中不可避免地走向了衰落。

然而，京都题材在赋中衰落，并不代表京都文学的衰落。与此

---

①〔晋〕左思：《三都赋序》，载〔南朝梁〕萧统编《文选》卷四，〔唐〕李善注，中华书局，1977，第74页。

②〔唐〕房玄龄等：《晋书》卷九十二，中华书局，1974，第2376页。

③ 徐震堮：《世说新语校笺》卷上，中华书局，1984，第136页。

④ 程章灿：《魏晋南北朝赋史》，第187页。

形成反差的是，唐代京都题材的诗大量出现。文学是社会的反映，大唐盛世必然会在文学中有所表现。而之前对汉赋兴盛起到推动作用的因素到了唐代，已转移到了诗上。唐代很多皇帝喜欢诗，唐太宗、玄宗等皆有多篇诗作留世，太宗的《帝京篇》十首是唐代京都诗最典型的代表，唐文宗甚至曾欲置诗博士以及唐代科举考试考诗，这些都客观促进了京都诗的兴盛。从唐太宗《帝京篇》，到卢照邻《长安古意》、骆宾王《帝京篇》，到沈佺期、韦应物等诗人所写的乐府诗《长安道》，再到武元衡《长安春望》、许浑《长安岁暮》等，长安城被许多诗人写进了自己的诗中。

二、唐代京都诗对汉代京都赋的继承

毫无疑问，唐代之前京都文学中成就最大的是京都赋，尤以汉代班固《两都赋》、张衡《二京赋》为代表，唐代诗人在创作京都诗时不可避免地受到了它们的影响，这些影响主要表现在三个层面：

首先是内容层面。汉代京都赋几乎描写了帝都的方方面面，何沛雄在《〈两都赋〉和〈二京赋〉的历史价值》一文中归纳了班、张二赋九个方面的内容：京都的形势、封畿的环境、市内的繁荣、帝王的宫室、后宫的情形、其他的建筑、畋猎的壮观、游娱的盛况、节日的礼仪等。[①]唐代京都诗所写的内容与汉代京都赋一脉相承，细究之下，又可分为三种情况：

长篇诗歌一首之内涵盖这些内容，如骆宾王《帝京篇》、卢照邻《长安古意》、王勃《畴昔篇》、袁朗《和洗掾登城南坂望京邑》

① 何沛雄：《〈两都赋〉和〈二京赋〉的历史价值》，《文史哲》1990年第5期。

等。清代徐增《而庵说唐诗》分析《帝京篇》云："首望出帝居得局，次及星躔山川、城阙离宫，次及诸侯王贵人之邸第，衣冠文物之盛，车马饮馔之乐，乃至游侠倡妇，描写殆尽……总见帝京之大，无所不有。"[①]卢照邻《长安古意》分别铺写了长安城四通八达的街巷、川流不息的车马、生机勃勃的景物、富丽堂皇的宫殿、歌儿舞女的妖娆、繁华喧闹的夜市等。

借助组诗的形式来整体描摹京都，如唐太宗《帝京篇》十首、杜牧《长安杂题长句》六首等。唐太宗《帝京篇》第一首云："秦川雄帝宅，函谷壮皇居。绮殿千寻起，离宫百雉余。连甍遥接汉，飞观迥凌虚。云日隐层阙，风烟出绮疏。"[②]前两句言京都形胜，后六句言宫殿丽景，紧接着九首分别描写崇文、观武、临乐、览禁苑、游翠渚、回舆、欢宴、美人歌舞等内容。

篇幅较短的单篇诗歌则描绘京都的某些方面，如包何"迢递山河拥帝京，参差宫殿接云平"（《长安晓望寄崔补阙》）[③]、卢宗回"渭水寒光摇藻井，玉峰晴色上朱阑。九重宫阙参差见，百二山河表里观"（《登长安慈恩寺塔》）[④]写地势和宫殿，袁不约"凤城连夜九门通，帝女皇妃出汉宫。千乘宝莲珠箔卷，万条银烛碧纱笼"（《长安夜游》）[⑤]写公主妃嫔夜游等。

其次是结构层面。唐代京都诗继承了汉代京都赋铺陈排比的写法。如前文所引余恕诚《唐诗与其他文体之关系》的论述，骆宾王

① 陈伯海：《唐诗汇评》，浙江教育出版社，1995，第150页。

②〔清〕彭定求等编《全唐诗》卷一，中华书局，1960，第1页。

③〔清〕彭定求等编《全唐诗》卷二百〇八，第2173页。

④〔清〕彭定求等编《全唐诗》卷四百九十，第5549页。

⑤〔清〕彭定求等编《全唐诗》卷五百〇八，第5772页。

《帝京篇》在天文、地理、人事等上下四方铺叙与班固《两都赋》、张衡《二京赋》一脉相承，其他如卢照邻《长安古意》、王勃《临高台》等同样运用了汉赋的铺陈排比来遣词构篇。不仅长篇歌行如此，篇幅较短小的诗同样受汉赋铺陈排比写法的影响。唐太宗《帝京篇》十首依次描写长安城地势、宫殿、崇文、观武、临乐、览禁苑、游翠渚、回舆、欢宴、美人歌舞等内容；张子容“雪尽黄山树，冰开黑水津。草迎金埒马，花伴玉楼人。鸿渐看无数，莺歌听欲频”（《长安早春》）[①]，依次描写雪、冰、草、花、鸿、莺；韦应物“中有流苏合欢之宝帐，一百二十凤凰罗列含明珠。下有锦铺翠被之粲烂，博山吐香五云散”（《长安道》）[②]，按空间方位来描写皇宫中的陈设，这都是汉赋铺排手法的运用。

同时，汉赋曲终奏雅的模式也影响了唐代京都诗。班固《两都赋》、张衡《二京赋》在铺陈了帝都的繁华后，最后都归之于礼义，唐代京都诗同样如此。如唐玄宗李隆基《春台望》最后写道：“须念作劳居者逸，勿言我后焉能恤。为想雄豪壮柏梁，何如俭陋卑茅室”[③]，曲终奏雅的结构全同汉赋。余恕诚先生已注意到卢照邻《长安古意》篇末致讽，是汉赋惯常写法。[④]骆宾王《帝京篇》、王勃《临高台》最后同样在发感慨。唐太宗《帝京篇》在具体诗篇与整个组诗结构上都体现了汉赋曲终奏雅模式的影响。如第四首：

鸣笳临乐馆，眺听欢芳节。急管韵朱弦，清歌凝白雪。彩

① 〔清〕彭定求等编《全唐诗》卷一百一十六，第1177–1178页。

② 〔清〕彭定求等编《全唐诗》卷十八，第196页。

③ 〔清〕彭定求等编《全唐诗》卷三，第29页。

④ 余恕诚、吴怀东：《唐诗与其他文体之关系》，第43页。

凤肃来仪，玄鹤纷成列。去兹郑卫声，雅音方可悦。[①]

前六句都在写歌舞之乐，但诗人并未一味地沉溺其中，最后两句曲终奏雅，言道要远离郑卫之声这种靡靡之音，而去聆听并喜爱雅音。孔子曾说“放郑声，远佞人；郑声淫，佞人殆”[②]（《论语·卫灵公》）、“恶郑声之乱雅乐也”[③]（《论语·阳货》），儒家乐教将音乐与国家兴衰联系在一起，《吕氏春秋·季夏纪》：“郑卫之声，桑间之音，此乱国之所好，衰德之所说。”[④]作为大唐王朝的皇帝，唐太宗最后清醒地意识到要远离郑卫之声。第十首则是整组诗的曲终奏雅，在铺陈了帝京的繁盛后，最后归之于“奉天竭诚敬，临民思惠养。纳善察忠谏，明科慎刑赏”[⑤]。

最后是精神层面。唐代京都诗与汉代京都赋都是在以京都涵盖天下，通过对京都的描摹，展现出“大一统”帝国的精神风貌。张衡《西京赋》言“方今圣上，同天号于帝皇，掩四海而为家，富有之业，莫我大也”[⑥]，体现出盛世皇朝的气魄与襟怀。以京都为中心，赋家还注意描写四夷百蛮、友邦邻国的臣服与朝贡，如班固“其中乃有九真之麟，大宛之马，黄支之犀，条支之鸟。逾昆仑，越巨海，殊方异类，至于三万里”（《西都赋》）[⑦]、张衡“惠风广

---

①〔清〕彭定求等编《全唐诗》卷一，第2页。

② 杨伯峻：《论语译注》，中华书局，2017，第232页。

③ 同上书，第266页。

④〔战国〕吕不韦：《吕氏春秋》卷六，任明、昌明译注，书海出版社，2001，第54页。

⑤〔清〕彭定求等编《全唐诗》卷一，第3页。

⑥ 费振刚、胡双宝、宗明华辑校《全汉赋》，第421页。

⑦ 同上书，第313页。

被，泽洎幽荒。北燮丁令，南谐越裳，西包大秦，东过乐浪。重舌之人九译，佥稽首而来王”（《东京赋》）[①]等。唐代京都诗中同样表现着万国来朝的盛世情怀，如袁朗“万国朝前殿”（《和洗掾登城南坂望京邑》）[②]、樊珣“万国来朝汉阙”（《忆长安·十月》）[③]、王贞白“梯航万国来，争先贡金帛”（《长安道》）[④]、杜牧“万国珪璋捧赭袍”（《长安杂题长句六首》其一）[⑤]等。

三、唐代京都诗的新变

与继承相比，唐代京都诗对汉代京都赋的新变更值得我们关注，其新变主要表现在三个方面：

一是变铺陈为概括。铺陈是赋体文学最主要的特征之一。南朝梁刘勰《文心雕龙·诠赋》曰：“赋者，铺也，铺采摛文，体物写志也。”[⑥]清人刘熙载《艺概·赋概》曰：“赋起于情事杂沓，诗不能驭，故为赋以铺陈之。斯于千态万状、层见迭出者，吐无不畅，畅无或竭。《楚辞·招魂》云：‘结撰至思，兰芳假些。人有所极，同心赋些。’曰‘至’曰‘极’，此皇甫士安《三都赋序》所谓‘欲人不能加’也。”[⑦]汉代京都赋描写时极尽铺陈之能事，而唐代京都诗多言简意赅，具有很强的概括性与象征性。班固《西都赋》在写

① 费振刚、胡双宝、宗明华辑校《全汉赋》，第445页。

②〔清〕彭定求等编《全唐诗》卷三十，第432页。

③〔清〕彭定求等编《全唐诗》卷三百〇七，第3489页。

④〔清〕彭定求等编《全唐诗》卷七百〇一，第8058页。

⑤〔清〕彭定求等编《全唐诗》卷五百二十一，第5950页。

⑥〔南朝梁〕刘勰：《文心雕龙注》卷二，范文澜注，人民文学出版社，1958，第134页。

⑦〔清〕刘熙载：《艺概注稿》卷三，中华书局，2009，第411页。

到长安城的地理位置时写道："汉之西都，在于雍州，实曰长安。左据函谷、二崤之阻，表以太华、终南之山。右界褒斜、陇首之险，带以洪河、泾、渭之川。众流之隈，汧涌其西。华实之毛，则九州之上腴焉。防御之阻，则天地之隩区焉。"[①]班固于此赋中极尽铺陈之能事，而到了唐太宗《帝京篇》中，提到长安城的地理形势，却用"秦川雄帝宅，函谷壮皇居"[②]两句概言之。《西都赋》中描写帝王射猎情形道：

尔乃盛娱游之壮观，奋泰武乎上囿，因兹以威戎夸狄，耀威灵而讲武事。命荆州使起鸟，诏梁野而驱兽。毛群内阗，飞羽上覆，接翼侧足，集禁林而屯聚。水衡虞人，修其营表，种别群分，部曲有署。罘网连纮，笼山络野，列卒周匝，星罗云布。于是乘銮舆，备法驾，帅群臣，披飞廉，入苑门。遂绕酆鄗，历上兰。六师发逐，百兽骇殚，震震爚爚，雷奔电激。草木涂地，山渊反覆。蹂躏其十二三，乃拗怒而少息。

尔乃期门佽飞，列刃钻鍭，要趹追踪。鸟惊触丝，兽骇值锋。机不虚掎，弦不再控。矢不单杀，中必叠双。飑飑纷纷，矰缴相缠，风毛雨血，洒野蔽天。平原赤，勇士厉，猿狖失木，豺狼慑窜。尔乃移师趋险，并蹈潜秽。穷虎奔突，狂兕触蹷。许少施巧，秦成力折。掎僄狡，扼猛噬。脱角挫脰，徒搏独杀。挟师豹，拖熊螭。曳犀牦，顿象罴。超迥壑，越峻崖。蹷巉岩，巨石隤。松柏仆，丛林摧。草木无余，禽兽殄夷。于是天子乃登属玉之馆，历长杨之榭，览山川之体势，观三军之

① 费振刚、胡双宝、宗明华辑校《全汉赋》，第312页。

② 〔清〕彭定求等编《全唐诗》卷一，第1页。

杀获。原野萧条，目极四裔。禽相镇压，兽相枕藉。[1]

班固用四百多字来铺陈帝王射猎情形，而唐太宗只用“雕弓写明月，骏马疑流电。惊雁落虚弦，啼猿悲急箭”[2]概括。

二是变罗列为选择。罗列是汉赋运用的主要修辞手法之一，描写某一物时会将同性质或同范围的事物依次列出，务求全备，让后世无以复加。如班固《西都赋》在写到皇宫里的宫殿时，一一罗列，“清凉、宣温、神仙、长年、金华、玉堂，白虎、麒麟，区宇若兹，不可殚论”[3]，“后宫则有掖庭、椒房，后妃之室。合欢、增成、安处、常宁、茝若、椒风，披香、发越、兰林、蕙草、鸳鸾、飞翔之列”[4]。而唐代京都诗在写到宫殿时，不会去详尽地罗列宫殿，或者像骆宾王“汉家离宫三十六。桂殿嵚岑对玉楼，椒房窈窕连金屋”（《帝京篇》）[5]，用数字来告诉读者皇宫中宫殿很多，然后选择性地描写了几个宫殿；或者直接就选择几个宫殿描写，如王勃“东弥长乐观，西指未央宫”（《临高台》）[6]、袁朗“金凤凌绮观，璇题敞兰宫”（《和洗掾登城南坂望京邑》）[7]都只选了两个宫殿；更有甚者只以“宫殿”或“宫阙”二字概括，如包何“参差宫殿接云平”（《长安晓望寄崔补阙》）[8]、卢纶“宫阙参差落照间”

① 费振刚、胡双宝、宗明华辑校《全汉赋》，第315–316页。

②〔清〕彭定求等编《全唐诗》卷一，第2页。

③ 费振刚、胡双宝、宗明华辑校《全汉赋》，第313页。

④ 同上。

⑤〔清〕彭定求等编《全唐诗》卷七十七，第834页。

⑥〔清〕彭定求等编《全唐诗》卷十七，第174页。

⑦〔清〕彭定求等编《全唐诗》卷三十，第432页。

⑧〔清〕彭定求等编《全唐诗》卷二百〇八，第2173页。

（《长安春望》）[①]。班固《两都赋》写到夷邦的朝贡时列举了九真之麟、大宛之马、黄支之犀、条支之鸟，而唐代诗人笔下往往用“金帛”或“玉帛”代替，如王贞白“梯航万国来，争先贡金帛”（《长安道》）[②]。从这些例子中都可以看到，唐代诗人的注意力已经不在罗列物象究竟有多么丰富，而是选择某一两种物代指全体，或直接用类名总称。

三是变讽谏为个人感慨。唐代京都诗虽然继承了汉赋曲终奏雅的模式，但是篇末的感怀与汉代京都赋完全不同。刘勰《文心雕龙·诠赋》言汉赋“体国经野，义尚光大”[③]，汉代赋家有很崇高的使命感与责任感，撰写京都赋不是为了舞文弄墨，而是蕴含着自己的政治主张，希望向朝廷进谏，以期对国计民生有所裨益。班固《两都赋》写于东汉明帝年间，当时虽已定都洛阳多年，但很多人认为应该定都长安，班固通过这篇赋阐明了自己支持建都洛阳的政治主张。张衡写作《二京赋》也是为了讽谏，“时天下承平日久，自王侯以下，莫不逾侈。衡乃拟班固《两都》作《二京赋》，因以讽谏”[④]。

京都赋中很难看到赋家自己的情感，而唐代京都诗篇末却多是诗人个人的感慨。如骆宾王《帝京篇》，在铺叙了长安形势之雄、宫阙之壮，王侯贵戚游侠倡家之奢靡无度后，篇末“马卿辞蜀多文藻，扬雄仕汉乏良媒。三冬自矜诚足用，十年不调几邅回。汲黯薪

①〔清〕彭定求等编《全唐诗》卷二百七十九，第3173页。

②〔清〕彭定求等编《全唐诗》卷七百〇一，第8058页。

③〔南朝梁〕刘勰：《文心雕龙注》卷二，第135页。

④〔南朝宋〕范晔：《后汉书》卷八十九，〔唐〕李贤等注，中华书局，1965，第1897页。

逾积，孙弘阁未开。谁惜长沙傅，独负洛阳才”[①]，连着用了汉代司马相如、扬雄、张释之、汲黯、公孙弘、贾谊等怀才不遇之人的典故，表现了自己失志郁愤之情。清人沈德潜评价这首诗即认为“‘已焉哉’以下，伤一己之湮滞”[②]。王勃《临高台》在铺叙了长安城的繁盛奢靡后，篇末写道“君看旧日高台处，柏梁铜雀生黄尘”[③]，世事变迁，汉武帝、魏武帝时的繁盛早已随雨打风吹去，只有满是灰尘的柏梁台、铜雀台依然默默地伫立在那里。王勃的沧桑之感显然既有怀古，更多的是对大唐王朝的喻指，长安城再繁华，盛世之下依然难免暗藏着隐忧。卢照邻《长安古意》篇末“节物风光不相待，桑田碧海须臾改。昔时金阶白玉堂，即今唯见青松在。寂寂寥寥扬子居，年年岁岁一床书。独有南山桂花发，飞来飞去袭人裾”[④]，抒发了对世事无常、荣华难久的感慨，怀才不遇的寂寥之感和牢骚不平之气。

四、继承与新变原因之考察

唐代京都诗之所以会受汉代京都赋的诸多影响，主要有三方面原因：

首先，汉赋开创了京都赋这一类文学题材，并进行了恰如其分的描写刻画，后世很难超越，因此成为各个题材中的典范，被不断地学习模仿。加之梁萧统编《文选》所收前两篇即班固《两都赋》、张衡《二京赋》，而《文选》对唐人的影响很大。由于唐代科举考

① 〔清〕彭定求等编《全唐诗》卷七十七，第835页。

② 〔清〕沈德潜：《唐诗别裁》，上海古籍出版社，1979，第150页。

③ 〔清〕彭定求等编《全唐诗》卷十七，第174页。

④ 〔清〕彭定求等编《全唐诗》卷四十一，第519页。

试考诗赋，《文选》成为文人士子们诵读与模仿的范本，对《文选》的传授、讲习与注释也蔚然成风。许多文人都曾有过深入学习《文选》的过程，如李白就曾经三拟《文选》[①]，杜甫亦言“呼婢取酒壶，续儿诵《文选》”（《水阁朝霁奉简严云安》）[②]、“熟精《文选》理，休觅彩衣轻”（《宗武生日》）[③]。诗人们在竞相研习中，在撰写京都题材时，必然会潜移默化地受到班、张二赋的影响。

其次，唐代京都诗多方面继承汉代京都赋是唐代“大一统”帝国发展的需要。班固《西都赋》中东都主人说“博我以皇道，弘我以汉京”[④]，京都赋撰写最主要的功用之一是颂汉，歌颂帝京的繁华、天子的声威、大汉的强盛。汉与唐有着相似的国运。秦虽统一，但国祚甚短，汉继其后，成为中国历史上第一个强大的大一统帝国。汉赋作为这个时代最有代表性的文体，全面展现了大汉四百年的社会风貌。唐与汉相似，在统一天下但却仅延续三十八年的隋朝之后，建立中国历史上又一个强盛王朝。唐代最有代表性的文体已由赋变为诗，唐诗同样是唐代社会生活的最好写照。唐诗继承了汉赋歌颂帝国盛况、君王声威的使命，而京都诗是最主要的表现之一，正如骆宾王《帝京篇》所言 “不睹皇居壮，安知天子尊”[⑤]。唐人在追溯历史的时候，首先想到的就是强盛的大汉帝国，那些魏

---

①〔唐〕段成式在《酉阳杂俎·语资》中记载：“白前后三拟词选（即《文选》），不如意，悉焚之。唯留《恨》《别》赋。”载段成式：《酉阳杂俎》，中华书局，1981，第116页。

②〔清〕彭定求等编《全唐诗》卷二百二十一，第2333页。

③〔清〕彭定求等编《全唐诗》卷二百三十一，第2535页。

④费振刚、胡双宝、宗明华辑校《全汉赋》，第312页。

⑤〔清〕彭定求等编《全唐诗》卷七十七，第834页。

晋南北朝短暂分裂弱小的朝廷只能让他们引以为戒，他们在写诗撰文时最喜以汉比唐，如白居易《长恨歌》“汉皇重色思倾国”[①]，汉皇实为唐明皇，这样的例子，举不胜举。因此，当唐人开始撰写京都题材的文学时，向前回溯，他们最注目的必然是汉代京都赋。

最后，唐代京都诗继承汉代京都赋也是文体发展互相交融的必然结果。在中国文学发展进程中，每个时代的文学都是在继承前代文学遗产的基础上继续发展，各个文体在发展过程中也会互相影响、互相渗透。赋体文学受《诗经》《楚辞》等前代文学影响，在汉代达到其艺术顶峰，并对之后的文学产生影响。同样，唐诗的繁荣也是在前代各种文体发展的基础上形成的，汉赋即其重要的文学渊源之一。因此，唐人创作京都赋时对汉代京都赋有所继承，这符合文体发展的规律。

与继承相比，唐代诗人的新变更为值得关注。由于文体不同，唐代诗人在面对和汉代赋家相同的题材时，不得不有所变化。陆机《文赋》言“诗缘情而绮靡，赋体物而浏亮”[②]，诗与赋有着不同的文体特征。赋以体物见长，而诗则适合抒情言志；赋一般篇幅较长，而诗则篇幅较短；赋以铺陈排比为特征，而诗则需浓缩精练。这只是大体而言，当然也有很多体物诗，有很多篇幅较长的诗，有像韩愈《南山》诗一样极尽铺陈排比之能事的诗，但绝大部分诗都有着迥异于赋的文体特征。所以，即使同样描写京都，唐代京都诗与汉代京都赋相比也有许多新变。

除了文体的因素之外，时代不同是另外一个原因。虽然唐与汉都是盛世，但毕竟时移世异，作者所处的社会环境发生了巨大的变

① 〔清〕彭定求等编《全唐诗》卷四百三十五，第4818页。

② 〔南朝梁〕萧统编《文选》卷十七，第241页。

化，相应地反映到文学里也会有新变。唐代京都诗人与汉代京都赋家创作的目的也发生了变化，班固、张衡写赋是为了讽喻，而唐代京都诗已没有了这项功用，写诗只是为了感怀，抒发的是个人化的情感。

社会环境的变化影响了整个社会的美学追求。汉代美学最突出的特点是“容纳万有”[①]，如司马相如所言：“赋家之心，苞括宇宙，总览人物”[②]，所以，体现在汉代京都赋中的是铺陈排比，是尽可能地多、大、全、满，穷尽事物。唐代精神的主流是尚法度、重意境。尚法度，所以要把恢宏壮伟纳入规范中，而不是一味求多求全；重意境，所以更重留白，而不是全部填满，这也是唐人在面对京都题材时与汉人有很大不同的一个重要原因。

汉赋与唐诗被人奉为“一代之文学”[③]，最主要的原因当然是赋和诗分别在汉代与唐代达到极盛，后世难以超越。同时还应该包括另外一层内涵，汉赋与唐诗分别是最能展现汉与唐帝国风貌的文体，汉赋与唐诗对京都的描写即这一内涵的体现。在考察了唐代京都诗对汉代京都赋的接受后，其他题材是否同样存在着相同的联系，抑或有更为复杂和丰富的内容，值得继续考寻探究。

---

① 张法：《中国美学史》，上海人民出版社，2000，第96页。

②〔东晋〕葛洪集《西京杂记全译》，成林、程章灿译注，贵州人民出版社，1993，第65页。

③ 王国维：《宋元戏曲史·自序》，上海古籍出版社，1998，第1页。

唐帝国的丝路想象初探

——以唐诗"胡"为个案*

"胡"为我国古代对北方与西方少数民族的泛称。《战国策·赵策二》:"今吾(赵武灵王)将胡服骑射以教百姓"①,"胡"指西北戎狄。《周礼注疏·考工记总叙》:"胡无弓、车",郑玄注引郑司农曰:"胡,今匈奴。"②《晋书·元帝纪论》:"晋氏不虞,自中流外,五胡扛鼎,七庙隳尊。"③五胡指匈奴、鲜卑、羯、氐、羌。虽然各个时代具体所指的民族不同,但常被用来区别于汉民族却是不争的事实。"胡"的这种用法进入诗歌,始于汉朝,魏晋南北朝沿袭,唐代达到鼎盛。汉、唐两个重要时期均与丝绸之路的发展关系密切。唐诗中"胡"出现次数多④,使用诗人广泛,用法多样,内容

---

* 本文原载《广西师范学院学报(哲学社会科学版)》2017年第4期。

①〔汉〕刘向:《战国策》卷十九,上海古籍出版社,1985,第653页。

②〔汉〕郑玄、贾公彦:《周礼注疏》卷三十九,赵伯雄整理,王文锦审定,北京大学出版社,1999,第1058页。

③〔唐〕房玄龄等:《晋书》卷六,中华书局,1974,第158页。

④ 胡字有多种意思,仅在指北方与西方少数民族时纳入本文的考察范围。

丰富，既体现了唐人对丝绸之路的书写与想象，又反映了中西文化的碰撞与交融。学界研究丝绸之路与唐诗关系的成果已有很多，如林家英《丝绸之路与盛唐边塞诗》[①]，雷天旭、王殿明《丝路文化与唐诗的繁荣》[②]，郭文庭《唐诗中的丝路文化》[③]等，从边塞诗、异域物产、外来乐舞等角度进行了分析。本文则认为唐代诗人对“胡”的大量使用，同样或隐或现地体现出丝绸之路与唐诗的密切关系。

一、丝绸之路与唐前诗歌“胡”的流变

“胡”在诗歌中的演进与丝绸之路的发展密切相关。西汉武帝时，张骞两次出使西域，开拓了丝绸之路。之后，西汉政府设立西域都护府，武威、酒泉、张掖、敦煌四郡和玉门、阳关两关，并修筑长城，逐戍屯兵，丝绸之路出现了一派繁荣畅通的景象。王莽代汉建新，丝绸之路断绝。进入东汉后，在班超、班勇父子的努力下，丝绸之路再次恢复之前的繁荣兴旺。丝绸之路的开通使汉代成为中西文化交流史上的第一个高峰。在将中国的丝绸、铁器等带到西域各国的同时，天麻、苜蓿、葡萄等植物，汗血马、鸵鸟、犀牛等动物，象牙、犀角、玳瑁等珍宝也相继传入中国。与此同时，汉代诗歌中开始出现“胡”，共计十六处[④]，虽然数量较少，但对后世却影响深远。如辛延年《羽林郎诗》：“调笑酒家胡。胡姬年十五。

① 林家英：《追光存稿》，甘肃省文史馆，2010。

② 庆振轩：《丝路文化与五凉文学研究》，人民出版社，2012。

③ 郭文庭：《唐诗中的丝路文化》，《青海民族大学学报》2012年第1期。

④ 本文关于唐前诗歌中“胡”的统计以逯钦立辑校《先秦汉魏晋南北朝诗》（中华书局，1983）为据。

春日独当垆”[①]，当垆卖酒的胡姬成为后世诗歌中一道亮丽的风景。大宛汗血马，神骏无比，汉武帝称其为“天马”，并作歌咏之。汉代诗歌中开始出现胡马这一意象，如《古诗十九首》中的“胡马依北风”[②]、“胡马失其群”[③]。大量珍稀物品之外，西域各国的音乐舞蹈也不断传入中国，胡笳这一西域乐器开始进入诗歌，如蔡琰“胡笳动兮边马鸣”（《悲愤诗》）[④]、“啼呼哭泣，如吹胡笳”（《古诗》）[⑤]。“胡地多飙风”（《古歌》）[⑥]、“望胡地，何崄崓”（《古胡无人行》）[⑦]对风大、山险的胡地进行了描写，蔡琰“胡风春夏起”（《悲愤诗》）[⑧]中则出现了胡风。秦始皇为抵御匈奴曾筑万里长城，在汉代诗人的心里，秦与匈奴势不两立，常用秦胡对举来形容遥不可及，如《古诗十九首》中的“昔者常相近，邈若胡与秦”[⑨]、“一别如秦胡，会见何讵央”[⑩]。汉王朝同样面临匈奴的威胁，交战无数，汉高祖刘邦甚至被围困于白登山七天七夜。因此，在汉诗中，“胡”作为与羌并列的异族名存在，如蔡琰“平土人脆弱，来兵皆胡羌。”（《悲愤诗》）[⑪]《桓帝初天下童谣》中有

① 逯钦立辑校《先秦汉魏晋南北朝诗》，中华书局，1983，第198页。

② 同上书，第329页。

③ 同上书，第338页。

④ 同上书，第201页。

⑤ 同上书，第344页。

⑥ 同上书，第289页。

⑦ 同上书，第290页。

⑧ 同上书，第200页。

⑨ 同上书，第338页。

⑩ 同上书，第341页。

⑪ 同上书，第199页。

“丈夫何在西击胡”[①]之句，汉乐府中有《古胡无人行》之题，诗中“断胡头，脯胡臆”[②]的斩截之语形象地展现了汉胡关系的另一方面。

汉末群雄割据，西晋短暂统一，随后进入三百余年的长期分裂时期。整个魏晋南北朝时期，丝绸之路“时而因战争而走入低谷，时而又因动荡而比过去更加频繁、活跃”[③]，总的来说，还是畅通的。与此相同，诗歌中的“胡”在汉诗基础上亦稳步发展，并在南朝梁代达到第一个高潮。

三国纷争，无暇西顾，诗歌中“胡”仅出现四处，分别为蔑视性的“胡虏”、代指北方的“胡越”、表示异国他乡的“胡地桑”“胡地埃”。两晋时，西晋亡于匈奴人刘聪、刘曜，东晋与五胡十六国对峙。诗歌中出现的“胡”远超三国，达到十六处，但其用法多沿袭前人，“胡马”“胡越”“胡秦”“羌胡”外，新词只有《惠帝时洛阳童谣》“前至三月抱胡腰”[④]中的“胡腰”。南朝刘宋诗歌中共有十一处出现“胡”，分别在七首诗中，其中鲍照一人即有五首，出现的新用法有“胡尘”“胡霜”“胡封”“胡雁”“胡音”，其中“胡霜”“胡封”“胡音”均用于胡汉的对比中，具体为鲍照“箫鼓流汉思，旌甲被胡霜”（《代出自蓟北门行》）[⑤]、“埋身守汉境，沉命对胡封”（《代陈思王白马篇》）[⑥]、吴迈远“汉耳听胡音”

① 逯钦立辑校《先秦汉魏晋南北朝诗》，第219页。

② 同上书，第290页。

③ 沈济时：《丝绸之路》，中华书局、上海古籍出版社，2010，第23页。

④ 逯钦立辑校《先秦汉魏晋南北朝诗》，第788页。

⑤ 同上书，第1262页。

⑥ 同上书，第1263页。

（《胡笳曲》）[①]。值得注意的是出现了乐府诗题《胡笳曲》。齐诗仅四处，“胡尘”“胡越”前代已有，“胡埃”为曹魏时毋丘俭《在幽州诗》中“胡地埃”[②]的缩写。

梁诗中有四十六处“胡”，不但数量超过此前各代，而且出现了很多新的词汇，包括与胡人有关的“胡王”“老胡”“林胡”“胡舞”“胡妆”，与战争有关的“胡兵”“胡骑”“胡阵”，与胡地有关的“胡沙”“胡殿”“胡庭”“胡塞”“胡关”以及“胡羊”“胡床”“胡盐”等胡物。梁诗中的“胡”不但数量上有较大增加，而且呈现出四个新的特点：一是诗歌中第一次对胡人的相貌进行了详细的描写。周舍《上云乐》中形容西方老胡为“青眼智智，白发长长。蛾眉临髭，高鼻垂口”，并展现了胡人“非直能俳，又善饮酒”[③]、“举技无不佳，胡舞最所长”[④]的特点。二是记述了西域胡人向梁朝皇帝进献凤凰、狮子及胡乐之事，篇末老胡祝陛下“寿千万岁，欢乐未渠央”[⑤]。这是诗歌最早对西域诸国使臣朝拜中原帝王的记述，展现了丝绸之路开通后中外交流的一个画面。三是“胡床”“胡盐”“胡妆”开始入诗。庾肩吾《咏胡床应教诗》“传名乃外域，入用信中京。足欹形已正，文斜体自平。临堂对远客，命旅誓初征。何如淄馆下，淹留奉盛明”[⑥]，生动地记载了胡床传入中原并改变汉人生活方式的情形。据《后汉书·五行志一》所载，东汉末年的灵帝

---

① 逯钦立辑校《先秦汉魏晋南北朝诗》，第1319页。

② 同上书，第475页。

③ 同上书，第1773页。

④ 同上书，第1774页。

⑤ 同上。

⑥ 同上书，第1999页。

“好胡服、胡帐、胡床、胡坐、胡饭、胡空侯（即箜篌）、胡笛、胡舞，京都贵戚皆竞为之”[①]。与史实相比，诗歌略显滞后。但“胡床”“胡盐”“胡妆”的入诗，说明胡地之物进入汉人日常生活的程度日益加深、范围日益拓广。四是出现许多歌咏王昭君的作品，且在其中出现“胡”，如沈约《昭君辞》、梁简文帝萧纲《明君词》、施荣泰《王昭君》、沈满愿《王昭君叹二首》等。

继梁代诗歌的高潮之后，陈代诗歌稍有回落，出现“胡”二十六处。虽逊于梁，但同样远超汉魏晋宋各代。出现的新词有“强胡”“胡鞍”“胡秋”“胡桑”。考察陈诗“胡”，其中“胡笳”六处、“胡兵”“胡骑”“胡关”各三处、“胡塞”二处、“强胡”“胡鞍”“胡尘”各一处，共计二十处，一片征伐之音。李燮“三边追黠虏，一鼓定彊胡”（《紫骝马》）[②]在唱出士人杀敌壮志的同时，也反映出了陈末的战火硝烟。

北朝本为汉族士人眼中的胡人所建，留下来的汉语诗歌数量较少，除了由南入北的王褒、庾信外，仅北魏董绍“宁谓胡关下，复闻楚客歌”（《高平牧马诗》）[③]、北齐裴让之“沙漠胡尘起，关山烽燧惊”（《从北征诗》）[④]两处出现“胡”。此外，逯钦立辑校《先秦汉魏晋南北朝诗》认为今存敦煌唐写本《老子化胡经》卷十所附道教仙歌《化胡歌七首》《老君十六变词十八首》均为北魏时所作，其中大量出现“胡”，分别为“化胡”六处、“胡人”四处、

①〔南朝宋〕范晔：《后汉书》卷二十三，〔唐〕李贤等注，中华书局，1965，第3272页。

② 逯钦立辑校《先秦汉魏晋南北朝诗》，第2605页。

③ 同上书，第2215页。

④ 同上书，第2262页。

“胡王”三处、“胡国”一处，“化胡”是老子主要事迹，“胡人”“胡王”是所化对象，“胡国”为所处之地。这两组仙歌主要是歌颂老子神通广大，是佛、道二教相互争胜的产物，同时也反映了佛教传入中国之后宗教领域的交融与碰撞。

隋朝虽然结束汉末以来将近四百年的分裂，建立了大一统的帝国，但立国短暂，前后不满四十年，其诗歌沿袭多、开拓少。隋诗中共有“胡”十三处，“胡运”“胡营”“群胡”三词为新出现的词汇，其他皆是前代惯用词汇，未能展现出其独特风貌。

通过考察汉至隋朝“胡”在诗歌中的流变，可以看出，随着丝绸之路的开通与发展，“胡”在汉代诗歌中首先出现，之后各代陆续有新的词汇出现，其中梁代为高潮，新词多，整体数量亦远超各代。

二、丝绸之路与唐诗“胡”的激增、新变

唐代是继汉代之后又一个政治军事强大、文化经济繁荣的朝代。辉煌的大唐盛世中，丝绸之路达到了前所未有的兴旺发达。唐朝建立后，唐太宗先统一大漠，继而进军天山南北，攻取高昌、龟兹，并设立安西都护府，辖龟兹、于阗、疏勒、碎叶四镇。唐朝统一西域之后，采取了一系列措施确保丝绸之路的畅通无阻。“丝绸之路在中央政府的直接经营、管理下，进入了最繁盛的发展阶段。”①

与此同时，唐代诗歌中的“胡”大量出现。唐前诗歌共出现一

① 沈济时：《丝绸之路》，第30页。

百六十处，而唐代多达一千一百余处[①]，将近前代诗歌总和的七倍。仅以清人编《全唐诗》而论，共有诗人二千二百余人，而诗歌中出现过“胡”的诗人达二百三十余人，占十分之一。就其时代而言，从初唐的王绩、卢照邻、骆宾王、沈佺期、宋之问、陈子昂到盛唐的李白、杜甫、高适、岑参、王维、孟浩然，从中唐的韩愈、孟郊、元稹、白居易、刘禹锡、柳宗元到晚唐的杜牧、李商隐、温庭筠、皮日休、陆龟蒙、罗隐，各个时代重要诗人的作品中都有“胡”出现。就其身份而言，从唐太宗李世民、唐玄宗李隆基、唐宣宗李忱等帝王到刘希夷、崔颢、罗邺等普通士人，从张说、张柬之、宋璟等当朝宰执到皎然、贯休、齐己等方外之士，各个阶层诗人都有诗作出现“胡”。就其诗歌成就与特点而言，既有李白、杜甫、韩愈、白居易这样的大诗人，又有张宇、薛奇童、徐九皋等名不见经传的小诗人，既有王维、孟浩然、储光羲、常建等山水田园诗人，又有高适、岑参、王之涣、王昌龄等边塞诗人。

唐前诗歌常用的“胡”的相关词汇，在唐诗中都得到更多使用，如“胡笳”在唐前诗中有二十处，唐诗中为八十三处；“胡马”在唐前诗中有十三处，唐诗中为七十五处；“胡地”“胡骑”在唐前诗中均有九处，唐诗中分别为二十九、二十八处；“胡尘”在唐前诗中有八处，唐诗中为七十五处；“胡风”在唐前诗中有八处，唐诗中为三十处；“胡兵”在唐前诗中有五处，唐诗中为四十二处。许多唐前诗中偶见的“胡”的相关词汇，在唐诗中反而得到较多使用，如“胡沙”“胡雁”“胡虏”在唐前诗中均有一处，唐诗中则分别为三十九、二十五、二十六处；“胡床”在唐前诗中有二处，唐

① 本文关于唐代诗歌中“胡”的统计以彭定求等编《全唐诗》（中华书局，1960）与陈尚君辑校《全唐诗补编》（中华书局，1992）为据。

诗中为十三处；“胡姬”“胡霜”在唐前诗中均有三处，唐诗中分别为二十一、十七处。

在前代诗歌已有词汇出现次数大幅度增长的情况下，唐诗中出现的“胡”相关的新词同样激增。新增的胡人类词汇有“胡商”“胡贾”“胡妇”“胡儿”“胡雏”“胡僧”“胡奴”“胡寇”“胡戎”“胡肠”“胡准”“胡血”“胡语”“胡俗”“胡书”“胡军”等；胡地类词汇有“胡城”“胡土”“胡苑”“胡家”“胡乡”“胡山”“胡丘”“胡天”“胡云”“胡月”“胡星”“胡雪”“胡烟”等；胡物类词汇有“胡驹”“胡骝”“胡燕”“胡鹰”“胡雕”“胡蜂”“胡桃”“胡裘”“胡衫”“胡衣”“胡服”“胡缨”“胡帐”“胡车”“胡弓”“胡钩”“胡刀”“胡瓶”“胡香”“胡粉”“胡麻”“胡饼”“胡茶”等。胡乐类词汇除了“胡舞”“胡笳”外，新出现了“胡琴”“胡角”“胡歌”“胡曲”“胡旋舞”“胡部新声”等。值得注意的是，唐诗中出现了“逆胡”“妖胡”“残胡”等蔑视性的词汇，“怨胡”“憎胡”等表示怨恨的词汇，“避胡”“防胡”“备胡”等表示逃避或防备的词汇，当然，唐诗中更多的还是表示消灭类的词汇，如“制胡”“征胡”“亡胡”“擒胡”“逐胡”“讨胡”“灭胡”“平胡”“破胡”“斩胡”“射狂胡”“扫群胡”等。

数量的增长孕育了表现内容上的新变，唐诗“胡”相关词汇在各方面都展现出不同于前代的面貌，其新变主要体现在以下三方面：

首先，唐诗中“胡”相关词汇所塑造的胡人形象更加多样化与鲜明化。唐前诗歌中已经出现的胡人形象，在唐诗中变得更加多样化；唐诗中首先出现的胡人形象，则塑造得鲜明生动。唐前诗中的胡姬年方十五，当垆卖酒，到了唐诗中，诗人们注意到了胡姬的美貌（李白《前有一樽酒行》其二“胡姬貌如花”[①]）、热情（李白《送裴十八图南归嵩山二首》其一“胡姬招素手，延客醉金樽”[②]）、多才多艺（李白《醉后赠王历阳》“双歌二胡姬”[③]、贺朝《赠酒店胡姬》“胡姬春酒店，弦管夜锵锵”[④]）等，形象更加鲜明。从辛延年《羽林郎诗》开始，后世诗歌中的胡姬多与酒联系在一起，但唐诗中开始出现了与酒无关的胡姬，如岑参“江畔梅花白如雪，使我思乡肠欲断。摘得一枝在手中，无人远向金闺说。愿得青鸟衔此花，西飞直送到我家。胡姬正在临窗下，独织留黄浅碧纱。此鸟衔花胡姬前，胡姬见花知我怜。千说万说由不得，一夜抱花空馆眠”（《江行遇梅花之作》）[⑤]，诗中善织、多情的胡姬别开生面。胡僧是首先出现在唐诗中的胡人形象，如刘言史《代胡僧留别》云：“此地缘疏语未通，归时老病去无穷。定知不彻南天竺，死在条支阴碛中。”[⑥]这首诗描写了一个年老多病、语言不通的胡僧，诗人担心胡僧会死于返回天竺的途中。周贺“瘦形无血色，草屦著行穿。闲话似持咒，不眠同坐禅。背经来汉地，袒膊过冬天。情性人难会，游方应信缘（《赠胡僧》）”[⑦]，从外貌、衣着、说话、动作等方面刻画了一个苦行传经的胡僧形象。

---

①〔清〕彭定求等编《全唐诗》卷一百六十二，中华书局，1960，第1686页。

②〔清〕彭定求等编《全唐诗》卷一百七十六，第1797页。

③〔清〕彭定求等编《全唐诗》卷一百七十一，第1758页。

④〔清〕彭定求等编《全唐诗》卷一百一十七，第1181页。

⑤陈尚君辑录《全唐诗续拾》卷十五，载《全唐诗补编》，中华书局，1992，第878页。

⑥〔清〕彭定求等编《全唐诗》卷四百六十八，第5331页。

⑦〔清〕彭定求等编《全唐诗》卷五百〇三，第5719页。

总体上来说，唐诗中以“胡”相关词汇塑造的胡人形象主要有三个特点：一是高鼻紫髯绿眼，相貌迥异于唐人。杜甫“胡人高鼻动成群”（《黄河二首》其一）[①]、施肩吾“胡商大鼻左右趍”（《过桐庐场郑判官》）[②]言其高鼻；张说“摩遮本出海西胡，琉璃宝服紫髯胡”（《苏幕遮五首》其一）[③]、岑参“紫髯胡雏金剪刀”（《卫节度赤骠马歌》）[④]言其紫髯；李白“胡雏绿眼吹玉笛”（《猛虎行》）[⑤]、李贺“卷发胡儿眼睛绿”（《龙夜吟》）[⑥]言其绿眼。二是能歌善舞，尤其善于演奏乐器。杜甫“胡儿行且歌”（《日暮》）[⑦]、岑参“羌儿胡雏齐唱歌”（《酒泉太守席上醉后作》）[⑧]言其能歌，刘言史“石国胡儿人见少，蹲舞尊前急如鸟”（《王中丞宅夜观舞胡腾》）[⑨]言其善舞，善奏乐器则有李如璧“胡人琵琶弹北风”（《明月》）[⑩]、岑参“胡人向月吹胡笳”（《胡笳歌送颜真卿使赴河陇》）[⑪]、李颀“南山截竹为觱篥，此乐本自龟兹出。流传汉地曲转奇，凉州胡人为我吹”（《听安万善吹觱篥

---

①〔清〕彭定求等编《全唐诗》卷二百二十八，第2481页。

② 童养年辑录《全唐诗续补遗》卷六，载陈尚君辑校《全唐诗补编》，第406页。

③〔清〕彭定求等编《全唐诗》卷八十九，第982页。

④〔清〕彭定求等编《全唐诗》卷一百九十九，第2057页。

⑤〔清〕彭定求等编《全唐诗》卷一百六十五，第1713页。

⑥〔清〕彭定求等编《全唐诗》卷三百九十四，第4441页。

⑦〔清〕彭定求等编《全唐诗》卷二百二十五，第2424页。

⑧〔清〕彭定求等编《全唐诗》卷一百九十九，第2055页。

⑨〔清〕彭定求等编《全唐诗》卷四百六十八，第5324页。

⑩〔清〕彭定求等编《全唐诗》卷一百○一，第1081页。

⑪〔清〕彭定求等编《全唐诗》卷一百九十九，第2053页。

歌》）[①]、武元衡“胡儿吹角汉城头”（《单于晓角》）[②]、周朴“石国胡儿向碛东，爱吹横笛引秋风”（《塞下曲》）[③]等，可以看出琵琶、胡笳、觱篥、胡角、横笛等都是胡人擅长的乐器。三是善骑射，骁勇善战，如高适“胡儿十岁能骑马”（《营州歌》）[④]、贯休“胡儿走马疾飞鸟，联翩射落云中声”（《边上作三首》其一）[⑤]、钱起“数骑胡人猎兽归”（《校猎曲》）[⑥]等。

其次，唐诗中以“胡”相关词汇描写胡地的诗句更为具体化与深入化。唐前诗歌中的胡地给人的主要印象是苦寒之地，寒冷、风大、尘土飞扬。吴均“高秋八九月，胡地早风霜”（《胡无人行》）[⑦]、徐悱“风悲胡地寒”（《白马篇》）[⑧]言其寒；“胡地多飚风”（《古歌》）[⑨]、庾信“胡风入骨冷”（《昭君辞应诏》）[⑩]言其风多且烈；裴让之“沙漠胡尘起”（《从北征诗》）[⑪]、齐高帝萧道成“胡埃兮云聚”（《塞客吟》）[⑫]言其灰尘漫天，胡风往往伴有胡沙，如王训《度关山》所言：“胡风朝夜起，平沙不相识。”[⑬]唐诗

---

①〔清〕彭定求等编《全唐诗》卷一百三十三，第1354页。

②〔清〕彭定求等编《全唐诗》卷三百一十七，第3576页。

③〔清〕彭定求等编《全唐诗》卷六百七十三，第7703页。

④〔清〕彭定求等编《全唐诗》卷二百一十四，第2242页。

⑤〔清〕彭定求等编《全唐诗》卷八百二十七，第9322页。

⑥〔清〕彭定求等编《全唐诗》卷二百三十九，第2689页。

⑦〔清〕彭定求等编《全唐诗》卷八百五十三，第9662页。

⑧逯钦立辑校《先秦汉魏晋南北朝诗》，第1771页。

⑨同上书，第289页。

⑩同上书，第2348页。

⑪同上书，第2262页。

⑫同上书，第1376页。

⑬同上书，第1717页。

中与“胡”相关词汇所展现的胡地依然有着寒冷、风大、尘土飞扬的特点，但其描写侧重点发生了三点变化：一是描写胡地苦寒时往往渗透着时间意识，通过时间与现实的落差突出胡地的苦寒。春天应该春暖花开，胡地依然苦寒，“胡地无春晖”（李白《学古思边》）[①]、“胡地无花草，春来不似春”（东方虬《昭君怨三首》其三）[②]；夏天应该炎炎夏日，胡地依然寒冷，“六月胡天冷”（张南史《送郑录事赴太原》）[③]；秋天总是很短，本该冬天才有的雪花却早早飞起，“胡天早飞雪”（薛奇童《塞下曲》）[④]、“北风卷地白草折，胡天八月即飞雪”（岑参《白雪歌送武判官归京》）[⑤]。二是描写胡沙、胡风时更为具体化。唐前诗歌多泛言，缺少细致入微的描绘。王翰“胡沙猎猎吹人面”（《饮马长城窟行》）[⑥]、岑参“飒飒胡沙迸人面”（《银山碛西馆》）[⑦]，突出沙尘吹到脸上真实的痛感；岑参“君不见走马川行雪海边，平沙莽莽黄入天”（《走马川行奉送出师西征》）[⑧]、刘庭琦“朔风吹寒塞，胡沙千万里”（《从军》）[⑨]，一望无际的大漠展现在人的眼前；岑参“轮台九月风夜吼，一川碎石大如斗，随风满地石乱走”（《走马川行奉送出师西

① 〔清〕彭定求等编《全唐诗》卷一百八十四，第1882页。

② 〔清〕彭定求等编《全唐诗》卷一百，第1075页。

③ 〔清〕彭定求等编《全唐诗》卷二百九十六，第3357页。

④ 〔清〕彭定求等编《全唐诗》卷二百〇二，第2110页。

⑤ 〔清〕彭定求等编《全唐诗》卷一百九十九，第2050页。

⑥ 〔清〕彭定求等编《全唐诗》卷一百五十六，第1603页。

⑦ 〔清〕彭定求等编《全唐诗》卷一百九十九，第2056页。

⑧ 同上书，第2053页。

⑨ 〔清〕彭定求等编《全唐诗》卷一百一十，第1131页。

征》）[①]、“赤亭多飘风，鼓怒不可当。有时无人行，沙石乱飘扬”（《武威送刘单判官赴安西行营便呈高开府》）[②]，狂风肆虐、飞沙走石的景象向世人展现了西北边塞的奇特面貌。唐代很多诗人到过边塞，如王维、高适、岑参等。其中岑参曾两次赴边，先后入幕安西都护府与北庭都护府，并把在西域所看到的景色写入诗中，形成了其雄奇壮丽的边塞诗。岑参诗中的胡地也不再全是苦寒之地，尽管较之内地春、夏都来得迟，但终究会来，“孟夏边候迟，胡国草木长”（岑参《武威送刘单判官赴安西行营便呈高开府》）[③]，胡地同样可以生机勃勃，“胡地苜蓿美，轮台征马肥……橐驼何连连，穹帐亦累累”（岑参《北庭西郊候封大夫受降回军献上》）[④]。

最后，唐诗中与“胡”相关词汇所反映的胡地物产进入日常生活更为广泛化，甚至可以说进入唐代诗人生活的方方面面。衣则有胡裘、胡衣、胡服、胡缨、胡衫、胡腾衫，食则有胡饼、胡盐、胡麻、胡茶，住则有胡床、胡帐，行则有胡车、胡驹、胡马、胡骝，植物则有胡桃、胡桑，动物则有胡雁、胡燕、胡鹰、胡雕、胡蜂，日用则有胡瓶、胡钩、胡鞍，兵器则有胡弓、胡刀，女子妆饰有胡香、胡妆。诗人们对这些胡物或行文涉及，如常建“铁马胡裘出汉营，分麾百道救龙城”（《塞下》）[⑤]、张蠙“府楼明蜀雪，关碛转胡雕”（《送友人赴泾州幕》）[⑥]；或专诗歌咏，如杜甫“白帝寒城

①〔清〕彭定求等编《全唐诗》卷一百九十九，第2053页。

②〔清〕彭定求等编《全唐诗》卷一百九十八，第2032页。

③同上书，第2023页。

④同上书，第1463页。

⑤〔清〕彭定求等编《全唐诗》卷一百四十四，第8070页。

⑥〔清〕彭定求等编《全唐诗》卷七百〇二，第8070页。

驻锦袍，玄冬示我胡国刀。壮士短衣头虎毛，凭轩拔鞘天为高。翻风转日木怒号，冰翼雪澹伤哀猱。镌错碧罂鸊鹈膏，铓锷已莹虚秋涛，鬼物撇捩辞坑壕”（《荆南兵马使太常卿赵公大食刀歌》）[①]、李颀“乌孙腰间佩两刀，刃可吹毛锦为带。握中枕宿穹庐室，马上割飞翳蛸塞。执之魍魉谁能前，气凛清风沙漠边。磨用阴山一片玉，洗将胡地独流泉。主人屏风写奇状，铁鞘金镮俨相向。回头瞪目时一看，使予心在江湖上”（《崔五六图屏风各赋一物得乌孙佩刀》）[②]。这些诗里的胡地物产，既有远在胡地，如王昌龄“胡瓶落膊紫薄汗，碎叶城西秋月团”（《从军行七首》其六）[③]，诗里的胡瓶是碎叶城兵士所用；也有已传入中原，如李白“红罗袖里分明见，白玉盘中看却无。疑是老僧休念诵，腕前推下水晶珠”（《白胡桃》）[④]，所咏胡桃，晋代张华《博物志》记载道：“张骞使西域还，乃得胡桃种”[⑤]，可知西汉时已传入。

唐诗中与“胡”相关词汇使用之普遍，新词汇的大量出现，表现内容的新变，固然与诗歌艺术在唐代达到顶峰有密切联系，同时也是丝绸之路畅通、中西交流频繁的结果。这些词汇既体现了文化碰撞，又体现了文化交融，唐代文化正是在这样的碰撞与交融中达到辉煌的。

---

①〔清〕彭定求等编《全唐诗》卷二百二十二，第2361–2362页。

②〔清〕彭定求等编《全唐诗》卷一百三十三，第1355页。

③〔清〕彭定求等编《全唐诗》卷一百四十三，第1444页。

④〔清〕彭定求等编《全唐诗》卷一百八十三，第1871页。

⑤〔晋〕张华：《博物志校证》卷六，范宁校证，中华书局，1980，第76页。

三、唐诗“胡”中所体现的文化碰撞与交融

“汉家海内承平久，万国戎王皆稽首。天马常衔苜蓿花，胡人岁献葡萄酒。”[①]鲍防这首《杂感》诗是唐王朝与外国，主要是丝绸之路诸国交往的写照。但不同国家、民族、文化之间的交流并不总是如此和谐，从唐诗“胡”相关词汇中可以看出唐人在面对胡人时的激烈态度。一方面，胡人作为唐人的对立面，是忧虑、怨恨、提防的对象。薛业“胡尘一起乱天下，何处春风无别离”（《洪州客舍寄柳博士芳》）[②]，道尽了胡人作乱给百姓带来的灾难；陈子昂“每愤胡兵入，常为汉国羞”（《感遇诗》）[③]，抒发了对胡兵肆虐、汉军无能的怨愤；欧阳詹“闻说胡兵欲利秋，昨来投笔到营州”（《塞上行》）[④]，则体现了诗人对胡兵的提防之心与弃笔从戎的决心。另一方面，胡人又是唐人表示雄心壮志的对象，胡地是唐人建功立业的战场。尤其是唐代边塞诗中，诗人抒写雄心壮志，渴望报国杀敌，其对象往往是胡人，如骆宾王“弓弦抱汉月，马足践胡尘”（《从军行》）[⑤]、王无竞“独有山东客，上书图灭胡”（《灭胡》）[⑥]、王昌龄“但使龙城飞将在，不教胡马度阴山”（《出塞》）[⑦]等。李白“敌可摧，旄头灭，履胡之肠涉胡血。悬胡青天

① 〔清〕彭定求等编《全唐诗》卷三百〇七，第3485页。

② 〔清〕彭定求等编《全唐诗》卷一百一十七，第1184页。

③ 〔清〕彭定求等编《全唐诗》卷八十三，第894页。

④ 〔清〕彭定求等编《全唐诗》卷三百四十九，第3912页。

⑤ 〔清〕彭定求等编《全唐诗》卷七十八，第840页。

⑥ 王重民辑录《补全唐诗》，载陈尚君辑校《全唐诗补编》，第10页。

⑦ 〔清〕彭定求等编《全唐诗》卷一百四十三，第1444页。

上，埋胡紫塞傍。胡无人，汉道昌”（《胡无人》）[1]，淋漓尽致地展现了这种豪情。

同时，唐诗中与“胡”相关词汇的诗句，还从多方面体现出文化的交融。白居易“胡麻饼样学京都，面脆油香新出炉”（《寄胡饼与杨万州》）[2]中的胡饼，《释名·释饮食》释曰：“胡饼，作之大漫冱也，亦言以胡麻着上也”[3]，胡饼用胡麻所做，学的却是京都的样子，这是饮食上的交融；牛殳“胡雏学汉语未正”（《琵琶行》）[4]、司空图“汉儿尽作胡儿语”（《河湟有感》）[5]，胡人学汉语、汉人学胡语，这是语言的交融；李峤“本是胡中乐，希君马上弹”（《琵琶》）[6]、刘禹锡“侯家小儿能觱篥，对此清光天性发”（《浙西李大夫霜夜对月听小童吹觱篥歌依本韵》）[7]、元稹“天宝欲末胡欲乱，胡人献女能胡旋”（《和李校书新题乐府十二首·胡旋女》）[8]，胡人乐器、乐曲、乐舞传入中原，这是音乐舞蹈上的交融。当然，很多诗歌在写到文化交融时并未局限于某一种，如岑参“花门将军善胡歌，叶河蕃王能汉语”（《与独孤渐道别长句兼呈严八侍御》）[9]，即涵盖了音乐与语言的交融。王建

①〔清〕彭定求等编《全唐诗》卷一百六十二，第1688页。

②〔清〕彭定求等编《全唐诗》卷四百四十一，第4918页。

③〔清〕王先谦：《释名疏注补》卷四，上海古籍出版社，1984，第203-204页。

④〔清〕彭定求等编《全唐诗》卷七百七十六，第8794页。

⑤〔清〕彭定求等编《全唐诗》卷六百三十三，第7261页。

⑥〔清〕彭定求等编《全唐诗》卷五十九，第709页。

⑦〔清〕彭定求等编《全唐诗》卷三百五十六，第4008页。

⑧〔清〕彭定求等编《全唐诗》卷四百一十九，第4618页。

⑨〔清〕彭定求等编《全唐诗》卷一百九十九，第2054页。

《凉州行》诗则综合展示了胡汉文化的多方面交融："凉州四边沙皓皓，汉家无人开旧道。边头州县尽胡兵，将军别筑防秋城。万里人家皆已没，年年旌节发西京。多来中国收妇女，一半生男为汉语。蕃人旧日不耕犁，相学如今种禾黍。驱羊亦著锦为衣，为惜毡裘防斗时。养蚕缲茧成匹帛，那堪绕帐作旌旗。城头山鸡鸣角角，洛阳家家学胡乐。"[①]除语言外，胡人的生活方式从游牧开始变成耕植，穿的衣服从胡裘变成锦衣，布料从兽皮变成布匹丝帛，获得衣服材料的方式从击射猎物变成养蚕纺织。与此同时，胡乐也风靡洛阳城。胡汉之间的文化交融可见一斑。

对于这种文化的交融，唐人的态度充满矛盾。一方面，可以看到唐人对胡人文化津津乐道，赞叹不已，如岑参"此曲胡人传入汉，诸客见之惊且叹"（《田使君美人舞如莲花北鋋歌》）[②]、刘禹锡"胡服何葳蕤，仙仙登绮墀"（《观柘枝舞二首》其一）[③]；另一方面，又有些人对胡人文化的传入及其影响表示担心，如元稹"自从胡骑起烟尘，毛毳腥膻满咸洛。女为胡妇学胡妆，伎进胡音务胡乐。火凤声沉多咽绝，春莺啭罢长萧索。胡音胡骑与胡妆，五十年来竞纷泊"（《和李校书新题乐府十二首·法曲》）[④]，对胡骑、胡妇、胡妆、胡音、胡乐的兴盛表示了深深的忧虑。

元稹的忧虑代表了一部分士人的观点，但在整个唐代不占主流，唐王朝在对外文化交流时表现出高度的自信心和开放性。李颀在《古从军行》中一反之前边塞诗对胡人的敌对态度，"胡雁哀鸣

---

①〔清〕彭定求等编《全唐诗》卷二百九十八，第3374页。

②〔清〕彭定求等编《全唐诗》卷一百九十九，第2057页。

③〔清〕彭定求等编《全唐诗》卷三百五十四，第3972页。

④〔清〕彭定求等编《全唐诗》卷四百一十九，第4617页。

夜夜飞，胡儿眼泪双双落”[①]诗句反映出他虽为唐人，但在写边塞诗时能够跳出汉、胡对立的藩篱，关注到战争对胡人造成的伤害，其思想意义十分深刻。

唐朝丝绸之路的兴盛与胡、汉文化交融的发展，都离不开其对外来文化采取兼容的政策。《资治通鉴》贞观二十一年（647年）五月条载唐太宗曾言：“自古皆贵中华，贱夷、狄，朕独爱之如一。”[②]太宗作为唐朝皇帝，又被尊称为西北诸民族的“天可汗”。他这种一视华夷的思想，为后继者所继承，直到玄宗朝，李华在《寿州刺史厅壁记》中还说：“国朝一家天下，华夷如一。”[③]在唐政权中，很多胡人担任将领与高官，如屈突通、哥舒翰、仆固怀恩等。因此，唐朝成为我国历史上最开放的王朝之一。一方面，唐王朝作为当时世界上强盛、富庶、文明的国家，其文化通过大量涌入的各国使者、留学生、商人传播到境外，从而在中国周边形成一个更大的汉文化圈；另一方面，唐人也通过这些外来者，通过本国从事国际贸易的商人、远处取经的高僧，大量吸收异域的文化。海纳百川，有容乃大。正是文化的交融，促进了大唐盛世的形成与唐文化的灿烂辉煌。

“胡”在诗歌中的流变与丝绸之路密切相关。汉代丝绸之路开通，“胡”进入诗歌；唐代丝绸之路兴盛，“胡”数量亦大幅度增长。唐诗中的“胡”无论从哪个方面说，都远远超过前代，既展示

---

①〔清〕彭定求等编《全唐诗》卷一百三十三，第1348页。

②〔宋〕司马光：《资治通鉴》卷一百九十八，〔元〕胡三省音注，中华书局，1956，第6247页。

③〔清〕董诰等编《全唐文》卷三百一十六，中华书局，1983，第3208页。

了唐人对胡人、胡地、胡物等的书写与想象，同时又体现了汉、胡文化的碰撞与交融。当然，唐代文学对丝绸之路的反映与丝绸之路对唐代文学的影响，其内容要丰富得多。对“胡”的考察，只是其中一个视角，还有更广阔的内容值得去继续探索。

唐诗接受巫山神女考述*

自宋玉《高唐》《神女》两赋之后，巫山神女传说开始广为流传，但在之后的两汉魏晋南北朝诗歌中，巫山神女并未获得多少关注。直至南朝齐梁时期，始有诗歌涉及巫山神女，但并无对神女的详尽描写，“神女”一词也很少出现，只是在描写巫山的诗歌中简单出现一些和巫山神女传说有关的意象，如“高唐”“阳台”“枕席”等。唐代是中国诗歌发展的高峰期，出现了大量涉及巫山神女的诗。这些诗在描写巫山神女时从不同的角度出发，对其描绘也不尽相同，既丰富了巫山神女的形象及其传说，又使描写巫山神女传说时所常用的意象得到了很大发展。

唐代涉及巫山神女的诗有很多，主要包括三类：一是巫山系列的诗。唐代诗人繁知一在《书巫山神女祠》中写道：“忠州刺史今才子，行到巫山必有诗。”[①]确实，大多数诗人在描写巫山、巫峡、

---

* 本文原载《天中学刊》2012年第5期。

①〔清〕彭定求等编《全唐诗》卷四百六十三，中华书局，1960，第5267页。

巫山庙等时，都会自然而然地想到巫山神女及其传说。尽管不是所有的诗人都这样，但大部分诗人在描写这些景物时，即使主题与巫山神女无关，也会用一些词或意象隐隐约约暗示这一传说。[①]除唐代许多诗人创作的旧题乐府《巫山高》外，这一类还有张子容《巫山》、苏拯《巫山》、陆龟蒙《巫峡》、张乔《望巫山》等诗。二是怀古诗，这些诗的作者站在不同的立场，从不同的角度出发描写叙述巫山神女及其传说，并发表自己的评论，如李白的《古风》、常建的《古意三首》之三、薛蕴的《古意》等诗。三是主题与巫山神女无关，但依然有部分诗句语词涉及其传说的诗。如唐彦谦"楚云湘雨会阳台，锦帐芙蓉向夜开。吹罢玉箫春似海，一双彩凤忽飞来"（《无题十首》其三）[②]，全篇和巫山神女并无关系，但第一句显然是在说楚王神女事。这一类诗对丰富巫山神女传说和发展其意象，也有很大作用。

一、唐诗对神女及其传说的丰富

首先，唐诗对巫山神女的容貌、服饰、神态、性格等多了一些

① Edward H. Schafer 在其 *The Divine Woman: Dragon Ladies and Rain Maidens in T'ang Literature*（The Regents of the University of California，1973），p51. 中谈论到巫山神女时曾说："But hardly a poet，good or bad，who visited the Yangtze gorges in T'ang times failed to compose at least one quatrain in honor of the delicate rainbow woman and her temple."确实，从巫山经过的诗人很难不想到巫山神女，但是是否在诗里表现却也因人而异，杜甫写过多篇与巫山、巫峡有关的诗，如《秋兴八首》其一"巫山巫峡气萧森"、《老病》"老病巫山里"、《摇落》"摇落巫山暮"、《晴二首》其一"久雨巫山暗"等等，诗中却基本没有涉及巫山神女传说，甚至与此传说有关的意象。

②〔清〕彭定求等编《全唐诗》六百七十一，第7668页。

细致的描绘，丰富了神女的形象。

唐诗中对神女容貌的描绘与宋玉《神女赋》对神女的貌、颜、眸、眉、唇等进行细致刻画不同，更侧重于整体的描绘，如张潮《长干行》“窈窕神女颜”以“窈窕”一词描绘神女、以“常恐游此山，果然不知还”[①]来衬托神女的容颜，常建《古意三首》其三以“闲艳绝世姿，令人气力微”[②]来形容神女的风姿绝世，言虽简却不失形象，同样可以给人很深的印象。对神女服饰的描写也与《神女赋》铺饰绣衣、袿裳、薄妆不同，仅仅描绘神女所戴环珮。许多诗都注意到了神女身上所戴的佩环。如常建《古意三首》其三中的“金沙鸣珮环”[③]。其后佩环也成了神女的象征，如温庭筠“一丛斑竹夜，环佩响如何”（《巫山神女庙》）[④]、陆龟蒙“年年自云雨，环佩竟谁逢”（《巫峡》）[⑤]等。

唐诗对神女神态的描写更为细致生动，如李沆“巫妆不治独西望，暗泣红蕉抱云帐”（《巫山高》）[⑥]，在这里神女何异于人间的痴女怨妇；如常建《古意三首》其三“含笑竟不语，化作朝云飞”[⑦]，神女俨然是一位天真可爱又羞涩的女子。诗人们在描绘神女时多把人间女子的形态性格赋予神女身上，从而丰富了神女的形象。如刘方平的《巫山神女》诗描写神女“今宵为大雨，昨日作孤

①〔清〕彭定求等编《全唐诗》卷二十七，第360页。

②〔清〕彭定求等编《全唐诗》卷一百四十四，第1459页。

③同上。

④〔清〕彭定求等编《全唐诗》卷五百八十一，第6737页。

⑤〔清〕彭定求等编《全唐诗》卷六百二十七，第7200页。

⑥〔清〕彭定求等编《全唐诗》卷六百八十八，第7909页。

⑦〔清〕彭定求等编《全唐诗》卷一百四十四，第1459页。

云。散漫愁巴峡，徘徊恋楚君”[①]。神女有时变成云，有时变成雨，在巴峡中徘徊着留恋楚君，诗歌赋予神女怨妇的性格。

其次，唐诗在丰富神女形象的同时，也对神女楚王传说进行了丰富和改写。如孟郊《巫山高三首》其一：

> 巴山上峡重复重，阳台碧峭十二峰。荆王猎时逢暮雨，夜卧高丘梦神女。轻红流烟湿艳姿，行云飞去明星稀。目极魂断望不见，猿啼三声泪沾衣。[②]

诗的一、二句描绘了相会发生的环境地点，三、四句极其简练精要地概括了故事的内容。五、六句写红色的花瓣和流动的云雾打湿神女艳姿，神女在月明星稀中乘云飞去。七、八句写神女远去后，楚王目极魂断，凄厉的猿啼加深了楚王的伤心，最后悲伤至泪沾衣。诗在叙述神女楚王相会之事时，增添了许多细节描写。

这些诗歌在丰富神女楚王传说的同时，也对其进行了不同程度的改写。《高唐》《神女》二赋中的神女楚王事其实是楚王梦与神女欢会，醒来后神女无处可寻，而薛蕴的《古意》却写道：“昨夜巫山中，失却阳台女。朝来香阁里，独伴楚王语。”[③]《高唐》《神女》二赋是神女离去，而有些唐诗却在写楚王不知何处去，神女独自留在巫山到处寻找楚王，如常建的《古意三首》其三写道：“楚王竟何去，独自留巫山。”[④]

第三，唐诗中开始有了对神女祠庙的描写。《高唐》赋序中言先王曾为巫山神女立“朝云”庙。唐诗中也出现了许多关于神女庙

---

①〔清〕彭定求等编《全唐诗》卷二百五十一，第2837页。

②〔清〕彭定求等编《全唐诗》卷十七，第169页。

③〔清〕彭定求等编《全唐诗》卷七百九十九，第8989页。

④〔清〕彭定求等编《全唐诗》卷一百四十四，第1459页。

的描写。诗中关于神女庙的名称不一，或称“巫山庙”，如刘沧《题巫山庙》、薛涛《谒巫山庙》、崔涂《巫山庙》等；或称“巫山神女庙”，如刘禹锡《巫山神女庙》、温庭筠《巫山神女庙》；或称“神女祠”，如李涉“巫峡云开神女祠”（《竹枝》）[1]，李贺《巫山高》亦称其为“古祠”。此外，曹松《巫峡》还称其为“仙宫”。关于神女庙周围的环境，诗人也有描述，如李贺“古祠近月蟾桂寒”（《巫山高》）[2]、齐己“云深庙远不可觅”（《巫山高二首》其二）[3]，可见神女庙藏在巫山中，既高又远，因此少有人至，庙门常闭，如刘沧“庙门深闭雾烟微”（《题巫山庙》）[4]，温庭筠“黯黯闭宫殿，霏霏荫薜萝”（《巫山神女庙》）[5]所述。祠庙附近薜萝缠绕外，还有许多树木，薛涛《谒巫山庙》有言“惆怅庙前多少柳”[6]，李涉《竹枝词》亦言“绿潭红树影参差”[7]。诗人崔涂还注意到了庙中神女像的“双黛俨如嚬”[8]。唐代的诗人很少关注神女祠堂祭祀的详细情况，事实上，从巫山神女形象和她的传说来看，她也不可能得到民间和官方多么隆重的祭祀。

二、唐诗对神女及其传说的态度

唐代诗人在描写这一传说时多同情这一爱情故事，感叹楚王和

①〔清〕彭定求等编《全唐诗》卷二十九，第396页。

②〔清〕彭定求等编《全唐诗》卷十七，第169页。

③同上。

④〔清〕彭定求等编《全唐诗》卷五百八十六，第6794页。

⑤〔清〕彭定求等编《全唐诗》卷五百八十一，第6737页。

⑥〔清〕彭定求等编《全唐诗》卷八百〇三，第9037页。

⑦〔清〕彭定求等编《全唐诗》卷四百七十七，第5429页。

⑧〔清〕彭定求等编《全唐诗》卷六百七十九，第7771页。

神女的爱情不能长久，诗中常含无尽感伤。如张九龄的《巫山高》：

巫山与天近，烟景长青荧。此中楚王梦，梦得神女灵。
神女去已久，云雨空冥冥。唯有巴猿啸，哀音不可听。[①]

这类诗多穿透传说本身，表达的是一种神女楚王不见，而山河云雨依旧的时空沧桑之感。如孟郊《巫山高二首》其一：

见尽数万里，不闻三声猿。但飞萧萧雨，中有亭亭魂。
千载楚襄恨，遗文宋玉言。至今青冥里，云结深闺门。[②]

陆龟蒙《巫峡》

巫峡七百里，巫山十二重。年年自云雨，环佩竟谁逢。[③]

同时也出现了一些对神女、楚王之事持评判甚至怀疑态度的诗。有的诗人批判神女，称之为“妖”，如于濆《巫山高》中的“巫女妖”“妖鬼”，李咸《巫山高》中的“中有妖灵会人意”[④]，苏拯《巫山高》中的“妖魅”；有的批判楚王的荒淫，如陈子昂《感遇诗》称其“乐荒淫”，李白《古风》称其“荒淫竟沦替”[⑤]，苏拯《巫山》称其“自是荒淫多”[⑥]；甚至于濆《巫山高》对宋玉也提出了批评：“宋玉恃才者，凭云构高唐。自重文赋名，荒淫归楚襄。”[⑦]

---

①〔清〕彭定求等编《全唐诗》卷四十七，第565页。
②〔清〕彭定求等编《全唐诗》卷十七，第169页。
③〔清〕彭定求等编《全唐诗》卷六百二十七，第7200页。
④〔清〕彭定求等编《全唐诗》卷六百四十四，第7379页。
⑤〔清〕彭定求等编《全唐诗》卷一百六十一，第1679页。
⑥〔清〕彭定求等编《全唐诗》卷七百一十八，第8249页。
⑦〔清〕彭定求等编《全唐诗》卷十七，第169页。

此外于濆还对巫山神女传说的真实性表示怀疑：

何山无朝云，彼云亦悠扬。何山无暮雨，彼雨亦苍茫。
宋玉恃才者，凭云构高唐。自重文赋名，荒淫归楚襄。
峨峨十二峰，永作妖鬼乡。

（《巫山高》）[①]

言巫山之云雨与其他山亦无二致，巫山神女的故事只是宋玉凭空捏造。他自己因此二赋而名垂千古，可是楚襄王却落得了荒淫的名号。甚为壮观的巫山十二峰，却永远地成为“妖鬼”的故乡。这位诗人怀疑巫山神女这个故事本身的可靠性，并对神女颇为贬视。

苏拯《巫山》诗则认为巫山以前是云雨蒙蒙，现在同样是云雨蒙蒙，怎么别人都看不见神女，只有楚王可以看见，自然是因为楚王自己过于荒淫而梦到神女：“昔时亦云雨，今时亦云雨。自是荒淫多，梦得巫山女。从来圣明君，可听妖魅语。只今峰上云，徒自生容与。”[②]

诗人们对神女、楚王批判和怀疑的主因是将楚的亡国归因于此，认为是“荆王乐荒淫”（陈子昂《感遇三十八首》其二十八）[③]导致国家沦亡，是“朝朝夜夜阳台下，为雨为云楚国亡”（薛涛《谒巫山庙》）[④]。

①〔清〕彭定求等编《全唐诗》卷十七，第169页。

②〔清〕彭定求等编《全唐诗》卷七百一十八，第8249页。

③〔清〕彭定求等编《全唐诗》卷八十三，第893页。

④〔清〕彭定求等编《全唐诗》卷八百〇三，第9037页。

三、唐诗中关于神女的意象

齐梁诗中已经出现了一些关于巫山神女传说的意象，如“神女”“楚王”“高唐”“阳台”“枕席”“云雨”“梦”等，唐诗中又出现了许多新的意象，如“楚王馆”“高丘”“十二峰”“巫山庙”等。齐梁诗中原来出现的意象在唐诗中也得到了很大发展。

齐梁诗中关于巫山神女传说的意象基本上都来源于宋玉《高唐赋序》：

> 昔者，楚襄王与宋玉游于云梦之台，望高唐之观。其上独有云气，崪兮直上，忽兮改容，须臾之间，变化无穷。王问玉曰：“此何气也？”玉对曰：“所谓朝云者也。”王曰：“何谓朝云？”玉曰：“昔者，先王尝游高唐，怠而昼寝，梦见一妇人曰：‘妾，巫山之女也。为高唐之客，闻君游高唐，愿荐枕席。’王因幸之。去而辞曰：‘妾在巫山之阳，高丘之阻，旦为朝云，暮为行雨，朝朝暮暮，阳台之下。’旦朝视之，如言，故为立庙，号曰‘朝云’。”①

唐诗中新出现的意象也大都来自此序，如“楚王馆”“高丘”“巫山庙”等。这也可以看出唐代的巫山神女诗主要是受宋玉二赋影响，承接神女、楚王传说而来的。另外唐代还出现了一些《高唐》《神女》赋并没有涉及，但在描写巫山神女时却经常出现的意象，如“十二峰”。

十二峰是后起意象，至唐代始出现。沈佺期是第一个在诗歌中

---

①〔南朝梁〕萧统编《文选》卷十九，〔唐〕李善注，中华书局，1977，第264–265页。

使用这一意象的诗人，其《巫山高》有“巫山峰十二，环合隐昭回”[①]，对巫山神女所居住的环境有了一个概括的描写。之后这一意象普遍出现在描写巫山神女的诗中。诗人们在使用这一意象时主要有两种情况：

一是作为描写巫山景色时的一个现实意象，如沈佺期的这首诗，第一、二句即描写十二峰。游览巫山时，首先映入游客眼帘的肯定也是这参差错落的十二峰。其他一些诗在描写十二峰时，或突出它“通蜀连秦”的地理位置（李咸用《巫山高》）[②]；或突出它的虚无缥缈、参差互见，如李端“巫山十二峰，皆在碧虚中”（《巫山高》）[③]、乔知之“巫山十二峰，参差互隐见”（《巫山高》）[④]；或突出它的高，如戴叔伦“危峰十二凌紫烟”（《巫山高》）[⑤]、于濆“峨峨十二峰”（《巫山高》）[⑥]；或突出它的郁郁葱葱，如鲍溶“十二峰峦斗翠微”（《巫山怀古》）[⑦]、刘方平“万重春树合，十二碧峰齐”（《巫山高》）[⑧]；更多的是碧、高、峻并重，如孟郊“阳台碧峭十二峰”（《巫山高》）[⑨]、齐己“十二峰头

---

①〔清〕彭定求等编《全唐诗》卷十七，第167页。

②〔清〕彭定求等编《全唐诗》卷六百四十四，第7379页。

③〔清〕彭定求等编《全唐诗》卷十七，第168页。

④〔清〕彭定求等编《全唐诗》卷八十一，第873页。

⑤〔清〕彭定求等编《全唐诗》卷二百七十三，第3071页。

⑥〔清〕彭定求等编《全唐诗》卷十七，第169页。

⑦〔清〕彭定求等编《全唐诗》卷四百八十六，第5519页。

⑧〔清〕彭定求等编《全唐诗》卷十七，第168页。

⑨同上书，第169页。

插天碧”（《巫山高》）[①]、陈陶“玉峰青云十二枝”（《巫山高》）[②]等。因十二峰不可悉见，所见者八九峰，故李沇《巫山高》中还出现了“九峰正在天低处”[③]。

二是仅仅作为一个地理位置，或者说是巫山的代称，作为一个整体使用，并非确指巫山上的这十二座山峰，唐诗中也并未出现十二峰具体的名称。如张祜“十二峰顶月”（《送蜀客》）[④]、李商隐“十二峰前落照微”（《楚宫二首》其一）[⑤]、崔涂“十二峰前一望秋”（《巫山旅别》）[⑥]、吴融“十二峰前梦”（《赋得欲晓看妆面》）[⑦]、无名氏“十二峰头弄云雨”（《琵琶》）[⑧]、慕幽“十二峰前独自行”（《三峡闻猿》）[⑨]等。峰顶、峰前、峰头等可以看出十二峰在这里主要起地理位置的作用，并不具有自己的形象。

更重要的是，齐梁诗中已出现的意象在唐诗中也得到了丰富和发展。如齐梁诗中较少出现“神女”意象，而在唐诗中却大量出现，并且出现了多种名称，如“瑶姬”“巫女”“巫山女”等。

“啼猿”意象也是如此。这一意象，《高唐》《神女》赋没有涉及，但在描写巫山神女的作品中却经常出现。啼猿与巫山神女的结合最早应始于《楚辞·山鬼》篇。郭沫若认为“采三秀兮於山间”

---

①〔清〕彭定求等编《全唐诗》卷十七，第169页。

②〔清〕彭定求等编《全唐诗》卷七百四十五，第8475页。

③〔清〕彭定求等编《全唐诗》卷六百八十八，第7909页。

④〔清〕彭定求等编《全唐诗》卷五百一十，第5795页。

⑤〔清〕彭定求等编《全唐诗》卷五百四十，第6186页。

⑥〔清〕彭定求等编《全唐诗》卷六百七十九，第7784页。

⑦〔清〕彭定求等编《全唐诗》卷六百八十七，第7902页。

⑧〔清〕彭定求等编《全唐诗》卷七百八十五，第8860页。

⑨〔清〕彭定求等编《全唐诗》卷八百五十，第9625页。

中的“於”应为巫山的“巫”，马茂元认为山鬼即巫山神女。[①]《山鬼》篇中即有“猿啾啾兮狖夜鸣”的描写，但宋玉两赋中并未出现猿啼。之后涉及巫山神女的诗歌多受宋玉二赋影响，神女和啼猿两个意象也就各自发展。

巫峡一直以啼猿闻名，《水经注》载渔者歌曰：“巴东三峡巫峡长，猿鸣三声泪沾裳。”[②]描写巫山的诗里也早已有啼猿意象出现，如南朝宋何承天的《巫山高篇》即有“晨猿相和鸣”[③]句，但这一意象同神女传说无任何联系。至梁萧绎《巫山高》诗始，同时出现啼猿意象与神女意象，但也只是因为巫山的啼猿和神女都很出名，以巫山为中介，二者出现在同一首诗中。

至唐代，巫山神女诗开始大量出现啼猿意象，巫山神女诗中涉及啼猿的还有很多，有清猿（皇甫冉《巫山高》“清猿不可听”[④]）、老猿（李贺《巫山高》“丁香筇竹啼老猿”[⑤]）、秋猿（齐己《巫山高》“秋猿嗥嗥日将夕”[⑥]）、巴猿（张九龄《巫山高》“唯有巴猿啸”[⑦]）等各种各样的猿，这些猿日夜不停啼叫（刘方平《巫山高》“清猿日夜啼”[⑧]），其声凄厉，张九龄《巫山高》称之“哀音不可听”，人若听到寒意会从心底升起，如李端《巫山高》所言“猿声

① 马茂元：《楚辞选》，人民文学出版社，1998，第80–82页。

②〔北魏〕郦道元：《水经注校证》卷三十四，陈桥驿校点，中华书局，2007，第790页。

③ 逯钦立辑校《先秦汉魏晋南北朝诗》，中华书局，1983，第1206页。

④〔清〕彭定求等编《全唐诗》卷十七，第168页。

⑤ 同上书，第169页。

⑥ 同上。

⑦〔清〕彭定求等编《全唐诗》卷四十七，第565页。

⑧〔清〕彭定求等编《全唐诗》卷十七，第168页。

寒过水”[①]。并且这些意象多融入巫山神女传说中，成为其传说的一部分。如沈佺期的《巫山高》：“何忽啼猿夜，荆王枕席开”[②]，神女自荐枕席于楚王的那天夜里，竟然有猿啼声声。孟郊的《巫山高》写神女与楚王欢会后在月明星稀中乘云飞去，楚王“目极魂断望不见，猿啼三声泪沾衣”[③]。李白在《襄阳歌》中发出“襄王云雨今安在”的感叹后，亦续以“江水东流猿夜声”[④]的描写，猿啼似乎已经成为神女楚王传说不可分割的一部分。《高唐》《神女》赋中楚王与神女最后以离别告终，给后世以其为题材的诗歌笼罩上一层感伤哀怨的色彩，猿啼的凄厉哀伤更加渲染了这一气氛。

云雨意象在唐诗中也得到了很大发展。这一意象出自《高唐》赋序的“旦为朝云，暮为行雨”。至南朝齐刘绘“散雨收夕台，行云卷晨障”（《巫山高》）[⑤]始，云雨意象出现在与巫山有关的诗歌中。之后诗人开始在描写巫山的诗中大量使用这一意象，唐诗中更是常见。诗人化用“旦为朝云，暮为行雨”的方式也是多种多样。或是直接用朝云暮雨相对，如郑世翼“霏霏暮雨合，霭霭朝云生”（《巫山高》）[⑥]、刘方平“峡出朝云下，江来暮雨西”（《巫山高》）[⑦]；或是朝云暮雨相连，如张子容“朝云暮雨连天暗”（《巫山》）[⑧]；或朝云暮雨单独出现，如阎立本“台上朝云无定所”

①〔清〕彭定求等编《全唐诗》卷十七，第168页。

②同上书，第167页。

③同上书，第169页。

④〔清〕彭定求等编《全唐诗》卷二十九，第422页。

⑤逯钦立辑校《先秦汉魏晋南北朝诗》，第1468页。

⑥〔清〕彭定求等编《全唐诗》卷十七，第167页。

⑦同上书，第168页。

⑧〔清〕彭定求等编《全唐诗》卷一百一十六，第1178页。

（《巫山高》）[①]；或为行云行雨，如王勃“巫山连楚梦，行雨行云几相送”（《江南弄》）[②]、孟浩然“君不见巫山神女作行云”（《送王七尉松滋，得阳台云》）[③]；或是云雨相对，如皇甫冉“云藏神女馆，雨到楚王宫”（《巫山高》）[④]、李端“回合云藏日，霏微雨带风”（《巫山高》）[⑤]、刘方平“今宵为大雨，昨日作孤云”（《巫山神女》）[⑥]；或是云雨相连，如沈佺期“平看云雨台”（《巫山高》）[⑦]、张九龄“云雨空冥冥”（《巫山高》）[⑧]、李白“襄王云雨今安在”（《襄阳歌》）[⑨]；或是诗中同时出现云雨，但既不相连又不相对，分别出现在不同的联中，如卢照邻“莫辨啼猿树，徒看神女云。惊涛乱水脉，骤雨暗峰文”（《巫山高》）[⑩]、孟郊“荆王猎时逢暮雨，夜卧高丘梦神女。轻红流烟湿艳姿，行云飞去明星稀”（《巫山高二首》其一）[⑪]等。

这些云雨意象可以分为三类：一是描摹巫山云雾弥漫的真实的风景。即使是这一类也会同时暗示巫山神女的传说。如李端《巫山

①〔清〕彭定求等编《全唐诗》卷三十九，第503页。

②〔清〕彭定求等编《全唐诗》卷五十五，第673页。

③〔清〕彭定求等编《全唐诗》卷一百五十九，第1630页。

④〔清〕彭定求等编《全唐诗》卷十七，第168页。

⑤同上。

⑥〔清〕彭定求等编《全唐诗》卷二百五十一，第2837页。

⑦〔清〕彭定求等编《全唐诗》卷十七，第167页。

⑧〔清〕彭定求等编《全唐诗》卷四十七，第565页。

⑨〔清〕彭定求等编《全唐诗》卷二十九，第422页。

⑩〔清〕彭定求等编《全唐诗》卷十七，第168页。

⑪同上书，第169页。

高》的“回合云藏月，霏微雨带风”[①]两句，云藏月、雨带风都是巫山真实景色，但却又是在暗示神女楚王之事；二是象征巫山神女。如常建“含笑竟不语，化作朝云飞”（《古意三首》其三）[②]，孟郊“荆王猎时逢暮雨……行云飞去明星稀”（《巫山高二首》其一）[③]、孟浩然“君不见巫山神女作行云……倏忽还随零雨分”（《送王七尉松滋，得阳台云》）[④]等；三是象征神女与楚王的欢爱。这一类在唐诗中并不多见，最早出现在李白的诗中，如“一枝秾艳露凝香，云雨巫山枉断肠”（《清平调词三首》其二）[⑤]、“襄王云雨今安在，江水东流猿夜声”（《襄阳歌》）[⑥]等。楚襄王既不能行云又不能行雨，当他与云雨联系到一起时，云雨已经有了男欢女爱的意蕴在内。钱起“云雨忆荆王”（《送衡阳归客》）[⑦]同样有这一意蕴在内。总的来说，唐诗中的云雨意象主要以真实的景物描写和象征巫山神女为主，表示男欢女爱意思的较少。

随着诗歌史的发展，唐诗中还出现了这样一种现象，“神女”“巫山”“高唐”之类的词，并不是在叙述巫山神女事，而只是简单地作为修饰词，如“徒看神女云”（卢照邻《巫山高》）[⑧]、“云藏神女馆，雨到楚王宫”（皇甫冉《巫山高》）[⑨]。这些词在这里不再

①〔清〕彭定求等编《全唐诗》卷十七，第168页。

②〔清〕彭定求等编《全唐诗》卷一百四十四，第1459页。

③〔清〕彭定求等编《全唐诗》卷十七，第169页。

④〔清〕彭定求等编《全唐诗》卷一百五十九，第1630页。

⑤〔清〕彭定求等编《全唐诗》卷一百六十四，第1703页。

⑥〔清〕彭定求等编《全唐诗》卷二十九，第422页。

⑦〔清〕彭定求等编《全唐诗》卷二百三十七，第2642页。

⑧〔清〕彭定求等编《全唐诗》卷十七，第168页。

⑨同上。

是意蕴丰富的意象，这一趋势对后世影响深远，与巫山神女有关的意象在唐以后的诗歌中越来越作为典故被使用。

唐代是巫山神女及其传说发展过程中非常重要的一个阶段。作为唐代比较主流的文体之一，唐诗对其接受具有非常重要的意义。唐诗对神女形象及其传说的丰富，出现了同情或批判巫山神女两种截然相反的观点，这对诗歌意象的丰富与发展，不仅对后代的诗歌，而且对整个巫山神女传说都有深远的影响。

唐代同题赋的题材分布与新变及其原因*

同题赋创作肇始于西汉羊胜与淮南王刘安所作《屏风赋》，建安时期兴盛[①]，两晋南北朝继续发展。到了唐代，同题赋依然是非常普遍的现象。据马积高先生《历代辞赋总汇》统计，唐代同题赋共二百〇六组，涉及辞赋五百二十三篇，占现存一千六百六十七篇唐赋的31.4%[②]。目前学界关于同题赋的研究以魏晋南北朝尤其是曹魏时期为主，对创作原因、特色、类型、价值进行了多方面的探讨。近几年，唐宋时期的同题赋开始引起学者的注意。曹世瑞指出，唐代同题赋以科举试赋数量最多，此外还有唱和赠答赋、献赋与奉诏作赋等多种类型，并集中探讨了唐代同题赋“可以群”的文

* 本文系与兰州大学文学院中国古代文学专业2023级硕士研究生张夏薇合撰。原载《中国赋学》第五辑，凤凰出版社，2004。

① 程章灿《魏晋南北朝赋史》统计，建安作家有赋传世共计十八家，作品一百八十四篇，其中涉及同题共作赋者十八人，作品一百二十六篇，占赋作总数的68%，其兴盛可见一斑。江苏古籍出版社，2001，第45-46页。

② 据马积高主编《历代辞赋总汇》统计，湖南文艺出版社，2014。

学交流功能[1]，陈莜烨则以苏轼组织的超然台、黄楼赋咏为中心，探讨了宋代异地同题创作的形式，认为同题辞赋创作具有增加群体认同、促进文学和政治群体的形成与稳固等“赋可以群”的功能[2]。学界的相关研究为本论文的撰写提供了许多有益的借鉴。对于同题赋来说，对其共同书写的“题目”及其所属的题材进行深入研究，对于其整体研究有着重要的意义。唐代同题赋的题材与前代相比有较大扩展，且出现了较多新变，同样值得我们深入探讨。鉴于此，本文将聚焦唐代同题赋的题材，对其分布与新变及其背后的原因进行全面考察。

一、唐代同题赋的题材分布

唐代的二百〇九组同题赋所涉题材十分广泛，涵盖了社会生活的方方面面，展现了唐代丰富繁华的社会面貌。清人陈元龙编《历代赋汇》按题材分为三十八类，《正集》三十类，《外集》八类[3]，唐代同题赋即有二十六类。其中同题天象赋三十三组，地理赋二十二组，音乐赋十六组，岁时赋十二组，鸟兽赋十二组，器用赋十组，治道赋九组，草木赋、典礼赋各八组，祯祥赋、宫殿赋、玉帛赋各七组，武功赋、鳞虫赋各六组，此外还涉及都邑、临幸、文学、性道、农桑、服饰、书画、巧艺、览古、寓言、言志、行旅等。皇甫谧《三都赋序》中所言“大者罩天地之表，细者入毫纤之

① 曹世瑞：《赋可以群——唐代同题赋创作与唐赋传播》，《文学评论》2023年第1期。

② 陈莜烨：《论宋代辞赋同题创作新变及意义——以苏轼组织的超然台、黄楼赋咏为中心》，《乐山师范学院学报》2022年第12期。

③ 许结：《历代赋汇（校订本）》，凤凰出版社，2018。

内”①，在唐代同题赋中亦有较充分的体现。

在唐代同题赋的各类题材中，天象类数量最多，共三十三组九十二篇，涉及作者六十九人，另有十五篇佚名。其中《喜雨赋》六篇，是目前留存篇数最多的唐代天象类同题赋。唐玄宗亲自祷雨后天降甘霖，如此大事喜事，玄宗欣然作赋，是以史官秉笔，君臣赋和，现存张说、徐安贞、贾登、李宙、徐浩五人同题奉和赋作。《泰阶六符赋》《空赋》《五星同色赋》《寅宾出日赋》《登天坛山望海日初出赋》《五色露赋》《日五色赋》《南风之薰赋》《天晴景星见赋》次之，均有四篇。天象与岁时向来关系密切，唐代另有岁时同题赋十二组三十二篇，涉及作者二十八人，另有三篇佚名，其中留存赋作较多的是《中和节百官献农书赋》《授衣赋》，各有四篇。

天象、岁时与世界运行、社会发展、王权更迭等关系殊深，影响着人们的日常生活，尤被古人所重视。春夏秋冬，四季变换在赋家笔下流转，雷电、虹霞、日月、星辰等自然现象，受到赋家关注。至唐代，天象、岁时与政治的关系愈来愈紧密，天象变化往往预示着王权是否稳固、政治是否清明。五色卿云、老人星、日月合璧、泰阶六符、日中有王字、五星同色、五色露、众星拱北、日五色、景星见赋、黄云捧日、庆云抱日等休祥星象和气象的出现是对圣人有功、政治清明的褒奖，科举试赋也多以此命题，《日中有王字赋》《寅宾出日赋》《日五色赋》《五星同色赋》《南风之薰赋》《初日照露盘赋》等都属于科举试赋。岁时赋以四季、节日、律历为主，有对四季景色变化的刻画，如《春赋》《寒赋》等；有对传统节日的关注，如《七夕赋》；有对唐时新设节日的书写，如《中和节百辟献农

①〔南朝梁〕萧统编《文选》卷四十五，〔唐〕李善注，中华书局，1977，第641页。

书赋》。唐代同题岁时赋还有对农耕生活和民俗的记载，如《土牛赋》《授衣赋》等，反映了顺应天时、劝农躬耕的政治意义。

赋家也常通过同题天象赋歌功颂德、劝谏讽刺、自荐求仕。歌功颂德如韦展、卢士开、贾悚所作《日月如合璧赋》，皆称赞君王德感上天因而天降祥瑞；席夔与齐映所作同题《冬日可爱赋》则兼有颂圣与劝谏之意，《左传·文公七年》云："赵衰，冬日之日也；赵盾，夏日之日也。"[①]后"冬日可爱，夏日可畏"成为美教化、颂君王的比喻。席夔赋为博学宏词科试赋，赋中虽有文人出仕不易的暗示之语，但赋末仍回归至颂圣的程式；齐映赋先是对君王的权威进行歌颂，随后则笔锋一转，阐述自己对圣人纳谏的看法，以献赋的方式劝谏德宗。李为《日赋》所写当为德宗改中和节之后的祀日礼，赋文模仿汉大赋之体例，叙天子于仲春上日东郊朝日，假托太史与天子的对话，借太史之口，以天人感应，劝谏天子要"思创业之难，感沦革之易"，是作者对现实政治生活的映射和抨击；自荐求仕如赵自勤、郭遹与无名氏的《空赋》，三篇并非同时所作，赵自勤作此赋以干谒投书，郭遹亦是求仕所作。可见，颂圣、讽谏、自荐是唐代天象同题赋的主要内容。

唐朝大一统政权建立后，疆域空前辽阔，为文人游历提供了稳定的社会环境和多样的景致选择。前朝的山水审美意识在唐代得以继承发展，促进了唐代地理赋的发展，其中亦有不少同题赋作。现存唐代同题地理赋共二十二组五十一篇，涉及作者四十人，另有四篇佚名，其中《冰赋》为现存赋数量最多的赋题，共有四篇。唐代同题地理赋的繁荣不仅体现在数量的增多，还体现在书写内容的扩大，高大如山脉、细小如隙尘，自然造化形成的水文，"虽由人作，

① 杨伯峻：《春秋左传注》，中华书局，1981，第562页。

宛自天开”的园林等各类展现唐朝风物的景观都被赋家描绘于笔下。唐太宗《小山赋》与徐贤妃和作的《奉和御制小山赋》，太宗《小池赋》与许敬宗和作的《小池赋应诏》，都鲜明体现出唐代园林“壶中天地”“以小见大”的微缩艺术。在同题地理赋中，水赋占比最大，题材更为丰富广阔，不仅描摹潭、河、冰等水的各类物质形态，如李君房与许尧佐二人的《清济贯浊河赋》写“四渎”之一的济水，《冰赋》《冰池照寒月赋》写冰池与寒月相互照应，等等，还关注到了水的品质、作用，如《水镜赋》《止水赋》《鉴止水赋》从水面静止以鉴万物的特征入手表达修身养性的态度。同时，唐代同题地理赋还有许多记录现实、咏古讽今的赋篇，如王泠然、张环《新潭赋》记录并赞咏了集水利、景观、经济于一体的人工池潭，张仲素、宋悛《涨昆明池赋》咏史怀古，以古事抒己意。唐代同题水赋在题材选择与主题表达上更为深广，表现出丰富的内容和思想，其发展沿着唐代文学的整体轨迹前进，在初期继承前代题材基础上不断开拓，至盛唐则气象阔大，彰显着盛唐气象，中晚唐则咏史怀古，以赋讽谏为主，其创作随着时代的变化而不断发展，呈现出多姿多彩的风貌。

唐代是我国古代乐舞艺术蓬勃发展的时期，音乐与文学深度融合，音乐不仅是人们日常生活的重要组成部分，也成为唐代辞赋创作的重要题材之一，引发文人进行较多同题创作。唐代同题音乐赋共十六组四十四篇，涉及作者三十四人，另有五篇佚名，其中《乐德教胄子赋》现存篇数最多，共有六篇。先唐音乐赋以乐器为主，至唐代，乐器的种类更为丰富，达奚珣、吕指南的《太常观乐器赋》以及敬括的《观乐器赋》便记载了太常乐器之盛。不仅是乐器，制作乐器的材料都可入赋，贞元十年（794年）博学宏词科就以《朱丝绳赋》为题，今存庾承宣、王太真二人试赋，佚名的两篇《泗滨浮磬赋》，以泗水之滨可以做磬的石头作赋。乐曲、乐理、舞蹈也是唐代音乐赋的重要内容。李观、裴度、陆复礼的《钧天乐赋》，沈朗、陈嘏、无名氏的《霓裳羽衣曲赋》都是以乐曲名命名的科场之作，石镇、蒋至的同题《洞庭张乐赋》，王起、许康佐的同题《宣尼宅闻金石丝竹之声赋》则侧重描写乐曲演奏时的场景；《无声乐赋》是对音乐理论的探讨，《审乐知政赋》《乐德教胄子赋》则是以儒家乐教理论阐释为主，探讨“乐与政”“乐与德”的关系；《太清宫观紫极舞赋》《舞中成八卦赋》给人庄严肃穆、中和典雅之感，是对宫廷祭祀乐舞的描写。赋家从不同角度铺衍描绘唐朝的乐舞，虽为同题赋作，但场景刻画不尽相同，充分展现了唐代音乐舞蹈众彩纷呈的艺术美学特征。

在中国古代辞赋文学中，动植物一直是非常重要的题材，动植物赋历经先秦两汉、魏晋南北朝的发展流变，至唐朝呈现出别具一格的特征。唐代文人充分发挥赋“体物写志”的功能，借动植物赋展现志向抱负、感慨人生遭遇、追求高尚品德。花果、草木、鸟兽类同题赋共二十四组五十八篇，其中《幽兰赋》数量最多，现存八篇，也是唐代同题赋中数量最多的一组。动植物类同题赋虽然题材相同，但展现出文人不同的审美趣味和生命体验，亦能显示出赋家作赋能力的高低。此外，唐代同题动植物赋最为鲜明的特征在于借助动植物歌颂帝王功德，彰显大唐气象。唐朝国力强盛，万国来朝，常有四夷诸邦上贡奇鸟异兽以示对帝王的拥戴，地方发现祥瑞之物也立即表奏进献。唐代有两篇同题《狮子赋》极力夸耀狮子的威猛雄壮，借此颂扬皇帝之威、国力之盛。同题《越人献驯象赋》《洞庭献新橘赋》《西掖瑞柳赋》等赋亦是“贺瑞而歌”，君德彰泰而天降祥瑞之象，以此称颂圣人的功绩德行。此外，《上林白鹿赋》《蓂荚赋》《京兆府献三足乌赋》《白乌呈瑞赋》等总体上也可归入动植物赋中，但被《历代赋汇》归入祯祥一类，更加鲜明地彰显了唐赋借动植物“润色鸿业，可以发挥皇猷”[①]的功能。

唐代同题赋突破了前代的题材限制，既有郊祀、田猎、战争、游玩、弹棋等具体事务，又有读书、论学、修身、治国等抽象道理，有盛世之礼赞，有时事之感怀，有个人情志之抒发，有闲适游历之情怀，亦有哲理之阐发，极大地扩展了同题赋的题材领域，同时较好地体现出唐代赋家的所见、所感、所思、所想，反映出了鲜明的时代特色。

二、唐代同题赋的题材新变

唐代同题赋的题材对前代既有继承，同时又有许多新变。继承如植物题材，唐代同题植物赋延续了前代的很多书写方式。具体到竹题材，唐代许敬宗、吴筠以及一位无名氏都创作了《竹赋》，王勃、乔琳都创作了《慈竹赋》，这一题材在两晋南北朝时已经进入同题赋创作中，东晋江逌、王彪之，南朝梁吴均都创作了《竹赋》，南朝齐王俭、江淹都创作了《灵丘竹赋》。藉田礼题材，曹魏时期的曹植、缪袭，西晋潘岳，南朝宋徐爰，皆有同题的《藉田赋》，唐代士人继承这一传统，李蒙、石贯以及一位无名氏都创作了《藉田赋》。当然，唐代同题赋更值得注意的是产生了许多新变。

首先，是从无到有，从有到无。一方面，唐代同题赋出现了前代同题赋中未出现过的题材。如书画题材在前代同题赋中未出现，至唐代，张仲素创作了《绘事后素赋》，另有一篇佚名创作的同题

① 〔唐〕白居易：《赋赋》，载马积高主编《历代辞赋总汇》，第1928页。

赋。寓言赋在前代亦未出现，《历代赋汇》该类别中最早的赋即为唐赋，同题创作的寓言赋有《冰壶赋》《射隼高墉赋》《运斤赋》《烹小鲜赋》《以德为车赋》。现存未见将日作为专门题材去描写的前代赋，唐代同题赋除了出现《日赋》之外，还有《日中有王字赋》《冬日可爱赋》《初日照露盘赋》《寅宾出日赋》《登天坛山望海日初出赋》《日五色赋》《日载中赋》《黄云捧日赋》《二黄人守日赋》《庆云抱日赋》等多组同题赋；另一方面，前代同题赋中常见的题材在唐代未出现。最为典型的是女性题材赋，唐前有多个同题创作的赋题，建安时期有《神女赋》《止欲赋》《寡妇赋》《出妇赋》《蔡伯喈女赋》。《神女赋》从战国宋玉首创之后，魏晋南北朝时期出现了多篇同题之作，作者包括曹魏杨修，“建安七子”中的王粲、陈琳、应玚，西晋张华，东晋张敏，以及南朝江淹，江淹赋题实为《水上神女赋》。而到了唐代同题赋中，女性赋以及神女赋题材完全消失踪迹。

其次，是从少到多，从多到少。一方面，前代同题赋中较少出现的题材在唐代受到较多关注。如天象类题材，唐前各个时期的同题赋中均有出现，建安时期有《大暑赋》《愁霖赋》《喜霁赋》等，两晋时期有《风赋》《云赋》《电赋》《喜雨赋》等，南北朝时期有《月赋》《春赋》《雪赋》等，但均非最受欢迎的题材，未被广泛关注。到了唐代，天象类同题赋多达三十三组，包括《喜雨赋》《五色卿云赋》《老人星赋》《日月如合璧赋》《初月赋》《新浑仪赋》《空赋》《五星同色赋》《白云无心赋》《登天坛山望海日初出赋》《五色露赋》《南风之薰赋》等，远超位居第二的地理赋的二十二组。地理类题材在唐前同题赋虽然有《浮淮赋》《沧海赋》《海赋》《江赋》等，但始终未处于前列，如两晋时期，据崔瑾《两晋赋三论》统计，同题赋创作从多到少依次是动植物类三十二题，岁时天象类十四题，行旅居处类十二题，器具游艺类十一题，哀别述志类九题，山水地理类八题仅居第六①，而到了唐代，出现了《华山赋》《小山赋》《清济贯浊河赋》《新潭赋》《涨昆明池赋》《沃焦山赋》等二十二组，在所有题材中仅次于天象类。性道题材在唐前同题赋中未出现，唐人则创作了《性习相近远赋》《履薄冰赋》《驷不及舌赋》《松柏有心赋》《谦受益赋》等多组同题赋。另外，单独某一个具体的物象，也存在由少到多的现象，如东晋顾恺之创作了《冰赋》，到了唐代，刘长卿、韦应物、陆环、杨夔创作了同题的《冰赋》。

另一方面，有些唐前出现较多的同题赋题材，在唐代大幅度减少。较为典型的是行旅赋，如曹魏时期的徐幹、应玚与西晋时期的潘岳都创作过《西征赋》，曹魏时期的崔琰、繁钦、曹丕、曹植都创作过《述征赋》，此外还有《思游赋》《近游赋》《叙行赋》等，都是唐前文人创作过的同题赋；而到了唐代，同题的行旅赋大大减少，仅有李观与皇甫湜创作的同题《东还赋》、张说与李德裕创作的同题《畏途赋》两组。

最后，是从有到新，从泛到细。一方面，在唐前同题赋已有的题材中，唐代同题赋书写了新出现的事物。随着社会的发展，必然会出现许多新的事物，“赋体物而浏亮”②，作为体物的艺术，伴随着新事物的出现，赋体文学中相应地会出现新的书写内容。如动物、植物是前代同题赋常见的题材，但是唐代同题赋中出现了很多

① 崔瑾：《两晋赋三论》，硕士学位论文，四川师范大学文学院，2010，第11-14页。

②〔晋〕陆机：《文赋》，载马积高主编《历代辞赋总汇》，第670页。

新的物象。如在外交活动中，周边的国家总会进献各种各样的奇珍异宝。建文同题赋《迷迭赋》《蒲萄赋》《安石榴赋》《车渠碗赋》《玛瑙勒赋》等所描写的即为这些珍奇的贡物。物以稀为贵，持续的文学书写，会使原先珍奇的物变得没有那么新奇。于是，到了唐代，同题赋中开始出现了许多其他的物。如虞世南、牛上士同题创作的《狮子赋》，都描写了“有绝域之神兽，因重译而来扰”[①]的狮子，牛上士赋序中交代了写赋缘由，“上士曾读实录，贞观九年，西域进狮子，秘书监虞世南献赋，前史美之。窃谓虞公博物洽闻，诚则可重；瑰玮倜傥，或非所长。欲精体物，乃赋其事”[②]。还有“产乎南夷”[③]的大象，也成为同题赋关注的对象，独孤授、独孤良器同题创作了《放驯象赋》，杜洩以及一位佚名作者同题创作了《越人献驯象赋》。其他题材中也不乏这一类新变，如乐舞类的《霓裳羽衣曲赋》，《霓裳羽衣曲》是至唐代始出现的音乐，相传为唐玄宗所制，沈朗、陈嘏以及一位无名氏创作了同题的《霓裳羽衣曲赋》。宫殿类的同题赋有《花萼楼赋》，花萼相辉楼亦是唐玄宗时期所建，敬括、张甫、陶举、高盖、王諲创作了同题的《花萼楼赋》。

另一方面，唐前出现的同题赋有许多是泛泛而言某一类事物的，而在唐代同题赋中变得更加具体。乐舞是前代同题赋中常见的题材，如《筝赋》，汉末侯瑾，西晋傅玄、贾彬，东晋顾恺之、陈

①〔唐〕虞世南：《狮子赋》，载马积高主编《历代辞赋总汇》，第1156页。

②〔唐〕牛上士：《狮子赋》，载马积高主编《历代辞赋总汇》，第1461页。

③〔唐〕杜洩：《越人献驯象赋》，载马积高主编《历代辞赋总汇》，第1563页。

窃与南朝梁萧纲、顾野王都有同题创作，其他如《笙赋》《笳赋》《箜篌赋》《琵琶赋》《琴赋》等也都是唐前文人创作的同题赋。到了唐代，同题乐舞赋不再停留于“乐器名+赋”这种阶段，不泛泛地书写某一类物，而是更具体、细微地聚焦某种具有个性特征或处于特定情境下的物。“乐器名+赋”的同题赋创作，在唐代仅有虞世南、薛收创作的《琵琶赋》，更多的是《宣尼宅闻金石丝竹之声赋》《洞庭张乐赋》《钧天乐赋》《霓裳羽衣曲赋》《太清宫观紫极舞赋》这样非常具体的赋。唐前出现了陆云公的《星赋》，到了唐代，不仅有同题的星赋，还有从各种各样角度去书写的同题的星赋，如《老人星赋》《五星同色赋》《众星拱北赋》《二气合景星赋》《天晴景星见赋》等。这也是整个唐代同题赋发展的一大趋势。

三、唐代同题赋题材兴盛及新变的原因

唐代同题赋题材的丰富与新变离不开时代发展的影响，科举制的出现使得唐代同题赋的创作目的发生转变，为了适应考试与选拔人才的需要，同题赋的题材选择也随之变化。唐代独特的社会环境是推动同题赋题材出新的外部因素，文学内部自身的发展又进一步影响着唐代同题赋题材上的取与舍。

同题作赋目的的转变，使唐代同题赋的题材大大增加，题材内容以“冠冕正大”为主。建安时期，文人在宴饮游猎时常常吟诗、写文、作赋，曹操父子的提倡以及邺下文人集团的形成使即席作赋、命题作赋在此时发展兴盛，应诏、唱和与奉和赋随之发展起来，此时的同题赋是君臣、臣僚关系的润滑剂，亦是文人切磋技艺的重要方式。整体上看，唐前同题赋创作多发生在宴饮游猎、酬唱赠答之时，雅兴大发，即席作赋，因而多取材于眼前所见之事、之

景、之物。到了唐代，因科举而产生的同题赋占比最高，唐人不再仅仅是因雅兴闲情、交游切磋而作赋，作赋的功利性更强，由交游转向应试。可以说唐代的科举试赋是由官方规定的、规模最大的同题共作，虽然赋作散佚较多，留存下来的同题赋仅有一百七十一篇，但依然在现存唐代同题赋中占比最大。科举考赋是皇帝选贤任能的重要举措，为了考察学子的才情学识、抱负志向，科举试赋的题目自然不能随意择定，而是要有所本，“或用古事，或取今事，亦无定程”[①]。唐代科举考赋命题宽泛灵活，天文地理、礼乐刑政、寓言性道、日常生活、文治武功、宫殿楼阁等内容无所不包，因科举试赋而产生的同题赋题材十分广泛。

且科举试赋规定由有司命题，甚至皇帝为了变革文风亲自命题。《旧唐书·高锴传》记载：“开成元年春，试毕，进呈及第人名，文宗谓侍臣曰：‘从前文格非佳，昨出进士题目，是朕出之，所试似胜去年。’郑覃曰：‘陛下改诗赋格调，以正颓俗，然高锴亦能励精选士，仰副圣旨。’帝又曰：‘近日诸侯章奏，语太浮华，有乖典实，宜罚掌书记，以诫其流。’李石曰：‘古人因事为文，今人以文害事，惩弊抑末，实在盛时。’”[②]因“语太浮华，有乖典实”，文宗希望改革文风“惩弊抑末”，所以文宗亲自命题，最终达到了“改诗赋格调，以正颓俗”的效果。可见，科举试赋题也代表了统治者的意志。纵观《登科记考》中记载的历年科举试赋命题，可以看出唐代试赋以“学综经史兼顾道家思想”[③]为命题依据，古事多

①〔清〕王芑孙：《读赋卮言》，载何沛雄编《赋话六种》，生活·读书·新知三联书店，1982，第15页。

②〔五代〕刘昫等：《旧唐书》，中华书局，1975，第4388页。

③王士祥：《唐代试赋研究》，上海古籍出版社，2012，第423页。

出自经、史，因此考生不仅需知晓题目出处，还要恰切把握出题人意图，切中命题旨趣。科举试赋作为一种政治手段，成为沟通朝廷与学子的桥梁，考赋的命题亦成为学子学赋作赋的方向。为了进一步提高技艺，应试举子“群居而赋”[①]，在考试前私下组织模拟科考的创作活动，由此产生的同题赋不计其数，出自经史、以古事为题材的同题赋大量增加。

同题赋的题材也因时而变，唐朝强盛繁荣的社会环境是同题赋题材大量出新的现实基础。科举制的施行打破了门第的限制，很多才能杰出之人都可以“皆怀牒自列于州、县”[②]，以此踏上仕途，文人入仕为政的热情日益高涨。加之唐朝建立了大一统政权，国家富强，文治武功极盛，逐渐形成了昂扬向上、朝气蓬勃的时代精神。与之相应，颂扬王朝强盛、君王明德的同题赋作大量增加，汉代曾极盛的宫殿赋、典礼赋经六朝衰微后，在唐朝重新绽放光彩。在时代的感召下，建功立业、济世经邦成为时人的价值追求，胸襟开阔、自信洋溢是唐人的共有基调。即使感叹自己时运不济、功业难成，仍不改激昂壮阔的胸怀，以宏阔的视野批判时事，将细腻的情感寄于笔端，慷慨多气，寄托遥深，志深笔长。唐人的视野由此更加开阔，文人的视线由宫廷扩展至更为阔大的江山、边塞风物，同题赋的题材也随之增多，内容更为丰富多彩，反映出唐代文人“笼天地于形内，挫万物于笔端”[③]的创作心理。在唐朝，农业、商业、手工业等都得到了快速发展，经济繁荣。国家对外开放包容，各民族相互融合，中外文化交流频繁，由此产生了各种新兴事物和

① 〔唐〕李肇：《唐国史补》卷下，古典文学出版社，1957，第56页。

② 〔宋〕欧阳修、宋祁：《新唐书》卷四十四，中华书局，1975，第1161页。

③ 〔晋〕陆机：《文赋》，载马积高主编《历代辞赋总汇》，第670页。

外来事物。物质的丰富使唐人更加追求精神满足，书法、绘画、音乐、舞蹈等各类艺术发展兴盛，宴会等社交活动层出不穷，唐人普遍的尚奇求新的心理使社会上产生的各类事物都可作为题材进入赋中，为辞赋题材的开拓注入新的活力，拓宽了赋的表现领域，展现了唐代丰富的物质世界和多彩的精神文明。

文学内部的变化是推动唐代同题赋题材扩大与新变的内生动力。赋经汉魏六朝的发展，题材得到了极大的丰富。唐代文人求新求变，在题材上承旧而创新，尽力突破传统题材的束缚，并致力于挖掘、创造新题材，以补前人之缺。他们一方面想要突破前人带来的题材限制，一方面又想在同类题材上超越前作，因而唐代文人选择了继承传统又改造传统，作赋时沿用前人写过的题材，并对相同的题材进行生活化、日常化的处理以求创新。文人观察各种物象的形态、功能，从多种角度铺衍描写，进行不同层次的阐发，对题材进行细化。除此之外，他们又尽力开发前人未曾写过的新题材，大到星象变幻、宫殿楼阁，小到尘埃、虱子，无物、无事、无情不可入赋，唐代同题赋的题材因时、因人而变，不断丰富。

唐代同题赋拓展题材的原因固然值得关注，前代主流题材的式微同样值得我们思考。一方面，某些题材如女性赋、神女赋，可能不太符合科举考试赋题的要求，而唐代同题赋中科举试赋比重较大；另一方面，某些题材如行旅赋，赋中减少，但是在诗中开始大量出现，如杜甫的纪行长诗《北征》与组诗《秦州杂诗二十首》。虽然唐赋在赋史中占有重要地位，但唐代诗、文、词、传奇等其他文体同样异彩纷呈，其中诗更是取得了光辉灿烂的成就，赋体的地位逐渐被诗取代。诗赋文体在交互渗透的同时，一些汉魏六朝同题赋的常见题材也逐渐地由赋进入了诗，这可能也是唐代同题赋题材变化的一个原因。

总之，唐代同题赋在前代基础上取得了较大发展，题材也极大地丰富，并产生了许多新变。一方面，女性、行旅等前代同题赋常见题材在唐代减少甚至消失；另一方面，天象、地理等题材广受关注，性道、寓言等题材开始出现在同题赋中。即使是前代同题赋已经出现的题材，唐人亦有许多新变，或是书写新出现的事物，或是更具体、细微地聚焦某种具有个性特征，或处于特定情境下的事物。唐代同题赋的兴盛及其新变是社会、制度、文学等多层面原因共同作用的结果。作为数量占唐赋接近三分之一的唐代同题赋，对其题材分布与新变的考察仅是观照的一个视角，其创作类型、争胜策略、社会功用、赋史意义等，还需要我们从更多角度做进一步的研究。

宋代文学研究

苏舜钦交游考

人不是独立的个体，无法脱离社会而单独存在，必须在与其他人的交往中不断成长，因此研究某个人，有必要去考察与其交往的人。苏舜钦同样不例外，他的一生与形形色色的人产生了交集，通过对这些交游的研究可以对其有更为多角度、立体性的认识。经过傅平骧《苏子美生平交游考略》[①]、朱杰人《苏舜钦行实考略》[②]、孙淑《苏舜钦诗歌探论》[③]第一章第二节《苏舜钦与范仲淹、杜衍》、张文彦《苏舜钦及其学术研究》[④]第三章第二节《苏舜钦之师友》等文的研究，与苏舜钦交往较多的人已基本得到探讨。然而，

① 傅平骧：《苏子美生平交游考略》，《南充师院学报（哲学社会科学版）》1983年第4期。

② 朱杰人：《苏舜钦行实考略》，载中华书局编辑部编《文史》第二十二辑，中华书局，1984。

③ 孙淑：《苏舜钦诗歌探论》，硕士学位论文，四川师范大学文学院，2001。

④ 张文彦：《苏舜钦及其学术研究》，博士学位论文，台湾高雄师范大学，2007。

对苏舜钦交游的史实进行考证只是研究的起点，不是终点，探讨交游的原因、细节、发展及其对各自人生、思想、心态、文学等的影响是需要下一步继续做的。鉴于此，本文选择与苏舜钦关系较深、交往较密切的欧阳修、梅尧臣、范仲淹三人，对他们与苏舜钦之间的交游进行分析，以期对苏舜钦有更为全面的认识。

一、挚友：苏舜钦与欧阳修的交游

中国历来重视友情，从古至今，有许多歌颂友谊的文学作品流传。然而，真正的友谊并不容易遇到，千金易得，知己难求，所以俞伯牙、钟子期高山流水觅知音的故事才一直被人们传诵。人的一生中会遇到很多朋友，但可以称得上知己，可以患难与共的并不会太多，更多是泛泛之交，甚至趋炎附势、两面三刀之徒，而苏舜钦与欧阳修之间的友谊则令人感动。

苏舜钦一生交友广泛，其中交情最深的是欧阳修。二人年龄相仿，志趣相合，实为文章知己、患难之交。从天圣年间两人在京师相识，到庆历八年（1048年）苏舜钦去世，两人相交近二十年，其间宦海浮沉，风风雨雨，然而无论各自是荣是贬，无论遭受怎样的坎坷磨难，友谊始终不变。在苏舜钦死后，欧阳修不但为好友写墓志铭、祭文，还为其编文集、作序，更为可贵的是，在之后的人生中，欧阳修还经常会想起这位好友，不断地叹惋追怀。

（一）文章知己，志同道合："进奏院案"前苏舜钦与欧阳修的交往

关于苏舜钦与欧阳修定交的时间，学界意见不一。王水照、崔铭《欧阳修传：达者在纷争中的坚持》，曾枣庄、吴洪泽《宋代文

学编年史》认为是在天圣六年（1028年）[①]，严杰《欧阳修年谱》、黄进德《欧阳修评传》认为是在天圣七年（1029年）[②]，朱杰人《苏舜钦行实考略》，傅平骧、胡问涛《苏舜钦集编年校注》认为是在天圣六七年间[③]，洪本健《宋文六大家活动编年》认为是在天圣八年（1030年）[④]，张文彦《苏舜钦及其学术研究》认为是在天圣八九年间[⑤]，傅平骧《苏子美生平交游考略》、吴伯雄《苏舜钦及其诗歌研究》认为是在景祐二年（1035年）[⑥]。

欧阳修《苏氏文集序》言："子美之齿少于予，而予学古文反在其后。天圣之间，予举进士于有司，见时学者务以言语声偶擿裂，号为时文，以相夸尚。而子美独与其兄才翁及穆参军伯长，作为古歌诗杂文，时人颇共非笑之，而子美不顾也。"[⑦]可知苏舜钦、舜元二人当时正在京师追随穆修学作古文歌诗。苏舜钦《哭师鲁》

① 王水照、崔铭：《欧阳修传：达者在纷争中的坚持》，天津人民出版社，2008，第13页；曾枣庄、吴洪泽：《宋代文学编年史》，凤凰出版社，2010，第379页。

② 严杰：《欧阳修年谱》，南京大学出版社，1993，第24页；黄进德：《欧阳修简谱》，载《欧阳修评传》，南京大学出版社，1998，第444页。

③ 傅平骧、胡问涛：《苏舜钦年谱》，载《苏舜钦集编年校注》，巴蜀书社，1991，第718页。

④ 洪本健：《宋文六大家活动编年》，华东师范大学出版社，1993，第30–31页。

⑤ 张文彦：《苏舜钦及其学术研究》，博士学位论文，台湾高雄师范大学，2007，第72–73页，。

⑥ 吴伯雄：《苏舜钦与欧阳修订交时间考》，载《苏舜钦及其诗歌研究》，硕士学位论文，福建师范大学文学院，2006，第41–44页。

⑦ 洪本健：《欧阳修诗文集校笺》居士集卷四十一，上海古籍出版社，2009，第1064页。

诗中写道："忆初定交时，后前穆与欧。"[①]由此可知苏舜钦与尹洙、穆修、欧阳修定交时间相近，曾一起交游。那么只要找出这四个人天圣年间同时在京师的时间段即可。苏舜钦天圣六年（1028年）随父回京师，天圣七年（1029年）调荥阳尉，天圣八年（1030年）辞荥阳尉返京，之后至天圣九年（1031年）一直随父在京。欧阳修天圣六年（1028年）冬随胥偃至京师，之后一直在京师参加科举考试，天圣九年（1031年）年三月至西京洛阳。尹洙天圣二年（1024年）进士及第后一直在地方任职，天圣八年（1030年）进京参加制科考试，中书判拔萃科，六月离京知伊阳县[②]。由此可知，苏舜钦、欧阳修、尹洙在天圣年间有交集的时间段只有天圣八年（1030年），且是六月之前，而穆修这段时间亦退居京师[③]。因此，苏舜钦、欧阳修定交是在天圣八年（1030年），洪本健《宋文六大家活动编年》的观点较为合理。其他几种说法都未注意到苏舜钦《哭师鲁》诗中"忆初定交时，后前穆与欧"这两句。认为欧苏定交在景祐二年（1035年），傅平骧的论据主要有：1.景祐二年欧苏二人同时在京；2.欧、苏互相赠答最早之作是景祐初年；3.欧阳修"握手接欢言，相知二十年"（《苏才翁挽诗二首》其一），苏舜元死于至和元年（1054年），上推二十年是景祐初；4.苏舜钦《和韩三谒欧阳九之作》一诗是初次结识时所写。论据1不能说明二人是初次相识，论据2结识之后未必就要诗歌赠答，论据3"二十年"可能是约数，因为五言诗的形式只能概言，论据4只是猜测之辞。吴伯雄的论据主要有三，后两条是傅平骧所列的2和4，第一条是天圣年间欧阳

① 傅平骧、胡问涛：《苏舜钦集编年校注》卷四，第253页。

② 祝尚书：《尹洙年谱》，《宋代文化研究》第七辑，巴蜀书社，1998。

③ 赵耀堂：《论宋初作家穆修》，《山东师范大学学报》1984年第6期。

修到京师无人引见，参加科举考试比较忙，似无由与苏舜钦相识。同样是猜测之辞，无说服力。张文彦《苏舜钦及其学术研究》对这种观点的反驳言之成理，可参看其博士论文，第72–73页。虽然限于史料，对苏舜钦、欧阳修具体定交时间只能靠推理，无法确凿得出，但无论是哪一年，都无法影响二人之间的深情厚谊。

景祐二年（1035年）正月十二日，苏舜钦父亲苏耆去世，噩耗传来，刚刚科举中第、出知蒙城县仅两月的苏舜钦立刻辞职赶向长安奔丧。路经开封之时，与表弟韩绛一起去拜望了时任馆阁校勘、住在城南的欧阳修。回来后，韩绛就此事写了首诗，并让苏舜钦唱和，《和韩三谒欧阳九之作》一诗就是苏舜钦的和作。在匆忙赶路奔丧、心情异常沉重的时候，不畏“穷阴泥淖”去见欧阳修，足以说明欧阳修在苏舜钦心中有非常重要的地位。《和韩三谒欧阳九之作》作为目前能看到的第一首关于欧、苏之间交往的诗，对了解二人友情的发展有非常重要的意义。在听了欧阳修精妙绝伦的议论后，苏舜钦形容自己的感受是：“伊余昏迷中，忽若出梦寐。划然毛骨开，精神四边至。既归尚冷然，数日饱滋味。”[①]确实，生活中存在这样的情况，百思不得其解的事，听别人几句话，就会醍醐灌顶，豁然开朗。苏舜钦为欧阳修在经术方面的深厚造诣所倾倒，因为要赶着去奔丧，不能久留，最后表达了想要拜于门下的愿望。这首诗中还有一个细节值得注意，苏舜钦形容欧阳修家里是“图书堆满床”，而苏舜钦自己家里同样是“床头书册乱纷纷”（《暑中闲咏》）[②]，床上堆满书的两个人很容易对对方产生好感。当然，这首诗是站在苏舜钦的角度，到访之后欧阳修对苏舜钦的态度与认识

① 傅平骧、胡问涛：《苏舜钦集编年校注》卷一，第38页。

② 傅平骧、胡问涛：《苏舜钦集编年校注》卷四，第289页。

则无法了解，但“解榻颜色喜”，且畅谈终日，俗语云：“酒逢知己千杯少，话不投机半句多”，两人能畅谈终日，足见是知己相逢。如果说之前，苏舜钦与欧阳修很可能只是相识，并未有过多交往，通过这次畅谈，两人对彼此更加了解，感情更深了一层。此后，苏舜钦与欧阳修开始奔波在各自的人生道路上。

景祐三年（1036年），范仲淹因抨击时政、指斥宰相吕夷简被贬，余靖、尹洙等朝臣纷纷论救，身为右司谏的高若讷不但不救，反而诋毁范仲淹，欧阳修怒不可遏，写了《与高司谏书》痛斥高若讷。高若讷将这封信上奏宋仁宗，欧阳修因此被贬为夷陵令。此时，苏舜钦正在长安守制，义愤填膺的他当即写下《乞纳谏书》上奏皇帝，为范仲淹等人鸣不平，同时又写了《闻京尹范希文谪鄱阳尹十二师鲁以党人贬郢中欧阳九永叔移书责谏官不论救而谪夷陵令尹成此诗以寄且慰其远迈也》一诗，安慰被贬到夷陵的好友欧阳修。诗里赞扬了范仲淹、尹洙、欧阳修直言获罪的行为，表达了对好友欧阳修、尹洙被贬后的担心，最后安慰好友仁宗需要的正是他们这样的正士，被贬只是暂时的，不要悲伤忧虑。欧阳修收到这首诗后，写了和诗《初至夷陵答苏子美见寄》，介绍了夷陵的风土人情，抒发了远贬在外的思乡之情。

苏舜钦、欧阳修大部分时间都各自宦海漂泊，他们的交游主要是书信往来，而当两人都在开封任职时，则会时相过从，其中尤以苏舜钦到欧阳修城南居处拜访为多，苏舜钦诗里有以城南为题的《城南归值大风雪》《城南感怀呈永叔》。《出京后舟中有作寄仲文韩二兄弟永叔欧阳九和叔杜二》一诗记载了他们几位好友之间相互往来谈天论地的情形：“前夕南巷堤，昨日东城舍。论精如可收，意密不见罅。”[①]欧、苏二人都是志在天下、心系黎民之人，因此苏舜钦将描写因灾荒而导致百姓饿殍遍野、民不聊生的诗《城南感怀呈永叔》一诗呈给欧阳修看。庆历二年（1042年）苏舜钦母亲去世，要携家去山阳守制，离京时写信给欧阳修表达了对好友的不舍与对前途的担忧。欧阳修写了《答苏子美离京见寄》一诗，诗里称赞了苏舜钦的才华，同时为其年三十五已白发生，但却未得到重用一展怀抱而感到惋惜。同年立秋，欧阳修想到了远在山阳的苏舜钦，又写了《立秋有感寄苏子美》以寄托对千里之外好友的思念，诗里写道：“所嗟事业晚，岂惜颜色衰。庙谋今谓何，胡马日以肥。”[②]在感慨年华渐老、功业未成的同时，表达了对国事的忧心。

欧阳修的《答苏子美离京见寄》一诗还提到了苏舜钦豪迈的性格与诗风：

众奇子美貌，堂堂千人英。我独疑其胸，浩浩包沧溟。
沧溟产龙蜃，百怪不可名。是以子美辞，吐出人辄惊。
其于诗最豪，奔放何纵横。众弦排律吕，金石次第鸣。
间以险绝句，非时震雷霆。两耳不及掩，百痾为之醒。
语言既可骇，笔墨尤其精。少虽尝力学，老乃若天成。[③]

两年后，欧阳修在《水谷夜行寄子美圣俞》中将苏舜钦与梅尧臣的诗歌并列，又一次标举了他的豪放诗风。现在一提到苏舜钦，很多人都会联想到其豪放诗风，而最早指出这一风格特征的正是欧阳修。

---

① 傅平骧、胡问涛：《苏舜钦集编年校注》卷二，第125页。

② 洪本健：《欧阳修诗文集校笺》外集卷三，第1340页。

③同上书，第1339页。

（二）患难真情，心意相通："进奏院案"后苏舜钦与欧阳修的交往

庆历四年（1044年）十一月，苏舜钦因"进奏院案"被除名勒停，愤懑难平、含冤莫辩的他写信给欧阳修详述案件原委。苏舜钦之所以写《与欧阳公书》，主要是希望好友了解案件来龙去脉，不要被流言左右而认为自己真是监主自盗、贪赃枉法，而且郁愤在胸，不吐不快，说给自己最信任的朋友，也可以使心情稍为缓和，当然也不排除希望好友能为自己仗义执言的意思。欧阳修看到这封信后，悲痛异常，在后面写道："子美可哀！吾恨不能为之言！"又连书一行云："子美可哀！吾恨不能言！"[①]同样的话连着写了两遍，欧阳修当时的悲痛与自责可以想见。后来，欧阳修在给另一好友尹洙的信《与尹师鲁书》里说道："苏子美事深欲论叙，但避犹豫，闻有极言，乃知自信为是，甚善甚善。子美虽未亟复，其如排沮群议，为益不少。"[②]这说明他心里确实十分想替好友说话，但又犹豫挣扎，听到有人极力为苏舜钦辩白，虽未能立刻使其复职，但诽谤攻讦的言论稍微消歇，也为好友感到高兴。其实苏舜钦的信里面，没有只言片语想要欧阳修相救，但看到好友遭此大祸，欧阳修本能地想到自己应该出手施救，但就当时情形来说，又不能贸然上书辩白，于是便深深地自责。而苏舜钦知道好友已从谏省调至河北任官，上疏论救属于越职，即使上疏，也于事无补，所以欧阳修没有上疏替他辩白，并未影响两人之间的感情。苏舜钦将满腔愤懑说给欧阳修听，也足见在其心中，欧阳修占据了非常重要的位置。

---

①〔宋〕费衮：《梁溪漫志》卷八，金圆校点，上海古籍出版社，1985，第89页。

② 洪本健：《欧阳修诗文集校笺》外集卷十七，第1797页。

“进奏院案”后，被除名的苏舜钦离开了开封，来到苏州。当时，很多之前的亲朋好友疏远了他，甚至有些亲友落井下石，和仇人一起“共起谤议”（《答韩持国书》）[①]。欧阳修没有忘记或疏远这个废居在苏州的好友，时时写诗问候，两人之间的诗歌唱和比之前任何一个时期都要多。苏舜钦筑好沧浪亭之后，写了《沧浪亭》一诗，并邀请好友共作，欧阳修当即写了和诗《沧浪亭》，诗里想象了沧浪亭的美景，为好友艰难处境表示同情的同时，更为他找到了沧浪亭这样风景优美的地方而高兴，并希望好友振作不要自弃。

庆历五年（1045年），范仲淹、杜衍、富弼、韩琦等相继被罢，欧阳修上《论杜衍等罢政事状》，认为杜、范乃可用之贤，无可罢之罪，更加遭到政敌的嫉恨。恰好欧阳修的外甥女张氏犯法，谏官钱明逸诬陷二人有私，虽然后来查明为诬告，欧阳修亦因此于八月贬知滁州。抑郁愤懑的欧阳修筑了醉翁亭、丰乐亭，并有《醉翁亭记》《丰乐亭记》二文名世，苏舜钦则写了《醉翁亭》《寄题丰乐亭》相和。庆振轩认为：“研究欧阳修贬滁期间的心态，除了看到醉翁之‘乐’，更应看到醉翁之‘忧’；除了看到醉翁之‘醉’，还应看到醉翁之‘醒’；除了看到欧阳公在贬谪之中恪守‘不为戚戚之文’的信条，还应看到其难免忧愤的内心。”[②]作为欧阳修的好友，且都遭受诬谤被贬在外，苏舜钦应当理解欧阳修的所思所想，但他的两首和诗里突出的是“醉”与“乐”，而无“忧”与“醒”，那又是为什么呢？其原因主要有二：首先，在贬所“慎勿作戚戚之

① 傅平骧、胡问涛：《苏舜钦集编年校注》卷九，第616页。

② 庆振轩：《其奥妙在醒醉之间——欧阳修贬滁心态散论》，《兰州大学学报（社会科学版）》2011年第6期。

文”[①]既是欧阳修的信条，同时也是苏舜钦的观念，他在《奉酬公素学士见招之作》诗中说：“岂如儿女但悲感，唧唧吟叹随螳蜩？”[②]对此，他们二人应该心照不宣。不想悲悲戚戚，但内心又郁抑愤懑，于是他们共同选择了山水与酒来排遣内心忧愤。所以欧公《醉翁亭记》《丰乐亭记》里只写寄情山水之乐、与民同乐之乐，苏舜钦和诗突出的也是这两点。《醉翁亭》诗写道：“滁阳太守好山水，公余日醉群山间。滁峰环回秀相倚，作亭正对溪山前。”[③]《寄题丰乐亭》写道：“名之丰乐者，此意实在农。使君何所乐？所乐惟年丰。年丰讼诉息，可使风化醲。游此乃可乐，岂徒悦宾从？”[④]其次，苏舜钦处境比欧阳修更糟糕，欧阳修是贬官，而苏舜钦是除名，这个时候，苏舜钦既不能去安慰欧阳修，更不能拿悲忧的事去再使已经郁愤的好友更郁愤。不过，虽然表面上以“乐”为主，但苏舜钦的和诗同欧阳修的记文一样，可以读出背后隐藏的无奈和悲愤。志在天下之人每日醉倒在群山间，这本身就是非正常的现象，而《寄题丰乐亭》诗最后的“世路徒冲冲”句，对熙熙攘攘、追名逐利的俗世也颇有微词。

虽然远隔千里，但二人始终互通音讯，苏舜钦筑沧浪亭，邀欧阳修和诗，欧阳修筑醉翁亭、丰乐亭，苏舜钦也都有和诗。庆历六年（1046年）年春，欧阳修在滁州琅琊山庶子泉得到了李阳冰的石篆十余字，想到好友苏舜钦，当即写诗一首，并封题墨本寄去，请苏舜钦和诗刻石，苏舜钦写了《和永叔琅邪山庶子泉阳冰石篆诗》。

① 洪本健：《欧阳修诗文集校笺》外集卷十七，第1793页。

② 傅平骧、胡问涛：《苏舜钦集编年校注》卷三，第205页。

③ 同上书，第234页。

④ 傅平骧、胡问涛：《苏舜钦集编年校注》卷四，第244页。

之后，欧阳修又得到一大一小两块菱溪石，作《菱溪石记》与《菱溪大诗》并绘图寄给苏舜钦，苏舜钦写了和诗《和菱溪石歌》。庆历八年（1048年），欧阳修得到一块月石砚屏，甚为喜爱，当即想到好友苏舜钦看到也会喜爱，《月石砚屏歌序》说："子美见之，当爱叹也。"[①]《紫石屏歌》说："自吾得此石，未见苏子心怀惭。"[②]随即找画工来画成图与诗一起寄去，苏舜钦收到后写了《月石砚屏歌》。

庆历八年（1048年）十二月，苏舜钦病逝，欧阳修悲痛欲绝。在稍后给章岷的信里，欧阳修感叹道："某自闻子美之亡，使人无复生意。"[③]相识将近二十年，无论遭受怎样的坎坷磨难，两人始终相携相扶，苏舜钦的病逝使这段交谊走到了尽头，但欧阳修对苏舜钦不断的叹惋追怀才刚刚开始。

（三）编集悼念，叹惋追怀：苏舜钦去世后的欧阳修

苏舜钦死后，欧阳修先是受其岳父杜衍之托为其编辑文集，并作《苏氏文集序》。这篇序主要包含四方面内容：首先，交代编集原委。其次，将苏舜钦的诗文创作放在由唐至宋文学发展的流变中，高度评价了其诗文创作的地位与影响。欧阳修说自己虽然比苏舜钦大，但学古文却在他之后，苏舜钦在举世"务以言语声偶擿裂，号为时文，以相夸尚"的时候，不顾别人非议讥笑，大力创作歌诗杂文，实有开古文风气之先之功。欧阳修将编好的文集交给杜衍时，说道："斯文，金玉也，弃掷埋没粪土，不能销蚀。其见遗于一时，必有收而宝之于后世者。虽其埋没而未出，其精气光怪，

① 洪本健：《欧阳修诗文集校笺》外集卷十五，第1740页

② 洪本健：《欧阳修诗文集校笺》居士集卷四，104-105页。

③〔宋〕欧阳修：《文忠集》卷一百四十七，《文渊阁四库全书》影印本。

已能常自发见，而物亦不能掩也。”第三，称赏了苏舜钦的为人，“其状貌奇伟，望之昂然，而即之温温，久而愈可爱慕。其材虽高，而人亦不甚嫉忌”，“独子美为于举世不为之时，其始终自守，不牵世俗趋舍，可谓特立之士也”。最后，认为苏舜钦罢黜除名罪不在己，“其击而去之者，意不在子美也”，对好友的不幸遭遇表达了感慨与惋惜，“嗟吾子美，以一酒食之过，至废为民而流落以死。此其可以叹息流涕，而为当世仁人君子之职位宜与国家乐育贤材者惜也”[①]。

值得注意的是，欧阳修不仅为苏舜钦整理文集并作序，还给他写了墓志铭与祭文。《湖州长史苏君墓志铭》是后人了解苏舜钦生平事迹最主要的材料，也是元人编《宋史·苏舜钦传》的重要史料来源。在墓志铭的叙述中，苏舜钦“状貌奇伟，慷慨有大志，少好古，工为文章。所至皆有善政。官于京师，位虽卑，数上疏论朝廷大事，敢道人之所难言”，“进奏院案”被贬后“携妻子居苏州，买水石作沧浪亭。日益读书，大涵肆于六经。而时发其愤闷于歌诗，至其所激，往往惊绝。又喜行草书，皆可爱，故其虽短章醉墨，落笔争为人所传”。墓志铭对苏舜钦前后期人生状态的描述影响了后人的认识。关于“进奏院案”，欧阳修延续了文集序里的看法，认为是保守派为了动摇庆历革新派的根基，苏舜钦黜非其罪。墓志铭最后感叹苏舜钦的不幸遭遇，“善百誉而不进兮，一毁终世以颠挤，荒孰问兮杳难知。嗟子之中兮，有韫而无施”，最后希望他的文章能永垂后世，“文章发耀兮，星日光辉。虽冥冥以掩恨兮，宜昭昭其永垂”[②]。《祭苏子美文》主要内容则是哀其遭遇与离世，赞其人

① 洪本健：《欧阳修诗文集校笺》居士集卷四十一，第1063–1065页。

② 洪本健：《欧阳修诗文集校笺》居士集卷三十一，第835–837页。

与其文。祭文感叹苏舜钦之罢黜除名、英年早逝是“小人之幸，君子之嗟”。欧阳修紧接着赞赏苏舜钦为人为文的豪放，并认为这是一般世人都能看到的，而其更可贵之处是“欲知子心，穷达之际。金石虽坚，尚可破坏，子于穷达，始终仁义”[①]。欧阳修为苏舜钦的不幸遭遇感到悲伤，但同时认为其文章可以照耀后世，不灭愈光。清人何焯《义门读书记》在读欧阳修《江邻几文集序》时说道：“既铭其墓，又序其文，公于故交亦止三人耳。”[②]欧阳修除了为苏舜钦、梅尧臣写墓铭、文集序之外，又有祭文，足可见其对此二人感情之深厚。

欧阳修对苏舜钦的感情并未随着时间的流逝而消歇，此后的日子里，在诗文笔记等文字中不断地会看到他对好友的叹惋追怀。皇祐元年（1049年），欧阳修在写给章岷的信《与章伯镇书》中谈及友朋沦落殆尽、存者不老即病或困于世路的现状时，感叹道：“就中子美尤甚，哀哉！祭文读之，重增其悲尔！”[③]至和二年（1055年），刘敞得到了相传是南唐李后主所制的澄心堂纸，遂邀欧阳修等人赋诗歌咏，欧阳修想到了已去世“久已零落埋黄埃”的好友石延年、苏舜钦，《和刘原父澄心纸》诗写道：“子美生穷死愈贵，残章断稿如琼瑰。”[④]苏舜钦诗文兼擅外，还是一个书法家。在关于书法的笔记《试笔》中，欧阳修对其书法有非常高的评价，好友去世后，欧阳修曾感慨道：“自苏子美死后，遂觉笔法中绝。”《试笔》

---

① 洪本健：《欧阳修诗文集校笺》居士集卷四十九，第1225–1226页。

②〔清〕何焯：《义门读书记》，崔高维点校，中华书局，1987，第685页。

③〔宋〕欧阳修：《文忠集》卷一百四十七。

④ 洪本健：《欧阳修诗文集校笺》居士集卷五，第154页。

中还多次记录苏舜钦所说的话，如“苏子美尝言：‘用笔之法，此乃柳公权之法也。’”“苏子美尝言：‘明窗净几，笔砚纸墨，皆极精良，亦自是人生一乐。’”①

嘉祐五年（1060年），欧阳修的另一好友梅尧臣去世，此后，他对苏舜钦的叹惋追怀常是与梅尧臣一起。嘉祐六年（1061年），欧阳修《感二子》一诗发出“自从苏、梅二子死，天地寂默收雷声。百虫坏户不启蛰，万木逢春不发萌”这样的感慨。他称赏苏、梅“二子精思极搜抉，天地鬼神无遁情。及其放笔骋豪俊，笔下万物生光荣”，认为“唯有文章烂日星，气凌山岳常峥嵘”②。治平二年（1065年），欧阳修在《马上默诵圣俞诗有感》一诗中悲叹道：“苏梅二子今亡矣，索寞滁山一醉翁。”③其中的伤痛之情感人至深。最能体现欧阳修对苏舜钦、梅尧臣二人深情的是《书三绝句诗后》的这段记载：

> 前一篇，梅圣俞咏泥滑滑；次一篇，苏子美咏黄莺；后一篇，余咏画眉鸟。三人者之作也，出于偶然，初未始相知，及其至也，意辄同归，岂非其精神会通，遂暗合邪？自二子死，余殆绝笔于斯矣！翰林东阁书。④

“梅圣俞咏泥滑滑”是指梅尧臣《禽言四首》其一的《竹鸡》诗：“泥滑滑，苦竹冈；雨萧萧，马上郎。马蹄凌兢雨又急，此鸟

---

①〔宋〕欧阳修：《文忠集》卷一百三十。

② 洪本健：《欧阳修诗文集校笺》居士集卷九，第246页。

③ 洪本健：《欧阳修诗文集校笺》居士集卷十四，第428页。

④〔宋〕欧阳修：《文忠集》卷七十三。

为君应断肠!”[①]“苏子美咏黄莺”是指苏舜钦《雨中闻莺》诗:“娇骙人家小女儿,半啼半语隔花枝。黄昏雨密东风急,向此漂零欲泥谁。”[②]“余咏画眉鸟”是指欧阳修《画眉鸟》诗:“百啭千声随意移,山花红紫树高低。始知锁向金笼听,不及林间自在啼。”[③]欧阳修认为三人偶然而作的这三首诗“意辄同归”,那“同归”的究竟是什么意呢?梅尧臣《竹鸡》诗作于景祐四年(1037年),主要写鸟为“马上郎”雨中艰难赶路而悲伤不已,联系梅尧臣身世与当时社会环境,这个“马上郎”当有所指,既可以指因直言进谏被贬在外的范仲淹、欧阳修等好友,又可以指多次应举失败、屈沉下僚的梅尧臣自己。苏舜钦《雨中闻莺》一诗写于“进奏院案”除名后寓居苏州期间,“黄昏雨密东风急”显然指当时严酷的政治斗争,而飘零无依的黄莺则是他自己的化身。欧阳修《画眉鸟》诗作于庆历七年(1047年),庆历革新失败后,欧阳修被贬到滁州,虽抱匡扶之志,但却处处碰壁,庆历新政方兴未艾即惨遭失败,而自己遭到恶意的诬陷,只能无奈贬居,锁在笼中无法自由自在啼叫的画眉鸟正是他自己的写照。这三首诗表面写鸟,实际上都在写人,都寄托着三人的身世之感,所以欧阳修认为是“精神会通”,是“暗合”。而两位如此心意相通的知交好友的离世,令欧阳修悲伤万分,写下了“自二子死,余殆绝笔于斯矣”的沉痛之语。

回顾苏舜钦与欧阳修之间的交游,在为志同道合、心意相通的两人可以相遇相交感到欣慰的同时,也为两人在坎坷磨难中的相携

---

① 朱东润:《梅尧臣集编年校注》卷七,上海古籍出版社,2006,第103页。

② 傅平骧、胡问涛:《苏舜钦集编年校注》卷四,第285页。

③ 洪本健:《欧阳修诗文集校笺》居士集卷十一,第337页。

相扶感到敬佩，同时更为欧阳修在好友死后所做的努力与不断的叹惋追怀而感动。正是生前的相知相交，才会有死后的不断悲伤和思念。无论何时何地，真正的友谊都值得人追求向往。

二、诗友：苏舜钦与梅尧臣的交游

虽然在文学史上苏舜钦一直与梅尧臣并称“苏梅”，但是二人的交情并没有想象的那么深，并且还有一些争议。苏舜钦与梅尧臣都是和欧阳修关系最好的人，而二人的相交、相识与之后的并称，都与欧阳修有很大的关系。

（一）欧公促成：苏舜钦与梅尧臣交往的缘起与发展

关于苏舜钦与梅尧臣结交时间，张文彦《苏舜钦及其学术研究》认为是庆历四年（1044年）秋八月，梅尧臣至汴京听候磨勘，在京师与苏舜钦相识[①]。傅平骧、胡问涛《苏舜钦集编年校注》所附《苏舜钦年谱》中苏舜钦最早同梅尧臣交往也是在庆历四年（1044年）[②]。这年四月，欧阳修四月出使河东，七月始还京师，夜行途经水谷之时，欧阳修想念京师里一起宴饮谈文的好友，写了一首《水谷夜行寄子美圣俞》诗分别寄给苏舜钦和梅尧臣，诗里有“缅怀京师友，文酒邈高会。其间苏与梅，二子可畏爱”[③]之语，由此可以看出，写诗之时，苏舜钦与梅尧臣已经结交，欧、苏、梅三人也曾在京师一起宴游。如果苏、梅二人庆历四年结交成立的话，那么应该在七月之前。而考诸二人事迹，庆历四年春，苏舜钦赴山阳挈家返京，梅尧臣之前在湖州盐税任，四月解职归宣城，未久，

① 张文彦：《苏舜钦及其学术研究》，第107页。

② 傅平骧、胡问涛：《苏舜钦年谱》，载《苏舜钦集编年校注》，第733页。

③ 洪本健：《欧阳修诗文集校笺》居士集卷二，第46页。

赴汴京。由欧阳修《南阳县君谢氏墓志铭》“庆历四年秋，予友宛陵梅圣俞来自吴兴”[①]可知，梅尧臣秋天始到汴京。庆历四年（1044年）七月之前，苏、梅并无结交宴游的可能。因此，苏、梅庆历四年结交的观点不太合理。傅平骧、胡问涛《苏舜钦集编年笺注》为解决这一矛盾，将《水谷夜行寄子美圣俞》诗系于欧阳修八月出任河北都转运按察使离京途中所写，但诗中有“我来夏云初，素节今已届”两句，洪本健认为欧阳修“出使河东，在四月，故谓夏初；返程时已是七月，故称素节，即秋天”，如作于八月离京时，则与诗意不符。

欧阳修与苏舜钦天圣八年（1030年）在汴京相识，与梅尧臣天圣九年在洛阳相识，二人都是欧阳修的至交好友，却一直到庆历四年（1044年）才相识，于情于理也不合。另外，苏舜钦哥哥苏舜元至和元年（1054年）去世后，梅尧臣曾作《度支苏才翁挽词三首》，其中第一首有“二十识君貌，交游非一朝”[②]之句，梅尧臣二十岁时是天禧五年（1021年），之后交游甚多，舜钦、舜元兄弟二人感情深厚，苏舜钦应该有很多机会与梅尧臣相识。吴孟复《梅尧臣年谱》认为苏舜钦、梅尧臣相识是天圣七年（1029年），这一年，梅尧臣初以太庙斋郎为桐城主簿，六月苏舜钦以太庙斋郎上疏，苏梅两人在京初交[③]。然检索该年谱，在天圣七年（1029年），梅尧臣任桐城主簿，苏舜钦在京以父荫补太庙斋郎，千里之隔的二人应无相识机会。朱东润《梅尧臣集编年校注》认为梅尧臣补太庙斋郎，出

① 洪本健：《欧阳修诗文集校笺》居士集卷三十六，第939页。

② 朱东润：《梅尧臣集编年校注》卷二十六，第891页。

③ 吴孟复：《吴孟复安徽文献研究丛稿》，黄山书社，2006，第167-168页。

任桐城县主簿是在天圣五年（1027年）前后[①]。吴孟复《梅尧臣年谱》天圣六年（1028年）又考证道："初任桐城亦当在五六年间。"[②]苏舜钦天圣三年至五年（1025—1027年），随父在浙江明州就任，天圣六年（1028年）始返居京师，如果此时梅尧臣尚在京的话，同任太庙斋郎的二人应有可能相识。吴孟复《梅尧臣年谱》认为景祐元年（1034年），苏、梅二人同时应举，当得再晤。由此可见，苏、梅二人相见的机会应该是比较多的。虽然限于史料，无法确切考证他们相识的具体时间，但二人相识较早，应是没有疑义的。

虽然相识较早，但二人并无深交，在他们各自的文集中，直到庆历四年（1044年）才能看到交往唱和的诗作。二人从泛泛之交到感情变深，这与欧阳修的极力促成分不开。欧阳修在分别寄给苏舜钦和梅尧臣的《水谷夜行寄子美圣俞》诗中对二人的诗歌极力揄扬，在指出了他们的不同艺术风格后，最后说道："二子双凤凰，百鸟之嘉瑞。"欧阳修这首诗在当时及以后产生了非常大的影响，既奠定了后人对苏舜钦与梅尧臣诗歌风格的基本认识，又是文学发展史中苏、梅并称之始，自此风格迥异的二人被紧紧地联系在一起。

梅尧臣看到《水谷夜行寄子美圣俞》诗后，作《偶书寄苏子美》寄给苏舜钦，诗云：

君诗壮且奇，君笔工复妙。二者世共宝，一得亦难料。
我今或盈轴，体逸思益峭。有如秋空鹰，气压城雀鹞；

① 朱东润：《梅尧臣集编年校注》卷一，第1页。

② 吴孟复：《吴孟复安徽文献研究丛稿》，第164页。

又如饮巨钟，一举不能釂，既釂心已醉，颠倒视两曜。
吾交有永叔，劲正语多要，尝评吾二人，放检不同调。
其于文字间，苦硬与恶少。虽然趣尚殊，握手幸相笑。①

诗里极力称赞苏舜钦的诗歌“状且奇”与书法“工复妙”，紧接着提到好友欧阳修的并称与评论，最后说虽然二人“趣尚殊”，但“握手幸相笑”。对于欧阳修的并称与揄扬，梅尧臣欣然接纳，因此首先写诗向苏舜钦表达自己的看法。苏舜钦接到梅尧臣这首诗后，写了《答梅圣俞见赠》诗回赠，诗云：

自嗟处身拙，与世尝龃龉。至于作文章，实亦少精趣。
低摧朝市间，所向触谤怒。夫子与众殊，琢饰贶佳句。
锵然纸上动，读毕恐飞去。自觉异平居，恍忽忘世故。
迥如出泥涂，熏涤失臭污。衣之青霞裾，饮以紫蕊露。
輶轩驾飞黄，蹀躞上夷路。古贵知者稀，流俗岂足顾？
雅意虽可珍，三复未敢报。退惭百不堪，尚恐君悔误。②

苏舜钦先是自谦文章少精趣，紧接着投桃报李称赞梅尧臣的诗“琢饰贶佳句，锵然纸上动，读毕恐飞去”，自己读了多次都不敢写诗相和。苏舜钦是庆历新政的积极参与者，新政遭到很多人反对，阻力甚大，六月新政领袖范仲淹被迫宣抚陕西、河东。作为范仲淹政治上坚定的支持者，苏舜钦当时也遭到很多诽谤。因此，苏舜钦对梅尧臣在这个时候不避嫌而寄诗论交，表达了深深的感激之情。

这段时期，是二人交往最多的时候，梅尧臣常与其他好友一起到苏舜钦的居处宴集。苏舜钦的庭院种满了竹子，号“竹轩”，王

① 朱东润：《梅尧臣集编年校注》卷十四，第251页。

② 傅平骧、胡问涛：《苏舜钦集编年校注》卷二，第160页。

益柔经常来这里宴游，有次兴之所至赋诗一首，梅尧臣即作《苏子美竹轩和王胜之》诗相和。苏舜钦的庭院中还有一棵千叶菊，梅尧臣作《咏苏子美庭中千叶菊树子》诗歌咏，苏舜钦作《和圣俞庭菊》相和。苏舜钦与宋敏求、谢师厚一起登汴京天清寺塔，约梅尧臣共去，梅尧臣恐惧塔高未去，但写了《闻子美次道师厚登天清寺塔》诗记载此事。

然而，好景不长，苏舜钦、梅尧臣与其他好友宴饮作乐、诗酒风流的生活随着“进奏院案”的爆发而一去不返。梅尧臣写了《杂兴》诗来反映此事，诗云：“主人有十客，共食一鼎珍，一客不得食，覆鼎伤众宾，虽云九客沮，未足一客嗔。古有弑君者，羊羹为不均，莫以天下士，而比首阳人。”[①]因被拒绝参加进奏院祀神会而告发苏舜钦等人的李定，是梅尧臣邀请的，李定此举虽然和他没有关系，但看到苏舜钦等诸多好友被贬，梅尧臣的内心悲痛万分。好友离京，梅尧臣一一前去送别，《送周仲章太博之巨野》《刁景纯将之海陵与二三子送于都门外遂宿舟中明日留馔脍》《送逐客王胜之不及遂至屠儿原》等诗即为送别周延隽、刁约、王益柔时所作。去送王益柔的时候，好友已远去，梅尧臣骑马赶到屠儿原，依然未见好友踪迹，只能作罢。苏舜钦离京时，梅尧臣作《送苏子美》相送，诗里表达了对好友前途险恶的担忧，希望他不要在南方与东方常驻，早些回到西方与北方来。苏舜钦到苏州，买水石筑沧浪亭之后，亦曾约梅尧臣和诗，梅尧臣写了《寄题苏子美沧浪亭》。此后，二人之间再无书信往来与诗词唱和，但各自跟欧阳修都保持着密切的联系。明人王鏊编《姑苏志》转引祝樵《野录》云：“圣俞晚年谢事，卜筑沧浪之傍，与子美相邻，二公一时名胜，日夕往还，酌

① 朱东润：《梅尧臣集编年校注》卷十四，第253页。

酒赋诗，相得甚欢。今犹称其地为梅家园。”[①]清人吴景旭亦沿袭此说法，《历代诗话》云：“梅圣俞晚年卜筑沧浪之傍，与子美相邻，爱其地也。”[②]据宋末元初张师曾《宛陵先生年谱家世》，梅尧臣庆历五年（1045年）至七年（1047年）任许州忠武军节度判官，六年（1046年）曾短暂入京，八年（1048年）在京任国子博士，未谢事，也未至苏州[③]。祝櫄《野录》记载不可靠。清人王士禛已辨其诬，《居易录》云：“按欧阳文忠作《圣俞墓志》及《集序》，初无晚年谢事卜居苏州之文，但云累官至尚书都官员外郎，命编修《唐书》，书成未奏而卒，年五十有九。其卒在京师，亦未尝谢事也。小说之妄如此，王文恪顾取之何也？”[④]

苏舜钦去世后，梅尧臣与其岳父杜衍尚有诗歌唱和，杜衍去世后，梅尧臣有挽词五首；苏舜钦兄长苏舜元去世后，梅尧臣也有挽词三首。苏舜钦生前曾称赏过柳瑾的诗，梅尧臣读了柳瑾诗编后想起过世的好友，在《还柳瑾秘丞诗编》诗里表达了怀念与感伤：“吾友苏子美，闻昔许君诗，子美今下世，令人重嗟咨。当其不得志，泥水蟠蛟螭，未激西海流，安可气吐霓。”[⑤]

（二）耻于并称：从一则笔记看苏、梅二人的交游

北宋士人魏泰在其笔记《东轩笔录》中有一条记载：

> 尚书郎周越以书名盛行于天圣、景祐间，然字法软俗，殊无古气。梅尧臣作诗，务为清切闲淡，近代诗人鲜及也。皇祐

---

①〔明〕王鏊：《姑苏志》卷三十二，《文渊阁四库全书》影印本。

②〔清〕吴景旭：《历代诗话》卷五十六，《文渊阁四库全书》影印本。

③ 周义敢、周雷：《梅尧臣资料汇编》，中华书局，2007，第313-314页。

④〔清〕王士禛：《居易录》卷二十五，《文渊阁四库全书》影印本。

⑤ 朱东润：《梅尧臣集编年校注》卷二十九，第1122页。

已后，时人作诗尚豪放，甚者粗俗强恶，遂以成风。苏舜钦喜为健句，草书尤俊快，尝曰："吾不幸写字为人比周越，作诗为人比梅尧臣，良可叹也。"盖欧阳公常目为苏、梅耳。[①]

相似的记载亦见于其诗话《临汉隐居诗话》：

苏舜钦以诗得名，学书亦飘逸，然其诗以奔放豪健为主。梅尧臣亦善诗，虽乏高致，而平淡有工，世谓之苏、梅，其实与苏相反也。舜钦尝自叹曰："平生作诗被人比梅尧臣，写字被人比周越，良可笑也。"周越为尚书郎，在天圣、景祐间以书得名，轻俗不近古，无足取也。[②]

文字虽略有不同，但都记载了苏舜钦曾经说过书法耻于与周越并称、诗歌耻于与梅尧臣并称的话。魏泰生活年代稍晚于苏舜钦、梅尧臣，与王安石、黄庭坚、米芾等人有交往，其所记当时文坛的逸闻轶事应该有较高可信度。此后南宋陈善《扪虱新话》、刘克庄《后村先生大全集》等亦有相关记载。到了清代，开始有人为梅尧臣抱不平。王士禛读了苏舜钦《城南归值大风雪》诗后，"更为喷饭"，进而认为苏舜钦诗"俚恶乃至此"，梅尧臣诗胜过苏舜钦诗，苏舜钦耻于被人比作梅尧臣是"人苦不自知"[③]，"此言妄矣，文士相轻习气自古而然"[④]。贺裳《载酒园诗话》也认为苏舜钦诗"粗

①〔宋〕魏泰：《东轩笔录》卷十一，李裕民点校，中华书局，1993，第128页。

②〔清〕何文焕：《历代诗话》，中华书局，2004，第327页。

③〔清〕王士禛：《池北偶谈》卷十四，靳斯仁点校，中华书局，1982，第321页。

④〔清〕王士禛：《居易录》卷二十五。

豪殊甚”[①]。清人虽然觉得苏舜钦耻于与梅尧臣并称，是不自知和文人相轻，但都没有怀疑这条笔记的真实性。黄庭坚在《书草老杜诗后与黄斌老》中曾说：“予学草书三十余年，初以周越为师，故二十年抖擞，俗气不脱。晚得苏才翁、子美书观之，乃得古人笔意。”[②]可知周越书法之俗为时人所共识。苏、梅并称是欧阳修极力推举，苏舜钦与梅尧臣又是好友，但苏舜钦竟然说出“作诗被人比梅尧臣”可叹可笑的话，苏、梅二人之间的交情似乎并没有看起来那么深厚。

从二人现存文集来看，庆历四年（1044年）那一年交往比较密集，其主要原因是当年欧阳修写了《水谷夜行寄子美圣俞》诗将二人并称并极力夸赞。对比欧阳修此诗后会发现，梅尧臣所写的《偶书寄苏子美》与苏舜钦的《答梅圣俞见赠》这两首诗的侧重点有所不同。梅尧臣诗花很大篇幅去称赞苏舜钦的诗，并表示虽然风格不同，但“握手幸相笑”。而苏舜钦则用“夫子与众殊，琢饰贶佳句。锵然纸上动，读毕恐飞去”几句客套语带过，重点说的是梅尧臣不避嫌，与自己相交，最后还说“尚恐君悔误”。由此可以看出，二人看到欧阳修写诗揄扬并称，态度是不一样的，梅尧臣认同并主动向苏舜钦示好，而苏舜钦却态度暧昧，说自己“至于作文章，实亦少精趣”（《答梅圣俞见赠》）。苏舜钦接到欧阳修的《水谷夜行寄子美圣俞》诗后秘不示人，虽然对岳父杜衍说害怕遭到世人的讥谤，但也不能完全排除耻于与梅尧臣并称之意。

---

① 郭绍虞编选《清诗话续编》，富寿荪校点，上海古籍出版社，1983，第413页。

②〔宋〕黄庭坚：《黄庭坚全集》外集卷二十三，刘琳、李勇先、王蓉贵校点，四川大学出版社，2001，第1406页。

耻于并称，有诗歌风格不同的原因，但更是因为苏舜钦的思想性格。这件事可以和拒绝李定参与进奏院祀神会一起来看。苏舜钦拒绝参加进奏院祀神会的李定正是梅尧臣介绍的，俗语说“不看僧面看佛面”，拒绝李定这一行为本身就耐人寻味。介绍人梅尧臣是“任子官”身份，靠叔叔梅询的恩荫入仕，参加科举多次不中，直到五十岁才由宋仁宗赐同进士出身，而苏舜钦却因李定是“任子官”，拒绝其与会，这会令梅尧臣更加难堪。如果是性格比较谨慎沉稳的人，遇到这种情况，即使歧视任子，顾及好友情面，也不会表现出来，但性格豪放、遇事辄发的苏舜钦不会考虑那么多。因此，“耻于与梅尧臣并称”这句话，同样非常符合苏舜钦的个性。

回顾“进奏院案”前后苏舜钦与梅尧臣的表现，同样有些细节值得进一步分析。罢黜除名后苏舜钦离开汴京南下苏州，梅尧臣送别的《送苏子美》诗与一般送别诗即有很大不同，诗云：

> 勇为江海行，风波曾不惧。但欲寻名山，扁舟无定处。
> 南有鹏若鹗，崄有石若锯。毒草见人摇，短狐逢影怒。
> 不遐尚苦乖，更远饶瘴雾。东土乃滨海，蜃鼍仍可怖，
> 壳物怪琐屑，羸蚬固无数。咸腥损齿牙，日月复易饫。
> 二方既若此，往矣无久驻。竟当西北来，醇酎炙肥羜，
> 夏不厌浆酪，冬不厌雉兔，勿言专口腹，口腹人所务。
> 天台信奇伟，石桥非坦步，庐岳趣最幽，饥肠看瀑布。
> 此致虽为高，实亦难久慕，君行听我言，不听到应悟。[①]

一般的送别诗在内容方面无非写送别场景、思念之情与祝愿之辞，而这首诗中，梅尧臣在明知好友要去南方东方的时候，却把那

① 朱东润：《梅尧臣集编年校注》卷十四，第258页。

两个方向写得极为恐怖阴森。而劝好友留在西方北方，用的理由是可以满足口腹之欲，并说南方东方虽然风景优美，但去了之后路途艰险、衣食无着，景致虽高，却难以久居。最后梅尧臣忠告苏舜钦道："君行听我言，不听到应悟。"苏舜钦既然已决定离京南下，作为好友的梅尧臣应美好祝愿，即使好友不听自己的劝告，也应祝其平安顺利，而不是希望用好友以后的险恶处境验证自己劝告的正确性。苏舜钦到苏州筑沧浪亭之后，梅尧臣写了《寄题苏子美沧浪亭》，从"昨得滁阳书，语彼事颇真"两句可以看出，梅尧臣是从欧阳修那里得知了苏舜钦的具体情况，这不能不令人产生怀疑。梅尧臣在这首诗里为其《送苏子美》诗进行辩解："曩子初去国，我勉勿迷津，四方不可之，中土百物淳。"[①]但苏舜钦终究还是定居苏州，并没有听梅尧臣劝告。

由此可知，苏舜钦与梅尧臣之间的感情并没有想象中的那么好，庆历四年（1044年）之前，两人虽早已相识，但交往不多，庆历四年交往较多是因欧阳修极力促成，"进奏院案"之后两人又恢复到原来交往不多的状态。并且"进奏院案"前后发生的一系列事使两人心存芥蒂，虽然两人依然是好友，但始终未像他们各自与欧阳修那样感情深厚。但无论如何，因为欧阳修的极力揄扬，苏舜钦与梅尧臣紧紧地联系在了一起。

（三）二子双凤凰：苏梅并称的当世意义与后世影响

欧阳修在《水谷夜行寄子美圣俞》诗中将苏舜钦、梅尧臣二人诗歌并举极力揄扬后，在《六一诗话》中对之前的观点又进行了补充："圣俞、子美齐名于一时，而二家诗体特异。子美笔力豪隽，以超迈横绝为奇；圣俞覃思精微，以深远闲淡为意。各极其长，虽

① 朱东润：《梅尧臣集编年校注》卷十七，第388页。

善论者不能优劣也。”[①]此外，欧阳修在其他场合也常将苏、梅并称，如本章第一节所述二人去世后欧阳修对他们的叹惋追怀。欧阳修为一代文宗，庆历、嘉祐年间主盟文坛[②]，他的评价使苏、梅成为当时并驾齐驱的诗人，同时影响了后世对二人诗歌风格的基本认识。前引北宋魏泰《东轩笔录》两则材料，一言“欧阳公常目之为苏梅”，一言“世谓之苏梅”，可见通过欧阳修的推举，苏梅并称已盛行于世；一言梅尧臣诗清切闲淡、苏舜钦诗喜为健句，一言梅尧臣诗平淡有工、苏舜钦诗奔放豪健，可见苏诗豪放、梅诗平淡，也成为人们的共识。

但欧阳修极力揄扬苏、梅二人与当时文坛革新文风的需要有关，程杰《北宋诗文革新研究》认为“欧阳修也清醒地意识到文学集团对于起衰革弊的必要性”，“主盟文坛期间，一方面积极广泛汲引后进，同时有意识地挑选接班人”[③]，所以他视苏、梅二人为左膀右臂，为“革新诗文的得力助手”[④]，如其《读梅氏诗有感示徐生》中所说：“子美忽已死，圣俞舍吾南。嗟吾譬驰车，而失左右骖。”[⑤]此后，人们在论及宋初诗文革新时，苏舜钦与梅尧臣成为必须提及的诗人。可以说，欧阳修的揄扬既扩大了苏、梅二人在当世的影响，也初步奠定了二人在诗史上的地位。后人在回顾北宋诗歌

① 〔清〕何文焕：《历代诗话》，第267页。

② 洪本健：《欧阳修入主文坛在庆历而非嘉祐》，《华东师范大学学报（哲学社会科学版）》1999年第5期。

③ 程杰：《北宋诗文革新研究》，内蒙古教育出版社，2000，第14页。

④ 顾友泽：《论文学史上的“苏梅”并称》，《中国韵文学刊》2006年第1期。

⑤ 洪本健：《欧阳修诗文集校笺》外集卷四，第1359页。

发展的时候，既对苏、梅的影响和地位提出了许多新的看法，同时由于已离开诗文革新的环境，所以将二人并称的同时又有些人提出了异议。考察后世对梅、苏并称的评价，其新变主要有以下四个方面：

首先，充分肯定梅、苏在革新西昆诗风时的作用。如南宋刘克庄在回顾宋初诗歌发展时指出："潘阆、魏野，规规晚唐格调，寸步不敢走也。杨、刘则又专为昆体，故优人有挦扯义山之诮。苏、梅二子，稍变以平淡豪俊，而和之者尚寡。"[①]明人宋濂《答章秀才论诗书》云："欧阳永叔痛矫西昆，以退之为宗。苏子美、梅圣俞介乎其间：梅之覃思精微，学孟东野；苏之笔力横绝，宗杜子美。亦颇号为诗道中兴。"[②]清人沈德潜亦云："宋初台阁倡和，多宗义山，名'西昆体'。……梅圣俞、苏子美起而矫之，尽翻窠臼，蹈厉发扬。"[③]赵翼《瓯北诗话》同样指出："宋诗初尚'西昆体'，后苏子美、梅圣俞辈出，遂各出新意，凌铄一时，而二家又各不同。"[④]

其次，认为苏、梅诗开了宋诗一代面目，这种评价是到了清代才出现的。如叶燮《原诗》云："宋初，诗袭唐人之旧，如徐铉、王禹偁辈，纯是唐音。苏舜钦、梅尧臣出，始一大变；欧阳修亟称

① 〔宋〕刘克庄：《后村先生大全集》卷九十五，载四川大学古籍整理研究所编《宋集珍本丛刊》第81册，线装书局，2004，第787页。

② 〔明〕程敏政：《皇明文衡》卷二十五，载《四部丛刊》初编本。

③ 〔清〕沈德潜：《说诗晬语》卷下，霍松林校注，人民文学出版社，1979，第233页。

④ 〔清〕赵翼：《瓯北诗话》卷十一，霍松林、胡主佑校点，人民文学出版社，1963，第165页。

二人不置。自后诸大家迭兴，所造各有至极，今人一概称为‘宋诗’者也。”《原诗·外篇下》亦云：“开宋诗一代之面目者，始于梅尧臣、苏舜钦二人。”[①] 吴之振、吕留良、吴自牧《宋诗钞·山谷诗钞》亦云：“宋初诗承唐余，至苏、梅、欧阳变以大雅，然各极其天才笔力，非必锻炼勤苦而成也。”[②]

第三，对苏、梅并称提出异议。或者指出欧阳修选人不当，如清人洪亮吉《北江诗话》云：“欧阳公善诗而不善评诗，如所推苏子美、梅圣俞，皆非冠绝一代之才。”[③]或者指出虽然并称但苏不如梅，如翁方纲《石洲诗话》认为“今观其诗殊不称，似尚不免于孱气伧气，未可与梅诗例视。”[④]近代学者丁仪认为：“虽‘苏梅’齐名，舜钦不及也。”[⑤]

最后，对苏、梅风格提出异议。或指出欧阳修的评价并不足以概括二人诗歌风格，如清人刘熙载认为：“梅、苏并称。梅诗幽淡极矣，然幽中有隽，淡中有旨；子美雄快，令人见便击节。然雄快不足以尽苏，犹幽淡不足以尽梅也。”[⑥]或指出苏、梅诗各自存在的

---

①〔清〕叶燮：《原诗》内篇上，霍松林校注，人民文学出版社，1979，第5、67页。

②〔清〕吴之振、吕留良、吴自牧：《宋诗钞》卷二十八，《文渊阁四库全书》影印本。

③〔清〕洪亮吉：《北江诗话》卷二，陈迩冬校点，人民文学出版社，1983，第36页。

④〔清〕翁方纲：《石洲诗话》卷三，人民文学出版社，1981，第84页。

⑤丁仪：《诗学渊源》，载张寅彭编《民国诗话丛编》第三册，李剑冰校点，上海书店出版社，2002，第216页。

⑥〔清〕刘熙载：《艺概注稿》卷二，袁津琥校注，中华书局，2009，第319页。

缺点，《静居绪言》认为“梅诗多可喜而薄于气体，苏诗颇阔达而近于粗豪”[①]。叶燮《原诗》在论述了苏、梅的革新与地位之后，接着指出二人诗歌“然含蓄渟泓之意，亦少衰矣”[②]。沈德潜《说诗晬语》同样认为：“而渊涵渟滀之趣，无复存矣。”[③]

无论是赞同欧阳修的评价，或是提出异议，都可以看出，苏、梅并称已深入人心。以至于世人会有苏舜钦、梅尧臣关系密切的印象，但通过对欧、苏、梅三人交游的考察可以发现，事实比人们想象得要复杂得多。苏舜钦、梅尧臣各自是欧阳修感情最深厚的朋友，欧阳修极力推动二人交往，然而由于二人性格、经历、兴趣等不同，苏、梅虽在庆历四年（1044年）一度交往密切，但感情始终未能从好友再进一步。不过，欧阳修对他们诗歌的并称与揄扬使二人在当时与后世人眼中都紧紧地联系在了一起。因此，与欧阳修、苏舜钦是挚友相比，用诗友形容苏舜钦与梅尧臣更为恰当。

三、政友：苏舜钦与范仲淹的交游

与欧阳修、梅尧臣不同，苏舜钦与范仲淹的交游主要与庆历年间的政治革新相关。苏舜钦是范仲淹领导的庆历革新的坚定支持者，范仲淹推荐苏舜钦任集贤校理、监进奏院，而苏舜钦也多次就施政方针策略进言献策。范仲淹是仁宗时期士大夫的代表，其人格魅力对当时及后世人影响深远，苏舜钦同样对其充满崇敬之情。

（一）知遇提携，积极进言：“进奏院案”前苏舜钦与范仲淹的

① 周义敢、周雷编《苏舜钦资料汇编》，中华书局，2008，第148页。

②〔清〕叶燮：《原诗》外篇下，第67页。

③〔清〕沈德潜：《说诗晬语》卷下，第233页。

交游

范仲淹生于太宗端拱二年（989年），比苏舜钦大20岁，比苏舜钦之父苏耆小2岁，因此，苏舜钦比范仲淹晚一辈。在仁宗天圣六年（1028年）苏舜钦因父荫补太庙斋郎进入政坛之时，范仲淹已相继出任广德军司理参军、集庆军节度推官、谯郡从事、大理寺丞兼秘阁校理、河中府通判、陈州通判等职。关于两人结交的时间，张文彦《苏舜钦及其学术研究》认为是由于景祐三年（1036年）范仲淹上《百官图》被贬事件，苏舜钦作《闻京尹范希文谪鄱阳尹十二师鲁以党人贬郢中欧阳九永叔移书责谏官不论救而谪夷陵令因成此诗以寄且慰其远迈也》诗安慰好友、作《乞纳谏书》上奏皇帝为范仲淹等人鸣不平，两人因此相交[①]。从苏舜钦这首诗可以看出，此时他与尹洙、欧阳修关系密切，而与范仲淹应未相识。诗题称好友尹洙、欧阳修为尹十二师鲁、欧阳九永叔，而称范仲淹却是京尹范希文，一称排行，一称官职，关系亲疏可见。苏舜钦对两位好友被贬主要表现的是悲愤、担忧、安慰之情，而对范仲淹却有“伊人秉直节，许国有深谋”[②]的赞扬之语，更印证了前面的判断。苏舜钦在《乞纳谏书》中同样极力表彰范仲淹的“刚直不挠”，足见虽然尚未与范仲淹相交，但对其已崇敬有加。当时，范仲淹被贬，为其辩解的余靖、尹洙、欧阳修均被贬，宋仁宗下诏禁止越职言事，身在长安守制的苏舜钦不仅写诗支持范仲淹等人，还冒丧论事，直言进谏，这一行为应该引起范仲淹注意，二人自此相交。宋人俞文豹《吹剑录》记载范仲淹曾居丧上书，对于有同样行为的苏舜钦，应该感到惺惺相惜。

① 张文彦：《苏舜钦及其学术研究》，102–103页。

② 傅平骧、胡问涛：《苏舜钦集编年校注》卷一，第42页。

同时，与范仲淹、苏舜钦均关系密切的王质，可能对二人的相交也起了很大作用。王质是真宗朝宰相王旦之侄，而王旦同时是苏舜钦的外祖父，因此，王质是苏舜钦堂舅。苏舜钦小时候常常出入舅舅王雍家，与堂舅王质亦相熟。王质之子王规“不饮酒，不茹荤，无嗣不再娶，九年于兹”[①]，苏舜钦曾写《送王规方叔序》相劝。王质与范仲淹同样是好友。范仲淹被贬饶州离京之时，无人送行，只有王质不避嫌疑，带病率子弟送行。欧阳修《尚书度支郎中天章阁待制王公神道碑铭并序》：“初，范仲淹以言事贬饶州，方治党人甚急，公独扶病率子弟饯于东门，留连数日。大臣有以让公曰：‘长者亦为此乎？何苦自陷朋党？’公徐对曰：‘范公天下贤者，顾某何敢望之？然若得为党人，公之赐某厚矣。’闻者为公缩颈。”[②]此情范仲淹铭感在心，王质死后范仲淹所撰墓志铭写道：“余走尘土时，公一接如旧，以道义淡交者有年矣，结二姓之好，以亲仁人。”[③]不仅二人相交日深，后来为了增进两家感情，范仲淹的两个儿子范纯仁、范纯礼分别娶了王质的两个女儿。当范仲淹被贬，大部分人避而远之时，王质、苏舜钦舅甥两人站出来支持范仲淹，无疑对他们之间交情的发展有重要的意义。

宝元元年（1038年），苏舜钦因河东地震上《诣匦疏》进谏，其中提到“范仲淹以刚直忤奸臣，果罹中伤，言不用而身窜谪，甚可悲也”。苏舜钦希望仁宗皇帝能“修己以御人，洗心而鉴物，勤于听断，舍其燕安，放弃优谐近习之纤人，亲近刚明鲠直之良士，

① 傅平骧、胡问涛：《苏舜钦集编年校注》卷八，第565页。

② 洪本健：《欧阳修诗文集校笺》，第605页。

③〔宋〕范仲淹：《范仲淹全集》卷十三，范能濬编，薛正兴校点，凤凰出版社，2004，第299页。

因此灾变，以思永图，效祖宗之勤劳，惜社稷之广大，则天下之幸甚也”[①]，其中“刚明鲠直之良士”显然指范仲淹这样为国为民敢犯颜直谏、不顾一己安危之人。苏舜钦上《诣匭疏》后，犹恐人微言轻，于是写了《上京兆杜公书》劝丈人杜衍进谏，其中又提到范仲淹，“盖今为上所知、天下所想望、号端直者，惟丈人与孔谏议、范吏部耳”[②]。苏舜钦之所以能敢言人之所难言，范仲淹的典范作用不能忽视。

康定元年（1040年）正月，西夏进攻北宋鄜延路，大败宋军于三川口，边境告急。三月，范仲淹被任命为陕西都转运使，五月出任陕西经略安抚副使，八月兼知延州。范仲淹赴任之际，举荐和延揽了大批人才为国效劳，其中有尹洙、欧阳修、苏舜钦这些好友。尹洙应召辟，出任泾原路经略部署，欧阳修与苏舜钦皆婉拒。苏舜钦《上范希文书》中自谦“猥琐”，说自己之所以推辞不就是因为害怕“设临几事不能有所建弼，耻也，有所建弼而不合于义，不行焉亦耻也，况于倾挠哉？若是则不惟亏损阁下之望，某终身可废，无所容焉”。苏舜钦紧接着对范仲淹兼知延州提出了自己的意见，认为任经略安抚副使可以兼顾整个陕西局势，而出知延州则会局限于一州，希望范仲淹可以“去延州之狭以自任，抚关中之人以示信”。针对宋夏交战形势，苏舜钦认为不应轻易出击，在尺寸土地上争夺不休，“习小利以为功”，而应“训抚吾民，使安其业，不以非义动。扼其冲塞，绝其牙市，闭之沙漠之外，俟其隙且困，则破散之”[③]。这正是范仲淹经略西北时采取的一贯主张。就现有材料，

① 傅平骧、胡问涛：《苏舜钦集编年校注》卷七，第436–440页。

② 傅平骧、胡问涛：《苏舜钦集编年校注》卷六，第433页。

③ 傅平骧、胡问涛：《苏舜钦集编年校注》卷七，第490–493页。

无法得知苏舜钦的建议对范仲淹军事策略有无影响，但即使没有影响，获悉好友和自己观点一致，无疑将进一步坚定范仲淹“积极防御”的决心。苏舜钦虽然未至宋夏前线，但时刻关注着交战形势，不断地上书朝廷，议政议军。范仲淹出任陕西都转运使是韩琦推荐，两人是政治上坚定的盟友，但在对战西夏的策略上分歧很大，韩琦主张进攻，范仲淹主张防御。苏舜钦是范仲淹积极防御战略的支持者，《论西事状》中他反对贸然进攻，“若垂军绝漠，则跨历险途，被甲裹粮，操执兵械，外疲而内惧，一日之行有三日之劳，曾未见敌，先已自病，隘而遇伏，则将不支矣”，认为“来则逐之，去而勿追，御戎之善策也”。当然，苏舜钦所说的防御也并不是一味地防御，而是要在稳固防线的基础上寻找战机，“若能坚壁清野，勿与之敌，设伏用奇于险塞之地，待其师老粮尽而反复击之，不劳深讨而可成功也”[①]。然而，朝廷最终采纳了韩琦积极进攻的策略。庆历元年（1041年）二月，元昊率十万大军进攻渭州，环庆路马步军副总管任福、行营都监王珪等率军击之，结果中了敌军诱兵之计，败于好水川，宋军损失殆尽，任福、王珪战死。西北边线全线溃败，只有范仲淹统帅的鄜延路固若金汤。事实证明了范仲淹军事决策的正确性。

苏舜钦针对宋夏战局所提的一些建议深得范仲淹之心，进一步加深了两人的交谊。庆历三年（1043年）四月，范仲淹任枢密副使，八月任参知政事，针对当时冗兵、冗官、冗费的局面，范仲淹开始了一系列政治改革。这个时候，范仲淹再一次举荐苏舜钦召试馆职，苏舜钦最后授集贤校理、监进奏院。在宋仁宗的多次敦促下，范仲淹于九月份上疏《答手诏条陈十事》，系统地提出了政治

① 傅平骧、胡问涛：《苏舜钦集编年校注》卷七，第501-502页。

改革的主张，分别为：明黜陟、抑侥幸、精贡举、择官长、均公田、厚农桑、修武备、推恩信、重命令、减徭役。新政实施后，取得了一定成效，但也遭到很多反对与非议。庆历四年（1044年）五月，苏舜钦针对新政实施过程中出现的一些问题，并结合朝野上下的舆论，作《上范公参政书并咨目七事》，提出了范仲淹十项措施之外的改革建议，分别是：1.培养宗室子，为国之储贰早做准备；2.整顿禁旅纪律，善择将帅，加强诸营教习；3.改革财政，富国利民；4.减省皇室经费，放减宫女，"示天下以俭啬"；5.征戍边税，"至于京师仕宦及有屋业者取之"；6.博采众议，取消执政大臣私第不见宾客之诏；7.执政大臣专职负责，由范仲淹、富弼分管西北二边之事。在这封信里，苏舜钦认为"自唐至于本朝，贤者在下位，天下想望倾属，期至公相，声名烜赫"未有如范仲淹者，由此可见他对范仲淹的崇敬之情。苏舜钦又说自己受范仲淹"非常之知，日思所报"，愿为知己者死①。二人相交最可贵的地方还在于，即使苏舜钦对范仲淹充满崇敬与感激之情，依然对其提出批评，直言不讳。

（二）安慰砥砺，道义相交："进奏院案"后苏舜钦与范仲淹的交游

由于种种原因，新政遭到的谤议越来越多，庆历四年（1044年）六月，范仲淹被迫离京宣抚陕西、河东，八月，富弼宣抚河北，欧阳修出为河北都转运按察使。十一月，"进奏院案"事发，苏舜钦被除名，江休复、王益柔等多人被贬。庆历五年（1045年）正月，范仲淹罢参知政事，富弼罢枢密副使，杜衍罢相。庆历新政宣告失败。与之前范仲淹举荐提携苏舜钦、苏舜钦献言进策不同，

① 傅平骧、胡问涛：《苏舜钦集编年校注》卷八，第527–530页。

废黜之后闲居苏州的四年，苏舜钦与范仲淹之间的交游主要是书信来往，互相安慰勉励。除此之外，二人的交游还体现在生活中的其他一些事上。通过这些交游，可以看出苏、范二人相交实是基于道义。

除名后愤懑难平的苏舜钦写了《与欧阳公书》向好友欧阳修备述案件原委，其中写道："近者葛宗古、滕宗谅、张亢所用官钱巨万，复有入己，唯范公横身当之，皆得末减。非范公私此三人，于朝廷大体，实有所补多矣。"[①]范仲淹的"横身当之"与时任宰相、中书门下平章事杜衍和时任副相、参知政事陈执中的"胆薄畏事""恐栗畏缩"形成鲜明对比。范仲淹在六月份已经离京不在朝廷，所以苏舜钦在对丈人杜衍、副相陈执中颇多指责的同时，对范仲淹并无抱怨之词。

庆历五年（1045年）闰五月，身在邠州的范仲淹写信慰问罢黜闲居苏州的苏舜钦，苏舜钦读到这封"训爱切至，情义并隆"[②]的信当即写了《答范资政书》回复，信里交代了离开开封的原因与旅居苏州的生活状态。范仲淹收到《答范资政书》后，写信回复，信里称道苏舜钦"穷道著书，日与圣人语堂奥，晏然自居，得《易·艮》象'时行时止，而其道光明也'。"苏舜钦当即写了《又答范资政书》，信里认为"适其时而动静，使其道之光明"是大君子的行藏屈伸，范仲淹"前视卿辅之地不欲处，谦让引去，偃息藩镇，以闲放自喜，此正得时止之道也"，希望他"处此至静，益宜思念康世尊本之术，充于胸中，因时而发，大庇天下，则其道卷舒而光明

① 傅平骧、胡问涛：《苏舜钦集编年校注》卷九，第610页。

② 傅平骧、胡问涛：《苏舜钦集编年校注》卷九，第622页。

矣”[①]。虽身处困境中，但苏舜钦与范仲淹都未一味痛苦绝望，而是一“晏然自居”，一“闲放自喜”，守道不变，并认为光明一定会到来。

七月二十六日，出知陕州的王质去世。新政失败，范仲淹、苏舜钦等人接连被贬被废，王质“闻之悲愤叹息，或终日不食，因数剧饮大醉”[②]。王质本来就有病，再加上这样剧饮大醉，不久就离开人世。王质死后，范仲淹作墓志铭，苏舜钦作行状，十年之后，欧阳修又为其作神道碑。新政实施之时，范仲淹、苏舜钦、欧阳修共同为之竭心尽力，新政失败后，三人又各自撰文表达对同一位友人的悼念追思。

庆历五年（1045年），谪守岳州的滕子京重修岳阳楼，请范仲淹撰文记其事。第二年九月十五日，范仲淹在“春风堂”写成了旷世名作《岳阳楼记》，抒发了其“先天下之忧而忧，后天下之乐而乐”[③]的情怀。

文章写好后，滕子京又请苏舜钦书写，邵竦篆额，时号“四绝”[④]。先忧后乐同样是苏舜钦的一贯主张。

滕子京是范仲淹的终身好友，与苏舜钦亦是好友。庆历七年（1047年）二月，滕子京去世，苏舜钦写了《祭滕子京文》与《滕子京哀辞》悼念他。《滕子京哀辞》哀辞中，苏舜钦称其“忠义平

---

① 傅平骧、胡问涛：《苏舜钦集编年校注》卷九，第661–662页。

② 洪本健：《欧阳修诗文集校笺》居士集卷二十一，第605页。

③〔宋〕范仲淹：《范仲淹全集》文集卷八，李勇先、王蓉贵校点，四川大学出版社，2007，第195页。

④〔宋〕陈槱：《负暄野录》卷上，载《文渊阁四库全书》影印本。

生事”[①]。苏舜钦去世后，欧阳修为其所撰祭文也称赏其“始终仁义”[②]，可见这正是庆历士人所标榜的精神。

综上所述，苏舜钦与欧阳修是挚友，生前相知相交，死后欧阳修不断悲伤思念，而与梅尧臣虽诗歌并称，但并未深交。与范仲淹相交，则主要与庆历革新有关。范仲淹赏识提携苏舜钦，苏舜钦则在政治军事上积极献言献策。由于种种原因，政治革新以失败告终，但二人的交游并未停止，依然书信往来相互安慰勉励。除此之外，苏舜钦交游密切的人还有很多，如亦师亦友的穆修，亦亲亦友的韩维、韩绛，方外之友释祕演、文莹，古文之友尹洙、尹源，进奏院同贬之友王洙、江休复、陆经等，值得进一步去考察。

① 傅平骧、胡问涛：《苏舜钦集编年校注》卷四，第259页。

② 洪本健：《欧阳修诗文集校笺》居士集卷四十九，第1217页。

苏舜钦诗歌学杜考述

关于苏舜钦的诗学渊源，学界主要有两种看法，一是受韩愈影响，如张毅在其《宋代文学思想史》中认为“梅尧臣与苏舜钦、王令等人一样，受的是韩、孟诗的影响”①。钱志熙在其《黄庭坚诗学体系研究》中认为“苏的诗风略仿中唐韩孟派中的豪健一体，但也不再多溯渊源于李杜等家，更不遑于融会诸家”，“其中最有代表性的诗人，大概是韩愈以及受韩诗影响最深的欧阳修、苏舜钦”，“因此欧阳修、苏舜钦、王安石、王令等人，都于学韩道、韩文同时，兼学韩诗”②。这种说法也是较为普遍的看法。二是认为苏舜钦博采众家，诗学唐代李、杜、韩、白四大诗人，如傅平骧、胡问涛认为他“豪放似李白，沉郁如杜甫，雄奇类韩愈，委曲详尽像白

① 张毅：《宋代文学思想史》，中华书局，1995，第78页。

② 钱志熙：《黄庭坚诗学体系研究》，北京大学出版社，2003，第157、211、214页。

居易”[①]。霍松林、杨恩成《苏舜钦评传》认为“苏舜钦的五七言古风特别多，也特别雄放。除极少数作品学卢仝（如《永叔月石砚屏歌》）、孟郊（如《长安春日效东野》）而外，大部分是受了杜甫特别是李白、韩愈的影响的”[②]。张晶在《论苏舜钦在宋诗发展中的地位》中指出，苏舜钦深受杜甫爱国忧民之情，李白诗歌豪放的风格、自由参差的句法、瑰奇的艺术想象，和韩愈的“以文为诗”的影响[③]。

钱志熙先生说苏舜钦“不再多溯源于李杜等家”，恰恰相反，苏舜钦主要学习的是李、杜，正如钱基博先生所言“自苏舜钦始窥李杜，而宋诗之势始雄，气始舒”[④]。他较少受到韩愈影响，也未提倡过学韩愈作诗[⑤]，白居易亦是如此。豪放风格与李白相似，是因为两个人性格比较相近。而学习杜甫却是苏舜钦有意识地在学习和提倡。傅平骧、胡问涛认为他“沉郁如杜甫”，张晶认为他“深受杜甫爱国忧民之情”的影响，都看到了其诗歌学习杜甫的某一方面，但苏舜钦学习杜甫所包含的内容与之相比要更为丰富。古人已注意到苏舜钦诗歌主要学习的是杜甫，如宋末元初的方回在评价苏

---

① 傅平骧、胡问涛：《苏舜钦集编年校注·前言》，巴蜀书社，1991，第24页。

② 吕慧娟、刘波、卢达：《中国历代著名文学家评传》第三卷，山东教育出版社，1984，第153页。

③ 张晶：《论苏舜钦在宋诗发展中的地位》，《松辽学刊(社会科学版)》1989年第1期，第63页。

④ 钱基博：《中国文学史》，中华书局，1993，第515页。

⑤ 苏舜钦诗文中仅有一处提到韩愈，对韩愈也有不满，即《答马永书》中认为其“《感二鸟赋》，悲激顿挫，骚人之思，疑其年壮气锐，欲发其藻章，以耀于世，非其所存也”。

舜钦的《中秋松江新桥对月和柳令之作》时说："苏子美壮丽顿挫，有老杜遗味。然多哀怨之思。"[①]明人宋濂即言："苏子美、梅圣俞介乎其间：梅之覃思精微，学孟东野；苏之笔力横绝，宗杜子美。"[②]

苏舜钦非常推崇杜甫杜子美，因而取字子美。古代这种做法不乏其人，司马相如即"慕蔺相如之为人，更名相如"[③]。南宋周必大《题苏子美帖临本》认为苏舜钦与杜甫"俱字子美，得非司马相如慕蔺之意乎？"[④]。苏舜钦对杜甫的崇敬与学习主要包括为人与为诗两方面。首先，他们两人在思想上有许多相通之处，杜甫的思想对苏舜钦产生了很大影响。杜甫一生历尽艰难，而忧国忧民之心不改，为后人树立了伟大的人格典范。苏舜钦同样如此，他始终"以康济斯民为己任"（《上范公参政书》）[⑤]，直到被贬除名后还在感叹"此身自流浪，岂能济元元"（《夏热昼寝感咏》）[⑥]；两人都有志在天下的人生信念，杜甫希望"致君尧舜上，再使风俗淳"（《奉赠韦左丞丈二十二韵》）[⑦]，苏舜钦同样有"便将决渤澥，

①〔宋〕方回：《瀛奎律髓汇评》卷二十二，李庆甲集评校点，上海古籍出版社，1986，第923页。

②〔明〕宋濂：《答章秀才论诗书》，载程敏政《皇明文衡》卷二十五，《四部丛刊》初编本。

③〔汉〕司马迁：《史记》卷一百一十七，〔南朝宋〕裴骃集解，〔唐〕司马贞索隐，〔唐〕张守节正义，中华书局，1982，第2999页。

④〔宋〕周必大：《文忠集》卷十五，《文渊阁四库全书》影印本。

⑤〔宋〕苏舜钦：《上范公参政书》，载傅平骧、胡问涛《苏舜钦集编年校注》卷八，第528页，

⑥傅平骧、胡问涛：《苏舜钦集编年校注》卷三，第198页。

⑦〔清〕仇兆鳌：《杜诗详注》，中华书局，1979，74页。

出手洗乾坤”（《夏热昼寝感咏》）[1]之志；两人都是以儒家思想为主，诗文中经常以儒自称，有强烈的以夷夏之辨为基础的爱国思想，重道德修养，追求“弘毅”的人格精神，都有沉重深广的忧患意识等[2]。

其次，苏舜钦非常推崇杜诗。他早在天圣末[3]就开始整理杜甫诗集，“昌黎韩综官华下，于民间传得号杜工部别集者，凡五百篇。予参以旧集，削其同者，余三百篇”。到景祐年间守制长安时，在王纬那里得到一本杜诗集，和前面的两个版本相校，又择得诗八十余首，于景祐三年（1036年）编成《老杜别集》，并于当年十二月五日作《题杜子美别集后》。苏舜钦时，杜甫诗集仅存二十卷，又没有经过学者编辑，“古律错乱，前后不伦，盖不为近世所尚，坠逸过半，吁，可痛闵也！”（《题杜子美别集后》）[4]。苏舜钦是北宋时期较早搜集、整理杜诗者之一，之后宝元二年（1039年），为后代各种杜诗祖本的王洙《杜工部集》始编成。穆修曾用将近三十年时间校订整理并募资刻印韩、柳文集，广为流传，成为倡导文风复古的一大力举。苏舜钦早年曾随穆修学作古文歌诗，他搜集、整理杜诗，当亦有反对其时现实文风的因素在内。

苏舜钦还经常书写杜甫诗作，周必大《题苏子美帖临本》载：“欧阳公铭苏子美谓喜行狎草书，今玉山汪季路所藏颇备此体。其间峡束岩排之诗既用杜工部句，又录《漫兴》《惜花》二绝。其爱

① 傅平骧、胡问涛：《苏舜钦集编年校注》卷三，第198页，

② 莫砺锋：《杜甫评传》，南京大学出版社，1993，第272–297页。

③ 天圣末应指天圣九年（1031年）。

④ 傅平骧、胡问涛：《苏舜钦集编年校注》卷六，第397–398页。

杜至矣”[①]。苏舜钦诗文中很少出现对历代和当时文人诗文的评论，杜甫是唯一的一位。他认为杜甫的这些诗歌“皆豪迈哀顿，非昔之攻诗者所能依倚，以知一出于斯人之胸中”（《题杜子美别集后》），由此可知杜甫诗歌在他心目中的地位。杜叔温为苏舜钦岳父杜衍之长子，庆历元年（1041年）英年早逝，苏舜钦为其作《大理评事杜君墓铭》，全用散句，娓娓道来，悲哀之情，感人至深。其中称杜叔温“稍长学文，精笔翰，效杜子美作诗，其劲峭严密，指事泛情，时时复至绝处”[②]，同样可以看出杜诗在苏舜钦心中的典范意义。从天圣九年（1031年）到景祐三年（1036年），苏舜钦一直没有停止过搜集、整理杜诗，此后他仍然希望“俟寻购仅足，当与旧本重编次之”（《题杜子美别集后》）。

推崇杜甫人格及诗歌，又长期搜集、整理杜诗，苏舜钦的诗歌创作不可避免地受到了杜诗的许多影响。其《送李生》中的“男儿生世间”[③]即用杜甫《后出塞》五首之一中的原句。如此简单地袭用原句，在苏舜钦诗中仅此一例，他对杜诗的学习主要体现在字法、句法、意象和创作四方面。

①〔宋〕周必大：《文忠集》卷十五。明王世贞《弇州四部稿》卷一百三十（《文渊阁四库全书》影印本）亦言“苏沧浪子美草书少陵《漫兴》八绝句，而遗其一，后不著名姓”，可见苏舜钦当时书写杜诗，遗失甚多。陆游《老学庵笔记》卷八（《文渊阁四库全书》影印本）曾记载：“四月十九日，成都谓之浣花遨头，宴于杜子美草堂沧浪亭。倾城皆出，锦绣夹道。”杜甫草堂沧浪亭未见其他记载，如果陆游所记不误的话，苏舜钦寓居吴中筑沧浪亭也是在仿效杜甫。

② 傅平骧、胡问涛：《苏舜钦集编年校注》卷八，第568页。

③ 傅平骧、胡问涛：《苏舜钦集编年校注》卷四，第325页。

一、字法：苏舜钦对杜诗词汇的袭承与变化

苏舜钦的学杜首先体现在用杜诗中部分词汇自构新句，其中有一些是完全袭用杜诗词汇，不加改变。如苏诗《送关永言赴彭门》"永言金闺彦，器识当世无"[①]中的"金闺彦"一词出自杜诗《赠李白》中的"李侯金闺彦"[②]。金闺指金马门，彦为有才华之士。江淹《别赋》有"金闺之诸彦"[③]。李白尝供奉翰林，故杜甫首先以"金闺彦"来称赏李白，苏舜钦也用此词来称赞关永言。杜甫在形容诗歌艺术的成熟时经常用"老"这一字，如"毫发无遗憾，波澜独老成"（《敬赠郑谏议十韵》）[④]、"座中薛华善醉歌，歌辞自作风格老"（《苏端薛复筵简薛华醉歌》）[⑤]，这影响了苏舜钦，他也称赞章傅"大篇随自出，烂熳风力老"（《答章傅》）[⑥]。杜诗《醉时歌》"诸公衮衮登台省，广文先生官独冷"[⑦]用"衮衮"一词讽刺朝野之臣，以此来反衬郁郁不得志的郑广文。苏舜钦《闻京尹范希文谪鄱阳尹十二师鲁以党人贬郢中欧阳九永叔移书责谏官不论救而谪夷陵令因成此诗以寄且慰其远迈也》"朝野蔚多士，衮然良可羞"[⑧]中的"衮然"一词同样有讽刺意味，以朝野的蔚然多士来反

① 傅平骧、胡问涛：《苏舜钦集编年校注》卷三，第222页。

②〔清〕仇兆鳌：《杜诗详注》卷一，第33页。

③〔南朝梁〕萧统编《文选》卷十六，〔唐〕李善注，中华书局，1977，第239页。

④〔清〕仇兆鳌：《杜诗详注》卷二，第110页。

⑤〔清〕仇兆鳌：《杜诗详注》卷四，第294页。

⑥ 傅平骧、胡问涛：《苏舜钦集编年校注》卷四，第315页。

⑦〔清〕仇兆鳌：《杜诗详注》卷三，第174页。

⑧ 傅平骧、胡问涛：《苏舜钦集编年校注》卷一，第42页。

衬遭贬谪的范仲淹、欧阳修、尹洙。如此袭用杜诗词汇的诗例还有“血吻叫帝阍”（《夏热昼寝感咏》）[①]出自杜诗“谁能叫帝阍”（《塞芦子》）[②]，“塌翼下层云，飘然江汉渍”（《答子履》）[③]出自杜诗“林下有塌翼，水中无行舟”（《毒热寄简崔评事十六弟》）[④]与“十年犹塌翼，绝倒为惊吁”（《别苏徯》）[⑤]等。

但苏舜钦诗歌中更多的是自构新句时加以变化，或袭词而变意，或袭意而变词，或意与词都有所变化。

袭词而变意是指所用词汇与杜诗相同，但字词或诗句所表达意思有所不同。如苏诗《夏热昼寝感咏》中“便将决渤澥，出手洗乾坤”[⑥]出自杜诗《客居》“安得覆八溟，为君洗乾坤”[⑦]与《追酬故高蜀州人日见寄》“遥拱北辰缠寇盗，欲倾东海洗乾坤”[⑧]。用“洗乾坤”一语表志向，何等气概。然杜诗中是“安得”“欲倾”，表美好愿望，苏诗中是“便将”，写自己志愿，诗意依然有细微差别。苏诗《舟中感怀寄馆中诸君》“况有诏书在，烂然贴北墙。奋舌说利害，以救民膏肓”[⑨]中“奋舌”一词出自杜诗《送从弟亚赴河西判官》“诏书引上殿，奋舌动天意”[⑩]。两诗句都是在形容向皇帝论

① 傅平骧、胡问涛：《苏舜钦集编年校注》卷三，第198页。
② 〔清〕仇兆鳌：《杜诗详注》卷四，第328页。
③ 傅平骧、胡问涛：《苏舜钦集编年校注》卷三，第186页。
④ 〔清〕仇兆鳌：《杜诗详注》卷十五，第1307页。
⑤ 〔清〕仇兆鳌：《杜诗详注》卷十八，第1548-1549页。
⑥ 傅平骧、胡问涛：《苏舜钦集编年校注》卷三，第198页。
⑦ 〔清〕仇兆鳌：《杜诗详注》卷十四，第1255页。
⑧ 〔清〕仇兆鳌：《杜诗详注》卷二十三，第2040页。
⑨ 傅平骧、胡问涛：《苏舜钦集编年校注》卷二，第143页。
⑩ 〔清〕仇兆鳌：《杜诗详注》卷五，第365页。

事进言时用“奋舌”一词。杜诗重在奋舌所达到的效果“动天意”，苏诗既描述奋舌之内容陈说利害，又重在救民膏肓的结果，可以说含义比杜诗更为丰富。苏诗《舟中感怀寄馆中诸君》“喋血鏖羌戎，胸胆森开张”[①]中的“森开张”移用自杜诗《天育骠骑歌》中的“矫矫龙性含变化，卓立天骨森开张”[②]。杜诗中用“森开张”来形容马雄峻的风姿，而苏诗是胸阔胆大的形象描写。

袭意而变词是指所表示意思相同而在字词上稍有变化。如苏诗《依韵和伯镇中秋见月九日遇雨之作》“倒冠露顶坐狂客”[③]之“倒冠露顶”明显化自杜诗《饮中八仙歌》之“脱帽露顶王公前”[④]。两句诗都是对醉酒之人形态的描写，所不同的是杜诗中是脱掉帽子，而苏诗中是将帽子倒过来戴。苏诗《送李冀州诗》“旆旌明灭朔野阔，笳鼓凄断边风愁”[⑤]中的“旆旌明灭”出自杜诗《北征》“回首凤翔县，旌旗晚明灭”[⑥]。旆旌即旌旗。意思相同，而苏诗变“旌旗”为“旆旌”，将杜诗中具体的时间词“晚”去掉，变成“旆旌明灭”。苏诗《离京后作》中的“去国丹心折，流年白发多”[⑦]出自杜诗《散愁二首》其二“恋阙丹心破，沾衣皓首啼”[⑧]。杜甫是因为远在蜀地，心恋朝廷而“丹心破”，苏舜钦则是因为被贬除名，无奈之下离开都城汴梁而“丹心折”，所处情境虽不同，但对于已

① 傅平骧、胡问涛：《苏舜钦集编年校注》卷二，第143页。

②〔清〕仇兆鳌：《杜诗详注》卷四，第253页。

③ 傅平骧、胡问涛：《苏舜钦集编年校注》卷二，第158页。

④〔清〕仇兆鳌：《杜诗详注》卷二，第84页。

⑤ 傅平骧、胡问涛：《苏舜钦集编年校注》卷二，第138页。

⑥〔清〕仇兆鳌：《杜诗详注》卷五，第397页。

⑦ 傅平骧、胡问涛：《苏舜钦集编年校注》卷三，第170页。

⑧〔清〕仇兆鳌：《杜诗详注》卷九，第774页。

有许多白发的诗人来说，其沉痛的感情是异代相通的。苏舜钦变“破”为“折”也是由于杜诗的影响，杜诗《水宿遣兴奉呈群公》中即有“丹心老未折”[①]的诗句。

第三类是意与词都有变化。苏诗《晚泊龟山》“石势向人森剑戟”[②]中“森剑戟”移用自杜诗《李潮八分小篆歌》“况潮小篆逼秦相，快剑长戟森相向”[③]。杜诗是用来形容书法的，苏诗移用来描写地势险峻，并且将“快剑长戟森相向”一句压缩为“森剑戟”三字。苏诗《淮亭小饮》“相携聊一醉，休使壮心摧”[④]中的“壮心摧”出自杜诗《夜》“烟尘绕阊阖，白首壮心违”[⑤]。杜诗中诗人发已白而壮心不得实现，苏诗却反其意而用之，虽是被贬后赴吴中途中所作，仍出之以壮语“休使壮心摧”。

苏舜钦在词汇上学习杜诗，一方面是因苏舜钦在搜集和整理杜诗的过程中浸染杜诗较多，在创作中不知不觉受到杜诗影响。正如刘攽《中山诗话》所说：“子美岂窃诗者，大抵讽古人诗多，则往往为己得也。”[⑥]但更多的是苏舜钦有意向杜诗学习。这一过程体现了他强烈的求变精神。如苏诗《送韩三子华还家》“岁月自崩奔，冉冉若转毂”[⑦]中，用“崩奔”一词来形容岁月奔逝。杜诗《赠比部萧郎中十兄》“漂荡云天阔，沉埋日月奔”[⑧]中“奔”有这一用

① 〔清〕仇兆鳌：《杜诗详注》卷二十一，第1897页。

② 傅平骧、胡问涛：《苏舜钦集编年校注》卷二，第136页。

③ 〔清〕仇兆鳌：《杜诗详注》卷十八，第1551页。

④ 傅平骧、胡问涛：《苏舜钦集编年校注》卷三，第184页。

⑤ 〔清〕仇兆鳌：《杜诗详注》卷二十，第1757页。

⑥ 〔清〕何文焕：《历代诗话》，中华书局，2004，第284页。

⑦ 傅平骧、胡问涛：《苏舜钦集编年校注》卷二，第131页。

⑧ 〔清〕仇兆鳌：《杜诗详注》卷一，第67页。

法。杜诗中也多次出现“崩奔”一词，“千岩自崩奔”（《木皮岭》）[1]形容地势，“王命久崩奔”（《阆州东楼筵，奉送十一舅往青城县，得昏字》）[2]、“衣冠南渡多崩奔”（《追酬故高蜀州人日见寄》）[3]形容行役匆遽等。苏舜钦用“奔”和“崩奔”来形容时间飞逝都深受杜诗影响，但将杜诗中形容地势和行役匆遽的“崩奔”移用于形容岁月飞逝，且使这一句诗更为形象具体，则体现出了他的求变精神。不管是袭词而变意、袭意而变词，还是意与词都有所变化，这都体现出苏舜钦在学习杜诗时的求新求变。

苏舜钦在词汇上学习杜诗，有一些确实能后出转精，在杜诗基础上有所改益。如杜诗《白帝城楼》中的“急急能鸣雁”[4]，被苏舜钦化为两句“征鸿急急知何事，断续哀鸣过不休”（《秋夕怀南中故人》）[5]。两句诗都是在描绘鸣雁从诗人眼前急急飞过的情景。杜诗中是雁，而苏诗中明确写出是征鸿；杜诗中可以是一只雁，也可以是许多只，而苏诗中明确指明是很多雁“过不休”；杜诗中只是写雁在鸣叫，而苏诗中是断断续续的哀鸣；两诗形容雁匆匆飞过都用了“急急”一词，但苏诗紧接着就对这些匆匆飞过的雁产生了好奇，追问它们是因为什么而在既哀且急地赶路。通过对比两诗可以发现，杜诗只是简单描写，而苏诗则更为丰富生动。杜诗较平实，苏诗则很明显看出有诗人的寄托在内。

苏舜钦在词汇上学习杜诗更多的只是有所变化，很难分辨孰优

---

①〔清〕仇兆鳌：《杜诗详注》卷九，第707页。

②〔清〕仇兆鳌：《杜诗详注》卷十二，第1039页。

③〔清〕仇兆鳌：《杜诗详注》卷二十三，第2040页。

④〔清〕仇兆鳌：《杜诗详注》卷二十一，第1840页。

⑤傅平骧、胡问涛：《苏舜钦集编年校注》卷三，第227页。

孰劣；但学习杜诗，毕竟丰富了他诗歌的词汇，使不太注重锤炼词句的苏诗不致过于粗疏。

二、句法：苏舜钦诗歌对杜诗句式句意的袭承与变化

苏舜钦诗歌的句法深受杜诗影响，宋刘攽《中山诗话》曾注意到："杜工部有'峡束苍江起，岩排石树圆'，顷苏子美遂用'峡束苍江，岩排石树'作七言句。"[①]苏舜钦《秋宿虎丘寺数夕执中以诗见贶因次元韵》中的"峡束苍渊深贮月，岩排红树巧装秋"[②]，这两句确实出自杜甫《秋日夔府咏怀奉寄郑监李宾客一百韵》中的"峡束苍江起，岩排石树圆"[③]。苏诗中这样的例子还很多，如："盛夏日苦永，解带坐小轩，对案不能食，挥汗白雨翻"（《夏热昼寝感咏》）[④]、"大叫欲发狂"（《舟中感怀寄馆中诸君》）[⑤]出自杜诗"七月六日苦炎蒸，对食暂餐还不能""束带发狂欲大叫，簿书何急来相仍"（《早秋苦热堆案相仍》）[⑥]、"对食不能餐，我心殊未谐"（《夏日叹》）[⑦]；"醉觉人生万事非"（《小酌》）[⑧]出自杜诗"叹息人间万事非"（《送韩十四江东省觐》）[⑨]；"伤哉吾道欲

①〔清〕何文焕：《历代诗话》，第284–285页。

②傅平骧、胡问涛：《苏舜钦集编年校注》卷四，第270页。

③〔清〕仇兆鳌：《杜诗详注》卷十九，第1700页。

④傅平骧、胡问涛：《苏舜钦集编年校注》卷三，第198页。

⑤傅平骧、胡问涛：《苏舜钦集编年校注》卷二，第143页。

⑥〔清〕仇兆鳌：《杜诗详注》卷六，第487页。

⑦〔清〕仇兆鳌：《杜诗详注》卷七，第541页。

⑧傅平骧、胡问涛：《苏舜钦集编年校注》卷四，第296页。

⑨〔清〕仇兆鳌：《杜诗详注》卷十，第829页。

何依”（《扬州城南延宾亭》）[1]出自杜诗“吾道竟何之”（《秦州杂诗二十首》其四）[2]；“寄语悠悠莫疑我”（《答和叔春日舟行》）[3]出自杜诗“寄谢悠悠世上儿，不争好恶莫相疑”（《莫相疑行》）[4]；“顾人生世间，荣悴理亦然”（《夜闻秋声感而成咏同邻几作》）[5]、“人在天壤间，共为气驱逐”（《送韩三子华还家》）[6]出自杜诗“人生在世间，聚散亦暂时”（《送殿中杨监赴蜀见相公》）[7]；“杖藜空盘桓”（《杨子江观风浪》）[8]出自杜诗“倚杖独徘徊”（《课小竖锄斫舍北果林，枝蔓荒秽净讫，移床三首》其三）[9]；“雨密不黄梅”（《暑景》）[10]出自杜诗“带雨不成花”（《对雪》）[11]；“岂如儿女但悲感，唧唧吟叹随蝗蜩”（《奉酬公素学士见招之作》）[12]出自杜诗“丈夫贵壮健，惨戚非朱颜”（《遣兴三首》其三）[13]；“仰首羡飞鸟，冥心思故山”（《诏狱中怀蓝田

① 傅平骧、胡问涛：《苏舜钦集编年校注》卷二，第107页。

②〔清〕仇兆鳌：《杜诗详注》卷七，第575页。

③ 傅平骧、胡问涛：《苏舜钦集编年校注》卷三，第221页。

④〔清〕仇兆鳌：《杜诗详注》卷十四，第1214页。

⑤ 傅平骧、胡问涛：《苏舜钦集编年校注》卷二，第156页。

⑥ 同上书，第131页。

⑦〔清〕仇兆鳌：《杜诗详注》卷十五，第1342页。

⑧ 傅平骧、胡问涛：《苏舜钦集编年校注》卷二，第106页。

⑨〔清〕仇兆鳌：《杜诗详注》卷二十，第1737页。

⑩ 傅平骧、胡问涛：《苏舜钦集编年校注》卷四，第290页。

⑪〔清〕仇兆鳌：《杜诗详注》卷二十三，第2033页。

⑫ 傅平骧、胡问涛：《苏舜钦集编年校注》卷三，第205页。

⑬〔清〕仇兆鳌：《杜诗详注》卷六，第494页。

高先生》）[①]出自杜诗“仰羡黄昏鸟，投林羽翮轻”（《独坐》）[②]；“生平怀抱此中开”（《杭州巽亭》）[③]出自杜诗“一生襟抱向谁开”（《奉待严大夫》）[④]；“役重倾天下，时危启圣人”（《望秦陵》）[⑤]出自杜诗“时危始识不世才，谁谓荼苦甘如荠”（《寄狄明府博济》）[⑥]、“盛夏鹰隼击，时危异人至”（《送从弟亚赴河西判官》）[⑦]；“予年已壮志未行，案上敦敦考文字”（《对酒》）[⑧]、“岁月今逝矣，齿摇发已苍”（《舟中感怀寄馆中诸君》）[⑨]、“岂伤岁月速，愧无功名传”（《夜闻秋声感而成咏同邻几作》）[⑩]出自杜诗“男儿生不成名身已老，三年饥走荒山道”（《乾元中寓居同谷县作歌七首》其七）[⑪]；“儒官多见侮，敢为战士先”（《夜闻秋声感而成咏同邻几作》）[⑫]出自杜诗“健儿宁斗死，壮士耻为儒”（《送蔡希鲁都尉陇右，因寄高三十五书记》）[⑬]。

苏舜钦对杜诗句法的学习包括句式和句意两类。句式的学习如

① 傅平骧、胡问涛：《苏舜钦集编年校注》卷二，第167页。

② 〔清〕仇兆鳌：《杜诗详注》卷十四，第1176页。

③ 傅平骧、胡问涛：《苏舜钦集编年校注》卷三，第238页。

④ 〔清〕仇兆鳌：《杜诗详注》卷十三，第1100页。

⑤ 傅平骧、胡问涛：《苏舜钦集编年校注》卷一，第60页。

⑥ 〔清〕仇兆鳌：《杜诗详注》卷十九，第1689页。

⑦ 〔清〕仇兆鳌：《杜诗详注》卷五，第365页。

⑧ 傅平骧、胡问涛：《苏舜钦集编年校注》卷一，第21页。

⑨ 傅平骧、胡问涛：《苏舜钦集编年校注》卷二，第143页。

⑩ 同上书，第156页。

⑪ 〔清〕仇兆鳌：《杜诗详注》卷八，第699页。

⑫ 傅平骧、胡问涛：《苏舜钦集编年校注》卷二，第156页。

⑬ 〔清〕仇兆鳌：《杜诗详注》卷三，第238页。

苏诗“一日三四吟，一吟三四绕”（《和圣俞庭菊》）[①]明显化自杜诗“一饭四五起”（《苦雨奉寄陇西公兼呈王征士》）[②]。苏诗“溪声来从一气外，楼阁插在苍霞中”（《和彦猷晚宴明月楼二首》其一）[③]。上句用一“从”字使全诗有了一种连贯而下的气势，苏诗诗句最中间较常用“从”字，七言诗中常是第四字，如“飞泉来从远岭背”（《和子履雍家园》）[④]、“江外山从林下见”（《扬州城南延宾亭》）[⑤]。这同样是借鉴杜诗，杜诗五言七言都有这一用法，五言如“江从月窟来”（《瞿唐怀古》）[⑥]，七言如“蓝水远从千涧落”（《九日蓝田崔氏庄》）[⑦]。杜诗中这两句都是在形容江或水从遥远或高峻的地方落下，气势非常阔大，苏诗中“飞泉来从远岭背”[⑧]一句也是如此。其他两句则稍加变化，一形容溪流声音的辽远，一形容林下所看到的山。下句用“插”字也受杜诗“殿脚插入赤沙湖”（《岳麓山道林二寺行》）[⑨]影响，形容矗立的楼阁，颇为形象生动。

句意的学习如苏诗“明日又告行，吁嗟四海窄”（《过濠梁别王原叔》）[⑩]中后一句“吁嗟四海窄”很形象地描写出了诗人郁郁

---

① 傅平骧、胡问涛：《苏舜钦集编年校注》卷二，第152页。

②〔清〕仇兆鳌：《杜诗详注》卷三，第215页。

③ 傅平骧、胡问涛：《苏舜钦集编年校注》卷四，第261页。

④ 傅平骧、胡问涛：《苏舜钦集编年校注》卷三，第182页。

⑤ 傅平骧、胡问涛：《苏舜钦集编年校注》卷二，第107页。

⑥〔清〕仇兆鳌：《杜诗详注》卷十八，第1558页。

⑦〔清〕仇兆鳌：《杜诗详注》卷六，第490页。

⑧ 傅平骧、胡问涛：《苏舜钦集编年校注》卷三，第182页。

⑨〔清〕仇兆鳌：《杜诗详注》卷二十二，第1986页。

⑩ 傅平骧、胡问涛：《苏舜钦集编年校注》卷三，第177页。

不得志时的感受和感叹，这同样受杜诗“每愁悔吝作，如觉天地窄”（《送李校书二十六韵》）[①]影响。

但是大多数情况下苏诗对杜诗句法的学习既包括句式也包括句意。如苏诗“天理漭难问”（《尹子渐哀辞》）[②]，句式和句意都是学习杜诗“天意高难问”（《暮春江陵送马大卿公恩命追赴阙下》）[③]。苏诗“文章竟误身”（《夏热昼寝感咏》）[④]的句式句意都深受杜诗“儒冠多误身”（《奉赠韦左丞丈二十二韵》）“[⑤]与“文章憎命达”（《天末怀李白》）[⑥]的影响。

苏舜钦诗歌对杜诗句法的学习同样体现出其强烈求新求变的精神。苏诗“上都一岁内，前后七徙居”（《迁居》）[⑦]化自杜诗“一岁四行役”（《发同谷县》）[⑧]，一句演为两句而不觉拖沓；“几年尘土客京华”（《送家静及第后赴官清水》）[⑨]化自杜诗“骑驴十三载，旅食京华春”（《奉赠韦左丞丈二十二韵》）[⑩]，两句合为一句而不觉突兀。

苏诗“耻与岁时没”（《吾闻》）[⑪]与杜诗“甘与岁时迁”

---

①〔清〕仇兆鳌：《杜诗详注》卷六，第464页。

② 傅平骧、胡问涛：《苏舜钦集编年校注》卷三，第188页。

③〔清〕仇兆鳌：《杜诗详注》卷二十一，第1882页。

④ 傅平骧、胡问涛：《苏舜钦集编年校注》卷二，第196页。

⑤〔清〕仇兆鳌：《杜诗详注》卷一，第74页。

⑥〔清〕仇兆鳌：《杜诗详注》卷七，第590页。

⑦ 傅平骧、胡问涛：《苏舜钦集编年校注》卷三，第216页。

⑧〔清〕仇兆鳌：《杜诗详注》卷九，第705页。

⑨ 傅平骧、胡问涛：《苏舜钦集编年校注》卷一，第73页。

⑩〔清〕仇兆鳌：《杜诗详注》卷一，第75页。

⑪ 傅平骧、胡问涛：《苏舜钦集编年校注》卷五，第327页。

（《寄岳州贾司马六丈、巴州严八使君两阁老五十韵》）[①]，句式相同，所表达的意思也相近，都有年华渐老、壮志难成的感慨在内，但表达方式却迥异，苏诗是愤激之词，体现出来的是一种强烈的不甘之心，杜诗用反语，诗表面上说“甘与岁时迁”，实际上更像自嘲，表达出来的同样是一种不甘。杜诗曲婉而苏诗直露，从这两句诗可以看出，这两位诗人不同的个性特征。由此说明，苏舜钦学习杜甫，并没有一味模仿，亦步亦趋，而只是借鉴杜诗，为我所用，这也是苏诗可以形成自己独特风格的原因。

三、意象：苏舜钦对杜诗意象的袭承与变化

苏舜钦对杜诗的学习还体现在诗歌意象上，他的诗中使用了许多杜诗常见的意象，如“卷耳共所资，昔云能驱风”（《城南感怀呈永叔》）[②]中的“卷耳”出自杜诗“卷耳况疗风，童儿且时摘”（《驱竖子摘苍耳》）[③]；“东风百花发，独采北山薇”（《舟行有感》）[④]中的“北山薇”出自杜诗“秋风吹几杖，不厌北山薇”（《秋野五首》其二）[⑤]；“欲言无上策，且复醉茱萸”（《九日汴中》）[⑥]中的“醉茱萸”出自杜诗“明年此会知谁健，醉把茱萸仔细看”（《九日蓝田崔氏庄》）[⑦]。

苏诗对杜诗意象的学习包括两方面：一是简单袭用。如“珊瑚

①〔清〕仇兆鳌：《杜诗详注》卷八，第650页。

② 傅平骧、胡问涛：《苏舜钦集编年校注》卷二，第146页。

③〔清〕仇兆鳌：《杜诗详注》卷十九，第1666页。

④ 傅平骧、胡问涛：《苏舜钦集编年校注》卷三，第174页。

⑤〔清〕仇兆鳌：《杜诗详注》卷二十，第1733页。

⑥ 傅平骧、胡问涛：《苏舜钦集编年校注》卷二，第137页。

⑦〔清〕仇兆鳌：《杜诗详注》卷六，第490页。

钩”意象。杜诗“飘飘青琐郎，文采珊瑚钩”（《奉同郭给事汤东灵湫作》）[①]中以珊瑚钩喻文采之可贵，唐代未见其他诗人有这一用法，实为独创，其后的几百年内也未见其他诗人有同一用法。苏舜钦诗句“作诗畅情义，烂如珊瑚钩”（《和韩三谒欧阳九之作》）[②]直承杜甫，以后这一用法才慢慢多了起来。之后以学杜而著称的黄庭坚诗歌中也有这一用法，如“文章灿烂珊瑚钩”（《寄怀蓝六在延平》）[③]。

苏诗喜用“白鸟”“白鹄”“紫鸾”之类的意象自比或比喻其他与自己志同道合的贤士，而用“苍蝇”“狐狸”“鸧鹒”“凫雁儿”比喻那些邪奸小人，如“苍蝇休聚谤，白鸟已为群”（《答子履》）[④]、“紫鸾忽肠绝，永年赋狐狸”（《尹子渐哀辞》）[⑤]、“前岁京都吏议喧，劲弓摧翮两连翩”（《答仲仪见寄》）[⑥]、“白鹄翅翼伤，塌然困泥涂，不入鸧鹒群，哀鸣忆云衢”（《遣闷》）[⑦]、“有如凫雁儿，唼唼守稻粱”（《舟中感怀寄馆中诸君》）[⑧]等。杜诗中同样有这一用法，诗中出现了“白鸟”“紫鸾”“白鸥”与“青蝇”“黄雀”“随阳雁”两组相对立的意象，如“江湖多白鸟，天地

①〔清〕仇兆鳌：《杜诗详注》卷四，第284页。

② 傅平骧、胡问涛：《苏舜钦集编年校注》卷一，第38页。

③〔宋〕任渊等：《黄庭坚诗集注》外集卷十一，刘尚荣校点，中华书局，2003，第1554页。

④ 傅平骧、胡问涛：《苏舜钦集编年校注》卷三，第186页。

⑤ 同上书，第188页。

⑥ 同上书，第235页。

⑦ 傅平骧、胡问涛：《苏舜钦集编年校注》卷四，第297页。

⑧ 傅平骧、胡问涛：《苏舜钦集编年校注》卷二，第143页。

有青蝇”（《寄峡州刘伯华使君四十韵》）[①]、“紫鸾无近远，黄雀任翩翾”（《秋日夔府咏怀奉寄郑监李宾客一百韵》）[②]、“黄鹄去不息，哀鸣何所投。君看随阳雁，各有稻粱谋”（《同诸公登慈恩寺塔》）[③]、“白鸥没浩荡，万里谁能驯”（《奉赠韦左丞丈二十二韵》）[④]等。虽然这一传统不是始自杜甫，但苏舜钦受杜甫影响更深。

苏舜钦有《送李生》[⑤]一诗：

> 李生以病废，东入徂徕峰。志气尚突兀，形骸已龙钟。男儿生世间，有如绝壑松。误为风雷伤，不与匠石逢。哀哉千尺干，摧折似秋蓬。

虽名《送李生》，实为诗人感慨身世之作。南宋刘克庄已注意到这一点，认为这首诗悲壮之甚，是苏舜钦自谓[⑥]。诗中苏舜钦以挺拔坚贞的绝壑松自比，但可惜胸怀大志，却因过遭贬，只能流转似秋蓬。“松”这一意象深受杜诗影响，杜甫《遣兴五首》其一中即有“陇坻松”，虽所长地点不同，但同样郁郁不得志。苏诗为“不与匠石逢”，杜诗虽“用舍在所寻”，但终究还是“岁久为枯林”[⑦]。这两首诗中的“松”意象都是胸怀壮志的贤人志士郁郁一

---

①〔清〕仇兆鳌：《杜诗详注》卷十九，第1724页。

②同上书，第1711页。

③〔清〕仇兆鳌：《杜诗详注》卷二，第105页。

④〔清〕仇兆鳌：《杜诗详注》卷一，第77页。

⑤傅平骧、胡问涛：《苏舜钦集编年校注》卷四，第325页。

⑥〔宋〕刘克庄：《后村诗话》前集卷二，王秀梅点校，中华书局，1983，第23页。

⑦〔清〕仇兆鳌：《杜诗详注》卷七，第562页。

生、终归潦倒的形象写真。苏诗末句的“摧折”一词也是受杜诗影响，如“高有废阁道，摧折如断辕”（《木皮岭》）[①]、“摧折不自守，秋风吹若何”（《蒹葭》）[②]，两首诗中“摧折”一词都有伤贤人失志之意在[③]，苏舜钦将此词移用至形容绝壑松，颇为形象。

二是同字法、句法的学习相似，苏舜钦在意象上的学习也不是一味袭用，而是同自己的诗作相结合，有所改变。如杜诗“君看随阳雁，各有稻粱谋”（《同诸公登慈恩寺塔》）[④]和苏诗“有如凫雁儿，唼唼守稻粱”（《舟中感怀寄馆中诸君》）[⑤]，都是用“稻粱谋”的雁来比喻只顾私利的小人，意思虽同，但用法不一，杜诗中雁是比喻其他人，而苏诗中的凫雁儿却是自嘲。

苏诗“一生肝胆如星斗，嗟尔顽铜岂见明”（《览照》）[⑥]和杜诗“死为星辰终不灭，致君尧舜焉肯朽”（《可叹》）[⑦]，虽同时出现星辰这一意象，但其代表的意思却是不同的。苏诗中以星斗象征自己一生的肝胆磊落，而杜诗中是用来象征自己永远为国为民之心。意思虽异，诗句所展现出来的诗人伟岸的人格魅力却是相同的。

---

①〔清〕仇兆鳌：《杜诗详注》卷九，第708页。

②〔清〕仇兆鳌：《杜诗详注》卷七，第613页。

③清人杨伦笺《蒹葭》诗曰：“此伤贤人之失志者。”〔清〕杨伦：《杜诗镜铨》卷六，上海古籍出版社，1980，第258页。

④〔清〕仇兆鳌：《杜诗详注》卷二，第105页。

⑤傅平骧、胡问涛：《苏舜钦集编年校注》卷二，第143页。

⑥傅平骧、胡问涛：《苏舜钦集编年校注》卷四，第300页。

⑦〔清〕仇兆鳌：《杜诗详注》卷二十一，第1832页。

四、创作：苏舜钦对杜诗现实精神与诗篇结构立意的学习

除字法、句法、意象外，苏舜钦学杜最重要的方面是在创作上。首先是在创作精神上对杜诗的学习。苏舜钦积极创作大量反映社会现实的诗篇，并在近体诗中反映时事，正是对杜诗关注社会现实传统的继承。苏舜钦既有直接反映社会现实的诗，如《昇阳殿故址》《望秦陵》《感兴三首》《哭师鲁》等反映时政、直指时弊，《庆州败》《己卯冬大寒有感》等反映宋与夏辽二边战事、抒发杀敌报国壮志，《吴越大旱》《城南感怀呈永叔》等摹写民众苦难。同时其他题材的诗中也都体现了这种关注现实的精神。深受杜诗《茅屋为秋风所破歌》影响，苏舜钦在记叙秋夜大风时，同样发出了“是何此风乃震作，吹尽秋实伤元元。有能返风起禾者，亦足表异知所存”（《大风》）[①]的感叹。在送别诗中，他期盼友人为苍生造福，如《送安素处士高文悦》希望高文悦早些出仕，“以为苍生福”[②]，希望杜衍“想望慰元元”（《送杜密学赴并州》）[③]等。甚至代人所作祝寿诗也不忘边塞军情，其美好愿望为“欢谣塞归路，召节下宸廷。胜算剧破竹，威声如走霆。折冲千里定，指画众心醒。大议虚怀纳，讦谟前席听。玉关收旧地，庙鼎续新铭”（《代人上申公祝寿》）[④]。

其次是具体诗篇上对杜诗的学习。有些苏诗的结构、内容与杜诗非常相似。如苏诗“谩走声名三十年，亦曾文采动君前。玉颜皓

① 傅平骧、胡问涛：《苏舜钦集编年校注》卷二，第81页。

② 同上书，第91页

③ 傅平骧、胡问涛：《苏舜钦集编年校注》卷一，第49页。

④ 傅平骧、胡问涛：《苏舜钦集编年校注》卷二，第94页。

齿他人乐，独守残灯理断编”（《冬夕偶书》）[1]与杜诗“忆献三赋蓬莱宫，自怪一日声烜赫。集贤学士如堵墙，观我落笔中书堂。往时文采动人主，此日饥寒趋路旁”（《莫相疑行》）[2]何其相似，都在追述文采动人主的辉煌往日后不得不无奈地回归到残酷的现实。苏诗《演化琴德素高昔尝供奉先帝闻予所藏宝琴求而挥弄不忍去因为作歌以写其意云》受杜诗《观公孙大娘弟子舞剑器行并序》影响，今昔荣枯对比，同一感慨。杜诗《自京赴奉先县咏怀五百字》中的“朱门酒肉臭，路有冻死骨”[3]是历来对社会不公最辛辣最尖锐的揭露，苏诗《城南感怀呈永叔》中所描绘的贫苦民众“十有七八死，当路横其尸。犬彘咋其骨，乌鸢啄其皮”同“高位厌粱肉，坐论搀云霓”[4]的对比，可以说是杜诗那两句的形象注脚。

同样，苏诗在创作上对杜诗的学习也不是一味模拟，而是有所变化。如苏诗“安得凉冷云，四散飞霹雳。滂沱消祲疠，甘润起稻稷”（《吴越大旱》）[5]，受杜诗“吁嗟乎苍生，稼穑不可救。安得诛云师，畴能补天漏”（《九日寄岑参》）[6]的影响，表达的是为了苍生的稼穑稻稷，对天降大雨的期盼之情。杜诗表达的是“诛云师”“补天漏”的期冀。

苏诗《邂逅刘公尤于平望之西联舟夜语走笔叙意》[7]与杜诗《赠卫八处士》[8]描写的场景相似。同样是阔别已久的老友，相聚只

① 傅平骧、胡问涛：《苏舜钦集编年校注》卷四，第296页。

②〔清〕仇兆鳌：《杜诗详注》卷十四，第1213页。

③〔清〕仇兆鳌：《杜诗详注》卷四，第270页。

④ 傅平骧、胡问涛：《苏舜钦集编年校注》卷二，第146页。

⑤ 同上书，第111页。

⑥〔清〕仇兆鳌：《杜诗详注》卷三，第209页。

⑦ 傅平骧、胡问涛：《苏舜钦集编年校注》卷二，第119页。

⑧〔清〕仇兆鳌：《杜诗详注》卷六，第512页。

是匆匆一面，杯酒相欢后又天各一方，远隔山岳，世事茫茫。杜甫与卫八处士尚能杯酒相欢，“一举累十觞”，而苏舜钦与刘公尢之相聚更是匆匆，此次一别，不知何年何地再能重逢，遂通宵夜语，但时光催人，话还远远没有说完，更谈不上喝酒，就不得不分别。友朋间的深情和别离的惆怅，充溢于字里行间，感人至深。苏诗中的“摅意良未尽，讵及罗酒浆”虽化自杜诗“问答乃未已，驱儿罗酒浆”，但在诗意上可以说更进一层。

综上所述，苏舜钦的诗歌从字法、句法、意象到创作主要都学习杜诗，但并不是一味模仿，亦步亦趋，而是求新求变，有一些确实能后出转精，在杜诗基础上有所改益；但限于才力，且由于四十岁即逝，方回在指出苏舜钦诗有老杜遗味后，即充满惋惜地说道：“惜乎子美早卒，使老寿，山谷当并立也。”[①]因此，苏舜钦对杜甫诗歌继承多而开拓少。不过他学习杜诗这一行为本身即有着非常重要的诗歌史意义。宋初三体，白体诗人学习白居易，“晚唐体”诗人学习模仿贾岛、姚合，西昆体诗人推崇李商隐。王禹偁虽有学杜诗的意愿，但他的作品主要体现了白居易诗风的影响。宋初七十年间正如苏舜钦所说，杜诗不为近世所尚；而到了北宋中叶，尊杜已经成为整个诗坛的共同倾向。如叶适《徐斯远文集序》所说：“庆历、嘉祐以来，天下以杜甫为师。”[②]苏轼、王安石等大诗人莫不推崇杜诗，江西派诗人更是将杜甫尊为诗家宗祖。从这个意义上说，苏舜钦于天圣末开始搜集、整理杜诗，提倡学习杜诗，并付诸创作实践，无疑具有开风气之先的作用。

---

①〔宋〕方回：《瀛奎律髓汇评》卷二十二，第923页。

②〔宋〕叶适：《叶适集》卷十二，中华书局，1961，第214页。

吕祖谦《宋文鉴》对北宋诗歌史的建构*

《宋文鉴》作为足以代表北宋一代文学成就的诗文总集，历来不乏研究者关注，尤其是在《宋文鉴》的版本及其与《圣宋文海》的比较研究、《宋文鉴》文学思想及文体研究、《宋文鉴》与学术及时政关系的研究、《宋文鉴》的选文研究等方面，取得较多成果。相对来说，专门考察《宋文鉴》选诗的成果较少。袁佳佳《〈宋文鉴〉选诗研究》一文从《宋文鉴》的成书过程及选诗体例、《宋文鉴》选录诗人、《宋文鉴》与吕祖谦的诗学思想三个角度进行了较为详细的探讨[①]，具有较多启发意义。然而，作为现存最早、最全备的北宋诗文总集，吕祖谦《宋文鉴》选录诗人诗作一百七十九家一千〇五十五首，较好地反映了北宋诗歌史的整体面貌，对于北宋诗歌史的建构有着重要的意义，将其置于整个诗歌史发展的长河中

---

*本文系与兰州大学文学院中国古代文学专业2020级硕士研究生华若男合撰，原载《中国诗学》第36辑，人民文学出版社，2023。

① 袁佳佳：《〈宋文鉴〉选诗研究》，硕士学位论文，河北师范大学文学院，2009。

进行探讨，更能彰显其独特的价值。

一、吕祖谦《宋文鉴》选诗所体现的北宋诗歌史整体面貌

吕祖谦《宋文鉴》选取了自宋初三朝至徽宗、钦宗朝一百六十余年间的诗作共计一千〇五十五首，囊括了北宋一百七十九家诗人，不仅有苏、黄等大家，而且，不少诗歌史上寂寂无闻的小诗人亦得以留存；且其涵盖了古体诗、乐府歌行、近体诗等十一类诗体，从中可以窥见北宋诗歌发展的总体概貌。《宋文鉴》所选的一批诗人、诗歌在当前通行文学史教材的北宋诗歌部分占有十分重要的分量，这在一定程度上可以看出吕祖谦对于北宋诗歌史的建构之功。《宋文鉴》通过“诗以体分，体以时叙”的方式[①]，以时间线索为经，诗体分类为纬，构建了一幅北宋诗歌发展全景图。

首先，《宋文鉴》选录诗歌的时期跨度大，自北宋立国初期到南渡前期，历时一百六十余年。并且，吕祖谦充分考量了各个时期选录诗歌的标准及数量，清晰地呈现了北宋诗歌从发展初期到鼎盛期，再到逐渐衰变期的发展脉络。宋初三朝（太祖、太宗、真宗朝，960—1022年）为北宋诗歌发展初期，这一时期诗坛成就平平，但选录诗人多达四十八位，占比27.6%；正如吕祖谦所言“国初文人尚少，故所取稍宽”[②]，这一时期诗人主要由白体、西昆体、晚唐体三派诗人，及由晚唐五代入宋的一批诗人如范质、郑文宝等构成，但此时期诗人各体诗歌选录数量均较少，大多为一到两首。鼎

① 据王史鉴《宋诗类选》（道光十九年刻本）自序“诗以类分，类以时叙”改动而来。

②〔宋〕吕祖谦：《太史成公编〈皇朝文鉴〉始末》，载《宋文鉴》，齐治平点校，中华书局，1992，第2118页。

盛期为仁宗、英宗、神宗、哲宗四朝（1023—1100年），这一时期选录的诗人数量最多，共计一百一十四位，占比高达65.5%。且此时期所选诗人多为后世所公认的名家、大家，包括欧阳修、苏轼、黄庭坚等。对此，吕祖谦解释说：

> 仁庙以后，文士辈出，故所取稍严，如欧阳公、司马公、苏内翰、黄门诸公之文，俱自成一家，以文传世。今姑择其尤者，以备篇帙。[①]

此时期所选诗人、诗作数量亦多，苏、黄等人各体诗歌选录数量大多在十首以上。衰变期为徽宗、钦宗两朝（1101—1126年），因此时期历时极短，且国运一直处于动荡不安的状态，故这一时期选录诗人数量最少，仅十二人，占比6.9%，选录的诗作亦极少，诗人也较不知名。

其次，《宋文鉴》选录诗歌的体裁极为全备，且分类特别细致，郭英德便指出："《宋文鉴》第一次在诗体中细分四言古诗、五言古诗、七言古诗、五言律诗、七言律诗、五言绝句、七言绝句、杂体、琴操等类，表现出中唐以来人们对诗体写作的充分自觉。"[②]这既反映了宋人对诗体认识的深化，又突出呈现了北宋各类诗体的发展成就，在凸显诗坛整体风气的同时，也兼顾了吕祖谦的个人偏好。《宋文鉴》将诗歌体裁分为十一大类，其选录数量分别为：四言诗二十六首，五言古诗二百九十三首，五言律诗一百四十六首，五言绝句五十五首，六言绝句十五首，七言古诗五十七首，七言律

① 〔宋〕吕祖谦：《太史成公编〈皇朝文鉴〉始末》，载《宋文鉴》，第2118页。

② 郭英德：《中国古代文体学论稿》，北京大学出版社，2005，第112页。

诗一百四十七首，七言绝句一百七十九首，乐府歌行五十九首，杂言体四十首，骚体三十八首。其中四言诗占比2.4%，五言诗占比47%，六言诗占比1.4%，七言诗占比36.3%，杂言诗（包含乐府歌行、骚体）占比12.9%；而古体诗（四言、五古、七古、乐府歌行、杂体、骚体）占比48.7%，近体诗（五律、七律、五绝、六绝、七绝）占比51.3%。从占比可以看出，吕祖谦对古体诗和近体诗均较为重视。对近体诗的略有偏好，与宋代诗坛整体风气保持了一致，当时及后代宋诗选本亦多推重宋代近体诗，如刘克庄《本朝五七言绝句》《中兴五七言绝句》等选本重视宋人绝句，方回《瀛奎律髓》则重视律体，近代陈衍《宋诗精华录》亦推重近体诗，程千帆先生在《读〈宋诗精华录〉》一文中亦持同样主张，认为“此（古诗）宋人之短，非宋人之长”[①]；而对于五言古诗的偏爱则凸显了鲜明的个人喜好，这可在《宋文鉴》之前吕祖谦所编《丽泽集诗》中见出端倪，其中“宋人诗多与《皇朝文鉴》同，除《文鉴》外，各卷增益若干”[②]，且该书亦以五古选录数量为最。

最后，《宋文鉴》在选录诗人方面做到了尽可能的客观公正，在重视、突出大家的同时亦不废小家，全面考虑到了北宋诗人群体的各异风貌。《宋文鉴》最为推崇苏、黄等大家，其中苏轼诗选了一百四十二首、黄庭坚诗一百一十二首、王安石诗八十八首、邵雍诗五十一首、欧阳修诗三十八首；选录诗歌数量在十首以上的诗人还有张耒、陈师道、梅尧臣、范仲淹、孔平仲、刘敞、苏舜钦、张

① 程千帆：《读〈宋诗精华录〉》，载《古诗考索》，河北教育出版社，2001，第504页。

②〔宋〕吕祖谦：《吕祖谦全集》第十五册，黄灵庚、吴战垒主编，浙江古籍出版社，2008，第2页。

载、鲜于侁、王令、刘攽、苏辙、王禹偁、尹洙（按诗歌数量由多到少依次排列）。其中排名前五的除邵雍外，都为后世公认的大诗人；存诗两首以下的诗人共计有一百一十二家，占比约62.3%，数量较为庞大，北宋诗坛主要诗派如西昆体、白体、晚唐体、江西诗派的大多数诗人都囊括其中。此外，根据今人杜海军专著《吕祖谦文学研究》的统计，《全宋诗》所录仅见或首见于《宋文鉴》的宋诗多达九十二首，其中多数为不知名小诗人，如种放、路振、罗处约、燕肃、郎简、孙仅、杨偕等人，他们的部分诗篇全凭借《宋文鉴》才得以流传至今[①]；但《宋文鉴》对大家的推重并不盲目，而是以大家诗歌的整体成就为基准，在他们众多诗作中选出了一批最能凸显诗人个性特色的代表性诗歌，如苏轼、黄庭坚的五古、王安石的七绝，鲜于侁的骚体诗等。

此外，《宋文鉴》选诗还呈现出北宋文学鲜明的家族化特征，选录了较多的父子与兄弟诗人。父子如司马池与司马光，范仲淹与范纯仁，苏洵与苏轼、苏辙，黄庶与黄庭坚等；兄弟如宋祁与宋庠，王安石与王安国，刘攽与刘敞，苏轼与苏辙，孔平仲与孔文仲，谢逸与谢薖等。

概而言之，《宋文鉴》选录诗歌时期跨度大，反映了北宋诗歌从酝酿到全盛最后转衰的发展趋向；其选录诗歌体式丰富，暗合了宋代辨体意识兴盛的时代风气；其选录诗人数量众多，则有助于我们全面考察北宋诗坛生态；而其于编纂过程中无意体现出的家族化特征，则可以体现这一时期地方精英家族势力的发展壮大。

① 杜海军：《吕祖谦文学研究》，学苑出版社，2003，第110-113页。

二、吕祖谦《宋文鉴》建构北宋诗歌史的具体方式

钱志熙曾言："诗歌史整体建构与描述，是在具体的诗歌作品、诗人创作、流派及各个时期诗歌发展等局部的研究的基础上整合出来的。"[①]为此诗歌选本在一定程度上可看作一部诗歌史，我们可从其所选诗人、诗作、选诗时期去考察选诗者所意欲构建的某一特定时期的诗歌发展流变脉络。吕祖谦所编《宋文鉴》共选录北宋诗人一百七十九家一千〇五十五首诗，在现存的宋人选宋诗选本中堪称最为全备，体现了吕祖谦对北宋诗歌史的全景式把握。

首先，《宋文鉴》按时间先后顺序选诗，凸显了吕祖谦对于北宋诗歌发展历史进程的重点关注。他选诗的范围从宋初三朝（960—1022年）起，到仁宗、英宗、神宗、哲宗四朝（1023—1100年），最后到徽宗、钦宗两朝（1101—1126年），跨越了一百六十余年，为后世呈现了一部具有开先河意义的北宋诗歌编年简史。编年体作为史书最主要的体例之一，其优点是以时间为线索，便于读者了解事件发生的先后顺序及其逻辑关系。吕祖谦曾言："然编年与纪传互有得失，论一时之事，纪传不如编年；论一人之得失，编年不如纪传。"[②]而诗歌史无疑是一时（代）之事，为此选取编年体例无疑最为合适，可以较为直观地向读者展现北宋诗歌从发端到衰落的全貌。明人许学夷于《诗源辩体》中直言其编选诗集模仿了司马光《资治通鉴》之体例：

---

① 钱志熙：《对中国古代诗歌史研究的一些思考》，《北京大学学报（哲学社会科学版）》2005年第4期，第35页。

②〔宋〕吕祖谦：《丽泽论说集录·门人集录史说》，载《吕祖谦全集》第二册，第218页。

> 编《三百篇》《楚骚》、汉、魏、六朝、唐人诗，类温公《通鉴》；论《三百篇》《楚骚》、汉、魏、六朝、唐人诗，类温公《历年图论》。学者苟能熟读而深究之，则诗道之兴衰见矣。①

许学夷认为以时为序编排诗歌不仅能一目了然地呈现诗歌源流，还能使读者从中看出诗道之兴衰。以时序编排诗歌是建构诗歌史的重要一步，它将北宋一代诗歌以时间轴的方式串联在一起，一览无余地展现了北宋诗歌在时间线上的演变历程。

其次，《宋文鉴》按诗歌体裁分类选诗，表明了吕祖谦对于北宋诗歌不同文体成就高低的体认。吕祖谦打破了前代诗歌选本按题材分类的传统做法，别出心裁地采用了按诗歌体裁分类的做法，将诗歌分为四言、乐府歌行（杂言附）、五古、七古、五律、七律、五绝、六绝、七绝、杂体、骚体（如骚者亦附）十一大类。分体选诗不仅体现了吕祖谦对于诗体的重视，同时也于无形之间确立了诗体标准，为学诗者树立了典范。许学夷曾批评以题材选诗之弊："今世传太白等集，以登临、送别等为类，而不以体分，其法本于《文选》，尤紊乱可憎耳。"②许氏认为学诗应以体制为先，"古、律、绝句，诗之体也；诸体所指，诗之趣也。别其体，斯得其趣矣"③，可见许学夷认为"辨体"是领会诗歌趣味的前提条件，学会了"辨体"才能于学诗有所得。吕祖谦所选诗歌中，不同体裁诗歌数量的选录呈现出较大的差异，其中五绝、六绝各半卷，四言、七古、杂

①〔明〕许学夷：《诗源辨体》卷三十四，杜维沫校点，人民文学出版社，1987，第328页。

②〔明〕许学夷：《诗源辨体》卷三十六，第354页。

③同上书，第370页。

体、骚体各一卷，乐府歌行、五律、七律、七绝各两卷，五古六卷，从中可明显看出吕氏重视五古的倾向。不仅如此，《宋文鉴》中存诗十首以上的诗人如苏东坡、黄庭坚、欧阳修等大家，五言古诗选录的数量也是最多的，由此可见，吕祖谦认为五古在各类诗体中最能代表北宋诗歌成就。按诗歌体裁分类选诗是北宋诗歌在空间维度的展开，使得人们对北宋诗歌的认知向更纵深处开掘，有利于打破大众对北宋诗歌由直观认知而产生的偏见。

再次，《宋文鉴》选诗重视大家，同时亦不废小家，体现了吕祖谦对于北宋诗歌生态的通盘考虑。吕乔年《太史成公编〈皇朝文鉴〉始末》记载了吕祖谦自述其选录诗人标准一事：

> 国初文人尚少，故所取稍宽。仁庙以后，文士辈出，故所取稍严，如欧阳公、司马公、苏内翰、黄门诸公之文，俱自成一家，以文传世，今姑择其尤者，以备篇帙。或其人有闻于时，而其文不为后进所诵习，如李公择、孙莘老、李泰伯之类，亦搜求其文，以存其姓氏，使不湮没。或其尝仕于朝，不为清议所予，而其文自亦有可观，如吕惠卿之类，亦取其不悖于理者，而不以人废言。①

由以上一段记载可知，吕祖谦选录诗人的标准较为灵活，考虑到了时代、才学、名望等多重因素。在宋初诗人较少时，放宽选诗标准，而到了仁宗至哲宗四朝文人辈出之际，选诗标准则一变而为严苛；对于当时名望重，然而不为后世所熟知的文人的诗歌亦多方搜求以存其名；对于在人品方面存在争议的文人，如吕惠卿等，也

①〔宋〕吕祖谦：《太史成公编〈皇朝文鉴〉始末》，载《宋文鉴》，第2118页。

能客观选录，不以人废言，力求全面、完备地展现北宋诗坛风貌。《宋文鉴》重视欧阳修、王安石、苏轼、黄庭坚等大家，其被选录的诗歌数量为北宋诸家之最，尤其是苏、黄诗，选录数量均高达百首，体现了吕祖谦对北宋诗坛成就最高的一批诗人的推崇，并将其诗作视为北宋诗歌最高成就的代表。与此同时，吕祖谦也关注那些在诗歌史上作品留存少，艺术成就不高，鲜有人问津的小诗人群体。《宋文鉴》所选一百七十九家诗人中，存诗两首的便多达四十一人，而存诗仅有一首（包括联句）的更高达七十一人，存诗两首以下的诗人约占选录诗人总数的63%，可见他对于这一群体的重视程度。吕祖谦在选录诗人时既突出大家，亦留存小家；选诗时既重视主流，同时也关注非主流，有助于我们全面了解北宋诗坛的整体风貌，客观评价北宋诗歌。

最后，《宋文鉴》选诗还做到了在突出诗坛整体风气的同时又凸显诗人的个性特色，在一定程度上影响了诗人后世诗歌史地位的确立。《宋文鉴》的选诗充分考虑到具体诗人在某些方面的突出成就，如王安石是后世公认的绝句大家，严羽《沧浪诗话·诗体》便于“王荆公体”下注言：“公绝句最高，其得意处，高出苏（轼）、黄（庭坚）、陈（师道）之上，而与唐人尚隔一关。”[①]杨万里甚至将王安石的绝句创作与唐人相媲美，《诚斋诗话》记载：“五七字绝句最少，而最难工，虽作者亦难得四句全好者，晚唐人与介甫最工于此。”[②]《宋文鉴》所选五言绝句与七言绝句中，王安石数量均最

①〔宋〕严羽：《沧浪诗话校释》，郭绍虞校释，人民文学出版社，1961，第59页。

②〔宋〕杨万里：《诚斋诗话》，载丁福保辑《历代诗话续编》，中华书局，1983，第141页。

多，五言绝句四首，七言绝句多达三十二首，绝句占其入选诗歌总数八十八首的41%。据莫砺锋《论王荆公体》统计，王安石现存诗歌一千六百五十二首，绝句六百〇四首，占总数的37%[①]，绝句中又以七言绝句居多，受到的称誉也较多，可见吕祖谦选诗兼顾了诗坛整体大环境和诗人个性特色。《宋文鉴》中理学家诗歌收录比重较高，这也是它与其他选本的最大不同，但这些诗不论是在思想内容抑或是在艺术技巧方面，均乏善可陈，为此遭后人诟病较多。这其实是受南宋理学大兴及吕祖谦自身理学家身份影响所产生的特例，但亦可在一定程度上反映时人对于理学诗之态度，进而帮助我们界定其在北宋诗坛的历史地位。

吕祖谦通过以时序编诗梳理了北宋诗歌发展源流，通过分体裁选诗界定了北宋诗体之规范，选诗既突出大家亦不废小家，为我们呈现了北宋诗坛生态全貌，重视诗坛整体风气亦凸显诗人个性特色，助推了大家诗歌史地位的确立，构建了其心目中的北宋诗歌史。正如清人章学诚在《文史通义·书教中》所言：

> 东京以还，文胜篇富，史臣不能概见于纪传，则汇次为《文苑》之篇……萧统《文选》以还，为之者众，今之尤表表者，姚氏之《唐文粹》，吕氏之《宋文鉴》，苏氏之《元文类》，并欲包括全代，与史相辅，此则转有似乎言事分书，其实诸选乃是春华，正史其秋实尔。[②]

章氏此言虽并非专论诗歌，但却指出了《宋文鉴》足以“包括

① 莫砺锋：《唐宋诗论稿》，辽海出版社，2001，第281页。

②〔清〕章学诚：《内篇一·书教中》，载《文史通义校注》卷一，叶瑛校注，中华书局，2014，第39页。

全代，与史相辅”的价值，极有见地。

三、吕祖谦《宋文鉴》构建北宋诗歌史的前提条件

宋孝宗因甚喜民间流行的《圣宋文海》坊本，故下令让吕祖谦重修，但吕祖谦并未遵照圣意重修该书，而是凭借己意重编了一部北宋诗文选本，孝宗赐名《皇朝文鉴》，即今所见《宋文鉴》。吕祖谦为何要重编《宋文鉴》？又缘何能在短时间内凭一己之力完成这项繁重的工作？弄清楚这两个问题，我们才能更好地理解吕祖谦构建北宋诗歌史的雄心。执意重编《宋文鉴》是因为《圣宋文海》虽名为“文海”，然其所收录诗文无论是在数量抑或是在质量方面，均不尽如人意，不仅吕祖谦对其不满，周必大亦言其“去取差谬，恐难传后，盍委馆职铨择，以成一代之书”[①]，无法代表北宋一代的文学成就。吕祖谦有更宏大的野心，欲编纂一部可代表北宋文学成就的“一代之书”，而能凭一己之力在短期内完成一部如此大体量的总集编纂工作，与其家学渊源及精深的史学、诗学修养分不开。

首先，吕祖谦所在的东莱吕氏家族是有名的“文献故家”，《宋元学案·紫微学案》即言“故中原文献之传独归吕氏，其余大儒弗及也”[②]。从这一评价我们便可看出吕氏家族的藏书之丰富、文化积淀之深厚，且东莱吕氏家族文脉代代薪火相传，历经百余年未曾

---

①〔元〕脱脱等：《儒林四·吕祖谦传》，载《宋史》卷四百三十四，中华书局，1977，第12874页。

②〔清〕黄宗羲：《紫微学案》，载《宋元学案》卷三十六，全祖望补修，陈金生、梁运华点校，中华书局，1986，第1234页。

断绝，吕氏家族进入《宋元学案》者共有七世十七人[①]，足见其家学渊源之悠久。吕祖谦对于本家族的文学传统有着极为清晰的认知，《祭林宗丞文》中有言：

> 呜呼！昔我伯祖西垣公（吕本中）躬受中原文献之传，载而之南。裴回顾瞻，未得所付……于是嵩、洛、关、辅诸儒之源流靡不讲，庆历、元祐群叟之本末靡不咨。以广大为心，而陋专门之暖姝；以践履为实，而刊繁文之枝叶。[②]

吕祖谦认为伯祖吕本中将中原文献南传延续了北宋中原文化之血脉，这一评价可谓极高。《宋史·吕祖谦传》亦载“祖谦之学本之家庭，有中原文献之传”[③]，黄宗羲、全祖望所编《宋元学案·东莱学案》则对吕祖谦的学术渊源做了更为精当的评价：“先生文学术业，本于天资，习于家庭，稽诸中原文献之所传，博诸四方师友之所讲，融洽无所偏滞。”[④]可见中原文献传家使得吕祖谦接触到了大量珍贵的北宋文献，而诗歌作为当时最受重视的文学体裁之一，吕祖谦给予它的关注必然不会少，在接触了如此丰富的北宋诗歌文献后试图构建北宋诗歌史便属情理之中。

其次，吕祖谦不仅是享有盛名的理学大家，同时还是个成就斐然的史学家。东莱吕氏家族素来就有重史的传统，吕祖谦直承其家学渊源，不仅重史亦善治史，具备极高的史学修养，他所编纂的史

①〔清〕黄宗羲：《范吕诸儒学案》，载《宋元学案》卷十九，第789页。

②〔宋〕吕祖谦：《东莱吕太史文集》卷八，载《吕祖谦全集》第一册，第133页。

③〔元〕脱脱等：《儒林四·吕祖谦传》，载《宋史》卷四百三十四，第12874页。

④〔清〕黄宗羲：《东莱学案》，载《宋元学案》卷五十一，第1653页。

学著作如“左氏三传”（《左氏博议》《左氏传说》《左氏续传说》）和编年体史书《大事记》均产生了较大影响。吕祖谦《东莱吕太史外集卷第五·杂说》有语云：

> 史当自《左氏》至《五代史》依次读，则上下首尾洞然明白。至于观其他书，亦须自首至尾，无失其序为善。若杂然并列于前，今日读某书，明日读某传，习其前而忘其后，举其中而遗其上下，未见其有成也。[①]

由此可见，吕氏治史非常重视时序，并能旁及其他学问，认为只有遵循首尾连贯的读书法才能有所得，为此也就不难理解他缘何采用编年体例编排诗歌了。此外，吕祖谦还具有极强的历史“统体”意识，《东莱吕太史别集卷第七·与张荆州（敬夫）》有语云：“国朝典故，亦先考治体本末及前辈出处大致。于《大畜》之所谓‘蓄德’，明道之所谓‘丧志’，毫厘之间，不敢不致察也”[②]，认为唯有如此才能最大程度反映该时期文学发展史之全貌，为此他选诗重视“辨体”，采用分体裁选诗之法，意欲呈现诗体发展流变之规律。此外，吕祖谦在编纂《宋文鉴》期间还担任国史院编修一职，有参与重修大型史书的经历，其本传有载“以修撰李焘荐，重修《徽宗实录》”[③]，这对其编选号称“北宋一代之书”的《宋文鉴》或多或少会产生影响。史官身份对《宋文鉴》编排体例、选诗标准

---

①〔宋〕吕祖谦：《东莱吕太史外集》卷五，载《吕祖谦全集》第一册，第715–716页。

②〔宋〕吕祖谦：《东莱吕太史别集》卷七，载《吕祖谦全集》第一册，第395页。

③〔元〕脱脱等：《儒林四·吕祖谦传》，载《宋史》卷四百三十四，第12873页。

均产生了一定影响，虽然这种影响并非以最直观的方式呈现。吕祖谦治史重视体例且于史书体例多有新创，比如于人物传记《欧公本末》中新创“以文存人”之写作模式①，通过收录时人文章反映一代文人的风貌；编选《宋文鉴》也是如此，试图“以诗存人”，用吕氏自己的话说便是“以存其姓氏，使不湮没”，从中我们不难发现二者之间的联系。

最后，吕祖谦还有较深厚的诗学修养，这对其建构北宋诗歌史起到了至关重要的作用。吕祖谦对诗歌创作的热情并不高，且存世的诗作数量较少，后世对其诗歌的评价存在较大争议。他留存下来的诗歌共计一百一十五首（据《全宋诗》收录篇目统计，内含四库全书本《东莱文集》和《东莱外集》所收外又辑集外诗三首），其诗歌大多是因事而作，以挽章数量为最，其次是写景诗、咏物诗，正如其侄吕乔年在《东莱太史文集序》中所言：“太史之于文也，有不得已而作，故今所传，诗多挽章，文多铭志。余皆因事涉笔，未尝有意于立言也。”②吕祖谦作诗最偏好七绝，其所作挽章多用七绝体式写就，从留存下来的诗歌可看出吕祖谦的诗歌创作成就较为一般。但亦不乏有人称赞其诗才，如吕祖谦的外祖父曾几、元人方回、明人胡应麟等。方回称吕氏：“五言诗亦佳，有云‘棋声传下界，雁影没长空’‘岛屿秋江里，楼台海气中’，盖少作也。”③胡应

---

① 程源源：《论吕祖谦的历史学编纂成就——以史书体裁为中心的考察》，《郑州大学学报（哲学社会科学版）》2020年第4期，第99页。

②〔清〕陆心源：《皕宋楼藏书志》卷八十五，国家图书馆藏清光绪八年（1882）归安陆心源十万卷楼刻潜园总集本。

③〔宋〕方回：《瀛奎律髓汇评》卷五，李庆甲集评校点，上海古籍出版社，2005，第228页。

麟则认为吕氏的诗名为其大儒身份所掩盖："宋诸人诗……掩于儒者，朱仲晦、吕伯恭。"①若将吕祖谦的诗歌置于灿若星河的宋代诗坛，会发现其在诗歌创作方面的表现确无过多出彩之处，但诗歌创作才能的一般并不代表其诗学修养平平。事实上，吕祖谦的伯祖是江西诗派著名诗人吕本中，作《江西诗社宗派图》使得江西诗派名声大振，提出的"活法""悟入"之说还成为"江西诗派"重要的诗学纲领。此外，吕祖谦的外祖父曾几、恩师汪应辰、林之奇都曾跟随吕本中学习，他们在文学方面均有较为突出的成就，吕祖谦自幼师从这些大家，其诗学修养深厚亦在情理之中。作诗并非吕祖谦的强项，但他在甄别、鉴赏、品评诗歌方面的才能较突出，于《宋文鉴》中大量选录后世流传甚广的诗人诗作绝非偶然，而是自小受到浓郁文学氛围影响的结果。

由以上分析可知，得家族中原文献之传的优势使吕祖谦得以遍览大量典籍，从而为其全面搜罗北宋一代诗歌提供了充足的物质条件，而深厚的史学修养则为他构建北宋诗歌史提供了丰富的经验借鉴，这两大因素为吕祖谦构建北宋诗歌史提供了充足的现实条件。吕氏扎实的诗学修养则为其构建北宋诗歌史提供了必要条件，众所周知，编选大型诗文总集极考验编选者在文学审美、批评、鉴赏等方面的功力，而吕祖谦就恰好具备这样的能力。《宋史·周必大传》便载："上欲召人与之分职，因问：'吕祖谦能文否？'对曰：'祖谦涵养久，知典故，不但文字之工。'"②可见其文学方面的才华亦得到时人认可，故能承担起编纂《宋文鉴》这一重大职责。

---

①〔明〕胡应麟：《诗薮》杂编卷五，中华书局上海编辑所，1958，第301页。

②〔元〕脱脱等：《周必大传》，载《宋史》卷三百九十一，第11968页。

四、吕祖谦《宋文鉴》构建北宋诗歌史的后世影响

正如叶适在《习学记言序目》中所言：

> 文字总集，各为流别，始于挚虞，以简代繁而已，未必有意。然聚之既多，则势亦不能久传；今其远者，独一《文选》尚存，以其少也。近世多者至数百千卷，今虽尚存，后必沦逸。独吕氏《文鉴》去取最为有意，止百五十卷，得繁简之中，鲜遗落之憾。所可惜者，前世文字源流不能相接；若自本朝至渡江，则粲然矣。①

吕祖谦所编选《宋文鉴》去取有意，且对于宋朝建立到渡江之前这一历史时期的诗文搜罗较为全备。又因吕祖谦所在时代去北宋未远，故其《宋文鉴》所构建的北宋诗歌史与历史真实较接近，有助于后世全面地了解北宋诗坛。

首先，《宋文鉴》作为现存最早宋人选宋诗的选集，且是以不同于前代的方式建构的最早的北宋诗歌史，在一定程度上影响了后人对于北宋诗歌的整体认知。自唐宋诗之争产生以来，唐诗就一直占据着显著优势，但宋诗的经典化则经历了相当漫长的过程，而《宋文鉴》便在宋诗经典化的过程中起到了重要的助推作用，在一定程度上影响了苏轼、黄庭坚、欧阳修、王安石等大家诗歌的流传。因不满江钿所编《圣宋文海》“名贤高文大册，尚多遗落”②，巩本栋注意到吕祖谦“在编选《宋文鉴》的过程中，选录了大量的

---

①〔宋〕叶适：《隋书二·志》，载《习学记言序目》卷三十七，中华书局，1977，第547页。

②〔宋〕吕祖谦：《吕祖谦奉圣旨诠次札子》，载《宋文鉴》，第2120页。

名家之作，而这些作品，是大致能够反映北宋一代文学创作的总体面貌和成就的”[①]，比如其选录的欧阳修《明妃曲》《水谷夜行寄子美圣俞》，梅尧臣《泛溪》《闻雁》，苏舜钦《淮中晚泊犊头》，王安石《桃源行》《杏花》，苏轼《六月二十日夜渡海》《望湖楼醉书》，黄庭坚《题竹石牧牛》《寄黄几复》，陈师道《别三子》《示三子》等诗，均为具有鲜明个人风格且在后世广为流传的佳作。

再比如元代方回便坦言，其《瀛奎律髓》所选张耒诗受到了《宋文鉴》的影响：“文潜此五首（《夏日杂兴》《夏日三首》《和晁应之大暑书事》）中三首入《东莱文鉴》，每诗三、四绝佳，能言长夏景致精美。”[②]此外，《宋文鉴》中诗歌选录数量居于前十位的北宋诗人在当前通行的文学史中均占有较为重要的地位，且多数都辟有专章或者专节进行较为详细的介绍。如游国恩主编的《中国文学史》与章培恒、骆玉明主编的《中国文学史》，都在北宋文学部分留出了较大篇幅对欧阳修、梅尧臣、苏舜钦、王安石、苏轼、黄庭坚这几位大家的诗歌进行专节介绍；还有袁行霈主编的《中国文学史》，亦对王禹偁、欧阳修、梅尧臣、苏舜钦、王安石、苏轼、黄庭坚、陈师道这些北宋诗坛大家进行了专节介绍；而在袁世硕主编的《中国古代文学史》中，王禹偁、欧阳修、苏舜钦、梅尧臣、王安石、苏轼、黄庭坚、晁补之、张耒、秦观等可在北宋独立名家的诗人也占据了北宋诗歌部分相当大的篇幅。

其次，《宋文鉴》通过“诗以体分，体以时序”的方式建构北宋诗歌史的成功实践，不仅打破了诗歌选本按题材分类的传统，且影响了后世众多诗歌选本的体例，强化了诗歌的辨体意识。吕祖谦

① 巩本栋：《论〈宋文鉴〉》，《中国文化研究》2012年春之卷，第55页。

②〔宋〕方回：《瀛奎律髓汇评》卷十一，第414页。

之前的诗歌选本多沿袭《文选》体例，即以题材为主，辅之以体裁的分类方法。吕祖谦编《宋文鉴》时亦部分借鉴了《文选》的编排体例[①]，他在《奉圣旨诠次札子》中提到："……虽不知名氏，择其文可录者，用《文选·古诗十九首》例，并行编纂。"[②]但《宋文鉴》更为突显的是对于《文选》编排体例的超越，不仅完全按诗体进行分类，且分类较前人更为细致，将诗歌分为四言、乐府歌行（杂言附）、五言古诗、七言古诗、五言律诗、七言律诗、五言绝句、六言绝句、七言绝句、杂体、骚体（如骚者亦附）十一大类。吴承学指出，"从文体类目的细化可以看出同一文体的演变和增殖"[③]，因《宋文鉴》分体选诗的体例反映了唐宋时期诗歌体式相较于汉魏六朝极大丰富的客观现实，故此后诗歌选本多沿用吕氏开创的这一体例，如明代高棅《唐诗品汇》将诗歌分为五言古诗、七言古诗、五言绝句、七言绝句、五言律诗、五言排律、七言律诗（含七言排律）七大类；明代陆时雍《唐诗镜》虽不是按诗体分类，但它于每首诗之前均注明该诗的体裁（五古、七古、五绝、七绝、五律、七律），亦足以说明其对于辨体的重视；清人陈廷敬所编《御选唐诗》亦是按诗体进行分类，以五言古、七言古、五言律、六言律、七言律、五言排律、七言排律、五言绝、六言绝、七言绝

① 据萧统编，李善注，上海古籍出版社1986年版《文选》分类统计，其将诗歌分为补亡、述德、劝励、献诗、功宴、祖饯、咏史、百一、游仙、招隐、反招隐、游览、咏怀、哀伤、赠答、行旅、军戎、郊庙、乐府、挽歌、杂歌、杂诗、杂拟二十三类。

②〔宋〕吕祖谦：《吕祖谦奉圣旨诠次札子》，载《宋文鉴》，第2121页。

③ 吴承学：《宋代文章总集的文体学意义》，《中国社会科学》2009年第2期，第191页。

为序依次编排诗歌。清人冯舒有言："古人之集亡来已久，陈思、蔡邕、二陆、阴何，俱系后人编集，四言、五言亦并间出，足知《宋文鉴》以前，无分体之事矣。"[①]这一评价虽不尽然客观，但亦可在一定程度上说明《宋文鉴》在文体学方面的突出贡献。

最后，《宋文鉴》通过选诗所建构的北宋诗歌史对于诗人诗歌史地位的确立亦产生了一定影响。最典型的当属苏、黄二人，宋人对之有诸多批评，其中以张戒《岁寒堂诗话》最为激烈，不仅批评苏、黄二人"以文为诗"之倾向破坏了诗歌的审美旨趣：

> 《国风》《离骚》固不论，自汉魏以来，诗妙于子建，成于李杜，而坏于苏黄。余之此论，固未易为俗人言也。子瞻以议论作诗，鲁直又专以补缀奇字，学者未得其所长，而先得其所短，诗人之意扫地矣。[②]

张戒还批评苏、黄二人好使事用典，在形式方面过分雕琢导致诗歌风雅精神的丧失："苏黄用事押韵之工，至矣尽矣，然究其实，乃诗人中一害，使后生只知用事押韵之为诗，而不知咏物之为工，言志之为本也，风雅自此扫地矣。"[③]此外，还有人批评苏轼诗歌好怨刺，失却温柔敦厚之旨，比如其门人黄庭坚在《答洪驹父书》中告诫外甥洪刍："东坡文章妙天下，其短处在好骂，慎勿袭其轨也。"[④]陈师道在《后山诗话》中亦指出："苏诗始学刘禹锡，故多

---

①〔明〕冯舒：《诗纪匡谬》，国家图书馆藏清知不足斋丛书本。

②〔宋〕张戒：《岁寒堂诗话》，载丁福保辑《历代诗话续编》，中华书局，1983，第455页。

③〔宋〕张戒：《岁寒堂诗话》，第452页。

④〔宋〕黄庭坚：《黄庭坚全集》正集卷十八，刘琳、李勇先、王蓉贵校点，四川大学出版社，2001，第474页。

怨刺，学不可不慎也。”[①]对于黄庭坚及江西诗派的批评更是数不胜数。因此可以说，至少在宋代，对苏、黄二人诗歌的评价还是存在较大争议，而吕祖谦《宋文鉴》选录苏轼诗一百四十二首、黄庭坚诗一百一十二首，数量远超排第三位的王安石及其后的诗人，将他们作为北宋诗歌最高成就的代表推举出来，无疑对苏、黄二人诗歌史地位的确立有着积极的推动作用；同时，作为广为流传的北宋诗文选本，《宋文鉴》既影响到了后世对于苏、黄等大诗人诗歌史地位的体认，同时也保留了不为人所熟知的一批小诗人在诗歌史上的一席之地，使其得以在诗歌史留名。

《宋文鉴》并未因其在搜罗整理北宋诗文方面的突出贡献而得到相应的关注，而该书选诗构建北宋诗歌史的意义更是长期为人所忽视。事实上，吕祖谦通过对《宋文鉴》选诗体例、选录诗人、诗作标准方面的通盘考虑，精心构建了最早的北宋诗歌史，且是以宋人的眼光、标准所建构的北宋诗歌史，这对于我们认识北宋诗歌概貌无疑有重大意义。吕祖谦能以一己之力成功构建体系庞大的北宋诗歌史，不仅得力于家族中原文献之传，更是仰仗自身丰厚史学、诗学修养的必然结果。他所构建的北宋诗歌史影响了后人对宋诗的体认，后代诗歌选本体例的转变及北宋诗人诗歌史地位的确立。关于《宋文鉴》的选诗研究，构建北宋诗歌史只是其中一个侧面，可供挖掘的领域还有很多，值得进一步探讨。

---

①〔宋〕陈师道：《后山诗话》，载何文焕辑《历代诗话》，中华书局，2004，第306页。

吕祖谦《宋文鉴》的选赋特色及赋史意义*

吕祖谦《宋文鉴》作为现存最早最全备的北宋诗文总集，在一定程度上反映了北宋各体文学发展的真实样貌。相对于诗文，《宋文鉴》选赋尚未受到学界关注。事实上，《宋文鉴》收录了五十二位赋家的九十篇赋作，是现存最早的篇幅最大的北宋赋选集，对于北宋赋史的建构有着重要作用。刘培在《两宋辞赋史》开篇指出："在宋代文学研究中，宋文研究是薄弱环节，宋代辞赋又是宋文研究的薄弱环节。"①《宋文鉴》的选赋无疑值得我们进行深入探讨。《宋文鉴》的选赋在宋代独树一帜地呈现出某种程度的"异化"倾向：在宋代持续不断的诗赋与经义之争风潮下，依旧对赋体倾注了特别的关注，选赋数量多且有代表性，较为明晰地呈现了北宋赋的发展流变脉络；在宋代科考重律赋的大环境下，古、律赋兼收，且选录古赋数量大大超过律赋；在宋人辨体、破体意识强化的影响

---

* 本文系与兰州大学文学院中国古代文学专业2020级硕士研究生华若男合撰，原载《湖州师范学院学报》2023年第9期，本人为第二作者。

① 刘培：《两宋辞赋史》，山东人民出版社，2012，第1页。

下，打破了《文选》开创的以类选赋的传统，开以选本辨赋体的先河。可以说《宋文鉴》的选赋既是北宋赋坛生态的缩影，同时又表现出与北宋赋坛主流风气的疏离。基于此，本文试图以《宋文鉴》的选赋作为研究的切入点，分析其选赋特色、背景及后世影响。

一、《宋文鉴》的选赋特色

宋之前专门的赋集很少，入宋以来赋集的编纂才蔚然成风[①]。《宋史·艺文八》记载的北宋赋集即有：徐锴《赋苑》二百卷、《广类赋》二十五卷、《灵仙赋集》二卷、《甲赋》五卷、《赋选》五卷、《桂香赋集》三十卷、杨翱《典丽赋》六十四卷、《类文赋集》一卷、王咸《典丽赋》九十三卷、李祺《天圣赋苑》十八卷等[②]。此外，范仲淹主编有指导士子作赋的《赋林衡鉴》，但仅序文得以流传至今。陈振孙《直斋书录解题》卷十五"总集类"亦载："《后典丽赋》四十卷"，下行小字注："金华唐仲友与政编。……此集自

---

① 许结：《历代赋集与赋学批评》，《南京大学学报（哲学·人文科学·社会科学版）》2001年第6期，第28页。许结在该文中说道："唐人专门赋集甚少，像王棨《麟角集》收律赋数十篇，乃是凤毛麟角。考《新唐书·艺文志》，见录有李德裕杂赋2卷、陆龟蒙赋6卷、李商隐赋1卷、薛逢赋集14卷、卢献卿《愍征赋》1卷、谢观赋8卷、卢肇《海潮赋》《通屈赋》各1卷、林绚《大统赋》2卷、高迈赋1卷、皇甫松《大隐赋》1卷、崔葆数赋10卷、宋言赋1卷、陈汀赋1卷、乐朋赋1卷、蒋凝赋3卷、公乘亿赋集12卷、林嵩赋1卷、王翃赋1卷、贾嵩赋3卷、李山甫赋2卷等。宋人辑选辞赋之风较唐人盛。"

②〔元〕脱脱等：《艺文八》，载《宋史》卷二百〇九，中华书局，2013，第5393-5408页。

唐末以及本朝盛时，名公所作皆在焉，止于绍兴间”[①]；“《指南赋笺》五十五卷、《指南赋经》八卷”下行小字注“皆书坊编集时文，止于绍熙以前”[②]。这些书大多都已散佚，我们仅能通过目录书的存目确定其曾存在，但无法进一步获知北宋赋收录的具体情况，颇为可惜。与此同时，宋人编选的文章总集所收北宋赋数量却并不多，《宋文海》虽收录赋，但根据祝尚书《宋人总集叙录》的爬梳[③]，可知其留存下来的赋仅三卷（卷四至卷六）：卷四为“古赋”，选录八篇，卷五、卷六为“赋”[④]，分别选录七篇、一篇[⑤]，共计十六篇。佚名《宋文选》、魏齐贤《五百家播芳大全文粹》均未列赋体且未收赋作；王霆震《古文集成》、楼昉《崇古文诀》未列赋体但收录了极少量的汉赋，然而并未收录北宋赋；谢枋得《文章轨范》仅收录北宋苏轼赋二篇，林之奇《观澜文集》收录北宋赋六篇，数量均极少；而《宋文鉴》共选录了五十二位赋家的九十篇赋作，为我们提供了一个很好的研究样本，通过总结其选赋特点可以大致勾勒出北宋赋的发展流变历程。

《宋文鉴》选赋横跨了整个北宋时期，历时一百六十余年，且选录赋的数量高达九十篇，较同时代的大多数选集更为可观；其选

---

①〔宋〕陈振孙：《直斋书录解题》卷十五，徐小蛮、顾美华点校，上海古籍出版社，1982，第457页。

② 同上书，第458页。

③ 祝尚书：《宋人总集叙录》，中华书局，2004，第97页。其上载“《新雕圣宋文海》一百二十卷，宋江钿辑，存卷四至九，计六卷。……卷四古赋，卷五赋，卷六赋，卷七记，卷八铭，卷九诏。”

④ 同上书。

⑤ 李昇：《南宋理学家编纂诗文选本研究》，上海古籍出版社，2021，第107页。

录的赋作中，骚体赋、骋辞大赋、律赋、散体文赋等各种体式兼备，同时，其所涉及的题材亦十分丰富，几可涵盖此前赋家的各类题材，并呈现出一些新特点；后世公认的北宋重要赋家如梅尧臣、欧阳修、王安石、苏轼、黄庭坚、张耒等人的代表作，也尽数被囊括其中，因而具有重要的研究价值。

首先，《宋文鉴》选赋时期跨度大，选取了自赵宋王朝建国（960年）到北宋灭亡（1127年）这一百六十七年间五十二位赋家的九十篇赋作，其中包括古赋七十一篇，律赋十九篇。吕祖谦全面考量了不同时期赋作的选录标准及数量，简要勾勒了北宋赋发展流变的线索。郭维森、许结合著的《中国辞赋发展史》将北宋赋的发展划分为三大阶段：宋初太祖、太宗、真宗三朝（960—1022年）是北宋赋在继承前代中求新变的时期，《宋文鉴》选录赋家十一人，占比21.2%，赋作十二篇，占比约13.3%。这一时期沿袭唐人科举考赋制度，故赋在体制上多沿袭前代，但在写作手法及赋作风格方面均表现出新气象，名家、名篇均较少。庆历（1041—1048年）到元丰（1078—1085年）年间是北宋赋由变革而繁荣的重要阶段，选录赋家二十人，占比38.5%，赋作四十篇，约占44.5%。这一时期抒情小赋、骚体赋创作颇为兴盛，文赋创作兴起，出现了文赋大家欧阳修和长于骚体赋的王安石，选录名家、名作数量较多。元丰以后为北宋辞赋发展的又一个高峰期，选录赋家二十一人，占比40.3%，赋作三十八篇，占比42.2%二，此期散体文赋大兴，出现了以苏轼及“苏门四学士”为代表的辞赋名家，名家、名篇数量亦多。概括言之，《宋文鉴》的选赋大体上串联了整个北宋，且各个时期的选赋数量也大致合于赋坛发展的实际情况。

其次，《宋文鉴》开启了文章总集辨赋体的先河，透露出宋人对赋体认识的深化及强烈的文体自觉意识。与此同时，其选录赋的题材极为丰富，鲜明地呈现了北宋士人审美旨趣的多样性。许结《历代赋集与赋学批评》一文指出："缘于唐人赋'大抵律多而古少'（祝尧《古赋辨体》卷七《唐体》），赋学批评亦因创作变化而确立'古赋''律赋'之名，尽管唐以后科举试赋与否，然此后赋论史的古、律赋之辨与赋体之争，实为其批评主潮。"[①]系针对赋学批评而言，赋体之辨在唐代并未体现于文体分类的实践层面。至宋代，文学总集才开始有意识地区分古赋与律赋，《唐文粹》专选古赋，以古为尊，而《文苑英华》唯取律体，以时文为尊。吕祖谦则采取了一种更为折中的态度：古赋与律赋兼收，且将其分别置于不同的编次，古赋在前，律赋在后，不偏废一方的同时亦更凸显二者间的差异，已然呈现出较为鲜明的"辨体"倾向[②]。吕祖谦选赋还兼顾了题材的丰富性。根据清人陈元龙《历代赋汇》的分类，《宋文鉴》所收录的赋的题材多达二十八个大类，涵盖宫殿、典礼、旷达、蒐狩、地理、草木、音乐、天象、性道、都邑、室宇、岁时、花果、仙释、情感、祯祥、怀思、览古、言志、人事、饮食、玉帛、鸟兽、鳞虫、行旅、武功、讽喻、治道等题材，其中典礼、地理、天象、性道、治道类赋选录较多。从这些丰富的题材中，我们既可以看出宋代社会物质文明和精神文明的高度发达，还可在一定程度上看出宋代文化的某种转向：一是追求文学的经世致用；二是士人的政治参与热情空前高涨；三是士人的关注重心内转，注重个

① 许结：《历代赋集与赋学批评》，《南京大学学报（哲学·人文科学·社会科学版）》2001年第6期，第31页。

② 许结：《宋代科举与辞赋嬗变》，《复旦学报（社会科学版）》2012年第4期，第34页。

人修养的提升。

最后，《宋文鉴》选录的赋家、赋作均极具代表性，宋室南渡之前能够独立名家的赋家大多被选入其中，其所选赋作也多为广受后世赞誉的名篇，当代最重要的辞赋史北宋部分重点介绍的赋家皆出于《宋文鉴》。马积高《赋史》[①]北宋赋部分重点介绍的赋家有梁周翰、张咏、杨侃、王禹偁、范仲淹、叶清臣、宋祁、刘敞、司马光、王回、梅尧臣、欧阳修、王安石、沈括、蔡确、狄遵度、崔伯易、苏辙、苏过、黄庭坚、秦观、张耒、晁补之、米芾、邢居实，多达二十五人，约占《宋文鉴》所选赋家总数的百分之五十；郭维森、许结合著的《中国辞赋发展史》[②]北宋赋部分设置专节或进行专门介绍的赋家即有：梁周翰、张咏、夏侯嘉正、杨侃、种放、杨亿、王禹偁、范仲淹、欧阳修、邵雍、周敦颐、司马光、刘敞、刘攽、王安石、沈括、蔡确、苏轼、苏辙、黄庭坚、秦观、张耒、晁补之、周邦彦、米芾、邢居实，共计二十六位，恰好占《宋文鉴》所选赋家的一半；刘培《两宋辞赋史》[③]北宋赋部分则重点介绍了王禹偁、晏殊、宋祁、宋庠、范仲淹、王安石、王回、梅尧臣、欧阳修、刘攽、刘敞、苏轼、苏辙、黄庭坚、张耒、晁补之十六位赋家，约占《宋文鉴》选录赋家的百分之三十一。由此可见，《宋文鉴》所选赋家大多都可独立名家，在北宋赋学史的地位得到学界公认。

与此同时，吕祖谦还能十分准确地挑选出最能代表宋赋特色且又最富于赋家个性特色的佳作，在入选的赋家中，苏轼赋选录最

---

① 马积高：《赋史》，上海古籍出版社，1987。

② 郭维森，许结：《中国辞赋发展史》，江苏教育出版社，1996。

③ 刘培：《两宋辞赋史》，山东人民出版社，2012。

多，共八篇，其次是张耒（六篇）。唐子西评价苏轼最负盛名的文赋代表作《后赤壁赋》："余作《南征赋》，或者称之，然仅与曹大家争衡耳。东坡之《赤壁》二赋，一洗万古，欲仿佛其一语，毕世不可得也。"[①]浦铣称赞张耒的抒情小赋《鸣蛙赋》："张文潜《鸣蛙赋》，熟读之使人矜平躁释，此宋文之胜唐人处也。"[②]此外，后世所公认的宋赋名篇如钱惟演《春雪赋》、欧阳修《鸣蝉赋》《秋声赋》、王安石《思归赋》、苏轼《滟滪堆赋》《昆阳城赋》《秋阳赋》、崔伯易《感山赋》、黄庭坚《煎茶赋》、周邦彦《汴都赋》、秦观《黄楼赋》、邢居实《南征赋》、蔡确《送将归赋》、范镇《长啸却胡骑赋》（按入选《宋文鉴》所属卷数排列）等也大多为吕祖谦所选录，在当前通行的各类赋学专著中均占有一席之地。

概括言之，即《宋文鉴》选赋在宋人总集中呈现了独特的风貌：时期跨度广，体量大；注重辨体，体式全备，题材丰富；所选赋家、赋作具备典型意义。

二、《宋文鉴》选赋的特定背景

《宋文鉴》的选赋在宋代无疑别具一格，在当时已然兴起的古律赋之争中采取了相折中的处理方式，但其中还是明显地透露出"重古轻律"的观念，在一定程度上体现了对宋代赋坛主流风气的背离。

首先，唐代开创的以诗赋取士传统为宋人所继承，不同之处在于：唐人取士重于诗，宋人取士重于赋。欧阳修《六一诗话》已有

①〔清〕浦铣：《历代赋话校证》续卷九，何新文、路成文校证，上海古籍出版社，2007，第261页。

②同上书，第399页。

记载，其中提到宋初“科场用赋取人，进士不复留意于诗”[①]，刘克庄《后村题跋·李耘子诗卷》对唐宋诗赋取士还做过一番比较：

> 唐世以诗赋设科，然去取予夺，一决于诗，故唐人诗工而赋拙。……本朝亦以诗赋设科，然去取予夺，一决于赋，故本朝赋工而诗拙。[②]

虽然北宋科举曾因诗赋与经义之争几度罢赋：熙宁四年（1071年）罢赋，元祐元年（1086年）恢复考赋，绍圣元年（1094年）再罢，建炎二年（1128年）再复，但赋在宋人仕进过程中依旧占据了不可或缺的重要地位。有人因具备优秀的作赋能力而名动一时，声名甚至远播异域，如《宋史·范镇传》记载：“（范镇）少时赋《长啸》（即《长啸却胡骑赋》），却胡骑，晚使辽，人相目曰：此‘长啸公’也。兄子百禄亦使辽，辽人首问镇安否。”[③]还有人因为杰出的作赋才能顺利跻身仕途，《宋史·崔公度传》记载：“欧阳修得其（崔伯易）所作《感山赋》，以示韩琦，琦上之英宗，即付史馆。授和州防御推官，为国子直讲，以母老辞。”[④]甚至还有不少如今为我们所熟知的诗词名家也以赋闻名于当时，比如晏殊即是一例，《宋史·晏殊传》记载：

> 景德初，张知白安抚江南，以神童荐之。帝召殊与进士千

---

①〔宋〕欧阳修：《六一诗话》，郑文校点，人民文学出版社，1962，第16页。

②〔清〕陈鸿墀：《全唐文纪事》卷一百二十二，上海古籍出版社，1987，第1484页。

③〔元〕脱脱等：《宋史》卷三百三十七，第10790页。

④〔元〕脱脱等：《宋史》卷三百五十三，第11152页。

> 余人并试廷中，殊神气不慑，援笔立成。帝嘉赏，赐同进士出身。宰相寇准曰："殊江外人。"帝顾曰："张九龄非江外人耶？"后二日，复试诗、赋、论，殊奏："臣尝私习此赋，请试他题。"帝爱其不欺，既成，数称善。[①]

甚至秦观在北宋文坛崭露头角也是因为赋，浦铣《历代赋话》记载其"见苏轼于徐，为赋《黄楼》，轼以为有屈、宋之才"[②]，因杰出的赋才见赏于苏轼，最后成为苏轼最得意的门生。上述例子无一不说明赋在北宋文坛的重要地位。

其次，《宋文鉴》的选赋特点还与宋人辨体、破体意识的强化有关。元人祝尧《古赋辨体》卷八"宋体"序即云：

> 王荆公评文章尝先体制，观苏子瞻《醉白堂记》曰：韩白优劣论尔。后山云：退之作记，记其事尔。今之记乃论也。少游谓《醉翁亭记》亦用赋体。范文正公《岳阳楼记》用对句说景，尹师鲁曰"传奇体"尔。宋时名公于文章必辨体，此诚古今的论。然宋之古赋往往以文为体，则未见其有辩其失者。[③]

由此可见，北宋各类文体都存在不同程度的破体倾向，宋人就已注意到了这一问题并开始有意识地辨体。祝尧更为明确地指出：鲜有针对宋人"以文为赋"这一破体现象的得失探讨。北宋总集的选赋已然呈现出较鲜明的辨体意识，比如《唐文粹》全选古赋，《文苑英华》则全选律赋，而《宋文海》已有意识地在区分"古赋"（卷四）与"赋"（卷五、卷六），《宋文鉴》则显然受到了《宋文

①〔元〕脱脱：《宋史》卷三百一十一，第10195页。

②〔清〕浦铣：《历代赋话校证》卷十，第106页。

③〔元〕祝尧：《古赋辨体》卷八，明嘉靖十一年刻本。

海》的影响，将赋体分为“古赋”与“律赋”。以上是总集的情况，别集亦然，因为宋代沿袭了唐代科举考律赋的传统，故宋人别集中大量收录律赋，如刘敞《彭城集》、王禹偁《小畜集》、文彦博《潞公集》等，甚至还有人在自己的别集中专门区分“古律赋”与“律赋”，比如杨杰《无为集》。根据目前所能了解到的情况，我们可以推知，宋人已有较为自觉的辨别赋体意识，且会在选赋过程中有意识地区分“古赋”与“律赋”，可以说《宋文鉴》选赋注重分体是赋体发展到宋代的必然趋势。

此外，《宋文鉴》选赋更为特殊之处在于，其选录古赋（还可再细分为骚体赋、仿汉大赋、骈赋和文赋）数量明显多于律赋，但宋代科举考律赋而非古赋，范仲淹《赋林衡鉴序》即有语云：

> 律体之兴，盛于唐室。贻于代者，雅有存焉。可歌可谣，以条以贯。或祖述王道，或褒赞国风，或研究物情，或规戒人事，焕然可警，锵乎在闻。国家取士之科，缘于此道。①

他编选《赋林衡鉴》的初衷是为了襄助士子科考，虽然这一赋集已散佚，但律赋在宋代科考的地位我们于此序言亦可见一斑。吕祖谦选录古赋远多于律赋是出于何种考量，这又是一个值得我们思考的问题。或许这与古人的文体正变观念有关，明代吴讷《文章辨体·凡例》有语云：“四六为古文之变，律赋为古赋之变，律诗杂体为古诗之变，词曲为古乐府之变。”②由此可以推知，吕祖谦应该

① 〔宋〕范仲淹：《范仲淹全集》别集卷四，李勇先、王蓉贵校点，四川大学出版社，2007，第508页。

② 〔明〕吴讷：《文章辨体序说》，于北山校点，人民文学出版社，1988，第10页。

也受到了文体源流正变观念的影响，视古赋为正体，律赋为变体。

最后，《宋文鉴》的选赋可能还与吕祖谦的教书先生身份密切相关。《吕东莱先生本传》记载：“乾道二年丙戌，丁母夫人曾氏艰。护丧归婺，庐于武义明招山墓侧，四方之士争趋之。”[①]由此可知，吕祖谦于乾道二年（1166年）回故乡浙江武义丁母忧期间开启了其教学生涯。吕祖谦《东莱吕太史别集卷第九·与刘衡州》记载孝宗乾道三年（1167年）：“近日士子相过，聚学者近三百人。”[②]从这则材料可以看出，吕祖谦在当时的士子中有着非同一般的影响力，吸引了大批求学士子慕名而来。此外，吕祖谦还创办了专门的书院——丽泽书院聚众讲学，其年谱记载他于乾道六年（1170年）闰五月：“八日，会诸生于丽泽，有《规矩七事》。”[③]甚至连朱熹都将其长子朱塾送至吕祖谦门下受教，可见吕祖谦作为教书先生得到了时人的公认。

持续不断的废赋与复赋之争导致众多士子丧失了作赋能力，乃至到了哲宗元祐年间突然恢复考赋的时候，一度出现找不到考官、改卷老师的荒唐局面。《续资治通鉴长编》记载丁骘所上奏章：

> 窃睹明诏，欲于后次科举以诗赋取士，天下学者之幸也。然近时太学博士及州郡教授，多缘经义而进，不晓章句对偶之学，恐难以教习生员。臣愚欲乞下两省、馆职、寺监长贰、外路监司各举二人曾由诗赋出身及特奏名入仕者，以充内外教官。盖经义之法行，而老师宿儒久习诗赋，不能为时学者，皆

---

① 杜海军：《吕祖谦年谱》，中华书局，2007，第319页。

②〔宋〕吕祖谦：《东莱吕太史别集》卷九，载《吕祖谦全集》第一册，黄灵庚、吴战垒主编，浙江古籍出版社，2008，第453页。

③ 杜海军：《吕祖谦年谱》，第306页。

不就科举，直候举数应格，方得恩命。今或举以为教官，当能称职。[①]

这仅是北宋年间的情形。“赋荒”对南宋时期产生的影响，我们仅看《三元元祐赋》在南宋科场受到的推崇便可见一斑，陈说谓：“举子词赋，固不敢望如《三都》，得如《三元元祐赋》，足矣。”[②]正是因为几度罢赋造就的赋荒，才使得元祐赋在南宋大放异彩，最具代表性的“苏文熟，吃羊肉；苏文生，吃菜羹”这一佳话的广为流传，虽然不是专门针对赋而言，但从中亦足以看出以苏轼为代表的元祐文人文学创作（其中自然包含赋体）举足轻重的影响力。吕祖谦在《宋文鉴》中选录大量北宋赋固有存一代文献的考量，但也不排除有为科场士子树立赋作典范的特殊用意，毕竟在此之前，吕祖谦已有凭借自身科考成功经历为士子编选《古文关键》的经验。吕祖谦选录的赋家在当时几乎都可独立名家，并因作赋才能或在当时顺利跻身仕途，如王曾、崔伯易；或为名家所激赏并由此在宋代赋坛占据一席之地，如张耒、邢居实；其所选赋作也大多具有一定的代表性，或在艺术或在思想方面有可资借鉴之处，足以作为士子学习的典范。根据吕祖谦为士子编选《古文关键》的经历，不难发现他在文章鉴赏方面的卓越才能，又结合其师从古文大家林之奇且为其文集《观澜文集》作注的经历：该文集所选六篇北宋赋（苏轼《赤壁赋》《后赤壁赋》、苏辙《黄楼赋》、秦观《黄楼赋》、欧阳修《秋声赋》《憎苍蝇赋》）全为北宋大家手笔，且均为

① 〔宋〕李焘：《续资治通鉴长编》卷四百九十，上海师范大学古籍整理研究所、华东师范大学古籍整理研究所点校，中华书局，2004，第9963页。

② 〔清〕徐松：《选举五》，载《宋会要辑稿》，缪荃孙重订，民国25年国立北平图书馆影印本。

有较明显破体倾向的古赋或文赋，其选赋成因就更有迹可循了。

简而言之，《宋文鉴》选赋特点的形成离不开当时科举重赋才的特定历史背景以及持续不断的罢赋与废赋的特定政治环境；同时还与它顺应了宋代文学发展的总体趋势，即“破体为文”的风尚有着千丝万缕的联系；最后，还与吕祖谦个人独特的教书先生的身份密不可分，他自己就曾三度高中[①]，积累了丰富的科考经验，而赋体作为重要的科场文体之一，其地位不言自明，吕祖谦重视赋体亦属于情理之中。

三、《宋文鉴》选赋的后世影响

吕祖谦凭借独特的选赋眼光，呈现出对古赋审美旨趣的回归，表现出对当时科场积弊已久的赋风的纠偏；而《宋文鉴》的选赋在体裁与题材方面的齐备性，不仅为北宋赋选提供了范例，还在一定程度上助推了宋赋的经典化进程；同时由于《宋文鉴》在选赋数量和质量方面的独特优势，相对较为全面地展示了北宋赋的整体概貌，促进了北宋赋史的初步建构。

首先，《宋文鉴》首次以选本的形式开辨赋体的先河，在一定程度上影响了后世古律赋之争中的“复古”倾向，表现出对科场赋风的有力反拨。

《文选》开启了总集选赋的先河，在它之后赋集的编纂都不约而同地以《文选》作为蓝本。同时，许结还指出：“使赋‘类’的意识

① 杜海军：《吕祖谦年谱》，第302页、第304页记载：吕祖谦于绍兴二十六年丙子（1156年）：“应福建转运司进士举，为首选”；后又载：孝宗隆兴元年癸未（1163年）：“春，试礼部（奏名第六人）。四月十二日，赐进士及第，改左迪功郎。又中博学鸿词科”。

也得以扩展，且受类书的影响，古人编赋集尤其是编赋的总集时，多以类相分，赋集的类编成为一种常态。”[1]《文选》代表了以类选赋的滥觞，所以赋集的类编传统也一直得以延续，乃至到清代陈元龙编《历代赋汇》，依旧采用类编方式。而吕祖谦编《宋文鉴》，采用的却是以体裁而非题材的分类方式，将所选赋划分为古赋和律赋两大类，虽不及诗体分类那般细致，但较类编无疑更为进步，反映出更为明晰的辨体意识。《宋文鉴》之后的赋集多数仍旧采取类编的方式，但其体类意识无疑较之前更为凸显，这在赋学批评著作如元人祝尧《古赋辨体》、清人陆棻《历朝赋格》等书中表现得尤为突出。

《钦定四库全书总目》为祝尧所作《古赋辨体》提要指出：“其书自《楚辞》以下，凡两汉、三国、六朝、唐、宋诸赋，每朝录取数篇，以辨其体格，凡八卷。”[2]由此可见，祝尧已开始自觉地对赋体的源流正变进行专门探讨，并在此基础上提出鲜明的“祖骚宗汉”的赋体复古主张。陆棻《历代赋格》亦将赋格分为三大类，即骚体、散体、骈体（包含律体），呈现出较为自觉的辨体意识。

其次，《宋文鉴》选录了大量北宋赋名篇，涵盖骋辞大赋、骚体赋、散体文赋、律赋等各种体式，在囊括传统赋体的基础上又有新的开拓，对扭转前代赋风起到了重要作用，并为后世北宋赋选提供了具有较高借鉴价值的范本，是宋赋经典化过程中的重要一环。翻阅当前通行的几部辞赋史，无论是马积高《赋史》，许结、郭维

① 许结：《赋学讲演录》，潘务正记录，北京大学出版社，2009，第256页。

② 四库全书研究所整理《钦定四库全书总目（整理本）》卷一百八十八，中华书局，1997，第2632页。

森合著《中国辞赋发展史》，还是刘培《两宋辞赋史》的北宋赋部分，都不难发现其重点介绍的赋家乃至赋作，均与《宋文鉴》的选录情况存在高度重合。

最能体现宋赋特色的无疑是文赋，《宋文鉴》选录的欧阳修《秋声赋》、苏轼《后赤壁赋》无疑是北宋文赋最负盛名的代表作，即使后人对文赋这一文体颇有微词，也不得不承认欧、苏这两篇赋的出彩之处。元人祝尧《古赋辨体》即有语云：

> 今观《秋声》《赤壁》等赋，以文视之，诚非古今所及；若以赋论之，恐坊雷大使舞剑，终非本色。学者当以荆公、尹公、少游等语为法，其曰“论体”“赋体”“传奇体”，既皆非记之体，则文体又果可为赋体乎?①

祝尧虽是立足于赋体源流正变的角度，批评欧、苏文赋不合于正体，但另一方面他也承认欧、苏的文赋具有极高的艺术价值，若放置在更广义的“文”的范畴来看待，无疑是可独立名世的佳作。受欧阳修倡导的古文运动的影响，宋人的骚体赋创作亦别具特色。王安石、刘攽、刘敞、黄庭坚、晁补之等人都深于骚体赋的创作，且多有佳作流传，比如王安石《思归赋》《历山赋》，风格冲淡宁静，呈现出较为浓厚的诗化倾向；刘敞《离忧赋》《栟榈赋》、刘攽《不寐赋》则以骚体来说理，刘培认为刘氏兄弟的该类创作“反映了宋代骚体赋以理入情、以理节情的发展方向”②。在北宋理学影响下兴起的哲理赋同样不可忽视，以王回《事君赋》《责难赋》《爱人赋》、周敦颐《拙赋》等为代表，其出现标志着北宋赋重说理、

①〔元〕祝尧：《古赋辨体》卷八，明嘉靖十一年刻本。

② 刘培：《两宋辞赋史》，第227页。

议论倾向发展到新的高度。而在传统的骋辞大赋领域，亦可看出宋人创作热情并不减退，反而有所增加，从侧面反映出宋代士人高度的文化自信，甚至出现了杨侃《皇畿赋》、周邦彦《汴都赋》、王仲旉《南都赋》等京都赋佳作。而作为科场文体的律赋创作虽然较唐代更趋于程式化，内容亦更趋于枯燥，但依旧出现了像范镇《长啸却胡骑赋》、苏轼《浊醪有妙理赋》、秦观《郭子仪单骑见虏赋》这样广受赞誉的名篇。以上论述所涉及的篇目，在各类辞赋史的北宋赋部分均被奉为典范之作并被屡屡提及。

最后，同时代的文章总集中，《宋文鉴》所选北宋赋无论是在数量还是在质量方面，无不占据压倒性的优势，对北宋赋整体面貌的呈现堪称最为全备，可以说在一定意义上建构了最早的北宋赋史。

当前通行的辞赋史都倾向于将北宋赋史划分为三个阶段：(一)北宋初期为宋赋的发轫期。这一时期赋家有从五代入宋的徐铉、梁周翰、夏侯嘉正等人，创作主要承袭晚唐五代骈俪赋风，其中，梁周翰《五凤楼赋》、夏侯嘉正《洞庭赋》为此时期赋作代表。此时期还有西昆体作家如张咏、杨亿、杨侃、钱惟演诸人，在赋作形式上依旧沿袭前代，但已呈现出不同于五代赋体的卑弱风格，别具雍容华贵的盛世气象，以张咏《声赋》、杨侃《皇畿赋》、钱惟演《春雪赋》为典型代表。还有开辟宋初辞赋新境界的王禹偁，开始大量在赋作中抒情、论政，以《籍田赋》为其代表。(二)北宋中期为辞赋新变期。这一时期赋家辈出，文人、学者、政治家、理学家等群体均有数量或质量较为可观的赋作流传，且无论是在体式还是在风格方面，均呈现出多样化特征，宋赋面貌得以初步确立。这一时期赋的议论色彩更趋于强化，以范仲淹的《明堂赋》《金在镕赋》

为代表。此外，此时期宋赋的散文化、说理化倾向亦更为凸显，以欧阳修《秋声赋》、邵雍《洛阳怀古赋》为代表。梅尧臣、刘敞、刘攽、王安石、崔伯易、狄遵度等人也有佳作流传。（三）北宋后期是宋赋成熟定型期。这一时期的赋家以苏轼及其周围的苏门文人群为代表，他们对赋境、赋艺多有开拓。这一时期赋的题材、风格更趋于多样，手法亦更臻于圆熟，比如，苏轼的《后赤壁赋》标志着文赋的成熟，苏轼《浊醪有妙理赋》、黄庭坚《煎茶赋》将士人日常生活引入赋域，苏辙《黄楼赋》、秦观《黄楼赋》、苏过《思子台赋》则反映出此时期亭台楼阁赋的兴盛，进而体现出北宋士人喜“登高作赋”的高雅情趣，张耒《鸣鸡赋》《鸣蛙赋》、苏过《飓风赋》等均为此期涌现的佳作。以上所列举的篇什均被选入《宋文鉴》，足以看出吕祖谦在选赋方面的杰出才能。

综上所述，我们不难发现，《宋文鉴》的选赋大体上与北宋赋的发展历程相契合，其所选赋家在北宋具有相当的代表性，选录的赋也大多被视为北宋赋的经典，在当前的各类辞赋史中屡屡出现。

《宋文鉴》的选赋一方面继承了《文选》重视赋体的传统，将赋列于首位；另一方面，又打破了《文选》开创的赋类编的传统，尝试以体编次。吕祖谦在选赋时不仅能关注到不同时期、不同风格的赋家，在注重题材的多样性，兼顾体式的完备的同时，还能敏锐地选出最能代表宋赋特色的典范之作，如欧阳修《秋声赋》与苏轼《后赤壁赋》这样历代传颂的名作，并且能有意识地调和时下兴起的古律赋之争。《宋文鉴》选赋呈现的这些特点与当时科举考试的大环境密切相关，宋代科考重赋，故而吕祖谦给予了赋这一文体特别的关注。几度反复的经义与诗赋之争使得元祐赋的价值得以凸显，故而他大量选录元祐时期的优秀赋作。赋体发展到宋代，各种体式均已趋于成熟，开始注重辨体与破体，为此《宋文鉴》首先区分了古赋和律赋，并且选录的赋作也多呈现出鲜明的破体倾向。《宋文鉴》古赋与律赋兼收且将古赋列于前，在一定程度上影响了元、明古律赋之争的倾向，带动了从重律赋到重古赋的转向。而选录大量北宋时期重要赋家的代表赋作，又于无意间助推了北宋赋在后世的经典化进程。最后，吕祖谦通过在选赋数量、体裁、题材、风格等方面的综合考量，建构了较为粗疏但与此同时亦是最早的北宋赋史。

宋词中的重阳节习俗*

重阳节是中国传统节日之一，在宋人的生活中有着重要的作用。宋词是“一代之文学”[①]，充分展现了宋代社会的节日习俗，与宋人的日常生活有着紧密联系。重阳节是宋词的重要题材之一，宋人创作了大量与重阳节有关的词作。据现存较早记载重阳节习俗的三国魏曹丕《九日与钟繇书》、东晋葛洪《西京杂记》、南朝梁代吴均《续齐谐记》等文献记载，重阳节的习俗主要有佩茱萸或茱萸囊、食蓬饵、饮菊花酒、登高、宴会，最后达到除祸、祈寿的目的，这些习俗在宋词中均有不同程度的体现。

一、佩茱萸·茱萸囊·插茱萸·茱萸席·茱萸酒

关于重阳节佩茱萸的记载，东晋葛洪《西京杂记》为“佩茱萸”[②]，即以茱萸为佩随身携带；南朝梁代吴均《续齐谐记》为

---

* 本文原载《博览群书》2018年第10期。

① 王国维：《宋元戏曲史·自序》，上海古籍出版社，1998，第1页。

② 〔晋〕葛洪集《西京杂记》卷三，中华书局，1985，第20页。

“令家人各作绛囊，盛茱萸以系臂”[①]，即做茱萸囊系在手臂上。二者在宋词中均有较多描写。“佩茱萸”如卢祖皋“清尊黄菊红萸佩”（《虞美人·九月游虎丘》）[②]、潘希白“红萸佩，空对酒”（《大有·九日》）[③]等。先秦屈原“纫秋兰以为佩”（《离骚》）[④]，即有以香草为佩的描写，“佩茱萸”当是将茱萸枝直接系挂至衣带上。古人多以玉为佩，“古之君子必佩玉”（《礼记·玉藻》）[⑤]，重阳节时也会有人将茱萸与玉佩戴在一起，如黄裳所言“茱萸佩垂红玉”（《桂枝香·重阳》）[⑥]。“茱萸囊”如洪皓“臂上萸囊悬已满”（《渔家傲》）[⑦]、李处全“佳人更绣紫萸囊”[《浣溪沙》（宋玉应当久断肠）][⑧]、高观国“想萸囊酒盏”（《八归·重阳前二日怀梅溪》）[⑨]等。

除了以茱萸为佩和系茱萸囊，宋人还常常插茱萸，王千秋“看他们、对插茱萸”[《瑞鹤仙》（征鸿翻塞影）][⑩]、曹冠“簪嫩菊，

① 林家骊：《吴均集校注》，浙江古籍出版社，2005，第230页。

② 唐圭璋编《全宋词》，中华书局，1965，第2417页。

③ 同上书，第3137页。

④〔宋〕洪兴祖：《楚辞补注》卷一，白化文等点校，中华书局，1983，第5页。

⑤〔汉〕郑玄注，〔唐〕孔颖达疏《礼记正义》卷三十，龚抗云整理，北京大学出版社，1999，第913页。

⑥ 唐圭璋编《全宋词》，第378页。

⑦ 同上书，第1003页。

⑧ 同上书，第1733页。

⑨ 同上书，第2365页。

⑩ 同上书，第1472页。

插红萸”（《蓦山溪·九日》）[1]。插茱萸一般是插到头上，也有些人插到鬓上，秦观即有“聊摘取茱萸，殷勤插鬓”（《摸鱼儿·重九》）[2]。宋词中还有很多簪茱萸的记载，如秦观“把茱萸簪彻”（《碧芙蓉·九日》）[3]、陈德武“头上茱萸颠倒簪”（《一剪梅·九日》）[4]、刘辰翁“破帽簪萸携素手”（《浣溪沙·壬午九日》）[5]，细味词意，簪茱萸应该就是插茱萸。

在宋词的重阳节习俗中，茱萸不仅可以做佩饰，还可以做席子，魏了翁即有“茱萸席”（《贺新郎·九日席上呈诸友》）[6]。茱萸席最早见于唐代诗人张说《城南亭作》诗中的“庭前列肆茱萸席”[7]与杜甫“缀席茱萸好”（《九日曲江》）[8]，至宋代依然流行。京镗《雨中花·重阳》写道“正紫萸缀席”[9]，《木兰花慢·重九》写道“茱萸缀席”[10]，“缀”字有连接、点缀两种含义，不知宋代的茱萸席是用茱萸枝叶编成，还是席子上点缀有茱萸花。

此外，宋人在重阳节还会饮茱萸酒，如谢薖“萸糁浮杯乱”（《虞美人·九日和董彦远》）[11]、丘崈“菊英萸糁一尊同”［《西

① 唐圭璋编《全宋词》，第1537页。

② 同上书，第485页。

③ 同上书，第481页。

④ 同上书，第3462页。

⑤ 同上书，第3190页。

⑥ 同上书，第2389页。

⑦〔清〕彭定求等编《全唐诗》卷八十六，中华书局，1960，第940页。

⑧〔清〕彭定求等编《全唐诗》卷二百二十四，第2401页。

⑨ 唐圭璋编《全宋词》，第1847页。

⑩ 同上书，第1843页。

⑪ 同上书，第704页。

江月》(明日又还重九)][①]、赵必瑑“寿酒浮萸菊”(《贺新郎·寿陈新渌》)[②]等。当然很多时候酒中既有菊花，也有茱萸，如宋人吴自牧《梦粱录》所说：“今世人以菊花、茱萸，浮于酒饮之，盖茱萸名‘辟邪翁’，菊花为‘延寿客’，故假此两物服之，以消阳九之厄。”[③]茱萸酒里面的茱萸是“糁”，即小散粒，将茱萸的果实捻成小散粒泡入酒中，就是茱萸酒。

二、食蓬饵

“食蓬饵”[④]见于东晋葛洪《西京杂记》,“饵”意为糕饼，“蓬饵”即为重阳节时食用的糕饼，清孔尚任《节序同风录》认为“蓬饵”是“菊花糕”的古名，其做法是用面做成菊花瓣的样子，裹着枣、栗蒸熟。菊花糕流行于唐代。宋陈元靓《岁时广记》卷三十四转引《文昌杂录》记载：“唐岁时节物，九月九日则有茱萸酒、菊花糕。”[⑤]元代《群书通要》甲集卷七载：“唐人九月九日造菊花糕相饷。”[⑥]宋代词人王迈《南歌子·谢送菊花糕》记载了宋人重阳节赠送菊花糕的情形，“因感秋英、饷我菊花糕”[⑦]。据现存文献，宋人重阳节食用的糕点多呼为重阳糕，其做法主要有两种：一为宋吴自牧《梦粱录·九月》所载：“此日都人店肆，以糖、面蒸糕，上

① 唐圭璋编《全宋词》，第1748页。

② 同上书，第3383页。

③〔宋〕吴自牧：《梦粱录》卷五，中华书局，1985，第29页。

④〔晋〕葛洪集《西京杂记》卷三，第20页。

⑤〔宋〕陈元靓：《岁时广记》卷三十四，中华书局，1985，第381页。

⑥〔元〕佚名：《群书通要》甲集卷七，清嘉庆宛委别藏本。

⑦ 唐圭璋编《全宋词》，第2525页。

以猪羊肉、鸭子为丝簇饤，插小彩旗，名曰重阳糕”[①]；一为宋孟元老《东京梦华录·重阳》所载：“（重阳）前一二日，各以粉面蒸糕遗送，上插剪彩小旗，掺饤果实，如石榴子、栗子黄、银杏、松子肉之类。”[②]和粽子、月饼等传统节日食品一样，重阳糕也分肉与果品两种。

三、从“饮菊花酒”到陶渊明影响下的“菊花节”

东晋葛洪《西京杂记》、南朝梁代吴均《续齐谐记》均有重阳节饮菊花酒的记载，之所以要饮菊花酒，是因为在九月秋天万木凋零之时，菊花“纷然独荣”，“辅体延年，莫斯之贵”（曹丕《九日与钟繇书》）[③]。这一习俗在宋词中同样较多出现，如洪皓“杯中菊蕊浮无限”［《渔家傲》(臂上萸囊悬已满)］[④]、京镗“黄菊浮卮”（《雨中花·重阳》）[⑤]、石孝友“独对黄花酒”［《清平乐》(天涯重九)］[⑥]等。到了宋代，受东晋大诗人陶渊明影响，菊花在宋代重阳节中的作用远远超过茱萸。陶渊明的重阳总是与菊、酒联系在一起，不管是《九日闲居》诗自序所写“余闲居，爱重九之名。秋菊盈园，而持醪靡由”[⑦]，还是南朝刘宋檀道鸾《续晋阳秋》

①〔宋〕吴自牧：《梦粱录》卷五，第30页。

②〔宋〕孟元老：《东京梦华录注》卷八，邓之诚注，中华书局，1982，第216页。

③ 魏宏灿：《曹丕集校注》，安徽大学出版社，2009，第269页。

④ 唐圭璋编《全宋词》，第1003页。

⑤ 同上书，第1847页。

⑥ 同上书，第2044页。

⑦〔晋〕陶渊明：《陶渊明全集》卷二，〔清〕陶澍集注，龚斌点校，上海古籍出版社，2015，第25页。

所载："陶潜尝九月九日无酒。宅边菊丛中，摘菊盈把，坐其侧久，望见白衣至，乃王弘送酒也。即便就酌，醉而后归。"[①]"采菊东篱下，悠然见南山"（《饮酒》其五）[②]更是咏菊的千古名句，千百年来不断为人吟咏。如果说之前重阳节饮菊花酒仅仅是为了追求长寿，那么陶渊明之后，重阳节围绕菊花开展的一系列活动则有了更加丰富的内涵。

宋代重阳词几乎首首与菊花有关，包括赏菊、采菊、折菊、插菊、捻菊、嗅菊、问菊、吃菊花糕、喝菊花茶等，多彩缤纷，不一而足。

宋词中有许多以赏菊为主题的重阳词，如葛立方《菩萨蛮》（井梧叶叶秋风晚）题为"侍饮赏黄花"[③]，叶梦得《满江红》（一朵黄花）自序为"重阳赏菊，时予已除代"[④]，刘辰翁《声声慢》（西风坠绿）自序为"九日泛湖游寿乐园赏菊"[⑤]。同时，还有许多以对菊为主题的宋词，如倪偁"对菊谁空北海觞"（《鹧鸪天·九日怀文伯》）[⑥]、张镃"对黄花犹自满庭开"（《八声甘州·九月末南湖对菊》）[⑦]、冯时行"今年仍复对黄花"（《虞美人·重阳词》）[⑧]等，对菊与赏菊之意相近。宋孟元老《东京梦华录·重阳》

①〔唐〕欧阳询：《艺文类聚》卷四，汪绍楹校，中华书局，1965，第81页。

②〔晋〕陶渊明：《陶渊明全集》卷二，第74页。

③ 唐圭璋编《全宋词》，第1342页。

④ 同上书，第768页。

⑤ 同上书，第3211页。

⑥ 同上书，第1335页。

⑦ 同上书，第2138页。

⑧ 同上书，第1169页。

记载了重阳时汴京赏菊的盛况："九月重阳，都下赏菊有数种：其黄白色蕊若莲房，曰'万龄菊'；粉红色曰'桃花菊'；白而檀心曰'木香菊'；黄色而圆者曰'金铃菊'；纯白而大者曰'喜容菊'，无处无之。酒家皆以菊花缚成洞户。"[①]宋代重阳词中大量出现的赏菊正是对这一盛况的反映。

辛弃疾《念奴娇·重九席上》盛赞陶渊明采菊东篱，高情千载，赵善括《醉落魄》（重阳时节）则表示"归兮学取陶彭泽，采菊东篱，悠然见山色"[②]。陶渊明采菊时的高情雅韵吸引着宋代词人去效仿，如汪莘"可来共采篱边菊"（《满江红·谢孟使君》）[③]，蒋捷"待与子、相期采黄花"（《洞仙歌·对雨思友》）[④]，潘希白"戏马台前，采花篱下"（《大有·九日》）[⑤]等。采菊之外，折菊同样在宋代重阳词中较多出现，如黄庭坚"乱折黄花插满头"［《南乡子》（卧稻雨余收）］[⑥]、周邦彦"来折东篱半开菊"（《六么令·仙吕重九》）[⑦]、石孝友"醉中折尽黄花"［《清平乐》（天涯重九）］[⑧]等。采菊是摘取菊花花朵或花瓣，折菊则是连枝叶一起折断。

采菊、折菊之后，将菊花插到头上则是宋代重阳节时一道亮丽的风景。宋词中关于插菊的描写有范成大"重阳更插黄花"［《朝

①〔宋〕孟元老：《东京梦华录注》卷八，第216页。

② 唐圭璋编《全宋词》，第1983页。

③ 同上书，第2190页。

④ 同上书，第3440页。

⑤ 同上书，第3137页。

⑥ 同上书，第396页。

⑦ 同上书，第609页。

⑧ 同上书，第2044页。

中措》(身闲身健是生涯)][1]、郭应祥“插花开口笑”(《菩萨蛮·戊辰重阳》)[2]、刘辰翁“默默黄花明朝有,只待插花寻伴”(《金缕曲·丙戌九日》)[3]等。词中也有簪菊,如苏轼“美人怜我老,玉手簪黄菊”(《千秋岁·湖州暂来徐州重阳作》)[4]、晁补之“且簪黄菊满头归”(《虞美人·用韵答秦令》)[5]、刘辰翁“吟鬓底,伴寒香一朵,并簪黄菊”(《声声慢·西风坠绿》)[6]等,与前述茱萸相同,簪菊与插菊在词中含义并无区别。菊花一般是插到头上,如赵以夫“尚堪插、黄花盈首”(《龙山会·四明重阳泛舟月湖》)[7],也可以插到两鬓,如叶梦得“霜鬓不辞重插满”[《满江红》(一朵黄花)][8]。宋词中多处出现“黄花插满头”,如王之道“幸有黄花插满头”(《南乡子·追和东坡重九》)[9],周密“待醉也,带黄花、须带满头”(《声声慢·九日松涧席》)[10],韩元吉“不惜黄花插满头”(《鹧鸪天·九日双溪楼》)[11]等。其中有些是宋代重阳节的真实写照,有些可能仅仅是对唐代诗人杜牧《九日齐

① 唐圭璋编《全宋词》,第1625页。

② 同上书,第2218页。

③ 同上书,第3245页。

④ 同上书,第301页。

⑤ 同上书,第573页。

⑥ 同上书,第3211页。

⑦ 同上书,第2662页。

⑧ 同上书,第768页。

⑨ 同上书,第1143页。

⑩ 同上书,第3284页。

⑪ 同上书,第1394页。

山登高》中的诗句“菊花须插满头归”[1]的化用。

菊花香味幽淡，嗅菊花的芳香也成了宋代词人常见的动作，如王炎“捻枝嗅蕊”（《念奴娇·菊》）[2]、石孝友“醉捻黄花和泪嗅”［《清平乐》（天涯重九）］[3]、张榘“重把菊、嗅芳妍”（《唐多令·九日登平山和朱帅干》）[4]等。为了更好地抒情，很多词人通过将菊花拟人化去问菊，如秦观“问篱边黄菊，知为谁开”（《满庭芳》三之三）[5]、方岳“且问黄花，陶令后、几番重九”（《满江红·九日冶城楼》）[6]、黎廷瑞“试问黄花，花知余否，沉吟无语”（《水龙吟·九日登城》）[7]等。宋人不仅饮菊花酒、吃菊花糕，还喝菊花茶，毛滂《玉楼春》自序记载：“戊寅重阳，病中不饮，唯煎小云团一杯，荐以菊花”，词里写道：“一杯菊叶小云团”[8]。陶渊明之前，饮菊花酒重在菊花所泡的酒，追求长寿，而宋词中所展现的更多是边赏菊边饮酒，如李光“且看花经眼，休辞酒满杯”（《南歌子·重九日宴琼台》）[9]所述，更注重的是一种情趣与境界。

从宋代词人围绕菊花展开的一系列活动中，可以看出菊花在重阳节中的重要性，因此在唐宋时期人们常将重阳节称为“菊花节”，

---

①〔清〕彭定求等编《全唐诗》卷五百二十二，第5966页。

② 唐圭璋编《全宋词》，第1853页。

③ 同上书，第2044页。

④ 同上书，第2684页。

⑤ 同上书，第458页。

⑥ 同上书，第2834页。

⑦ 同上书，第3389页。

⑧ 同上书，第670页。

⑨ 同上书，第785页。

如晚唐诗人杜牧“苏台菊花节，何处与开樽”（《夜泊桐庐先寄苏台卢郎中》）[①]。宋代重阳词中的菊花多生长在东篱边，女词人李清照《醉花阴》（薄雾浓云愁永昼）一词中的名句“东篱把酒黄昏后”[②]即如此，辛弃疾“倾白酒，绕东篱，只于陶令有心期”（《鹧鸪天・重九席上作》）[③]正是词人们重阳对菊时追慕陶渊明的集中体现。

四、登高・宴会

魏文帝曹丕《九日与钟繇书》载重阳节要“享宴高会”[④]，南朝梁代吴均《续齐谐记》载重阳节要登高，登高、宴会同样是宋代重阳节的重要习俗。

宋代词人在重阳节中多有登高之举，苏轼《醉蓬莱・重九上君猷》、吴潜《满江红・九日效行》均有“岁岁登高”之句，晏几道“年年岁岁登高节”《武陵春》（年年岁岁登高节）[⑤]、黄机“又是登高节”（《清平乐・江上重九》）[⑥]等都直接将重阳节叫作登高节。很多词径直以登高为题，如李昴英《满江红・江西持宪节登高作》、戴复古《醉落魄・九日吴胜之运使黄鹤山登高》、刘将孙《八声甘州・九日登高》等。独自登高往往有“独在异乡为异客”（王维《九月九日忆山东兄弟》）[⑦]之感，容易令人忧愁，如洪皓“羁旅登

①〔清〕彭定求等编《全唐诗》五百二十二，第5969页。

② 唐圭璋编《全宋词》，第929页。

③ 同上书，第1943页。

④〔魏〕曹丕：《曹丕集校注》，第269页。

⑤ 唐圭璋编《全宋词》，第256页。

⑥ 同上书，第2544页。

⑦〔清〕彭定求等编《全唐诗》卷一百二十八，第1306页。

高易感，况于留滞殊方”（《木兰花慢·重阳》）[①]、赵长卿“登高无奈空搔首”（《醉花阴·建康重九》）[②]等，与人一起登高则是较好的选择，如李纲“客中重九共登高”（《江城子·九日与诸季登高》）[③]、郭应祥《昭君怨·乙丑九日前二日偕元择、茂叔、季功登高作》、王迈“弟兄乘兴共登高”（《南歌子·谢送菊花糕》）[④]等。登高之后思乡、念远、望景、怀古等，则成为词人主要的心绪。

与登高相比，重阳节时宋代词人的宴会相对少一些。晏几道“金菊开时，已近重阳宴”（《蝶恋花》）[⑤]、向子諲“今日重阳，强接青蕊聊开宴”（《点绛唇》）[⑥]、史浩“对南山、把酒开新宴”（《七娘子·重阳》）[⑦]都是对重阳宴饮的描写。宴会有时会与登高结合在一起，如苏轼“不用悲秋，今年身健还高宴”（《点绛唇·庚午重九再用前韵》）[⑧]、曹冠“登高开宴俎”（《东坡引·九日》）[⑨]所述。

---

① 唐圭璋编《全宋词》，第1001页。

② 同上书，第1798页。

③ 同上书，第903页。

④ 同上书，第2525页。

⑤ 同上书，第223页。

⑥ 同上书，第965页。

⑦ 同上书，第1278页。

⑧ 同上书，第308页。

⑨ 同上书，第1538页。

五、蟹螯·橙齑·绿橘

宋代词人在重阳节饮酒时，往往一手持酒杯，一手持蟹螯，如李纲“左倾醪，右持螯”（《江城子·九日与诸季登高》）[①]、方岳“左手紫螯蟹，右手绿螺杯”（《水调歌头·九日醉中》）[②]、王迈“右手茱杯，左手笑持螯”（《南歌子·谢送菊花糕》）[③]等。吴潜“右手持杯满泛，左手持螯大嚼”［《水调歌头》(重九先三日）］[④]这两句词，更是生动形象。王之道“蟹螯粗似臂”（《凤箫吟·和彦时兄重九》）[⑤]则对蟹螯进行了着重描写。

品橙是宋代重阳词中另外一个习俗，如韩元吉“菊美橙香还对酒”［《夜行船》(极目高亭横远岫)］[⑥]、汪莘“橙初熟”（《满江红·自赋》）[⑦]、赵以夫“紫蟹青橙”（《尾犯·重九和刘随如》）[⑧]等。值得注意的是，宋代重阳词多次出现“橙齑”，如苏轼“金虀新捣橙香”（《十拍子·暮秋》）[⑨]、朱敦儒“橙虀品”［《相见欢》(深秋庭院初凉)］[⑩]、陈著“橙齑脍”（《满江红·丁未九

① 唐圭璋编《全宋词》，第903页。

② 同上书，第2835页。

③ 同上书，第2525页。

④ 同上书，第2752页。

⑤ 同上书，第1140页。

⑥ 同上书，第1395页。

⑦ 同上书，第2191页。

⑧ 同上书，第2669页。

⑨ 同上书，第296页。

⑩ 同上书，第867页。

月望赏月》）[①]等，“齏”同“齑”，可见重阳节食物中，宋人喜将橙捣碎再食用。橘在重阳词中多与橙一起出现，如秦观“一年好景真须记，橘绿橙黄时候”（《摸鱼儿·重九》）[②]、周云“橙黄橘绿又重九”［《洞仙歌》（千崖滴翠）］[③]、姚述尧“橘绿橙黄秋正好”（《临江仙·九日》）[④]，同样是重阳节常见的水果。

重阳节的一系列习俗，表达了人们禳灾辟邪、祈求长寿的美好愿望。在宋代重阳词中，词人们最后的祝愿主要集中在健康长寿，如吴潜“但愿身强健，努力报君王”（《水调歌头·送赵文仲龙学》）[⑤]、陈著“相劝相期，长健似如今”（《江城子·重阳酒边》）[⑥]、曾觌“但愿身长健，浮世拼悠悠”（《水调歌头·书怀》）[⑦]等。在关于佳节的描述中，宋代重阳词的感情基调以悲为主，词人所抒发的感情则包括寂寞之思、乡愁之情、悲秋之怀、家国之恨等。其原因一方面是唐人王维在《九月九日忆山东兄弟》中所说的“每逢佳节倍思亲”[⑧]，佳节的喜庆氛围更容易触动词人心灵深处的愁绪；另一方面与唐人韩愈在《荆潭唱和诗序》中所说的

---

① 唐圭璋编《全宋词》，第3039页。

② 同上书，第485页。

③ 唐圭璋：《全宋词》，王仲闻参订，孔凡礼补辑，中华书局，1999，第5046页。

④ 唐圭璋编《全宋词》，第1554页。

⑤ 同上书，第2729页。

⑥ 同上书，第3052页。

⑦ 同上书，第1312页。

⑧〔清〕彭定求等编《全唐诗》卷一百二十八，第1306页。

“欢愉之辞难工，而穷苦之言易好也”[1]不无关系。宋代重阳词在展现重阳节习俗的同时，也有助于我们更好地了解宋人的情感与心态。

---

① 马其昶：《韩昌黎文集校注》卷四，马茂元整理，上海古籍出版社，2014，第294页。

附录

潜心诗海，妙解诗心：林家英先生的诗词创作、鉴赏与研究*

林家英先生，1935年出生，福建省惠安县人，自幼与诗结缘，三四岁时即从父学诗，熟记多首诗歌名篇，并能用闽南方言诵读、吟唱。1952年，林先生考入复旦大学中文系读书，有幸听到刘大杰、朱东润等名师的讲课，1956年毕业后毅然选择了条件艰苦的大西北，赴兰州大学执教，历任助教、讲师、副教授、教授、古代文学教研室主任、中国古代文学专业硕士生导师。曾任甘肃省政协第六、七、八届委员，常委兼科教文卫体委员会副主任，中华诗词学会常务理事，甘肃省唐代文学学会会长，甘肃诗词学会副会长等职。现任甘肃省文史馆馆员、中华诗词学会荣誉理事。从1956年至今，林先生在兰州大学任教已六十年，主要从事中国古典诗词的教学与研究，先后为本科生讲授《唐诗宋词选讲》《中国古代文学作品选》《魏晋南北朝隋唐五代文学史》《李白研究》《诗词鉴赏》等课程。1986年以来，担任中国古代文学专业硕士生导师，先后讲

* 本文系与恩师兰州大学文学院庆振轩教授合撰，原为杨许波、庆振轩编选《陇上学人文存（林家英卷）·前言》，甘肃人民出版社，2017。

授过《诗词创作与鉴赏》《中国古代诗歌史》《唐宋诗研究》《唐诗学》《古代散文研究》等课程。已出版学术著作《中国古典诗歌选注》（四册，合著）、《甘肃古代作家》（合作，副主编）、《诗海拾贝集》、《诗海拾贝续集》、《唐诗精华》、《诗词鉴赏举要》、《中华第一女性》（合作，主编）、《诗词散论》等，诗词集《雪泥鸿迹小集》《雪泥鸿迹续集》，诗文集《追光存稿》等。林先生的诗词创作、鉴赏与研究都形成了自己的特点，取得了较大成就，产生了广泛影响。

一、情真意切，自然隽朗——林家英先生的诗词创作

南朝刘勰在其《文心雕龙·知音》中曾说“凡操千曲而后晓声，观千剑而后识器”[①]，现代美学家朱光潜先生也说过：“不通一艺莫谈艺，实践实感是真凭。”[②]对于中国古典诗词鉴赏与研究来说，要想妙解诗心，成为古人的隔代知音，自己写一些诗词就非常有必要。著名学者程千帆先生在指导研究生时，就曾要求学生“作作诗”，“你自己能动手，体会他人的创作也可以加深，分析时自然能讲出内行话来”[③]。林家英先生从教以后，为了培养学生对诗词艺术真切、敏锐的感受能力，体会诗家三昧，开始了诗词创作。林先生现存最早的诗《梨花》作于1960年4月，之后两年各有一首诗留存，不久“文革”开始，正常的教学、研究被打乱，直到1975

① 〔南朝梁〕刘勰：《文心雕龙》卷十，范文澜注，人民文学出版社，1958，第714页。

② 朱光潜：《怎样学美学》，载全国高等院校美学研究会、北京师范大学哲学系合编《美学讲演集》，北京师范大学出版社，1981，第1页。

③ 程千帆：《桑榆忆往》，上海古籍出版社，2000，第188-189页。

年8月，其诗词创作才又开始。截至2010年11月，林先生已创作古诗词一千一百四十五首，先后结集出版了诗集《雪泥鸿迹小集》《雪泥鸿迹续集》与诗文集《追光存稿》。

林先生的诗词内容丰富，主要包括写景记游、抒发感情、反映现实、咏史怀古、应酬交际等，除记载了其人生历程之外，更多地描绘了祖国的壮丽山河，反映了改革开放四十多年来社会的发展。

写景纪游是古典诗词中常见的题材，且有大量名篇名作留世。林先生前往祖国各地探亲、交流、游览之时，步履所至，有所感即形诸笔端，留下了大量歌咏祖国大好河山的诗词，正如南开大学教授、著名中国古代文论学家王达津先生为《雪泥鸿迹小集》所作序之言“舟车所经，尽留鸿迹”。翻阅诗集，可以看到林先生的写景纪游诗既有洛阳、厦门、西安、成都等现代都市，青城山、雁荡山、瘦西湖、青海湖等自然山水，同时又有成都杜甫草堂、巩县杜甫故里陵园、岳阳楼、海口五公祠等人文景观。在这些写景纪游诗中，歌咏甘肃的诗词尤为引人入胜。林先生虽然生长于南国，但长期在兰州大学任教，足迹踏遍陇原大地，留下了大量诗篇，淋漓尽致地展现了甘肃独特的自然风貌、人文景观。林先生歌咏兰州的诗词有《戊寅初夏登兰州徐家山公园》《菩萨蛮·金城关旧址》《新陇上行四首调寄长相思·安宁桃花》《兰州石佛沟国家森林公园小令六阕》等，歌咏陇中地区白银、定西、临夏的有《白银市掠影四首》《初夏访定西市大坪村二首》《贵清山十绝句》《刘家峡即景》等，歌咏甘南的有《甘南杂咏四首》等，歌咏陇东地区庆阳、平凉的有《陇东行杂咏八首》《陇东陕北行六首》等，歌咏陇南地区天水、陇南的有《游天水玉泉观二首》《三访天水南郭寺》《三游天水市伏羲庙》《武山行杂咏十首》《陇南行七律三首》《陇南行绝句三首》《己巳年暮秋陇南访古纪行八首》等，歌咏河西地区酒泉、嘉峪关、张掖、金昌、武威的有《辛未年秋日河西杂咏十二首》《凉州行》《嘉峪关抒情》《重访嘉峪关三首》《敦煌莫高窟驰想》《敦煌行六首并序》等。林先生诗中既有秀丽优美的陇南山水，如“漱石飞湍万树森，珠帘倒挂碧峰岑”（《宕昌县大河坝纪游十首》其三）、“松柏竹林青翠翠”“鸟语花香人欲醉”（《陇南行七律三首·木皮岭》）、“沃野平田草未凋，霜林欲醉最妖娆”（《己巳年暮秋陇南访古纪行八首·赴徽县途中》），又有苍凉辽阔的河西风光，如“落日祁连明积雪，驼铃瀚海响征程”（《嘉峪关抒情》）、“八级大风憎怒吼，迷茫秋雨过瓜州”（《辛未年秋日河西杂咏十二首·车过安西》）、“塞垣辽阔天清朗，大道阳关气象新”（《敦煌行六首并序·阳关》）等；既有独特的民风民俗，如“回廊一曲绿荫下，瓜节评瓜远近闻。塞上风情多意趣，芳香隐约染衣裙”（《辛未年秋日河西杂咏十二首·赛瓜节》）、“绿野牧牛芳草间，田园生活自悠然。新坪藏女红衣艳，长辫青丝身影妍”（《宕昌县大河坝纪游十首》其二）等，又有现代化都市的新貌，如“崭新面貌颂银城，林立厂房百业兴”（《白银市掠影四首·银城颂》）、“梨枣葡萄香四溢，耤河两岸立高楼”（《天水山川市井掠影》）等。因为甘肃很多地方林先生都去过多次，所以她的诗里不时出现今昔对比，如“昔日小街连旧巷，今朝拔地矗高楼”（《陇东行杂咏八首·西峰新貌》）、“昔日荒山路，今朝绿韵浓”（《初夏访定西市大坪村二首》其二）等。

中国古典诗词有着悠久的抒情传统，林先生的诗词同样善于抒写各类感情，较多的有亲情、乡情、师生情等。亲情诗中有写给长辈的《和孟嘉舅八十初度有怀》《寄鹭岛孟嘉舅》《再和温陵志豪舅七律一首》等，写给同辈的有《初冬赠别令勋表弟》《岁暮寄津门露洁五姐》《遥寄鹭岛丽冰表妹》等，写给晚辈的有《新春寄津门明华甥女》《辛未年岁暮赠孙儿英超、剑箫二首》《新春再赠佳佳女孙》等。亲情诗既有对远方亲人的思念，如“南国亲人如问我，离思欲诉路几千？”（《秋日为表兄张乾二赴兰州讲学作绝句三首》其三），又有久别重逢的欣喜，如“骨肉亲情别样浓，十年鹭岛喜重逢”（《辞别孟嘉舅于鹭岛家中》）；既有对长辈养育之恩的感念，如“难忘父辈忠慈爱，终悟痴儿独远偏”（《辛未年初夏奉和温陵志豪舅八旬初度暨行医六十二年感怀七律三首，步原韵》其二），又有对逝世亲人的哀伤与怀念，如“遗爱长存频入梦，默然形影见慈容”（《鹭岛探亲祭孟嘉舅二首》其一）；既有对长辈的祝福，如“万顷鹭江水，会当添福泽”（《新春贺孟嘉舅九十大寿二首》其二），又有对晚辈殷切的希望，如“科学征途无捷径，远离浮躁贵沉心”（《丁亥年除岁寄语孙儿超超兼示箫箫》）。林先生大学毕业后即赴祖国西北的兰州任教，故乡惠安则远在千万里之外的东南，思乡之情常萦绕在心中，形诸文字就产生了《夏日乡思》《乡思寄闽中亲朋》《故园梦三首调寄忆江南》等思乡的诗篇。其中《乡思寄闽中亲朋》“翠袖当初染泪痕，辞亲匹马陇西奔。痴儿卅载经风雨，红豆儿朝牵梦魂。流水高山传慰藉，乡音俏语味温存。此身合是春蚕侣，日夕成丝绕海村”的诗句，较为集中地体现了诗人的思乡之情。当然，描写乡情的诗中还有重回故乡的轻快与喜悦，如“秦云陇树闽中路，满目青葱是我乡”（《故里行三首》其二）、“千里乡思一日还”（《母家崇武海滨杂咏五首》其二）等，思念故乡的惆怅与重返故乡的喜悦二者是互相依存的。在描写师生情的诗词中，常出现对恩师的感念与祝福，如“蚕身灯影连朝暮，德业双馨重育人”（《感师恩》）感念师恩、“丽影鸿书抚远客，万千珍重百年春”（《暮春喜得蒋孔阳、濮之珍师惠寄合影》）祝福恩师长寿等。但作为一名从教已满六十年的教师，林先生的诗词中出现更多的则是写给学生的，如《中秋赠别李世英赴津门攻读博士学位二首》《题陈桥生硕士论文扉页》《中秋日寄京华世英、桥生》《寄西安张利亚》《岁暮赠安华涛、唐启翠赴海南访学》《春日京华留别北大陈桥生博士》《赠别研究生华涛、启翠赴海南任教》《赠研究生李世忠》《新春赠国栋李辉伉俪》等。研究生结婚时，林先生还会作诗志喜，如《贺马兰兰姚雪丹喜结连理》《李向阳孙雪英结婚志囍》等。诗中处处流露出对学生的关切与期许，如“骏马风中驰骋去，会当千里奋飞蹄”（《中秋日寄京华世英、桥生》）、“更惜良时期奋发，天高海阔任翱翔”（《岁暮赠安华涛、唐启翠赴海南访学》）、“谦和沉稳远尘俗，卓立自当青胜蓝”（《新春赠国栋李辉伉俪》）等。

从《诗经》“饥者歌其食，劳者歌其事”、汉乐府“感于哀乐，缘事而发”到中唐白居易“文章合为时而著，歌诗合为事而作”，中国诗歌一直有着悠久的现实主义传统。林先生在从事教师工作的同时，还参加了一些社会活动，她曾任甘肃省政协常委兼科教文卫体委员会副主任，积极参加政协的调研，建言献策之外，创作了大量反映现实的作品。香港、澳门回归，“神舟七号”航天飞船成功发射，举办亚运会、奥运会等国家大事在其诗词中都有反映，林先生真诚地为祖国的发展感到欣喜，并祝愿祖国继续繁荣昌盛。2008年5月12日，四川汶川发生8.0级地震，受灾惨重。当得知灾情后，温家宝总理第一时间赶赴受灾现场，人民子弟兵赶赴灾区英勇救灾，全国人民纷纷伸出双手进行支援。林先生饱含深情地创作了

《抗震颂六首》，分别赞颂了“问衣问食问寒暖”的总理、“一门心事觅生灵”的人民子弟兵、“点燃生命亮希望”的医护人员、“共度时艰施救援”的炎黄子孙、“不辞抢险付辛劳”的“80后”一代，最后希望逝者安息、生者坚强，“大地生命挺脊梁”。此外，林先生有多篇作品描写了甘肃的引大入秦工程、榆中北山集雨工程、白银电缆厂、漳县盐厂等，对陇原大地的发展变化进行了诗意的记载。

林先生咏史怀古诗所咏对象可以分为两类：一是古代杰出人物，如屈原、苏武、杜甫等；一是近现代伟人，如毛泽东、周恩来、鲁迅等。其中有些诗是参观考察人文景观时发怀古之幽思，如《卧龙冈赞孔明》《周祖陵怀古三首》《湖湘访古二首》等，另外一些诗则是在与人物有密切联系的时刻有所感而写，如《端午节缅怀屈原二首》《缅怀杜甫流寓陇右1250周年二首》《周恩来总理诞辰百年》等。林先生咏史怀古诗注意彰显所咏人物爱国爱民的感情，如《端午节缅怀屈原二首》歌咏屈原的爱国精神“百代忠魂萦故国”“唤起忠贤报国来”，《咏郑和壮举二首》歌咏郑和下西洋使“华夏文明传四方”，《鲁迅精神赞二首》歌咏了鲁迅昂扬的斗志与甘愿为人民服务的精神，《缅怀周恩来总理四首》歌咏了周恩来总理忧国忧民、日理万机、两袖清风、虚怀若谷、尊重知识、尊重人才的风范。

应酬交际是古典诗词中另外一类常见题材，真实反映了古人的生活，林先生同样有大量的应酬交际诗词。概而言之，其应酬交际诗词大致可以分为三部分：一是与友人的诗词唱和，如《初夏夜和杨老植霖同志赠诗，步原韵》《春日和陆开华同志》《奉和卞志良同志七律抒怀》等。二是与政协会议、学术会议等各类会议有关，如《七绝六首分赠甘肃省政协六届六委员》《乙丑年三八节省妇联茶话会上即兴》《赴邵武参加全国严羽学术讨论会三首》等。三是记载与友人的迎来送往，这一类数量最多。或是收到友朋书籍、诗文有感，如《丙寅仲夏得黄老寿祺先生自闽中寄赠〈六庵诗选〉一时感奋遂成拙吟》《读程千帆先生惠赠〈沈祖棻诗词集〉，感佩不已，赋七绝三首》《戊辰暮春读裴老慎之先生病中赠诗一时感奋作小诗二首》等；或是收到友人信件、贺卡有感，如《壬申年夏日读施南池教授自沪上来信知其富春江之游遥有此寄》《岁暮得黄大燊先生新年贺卡，谨以小诗回赠》《读中俊寄赠贺卡并附信》等；或是祝贺友人寿诞，如《贺刘让言、王秉钧教授八十华诞暨从教五十周年庆典》《贺霍松林先生九十华诞》《贺骆老石华先生九十华诞》等；或是收到友人寄送物品有感，如《谢杨永芳女士惠赠玲珑手枕》《暮春喜得蒋孔阳、濮之珍师惠寄合影》《复旦同窗邓明以学姐病中自沪上寄赠羊毛衫》等；或是酬谢友人情谊，如《欣悉拙吟〈雪泥鸿迹小集〉有望付梓赠李果同志》《新春寄酒泉刘智宏同志》《赠小车司机崔师傅》等；或是恭贺友人获得成绩，如《欣悉晓萍同志获亚洲杯妇女书画大赛二等奖作小诗二首以示祝贺》《贺秦理斌书家获世界铜奖艺术家称号》《欣悉成倬选任甘肃省第十六届党代表》等。可以说，在林先生的生活里，诗词就代替了书信，成为与友人沟通交流最主要的媒介。在现代社会，随着信息化的发展，短信、微信、邮件已逐步代替了以前的纸质信件，写信的人变得越来越少，更不要说像古人一样用诗词来赠答了。在这层意义上，林先生至今依然用诗词来应酬交际，为我们保留了一份难得的诗意。值得指出的是，林先生非常关心兰大中文系的学生，学生活动她都会积极支持，如中文系学生成立青衿诗社时写诗祝贺、举办《半月报》历史展览时题诗鼓励等。

咏物诗词在林先生作品中数量虽不是太多，但却自有其特色。在古代咏物题材的传统中，咏物并非单纯咏物，而是要借咏物以抒情言志，林先生现存最早的三首诗《梨花》《兰州黄河铁桥》《咏黄河水车》皆为咏物诗，都能做到这一点。《梨花》诗借咏梨花表现了乐观向上、豪迈自信的品格，《兰州黄河铁桥》借黄河铁桥“铮铮铁骨中流屹”体现了诗人对铮铮铁骨人格的称赏与向往，《咏黄河水车》则借黄河水车“春朝秋夕无休歇，车水辛勤送万家”歌咏了无私奉献的精神。此外，先生还先后歌咏过牡丹、菊花、水仙花、翠竹、红叶盆景、无花果、沙拐枣、洮砚、黄河石、夜光杯、福州寿山石、兰州碑林、太平鼓、孔雀等。林先生还有题画、哀悼、送别等其他题材的诗，均能做到有感而发，言之有物。

在林先生三本诗集所收的一千一百四十五首诗词中，共有古体诗二十首，其中五言古诗三首、七言古诗十七首；律诗八十七首，其中五言律诗八首、七言律诗七十九首；绝句九百三十七首，其中五言绝句四十七首、七言绝句八百九十首；四言诗十首，杂言诗二首，联句诗一首，集句诗三首；词八十五首。古体诗词之外，另有新诗三首，韵文四首，楹联五十六副。通过统计可以看出，林先生最喜用的诗歌体裁是七言绝句，其次是七言律诗，之后依次是五言绝句、七言古诗、四言诗、五言律诗，五言古诗、集句诗、杂言诗、联句诗都是偶一为之。关于各体裁诗歌的风格，王达津先生在为《雪泥鸿迹小集》作序时曾指出林先生“素长七绝，篇章最富。意境合江南塞北之美，神韵得昌龄摩诘之心。七律则有塞外风尘之气，豪壮居多；古诗则尚叙事述情之真，自然其体。小词清逸，不取《花间》；各体虽殊，均有妙诣”[①]，甚为精当。但不管哪一种体

① 林家英：《雪泥鸿迹小集·序言》，甘肃人民出版社，1993，第1–2页。

裁，林先生的诗词都有其共同的特点，即情真、自然与豪旷。林先生论诗主张真，如《论诗二首》其一所言“感动沉吟贵一真”，她的作品很好地体现了这一点，无论面对什么人，描写什么内容，都能做到情真意切，毫无矫揉造作之感。林先生论诗崇尚自然，《论诗二首》其二认为“觅句推敲诚可学，芙蓉清水更当行”，她所作诗词从来不用僻字难字，不用艰涩的典故，令人读起来明白如话，朗朗上口。同时，林先生诗词并无古代女性作家作品中常见的悲伤消沉，字里行间流露出的多是豪迈自信、乐观旷达。

林先生的诗词大多发表于《中华诗词》《诗刊》《天山》等各大报刊，并先后有作品入选《兰州古今诗词选》《嘉峪关诗选》《敦煌诗选》《陇上吟》《当代咏陇诗词选》《古今咏陇诗词选注》《龟兹古今诗词选》《宁夏旅游诗词精选》《当代诗人咏中州》《当代诗人颂郑州》《当代诗人咏温州》《南宁风光诗词选》《温州之歌》等多种地方性诗词选，《当代黄河诗词选》《丝绸之路诗词选集》《丝绸之路诗选注》《中国历代长城诗大全》《中国翰园碑林诗词集萃》《中国当代边疆诗词精选》《中国百年旅游诗词》等多种专题性诗词选，《五四以来诗词选》《近百年诗钞》《中国当代诗词选》《当代中华诗词选》《当代八百家诗词选》《现代千家诗》《当代诗词点评》《当代诗词手迹选》《半边天诗词选》《当代词综》《中华风韵·中国当代诗词家辞典》《全球汉诗三百家》等多种全国性诗词选。此外，林先生的七律《咏曹雪芹》由兰州碑林刻碑，《“九九归一”洮砚颂》用于甘肃省人民政府赠香港特区政府成立的礼品证书，随洮砚留存香港。这一切都说明，林先生的诗词创作产生了广泛影响。

二、灵犀一点，妙解诗心——林家英先生的诗词鉴赏

20世纪80年代，改革开放伊始，求知的热潮席卷大江南北，社会上迫切需要能够带领普通读者读懂古代经典文本、领略经典魅力的书籍。上海古籍出版社组织古代文学研究学者于1983年编写出版了《唐诗鉴赏辞典》，第一版重印三十五次，印数达二百四十万册，产生了巨大的影响，并引领了文学鉴赏热。此后，各大出版社相继出版了各类鉴赏辞典。林家英先生是这股文学鉴赏热潮的积极参与者，翻检其鉴赏文章，可以发现范围非常广泛，上至《诗经》《楚辞》，下至清末谭嗣同、林觉民的诗文，历朝历代均有涉猎，但以唐代为主。除《诗经》、《楚辞》、汉乐府、《古诗十九首》等无名氏的作品外，林先生共赏析了六十五位作家的作品，其中隋唐五代有三十一位，将近一半，魏晋六朝与宋代各有十一位，之后依次是清代六位、元代三位、明代二位、汉代一位。所赏析的文体同样较多，诗、词、文、曲、小说皆有涉及，其中又以诗为主，共赏析文、曲、小说共十篇，其余皆为诗词。鉴赏文章看起来容易写，但要写好很难。如果只是先简单介绍作家生平，再按照诗意串讲一番，则了无新意。在那股鉴赏热潮中，既有别出机杼、鞭辟入里的分析，同时也不乏粗制滥造、平淡寡味的鉴赏。长于诗词创作的林先生，往往能以善感之诗心，通过文本直达诗人心灵，灵犀一点，妙解诗心。概而言之，林先生鉴赏文章的特点主要包括四方面：

第一，能够直探作者之深心。林先生赏析诗词并非仅停留在对字句大意的解释，而是结合诗人人生经历、所处社会环境及写作时的具体场景，透过文本直探诗人内心。如赏析三国时期阮籍的《咏

怀·夜中不能寐》："夜中不能寐，起坐弹鸣琴。薄帷鉴明月，清风吹我襟。孤鸿号外野，翔鸟鸣北林。徘徊将何见？忧思独伤心。"这首诗是《咏怀》八十二首的第一首，为整组诗之纲，如果仅停留在对字句表层进行解读，当然也没有错，但是对于诗人为何夜中难寐、徘徊伤心不做一番探究的话，对诗意的理解就难免肤浅。对于阮籍诗歌，刘勰在《文心雕龙·明诗》中认为"阮旨遥深"，钟嵘在《诗品》中认为"厥旨渊放，归趣难求"，后代诗评家一致认为其诗忧思独深，委折深隐。到了现代，刘大杰在《中国文学发展史》中指出阮籍的忧思伤心是"忧思宇宙间一切的幻灭，他伤心人事社会的离乱，他不满政治的黑暗，而又无力改变。他羡慕仙界的美丽而又同时感其虚无，他痛恨现实世界的恶劣而又无法逃避"①，指出了阮籍的无奈。游国恩主编的《中国文学史》认为"这首诗表现了生活在黑暗现实里的诗人内心苦闷，末两句更充分表现出他那看不见任何希望和出路的忧思。'独坐空堂上'一首则典型地表现了诗人孤独索寞的感情"②，指出了阮籍的绝望和孤独索寞。林先生则结合曹魏时期政治斗争的严酷形势以及阮籍的人生经历，认为他对"现实黑暗政治非常厌恶而又无力抗争，他从少年时代起就积极练武准备报效国家，但又不愿与司马氏集团合作；他纵酒沉醉蹉跎岁月，而又未能忘却实现自己的抱负……这些矛盾痛苦的感情都郁结在心灵深处，时时煎熬着他，使他长夜难眠"③，在前人的基础上指出了阮籍内心的矛盾痛苦。阮籍不像嵇康一样与司马氏直接决裂，也不像山涛、王戎一样与司马氏合作，而是时时处在一种矛

① 刘大杰：《中国文学发展史》，复旦大学出版社，2006，第176页。

② 游国恩：《中国文学史》，人民文学出版社，2002，第255页。

③ 林家英：《诗海拾贝集》，甘肃人民出版社，1990，第23-24页。

盾中，这样的心态更为复杂，可能也更真实，为读者理解《咏怀诗》提供了另外一种角度。

第二，能够分析作品艺术上的精微独特之处。唐代诗人杜甫曾说："文章千古事，得失寸心知。"阐释诗文艺术上的精微之处比解读思想内容更加需要功力，而这也正是林先生的所长。林先生在赏析诗词的时候，能够结合自己创作的经验，具体分析作品运用的结构章法、修辞手法与遣词用字，不但告诉读者有多好，更重要的是告诉读者为什么好。

结构章法如在赏析杜甫《丽人行》时指出运用了"先叙事后点破题意的结构艺术"，赏析岑参《戏问花门酒家翁》时指出"在写法上，朴素的白描和生动的想象相结合，在虚实相映中显示出既平凡而又亲切的情趣"。在赏析谢灵运《登江中孤屿》诗时指出这首诗虽以登孤屿为题，但具体描写孤屿的笔墨并不多。诗中写到山水风光的，只有"乱流趋正绝，孤屿媚中川。云日相辉映，空水共澄鲜"四句，而四句之中，写到山的笔墨仅"孤屿"一句，而一句之中又只有一"媚"字点明在浩浩江流的衬托下山岛的媚人风采。"这种以少总多的写法，最富传神韵味"，"这种烘云托月的手法比起一一地细写山岛的林木草树、花鸟泉石，更能激发读者对孤屿山的媚人幽姿遐想不尽"。对结构章法的分析能够使读者更好地从整体上把握诗词。

修辞手法如赏析三国曹植《野田黄雀行》时指出诗作运用了比喻手法，以自然界高树响着悲风、大海翻起波涛比喻政治环境的险恶，以利剑比喻权力，"罗家"喻迫害者，"黄雀"喻受害者。赏析元代王实甫《西厢记·长亭送别》时指出"碧云天，黄花地，西风紧，北雁南飞"运用了衬托的手法，衬托出崔莺莺为离愁别绪所折磨、所烦恼的痛苦压抑的心情；“柳丝长玉骢难系，恨不倩疏林挂住斜晖”中“柳”谐“留”，“丝”谐“思”，运用了双关的修辞手法；指出“听得一声‘去也’，松了金钏；遥望见十里长亭，减了玉肌”运用了高度夸张的手法，抒写因离别而产生的愁恨欲绝的感情。古典诗词中大量运用修辞手法，恰当而准确地指出并分析其产生的作用对于理解全诗有着很大的帮助。

除结构章法、修辞手法外，分析诗词中所用字词的妙用更能体现出林先生鉴赏的特点。如分析曹植《情诗》“游鱼潜渌水，翔鸟薄天飞”两句，指出“‘潜’字状游鱼安然不惊之神态，‘薄’字状鸟儿高飞、自由快意的神采，可谓画龙点睛之笔。且‘潜’字属平声闭口韵，声音短促，正切合游鱼安然的神态；‘薄’字属入声韵，声音短促，更添翔鸟‘飞飞摩苍天’的气势，状难写之境如在目前，充分显示出诗人敏锐的观察力及其精湛的艺术表现力，堪称‘诗眼’”。不但从字意上分析其妙用，还能与其读音结合。中国古典诗词除了诗意美之外，还有其声韵美，林先生从小擅长吟诵古典诗词，所以在赏析诗词时，常常能发现古人斟音酌句的精微之处。如赏析唐人岑参《送李副使赴碛西官军》时指出：“前四字以仄声字‘热’‘绝’‘月’押韵，以短促的韵脚从听觉上加深读者对李副使奔赴艰苦征途的英雄气概的感受，给人渲染一种坚决果敢、义无反顾的情绪；后四句以平声字‘垆’、‘胡’、‘夫’押韵，构成了一种悠扬流畅的韵律美，加深读者对诗人所倾诉的豪迈、洒脱的感情境界的领会。”赏析唐人刘禹锡《柳枝词》时指出：“为了传达出郁积于心长达二十年的离情和消息全无的别恨，诗人在遣辞造句时，多用舌齿间音，像‘清江’、‘柳千条’、‘年前’、‘旧板桥’（‘板’是双唇音）、‘曾与’、‘消息’、‘今朝’等词语，音调声量比较轻细，在声律的抑扬变化中，有助于表达出诗人绵长、深挚的情思，更添诗歌回环婉转的韵致。”

第三，能够联系前后相类似之作品。好的鉴赏不是就诗论诗，而是充分联系前后相类似的作品，让读者了解本诗的渊源流变，并在比较中凸显本诗的特点。林先生在做鉴赏时不但能联系同一诗人的其他作品，更重要的是能联想到不同时期其他作者的类似作品。所联系的相类似的作品主要包括四种：

一是题材相同。如赏析唐人贺知章《杨柳枝》之时，林先生引用了《诗经·小雅·采薇》中的“昔我往矣，杨柳依依”、《古诗十九首》中的“青青河畔草，郁郁园中柳”、无名氏《读曲歌》中的“杨柳低春风，一低复一昂”、隋代薛道衡《昔昔盐》中的“垂柳覆金堤，蘼芜叶复齐”等前代咏柳名句。赏析唐人李白《把酒问月》诗时引用了之前张若虚的《春江花月夜》、之后苏轼的《水调歌头》中的“明月几时有”。

二是所表现的诗人襟怀相似。如赏析唐人杨炯“宁为百夫长，胜作一书生”（《从军行》）时，引用了王维《送赵都督赴代州》中的“岂学书生辈，窗间老一经”、高适《塞下曲》中的“万里不惜死，一朝得成功。画图麒麟阁，入朝明光宫。大笑向文士，一经何足穷”、岑参《送李副使赴碛西官军》中的“功名只向马上取，真是英雄一丈夫”，指出杨炯《从军行》实有开风气之功。赏析东晋陶渊明《移居》其一“弊庐何必广，取足蔽床席”时，引用了前代《论语·子罕》中孔子所说的“君子居之，何陋之有”、后代杜甫《茅屋为秋风所破歌》中的“安得广厦千万间，大庇天下寒士俱欢颜！”“呜呼！何时眼前突兀见此屋，吾庐独破受冻死亦足”、刘禹锡《陋室铭》中的“山不在高，有仙则名；水不在深，有龙则灵。斯是陋室，惟吾德馨”，指出这些诗文在追求高远的精神境界上和陶渊明诗有相通之处。

三是艺术构思相似。如赏析南北朝庾信“阳关万里道，不见一人归。唯有河边雁，秋来南向飞”（《重别周尚书》）时，指出与隋代薛道衡“人归落雁后”（《人日思归》）一句立意相似。赏析北宋苏轼“但愿人长久，千里共婵娟”（《水调歌头》）时，认为彼此虽在千里之外，也能通过共赏一个明月而互通感情，得到心灵上的安慰，出自南朝宋鲍照《玩月城西门廨中》中的“三五二八时，千里与君同”、唐代张九龄《望月怀远》中的“海上生明月，天涯共此时”、南朝宋谢庄《月赋》中的“美人迈兮音尘阙，隔千里兮共明月”，苏轼是借鉴前人名句而深化。

四是遣词用字相似。如赏析唐人王昌龄《闺怨》诗中的“忽见陌头杨柳色”时，引用了岑参《白雪歌送武判官归京》中的“忽如一夜春风来，千树万树梨花开”、杜甫《闻官军收河南河北》中的“剑外忽传收蓟北，初闻涕泪满衣裳”、白居易《长恨歌》中的“忽闻海上有仙山，山在虚无缥缈间”、《琵琶行》中的“忽闻水上琵琶声，主人忘归客不发”等用“忽”字的诗句，并分析了“忽”字的妙用。赏析南唐李煜《浪淘沙》词中的“帘外雨潺潺，春意阑珊，罗衾不耐五更寒”时，联想到杜甫《佳人》中的“天寒翠袖薄，日暮倚修竹”、李白《秋登宣城谢朓北楼》中的“人烟寒橘柚，秋色老梧桐”，认为都是千载传颂的佳句，吟味之际，一种寒意入怀的感受油然而生。

第四，以小见大，能够将作家作品放在整个诗歌史发展的大背景下进行分析评价。具体来说，大致又可以分三种情况。

一是由鉴赏具体作品出发梳理某一类型作品的发展脉络，如赏析宋代苏轼《江城子・乙卯正月二十日夜记梦》时，指出前代悼亡名篇还有西晋潘岳《悼亡诗三首》、唐代元稹《遣悲怀三首》，梳理了悼亡诗发展的脉络。赏析唐代杜甫《山寺》时指出该诗是现存古典诗歌中最早一首吟咏麦积山石窟的诗篇，前此有北周庾信撰写的《秦州天水麦积崖佛龛铭》一篇传世，此后五代秦州诗人王仁裕有《题麦积山天堂》七律一篇传世。

二是由具体作品出发分析该诗人的风格特点。如赏析唐代高适的《送李侍御赴安西》时，分析了其边塞诗的特点，并与岑参进行了比较。赏析南宋辛弃疾《水调歌头・舟次扬州，和杨济翁、周显先韵》时分析了其词用典的特点。

三是注意分析具体作品、作家在诗歌发展史中的地位与影响。如在赏析晋末宋初谢灵运的《石壁精舍还湖中作》时，将其放在整个诗歌史发展的大背景下进行分析评价，指出谢灵运致力于山水诗的创作，对当时诗坛及后世诗歌创作都产生了较大影响。“南朝宋初诗歌能够基本上脱离老、庄玄理的束缚而走向写景状物的新的艺术道路，首先应该归功于谢灵运。盛唐田园山水诗派，则是对陶渊明、谢灵运田园山水诗的继承和发展。唐代伟大诗人李白、杜甫、白居易对谢灵运的创作都表示过由衷的仰慕。”赏析南朝诗人阴铿的《江津送刘光禄不及》时，将其置于“永明体”发展的背景下分析，认为这首诗“显示出声律、对仗等技巧的成熟，在景物描写、章法结构上具有五言律诗的风神韵致，与汉魏古诗质朴浑然、一气呵成的气势迥异，见出六朝诗歌由古体向新体进而向近体演进的趋势”。

总之，林先生在赏析诗词时既能入乎其内，很好地解读文本本身，简洁明了地道出其精妙之处，又能出乎其外，将作品与诗人其他创作相结合，并置于整个文学发展的潮流中去分析评价。

林先生的诗词鉴赏获得了学术界广泛认可与高度评价，曾先后与俞平伯、施蛰存、钱仲联、萧涤非、程千帆、马茂元、霍松林、夏承焘等前辈学者一起，为《先秦汉魏晋六朝诗鉴赏辞典》《汉魏晋南北朝隋诗鉴赏辞典》《唐诗鉴赏辞典》《唐宋词鉴赏辞典》《宋词鉴赏辞典》《元曲鉴赏辞典》《红楼梦诗词鉴赏辞典》《历代名篇赏析集成》《中华诗词鉴赏辞典》《中国文学名篇鉴赏辞典》《古文鉴赏大辞典》《杜甫诗歌赏析集》《刘禹锡诗文赏析集》《李璟、李煜词赏析》《李清照词鉴赏》《辛弃疾词鉴赏》等三十余种鉴赏辞典撰写了一百三十余篇文章。林先生于1990、1991两年将这些鉴赏文章结集为《诗海拾贝集》《诗海拾贝续集》，由甘肃人民出版社出版，由四川大学教授、著名文史研究专家缪钺先生，华东师范大学教授、著名文艺理论专家钱谷融先生分别作序。缪钺先生在《诗海拾贝集序》中指出："赏析古人诗词名篇，其事似易而实难。若顺文讲解，敷衍成篇，似亦非难事。但是能在赏析一篇名作时，探索作者之深心，阐释艺术之高境，比量类似之篇什，追寻演变之轨迹，因小见大，由显推隐，读者将能获得举一反三、启示感受之效益，则撰稿者必须具有深厚之修养，独到之创见，始克臻此，非率尔操觚，勉强应命者之所能为役也。"林先生的诗词鉴赏正是缪先生所认为的能够"探索作者之深心，阐释艺术之高境，比量类似之篇什，追寻演变之轨迹，因小见大，由显推隐，读者将能获得举一反三、启示感受之效益"的文章。钱谷融先生在《诗海拾贝续集序》中则说林先生的"诗词赏析之作，其体会之深，析理之精，使我十分叹赏。读家英同志的文章，令人感到特别亲切。仿佛她就站在你的面前，娓娓而谈地把她对古人诗词的爱好，把她从阅读中所得来的欢喜和忧伤，坦诚地向你和盘托出，使你不能不为她的真挚的态度和充满激情的语言所深深地吸引。赏析文章能写得这样生动，这样富有魅力，实在是很不容易的”。

三、潜心诗海，阐幽抉微——林家英先生的诗词研究

林先生并未止步于诗词鉴赏，而是在鉴赏的基础上，对古典诗词进行了多方面研究。其著作主要包括：1981年2月与刘让言、陈志明合著（第二作者）《中国古典诗歌选注》（一），由甘肃人民出版社出版；1982年2月，与李鼎文、颜延亮等合著（副主编）《甘肃古代作家》，由甘肃人民出版社出版，撰写《阴铿》《李益》《权德舆》等章节；1985年1月，与陈志明合著（第一作者）《中国古典诗歌选注》（二），由甘肃人民出版社出版，该书1987年获得甘肃省教育厅颁发的高校优秀教材奖；1992年12月，选注《唐诗精华》，由人民文学出版社出版，入选该社“中国古典文学精华丛书”；1994年2月，与研究生陈桥生合著（第一作者）《诗词鉴赏举要》，由甘肃人民出版社出版；1995年7月与庆振轩、李俊彦等合著（主编）《中华第一女性》，由甘肃人民出版社出版；2001年8月，论文集《诗词散论》由甘肃人民出版社出版；2002年1月，与胡大浚、王德全、汪道伦合著（第一作者）《中国古典诗歌选注》（三、四），由甘肃人民出版社出版；2010年12月，诗文集《追光存稿》由甘肃省文史馆编印库存。另外，林先生还在《光明日报·文学遗产》《文史知识》《兰州大学学报》等刊物发表论文四十余篇，对李白、杜甫等古代诗人与毛泽东、杨植霖等现当代诗人进行了比较研究，并撰写电视专题片文本

《杜甫在秦州》《杜甫在陇南》，由兰州大学电教中心拍摄，在省内外播出，被中央电教馆收藏。考察林先生的学术研究，其特点主要表现在四个方面。

首先，研究以鉴赏为基础。张伯伟《陶渊明的文学史地位新论》曾指出中国文学研究现在存在两大问题，其中之一是文学本体的缺失，“以文献学代替文学，将艺术作品当作历史化石，或者用所谓‘科学的’方法，比如统计、定量分析、图解等，追求文学研究的‘实证性’和‘技术化’”①。中国古典诗词一直有抒情言志的传统，所有的作品都包含着诗人的情感，如果将其当成冷冰冰的史料去进行科学分析的时候，则诗词的生命或许被掩盖。与之不同，林先生所有的研究都是建立在对诗词文本解读的基础上。如《〈长安古意〉在唐初诗风转变中的地位》一文，林先生首先对卢照邻《长安古意》进行了详尽的分析，注意到了该诗的结构、起承转合、修辞手法、用字等。如分析用字时，敏锐地指出“自言歌舞长千载，自谓骄奢凌五公”中两个“自”字将朝中将相“志得意满的骄横气势，作了传神的刻画。笔墨精练，以少胜多”。在对文本细致分析的基础上，林先生常会提出一些不同于前人的观点。如闻一多认为卢照邻《长安古意》结尾“有点突兀，在诗的结构上既嫌蛇足，而且这样说话，也不免暴露了（作者）自己态度的褊狭”，“是一点点艺术的失败”。而林先生结合对全诗的分析与卢照邻的思想性格认为这个结尾“是提高全诗格调的有力的一笔，不但对题材本身带有的宫体色彩起了消蚀、荡涤的作用，同时也表明作者将自己置身于统治阶级腐朽生活之外的态度，和他对现实社会的怨愤之

① 张伯伟：《陶渊明的文学史地位新论》，载《回向文学研究》，商务印书馆，2022，第363页。

情”。前人将杜甫《凤凰台》与《茅屋为秋风所破歌》并举，认为这两首都是“较突出的现实主义作品”，而林先生《浅论〈凤凰台〉》一文从两诗文本出发，认为《凤凰台》诗中“诗人杜甫的兴趣、感情却全部集中到由台名而生发出来的对瑞鸟凤凰的联想，和对国运中兴的祝愿上来，而没有致力于具体、细致地描摹山水”，“是杜甫诗歌遗产中一篇不可多得的浪漫主义杰作”。因为结论是建立在文本解读之上，所以真实可信。论文立论既不凭空想象，也不墨守前人，而建立在对诗词文本细致的分析上，这正是林先生学术研究的特点之一。

其次，研究与创作相结合。从唐代杜甫《戏为六绝句》开始，到金代元好问《论诗三十首》、清代赵翼《论诗五首》，论诗诗成为中国古代文学中较有特色的一种批评形式。林先生继承并发展了古人这种形式，先后创作了《先唐诗论十二首》《唐宋诗人论四十四首》与《诗圣杜甫颂三十首》三组诗，对古代诗人进行评析。其特点主要表现在三个方面：一是这三组诗共八十六首，吟咏了先秦《诗经》、屈原，魏曹植，晋左思、谢道韫、陶渊明，南朝谢灵运、谢朓、阴铿，唐代陈子昂、王维、李白、杜甫、岑参、元结、李益、李贺、韩愈、柳宗元、白居易、杜牧、李商隐，南唐李煜，宋代范仲淹、柳永、苏轼、李清照、陆游、辛弃疾、杨万里、姜夔、严羽，对中国文学从先秦到宋代的发展演变做了梳理，相当于一部用诗写成的独具特色的文学史。二是在论述时每首诗根据具体诗人不同侧重点也有所不同，如咏左思突出其《三都赋》、咏陈子昂突出其力倡复古改变诗风与《登幽州台歌》、咏范仲淹突出其《岳阳楼记》与“先天下之忧而忧，后天下之乐而乐”的人格魅力、咏杨万里突出其活法为师的“诚斋体”，都极其精要地指出所咏诗人的特点或代表性篇目、轶事。咏陶渊明“质性自然虚室闲，荷锄带月自安然。寻常生活寻常语，泥土芳香咏田园”，寥寥四句，其自然淡泊、不慕荣利、甘于隐居的性格，归隐田园后躬耕的生活，开创田园诗歌的题材与平淡的诗风皆涵盖在内。三是在涵盖先秦到宋代之间重要诗人的基础上，又能对重要诗人进行重点论析，《先唐诗论十二首》中用了三首诗咏屈原、两首诗咏谢灵运，《唐宋诗人论四十四首》用了八首诗咏杜甫，六首诗咏李白，三首诗咏白居易、苏轼、陆游，两首诗咏李煜、李清照、辛弃疾。《诗圣杜甫颂三十首》更是用三十首诗对杜甫的人生经历、诗歌风格等进行了详尽的论述。

第三，研究与实地考察结合。这主要体现在林先生关于杜诗的一系列研究中。1983至1989年间，林先生曾三次赴天水—礼县—西和—成县—徽县，考察了杜甫的行踪遗迹，并撰写了《评迹辨踪学杜诗——杜甫由秦州赴同谷纪行诗实地考察散记》《陇右山水多感发——杜甫陇右纪行诗散论》《艰难困苦锻诗魂——〈杜甫与徽县〉读后》《瑶湾访古说杜诗》《山川肖形神，纪行蕴人文——杜甫在陇右的行吟》等系列论文。通过实地考察，林先生辨析了杜诗研究中一些前人代代相沿之误。如《评迹辨踪学杜诗——杜甫由秦州赴同谷纪行诗实地考察散记》一文，明人王嗣奭《杜臆》、清人仇兆鳌《杜诗详注》、杨伦《杜诗镜铨》引《一统志》，均认为赤谷在巩昌府西南七十里，林先生通过实地考察认为七十里不准确，赤谷在今天水市西南七里处、赤峪河流经的暖河湾一带，山呈赤色。关于泥功山的地理位置，有关史籍、方志和杜诗注本大体上有甘肃徽县境内青泥岭和成县境内两种说法，林先生通过实地考察后，认为泥功山不可能是青泥岭，因为《泥功山》在由秦州赴同谷的纪行诗中，而徽县青泥岭是由陇入蜀的最后一道峻岭，如果是青泥岭的话则于大方向舛误，而成县西北三十里处的牛心山有较大可能是杜诗中的泥功山。林先生结合实地考察后对杜诗进行的一系列研究，对于解决历来存在的疑难问题提供了新的材料，推动了杜诗研究的深入。在此基础上，林先生完成了电视专题片文本《杜甫在秦州》《杜甫在陇南》，由兰大电教中心摄制成图文兼见的专题片，先后于1989年3月24日、1991年8月14日由甘肃省电视台播出，并获得了学界同仁一致的赞誉与好评。

第四，主流与本土并重。林先生的学术研究于唐宋诗词用力尤勤，对李白、杜甫、陆游、辛弃疾等古代文学史中的主流作家关注较多。研究李白先后有《李白诗歌抒情内涵的时代意义》《李白诗中的大自然形象》《李白诗中对女性的描写和歌唱》《李白浪漫主义诗歌的主要特征》等多篇论文，研究杜甫的成果已如上所述。在此之外，林先生对甘肃作家或甘肃题材的诗词同样给予较多关注。早在1982年2月，林先生即作为副主编与人合著《甘肃古代作家》一书，该书选取了二十六位甘肃古代作家进行介绍，并亲自撰写了《阴铿》《李益》《权德舆》等章节。之后，又发表论文《论阴铿诗歌与新体诗的演进》《论中唐诗人李益及其诗歌》《论权德舆的为人、为文、为诗》，对三位甘肃诗人进行探讨。即使是研究主流的作家，林先生也较多关注其与甘肃相关的方面，如研究杜甫主要致力于研究其在甘肃的创作，《丝绸之路与盛唐边塞诗》一文阐发了盛唐边塞诗与丝绸之路的关系。林先生不但关注古代甘肃作家，而且对当代甘肃的古体诗词创作进行了较系统的研究。林先生先后撰文对杨植霖、于忠正、孙一峰等当代诗人的古体诗词进行探讨，并发表《甘肃当代诗词述评》一文，考察了甘肃省从1949年10月中华人民共和国成立至1999年4月古体诗词的发展情况。此外，《一片大有希望的诗歌绿洲——当代边塞诗散论》一文还考察了当代大西北边塞诗的创作，指出了当代边塞诗不同于古代边塞诗的新特点，如和平建设成为主题、工业题材大量入诗等。虽然时代不同，但古体诗词这种文体在当代依然有很多诗人在创作，并且出现了很多不同于古代的特点，林先生是当代甘肃诗词界重要的诗人，同时又对其进行了系统的研究，对当代甘肃古体诗词创作起到了很大的推动作用。

林先生的学术研究获得了学界的认可与好评。《开遍江南品最高——读秋瑾诗词》一文被人大复印资料《中国古代、近代文学研究》全文转载。著名诗词研究专家叶嘉莹先生在观看电视专题片《杜甫在秦州》《杜甫在陇南》后作诗称赞道："曾吟子美秦成作，南陇山川有梦思。此日陇南来眼底，今诗人说古人诗。"张忠纲《杜集叙录》专门介绍了林先生关于杜甫陇右诗的研究，李文衡主编《甘肃当代文艺五十年》专门介绍了林先生的古典文学研究。林先生还入选强宗恕主编《陇上社科人物》，任孚先、武鹰《中外文学家评论辞典》等。

在坚持创作与研究的同时，林先生始终不忘提携后进，曾先后为戴树举《工余闲吟》、邓伯言《南窗诗词存稿》、高人雄《山水诗论稿》、刘洁《唐诗审美十论》等书作序。八十岁寿辰之时，林先生曾撰《桃李情》三首，其一为"一从缘结萃英门，似水流年弥觉亲。杨柳楼台桃李梦，唐音宋韵品真醇。"。任教兰州大学六十余年，林先生始终与唐宋诗词相伴，写诗、教诗、研诗，潜心诗海，妙解诗心。所教授之本科生、研究生及其他弟子多人，其中大多已卓有成就，如时任读者出版集团股份有限公司《读者》杂志社社长兼总编辑富康年、副总编辑侯润章、中国戏曲学院纪委书记李世英、《羊城晚报》副刊主编陈桥生、浙江大学古籍所教授冯国栋等。《桃李情》其二写道：“沃土根深枝叶繁，芳华桃李绽斑斓。人文素养滋风采，青胜于蓝信必然。”“青胜于蓝信必然”代表了林先生对学生的殷切期盼。

出入雅俗，跨越古今：
庆振轩先生的古典文学研究*

庆振轩，河南偃师人，现为兰州大学文学院教授、博士生导师，曾兼任兰大文学院中国古代文学与古典文献学研究所所长，长期从事古代文学、传统文化与西北地域文化相关研究与教学工作，研究对象涵盖诗、词、小说、戏曲等不同领域。他于1978—1982年就读于兰州大学中文系，本科毕业后留校任教。1983—1984年赴四川大学中文系进修宋元文学及古籍整理，其间师从曾枣庄、张志烈等著名学者。著有《两宋党争与文学》《唐宋词研究与欣赏》《宋元小说戏曲研究论稿》《苏轼研究论稿》；参与主编《元祐散文研究》《丝路文化与五凉文学研究》《河西宝卷与敦煌文学研究》，与人合编《中国人民解放军将帅诗词鉴赏》《毛泽东诗词全集辑注》《周恩来诗词全集辑注》《领袖诗词与军事思想》等书。其治学严谨、著述颇丰、研究横跨众多领域，且善于打通不同学科之间的壁垒，进行跨学科研究；又能出入于雅俗，将阳春白雪与下里巴人结

---

* 本文系与兰州大学文学院中国古代文学专业2020级硕士研究生华若男合撰。

合得恰到好处，常常从一些很新颖独到的视点切入文学研究，令人眼前一亮，使古典文学更贴近日常生活，更接近人民群众。

一、治学有方：把个人兴趣融入文学

庆振轩先生视学术为自己的志业，一直在古典文学这片园地潜心耕耘。他具备文学研究的前瞻意识，是国内最早一批研究两宋党争与文学关系的学者；同时治学特别注重个人兴趣，能较好地平衡个人兴趣与学术研究的关系，将兴趣所在转化为研究对象，这突出体现于苏轼研究。多年来，他始终醉心于发掘苏轼研究的新视角，如苏轼幽默诙谐性格的双重影响、苏轼的妇女观、苏轼的军事思想、苏轼的涉医文学、苏轼诗文中的广告意识、苏轼与敦煌文学等，发前人所未发，取得了较为丰硕的成果。

（一）两宋党争与文学研究

庆振轩先生属于国内较早研究两宋党争与文学关系的学者，其专著《两宋党争与文学》出版于1993年[①]，从两宋党争起因、特色及两宋党争对宋代散文、宋词创作的影响等方面对这一论题进行了重点研究，敏锐地指出了宋代皇权、学术文章分门立派，以及以地方中心主义为特色的分帮结派与党争之间的关系。庆先生指出君主在宋代党争中实际上充当着极为重要的主宰者角色，左右党争的进程，决定党派的升降沉浮，甚至还能凭借个人好恶决定党争双方的生杀予夺；而学术文章的分门立派引发的门户之见也成了宋代党争激烈的诱因之一，以王安石为首的经术训诂学派、以苏轼为首的文士议论派及以洛阳二程为首的性理学派三分鼎立，互有攻讦，学术之争有时还上升到极端的人身攻击；而以地方主义为中心的拉帮结

① 庆振轩：《两宋党争与文学》，敦煌文艺出版社，1993。

派则导致了南北文士相轻、猜忌，某一方得势之后便开始任人唯亲，借机壮大本地势力，打压其他地区政治集团势力，在这一系列影响因子的催化下，宋代党争便开始大规模爆发开来，并最终酿成一发不可收拾的恶果。

不仅如此，庆振轩先生还关注到两宋党争区别于汉代党锢之祸，唐代牛、李党争及明清时期党争的独特之处：其一在于其开始得时间早，持续得时间长，且多次反复。它兴起于赵宋王朝的极盛期，其阴霾笼罩宋代长达两百余年，且多次卷土重来，甚至呈现出愈演愈烈之势；其二则是它的激烈残酷程度前所未有，得势一方总是欲将对方置之死地而后快，“进奏院事件”“乌台诗案”“元祐党禁”以及岳飞冤死风波亭等事件皆可为例证；其三是此次党争波及范围特别广，影响到当时的政治、经济、文学、哲学、科举等不同领域。党派倾轧加剧了政治的腐败、经济的衰退，同时还影响到理学家明哲保身的处世哲学等。此外，庆先生还注意到宋代党争与宋人散文创作、宋词创作间的密切关联，通过对重要散文家、词人作品的分析可得出，两宋党争对宋代文人在散文和词的创作心态、形式、内容及风格等方面的重要影响。两宋散文发展史的两次创作高潮都伴随着激烈复杂的党争，因此，庆先生指出，两宋党争在某种程度上促进了散文的发展，丰富了创作的内容与风格：在党争的酝酿、发展阶段，政论、策论等体裁最受作家的欢迎，到作家深陷党争漩涡时，抒情散文创作呈现出繁荣局面。最后得出结论，在各类文学体裁中，散文与两宋党争的关系最为密切，散文受党争的影响亦最为显著；而词因在宋代地位不高，所以很多人都误以为词与政治斗争并没有多少联系，但先生发现宋代文坛上的“词祸”其实一直与诗祸、文祸相伴随，只是并未像后者那般范围广，影响大，比如胡铨和张元干便因创作迎送唱和词牵引词祸。也因此，不同词人开始采用不同的方式，在词作中曲折地反映当时险恶的政治生态，以及对党争原因及自身进退出处的思考。可以说，党争亦在一定程度上影响了宋词的风格，助推其更趋于多样化。

在宏观分析的基础之上，庆振轩教授还选取了石介、苏轼、黄庭坚、秦观、辛弃疾等人的具体词作进行个案分析，从中阐发其与党争或隐或显的关联。

（二）苏轼研究

庆振轩先生与苏轼研究的渊源可追溯至其在兰大求学期间，李文东老师讲解苏轼的《水调歌头》点燃了他对东坡研究的兴趣；1983年在川大进修则是另一重要契机，他有幸问学于杨明照、张永言、邱俊鹏、张志烈、曾枣庄等著名学者，而几位先生又恰巧先后担任中国苏轼研究学会的会长，自此他便与苏轼研究结下了不解之缘；而加入中国苏轼研究学会则是其研究生涯的转捩点，他积极参与苏轼学术年会，在与相关学界同仁不断交流、切磋的过程中，受到相关研究成果的启悟、激发，催生了一系列思考并撰集成文，产出了较为丰富的成果。庆先生《苏轼研究论稿》[①]便是其相关研究成果的全面、立体化呈现，囊括了其三十余年来苏轼研究的重要成果，共收录论文二十二篇，分别从苏轼的个性、人生观、科技活动、人际交游及其俗文学创作这五大方面对之进行深入细致的研究。

在“个性论”部分，庆先生着重探讨了苏轼的幽默诙谐性格及其超然思想。《微笑着面对人生——苏轼幽默诙谐性格论》一文集中探讨了苏轼幽默诙谐性格的具体表现、成因及其影响。以往学界

① 庆振轩：《苏轼研究论稿》，中国社会科学出版社，2022。

对苏轼幽默性格的研究多集中于其积极的一面，而庆先生极为难能可贵地关注到了东坡好谐谑带来的一些负面影响，比如不合时宜地调侃身边人，引发别人的不快；或拿朋友的生理疾病来嘲弄，颇显无礼；甚至还经常因为戏言酿祸。但苏轼仍旧未改其本性，一直以幽默为武器消解其宦海风波与人生磨难，最终成为后人所不断追模的坡仙风范。

在“人生观”部分，作者重点探讨了苏轼的君臣观、妇女观、贬谪心态及军事思想。这部分我们可以发现苏轼对同时代人的超越：比如将妇女视为知音，不吝啬对于身边优秀女性的赞赏；并不严格恪守传统的君臣之道，有感于君臣遇合之难，对历史上的君臣关系也有着辩证的思考，主张臣子对君主的忠诚并不是无条件的，这在当时无疑是极为大胆的言论。

苏轼科技活动探论部分则是重点关注了“苏轼与医学活动”的关系，《千金不换囊中术，上医元自能医国——苏轼与医学文化探论之一》一文注意到苏轼喜在诗文中“以医论政”“以医喻政”，倾注其对国是民生的关注；而《胸次岂无医国策，囊中幸有活人方——苏轼与医学文化探论二》则侧重于考察苏轼涉医文学，透过其留存的涉医文献探究东坡精深的医学修养、博通的医者本色以及高尚的医德医品。

第四部分通过苏轼在文学理论方面的创新扩展，与好友（文同）交往过程中对自身文艺观的超越，追模前贤（陆贽）过程中对自身政治人格的超越，探求苏轼一生不断完善自我的努力。

最后一部分则将研究重点放在了考察苏轼与俗文学之间的关系上，梳理了苏轼与“说参请”、“说诨话”、元杂剧间的密切关联，或亲身参与相关创作，比如在诗词文赋中融入丰富的禅学内容；或成为其重要的题材来源，比如以苏轼为主角的元代贬谪主题杂剧《醉写赤壁赋》《东坡梦》《贬黄州》；《随意挥洒，妙趣横生——苏轼的“广告”及“广告意识”探论》一文则是“以小见大”，从苏轼具有商业推广性质的创作如《圣散子》《秧马歌》《猪肉颂》《菜羹赋》《寒具》等文章，体察出了苏轼创作中自觉的广告意识：比如出于公益目的宣传、推广圣散子药方和秧马，出于个人喜好推介东坡肉、海南墨、真一酒的制作方法，并在此基础上更进一步分析宋代繁荣的商业经济与北宋士人文学创作的双向互动关系，对于研究当前广告文化亦有借鉴价值；而《联结丝路的文化密码——苏轼诗文中的敦煌魅影》一文通过对苏轼诗文的文本细读，考索其与“变相”“变文”及敦煌文学的隐秘关系，而这在以往的研究中几乎不为人所注意，这一类研究让我们看到了更为鲜活、真实、贴近群众的苏轼形象。

概而言之，苏轼研究是庆振轩先生半生心力所在，他一直心系东坡，热衷于东坡诗、词、文、赋、文学批评乃至后世相关的戏剧、轶事等各方面的研究。庆先生推重的不仅是苏轼其文，更为推重苏轼其人身上显露的不可救药的“乐天派”精神。

二、出入雅俗：让古典文学重焕生机

庆振轩先生研究的另一重镇在于唐宋词研究、宋元小说戏曲等俗文学相关的热点领域，并常能发人所未发之新见。此外，他还特别关注西北地域文化研究，比如河西宝卷与敦煌文学，并主编相关会议论文集，比如《敦煌文化与唐代文学国际学术研讨会论文集》[①]。他一直乐于也善于发现俗文学这一方天地的可爱之处，其相关研究成果没有沾染迂腐的学究气，而能在保证学术严谨性的同时又兼顾趣味性，读来极为引人入胜。

（一）唐宋词研究

庆振轩先生对唐宋词的研究主要集中于其2005年由兰州大学出版社出版的《唐宋词研究与欣赏》一书，共收录论文四十二篇，研究对象包括敦煌词、晚唐五代至明清时期词人之词。《读敦煌词札记》一文重新考辨了三首著名敦煌词的主旨，提出：《菩萨蛮·枕前发尽千般愿》不是爱情词，而是被弃女子的抗争之作；《浣溪沙·五两竿头风欲平》不是劳动人民的歌，而是出自不知名文人的创作；《南歌子·自从君去后》并非抒写坚贞爱情之作，而分明是一出风尘女子与薄情郎之间的风情喜剧。敦煌词之外，庆先生还将研究范围拓展至晚唐五代的冯延巳、韦庄、钟辐、耿玉珍，北宋柳永、张先、苏轼、秦观，南北宋之交的李清照，南宋辛弃疾，明代赵宽、莫璠、周世臣、裘昌今，清代项鸿祚、陈希敬这十六位词人。从该书所选研究对象可知，本书的研究范围其实并不限于唐宋时期，庆振轩先生将其放置在更为广阔的历史背景之下，既选取了男性词人，也选取女性词人李清照，同时更为难得的是，还关注到了辽代女词人萧观音等少数民族女性词人。

作者立足于文本，针对以上词人的名篇进行了别出心裁的赏析，多有令人眼前一亮之论。比如《马扎·胡床·太师椅——读东坡词札记》一文，通过对薛瑞生《东坡词编年笺证》注释的疑问，对“胡床”与“马扎”之关系进行了考证，进一步探究了“胡床”

① 庆振轩、杨富学主编《敦煌文化与唐代文学国际学术研讨会论文集》，民族出版社，2015。

演变为“太师椅”的过程，并深入发掘了其在当今时代的文化内涵，十分富有趣味；又如其《偏于豪放，不废婉约——毛泽东诗词与〈乐章集〉散论》一文，敏锐地发现了毛泽东创作受柳永词的影响，爬梳了毛泽东的《虞美人》与柳永男性恋情词两者间的紧密联系、毛泽东《贺新郎·别友》与柳永《雨霖铃》在主题与字句等方面的暗合之处，还注意到了毛泽东《沁园春·雪》对柳永咏雪词在结构、布局等方面的多处借鉴；然而，因为柳永在文学史上的争议地位，这一联系此前常为研究者所忌讳，避而不谈，庆先生的研究有助于更为全面深入地认识毛泽东词的艺术特点与成就。

《读古人文字当知其短处——从批评方法论看李清照的〈词论〉》一文还注意到了李清照的《词论》，避免了根据个人主观好恶对其词学批评进行简单粗暴价值判定的做法，而是选择从其“批评方法”切入，重新审视李清照《词论》对北宋诸家的批评，认为李清照的论断基本上都是符合客观、辩证原则的，并非如前人所言“保守”或“狂妄”，而是在细心品藻前贤作品的基础上做出的持平之论，她的词学思想既受当时“疑古”思潮大环境的影响，又与其“倜傥有丈夫气”的独特性格分不开，这决定了她在文学创作方面的追求亦不同于流俗。此外，庆先生还关注到词人创作方面的一些特殊现象，比如《稼轩“诗不如词”现象探论》一文便着重探讨了辛弃疾创作方面呈现的“诗不如词”现象，认为这并非单纯像前人所说的是由其天分偏嗜造成的。庆先生在详细查阅《稼轩集》相关记述的基础上提出了具有启发意义的新见：稼轩“诗不如词”的一个重要原因在于，他因“归正人”的特殊身份而身处复杂险恶的政治环境，所以萌生了自觉的“戒诗”避祸意识，转而选择大量创作在当时被视作“小道”的词作为抒发个人幽微心志的手段。

（二）宋元小说戏曲研究

除了唐宋词外，宋元的戏曲、小说亦是庆振轩先生的研究重镇，其相关研究成果主要集中于2007年由兰州大学出版社出版的《宋元小说戏曲研究论稿》一书，共收录相关论文十九篇。“说参请”系列文章提出了很多发人深省的观点。《“说参请”考释——“说参请”源流研究系列之一》便明确了一直以来争议不断的“说参请”的性质，主张其是由空门中人演说的宾主参禅悟道的故事，并依据该文对于“说参请”的理解认定刘斧所撰《青琐高议》卷六的五篇小说可被视为“说参请”话本，而频繁被一般论者所引用的《问答录》却并非“说参请”话本，将其视之为“俳调之词”更为恰当。《元杂剧中“说参请”影响散论——“说参请”源流研究系列之二》则关注到了“说参请”对元代“佛教剧”如《布袋和尚忍字记》《东坡梦》《猿听经》《来生债》《度柳翠》等的影响，从中可以观照“说参请”在元杂剧中呈现的新变：士人也加入“说参请”的行列，甚至其本身亦成为“说参请”的重要题材（比如苏轼）；“参禅问道”逐渐演化为“佛教剧”不可或缺的重要情节；“说参请”的舞台表现力逐渐超过其文本感染力，从语言的艺术转变为艺术的语言，表演形式亦变得更为灵活。不仅如此，《明清小说中所见“说参请”影响零拾——“说参请”源流研究系列之三》更难能可贵地关注到了《红楼梦》和《水浒传》中与“说参请”相关的章回，并详细分析了该情节在整本书当中不可或缺的重要地位。比如《红楼梦》中“听曲文宝玉悟禅机”一回，向我们揭示了佛教的参禅问道对人们日常生活的影响，推动了情节的发展，暗示了宝玉最后遁入空门的必然结局；而《水浒传》中“五台山宋江参禅”一回亦是小说中极为重要的一环，这为以宋江、鲁智深为代表的一众梁山英雄好汉的悲剧命运埋下了伏笔。这一系列论文肯定了“说参请”在宋代“说话”四家中的独立地位，明晰了其文体性质，同时还借由对元杂剧及明清小说中相关文本的分析，从侧面印证了“说参请”在通俗文学中应用范围之广阔、应用形式之灵活。

此外，庆振轩先生还尤其关注中国古典小说中极具特色的形象序列：巾帼英雄和草莽英雄。《中国古典小说中的巾帼英雄形象源流及其演变》一文对巾帼英雄形象的源流、发展、产生、演变进行了深入细致的梳理，指出虽然此类形象还存在这样或那样的缺陷，但毕竟是女性文学史上不容抹煞的一笔，并且在当代通过多种多样的文艺形式的参与，借助于先进的科技手段，巾帼英雄形象内涵更为丰富，并更进一步提升为一种民族精神，成为国家文化软实力的重要组成部分。其中，最典型的当属花木兰形象，甚至走出国门，成为举世闻名的中国名片；而《中国古典小说中的草莽英雄形象探析》一文，则对历史演义小说和英雄传奇小说中的草莽英雄系列形象倾注了特别的关注，深入探析了这类形象呈现的共同特征、审美特征、产生原因及其对后世文学创作的影响。既看到了这类人身上可贵的一面，即讲义气、心直口快、嫉恶如仇，也十分冷静地指出了此类形象的局限，即急躁、冒进、头脑简单。也正缘于此，这些形象才能焕发经久不息的艺术魅力，不断以评书、戏曲、电影、电视等形式呈现，引发一波又一波的关注热潮。古典小说中富于魅力的典型形象序列在庆先生的笔下被进一步凸显，与当前文艺创作之间的联系亦得到进一步的强化，这无论是对我们研究古代小说，还是现当代小说人物形象，都提供了极为有益的借鉴。

（三）河西宝卷与敦煌文学研究

庆振轩先生多年来一直很关注西北本土地域文化，尤其是河西宝卷与敦煌文学，相关研究成果主要收录在由他主编的《河西宝卷与敦煌文学研究》[①]，及其与杨学富共同主编的《敦煌文化与唐代文学国际学术研讨会论文集》中。

《河西宝卷与敦煌文学研究》一书的开篇便是庆振轩先生与其学生张馨心副教授合作的《河西宝卷著述提要》，该文对当前河西宝卷相关重要著述如《河西宝卷选》《河西宝卷的调查研究》《河西宝卷真本校注研究》《酒泉宝卷》《凉州宝卷》《山丹宝卷》《金张掖民间宝卷》《敦煌民歌·宝卷·曲子戏》《敦煌曲子戏》的编排体例、收录情况、主体内容及学术价值情况做了较为系统的梳理，对于研究河西宝卷有一定的参考价值。庆先生《读河西〈方四姐宝卷〉札记》一文辨析了河西地区不同版本、种类的宝卷所收录的方四姐故事在情节、人物形象、表演方式上的差异，发现尽管方四姐的故事在不同版本的宝卷中存在这样或那样的细节差异，但都无碍于故事整体情节和结局，且经过对比，河西宝卷和河湟地区永靖傩舞戏中方四姐的故事，还能进一步发掘该故事呈现出的河陇地方化倾向，及宝卷演唱方式的灵活多样。《图文并茂，借图述事——河西宝卷与敦煌变文渊源探论》一文则认为，在针对变文演出的过程中，其与变文相结合，图文并茂、看讲结合的表演模式，对后世以河西宝卷（《苦节图宝卷》）为代表的讲唱文体（如元杂剧《赵氏孤儿》、清代通俗小说《说岳全传》）产生了影响。该文对此做了深入细致的考察，指出图文并茂、借图叙事的讲唱文学传统之所以经久不衰，乃在于其为普通民众所喜闻乐见，同时还助推了此类通俗文学在民间的保存乃至推广、普及。

① 庆振轩：《河西宝卷与敦煌文学研究》，人民出版社，2012。

三、笔耕不辍：将学术研究作为志业

庆振轩先生在兰州大学任教期间乃至退休以后，始终手不释卷，笔耕不辍，视学术研究作为自己的志业，产出了丰富的科研成果。通过对庆先生学术成就的综述，不难发现其治学呈现出较为鲜明的个人特色。

一是能与时俱进，不断开拓新的研究领域，大胆进行跨学科尝试。比如《苏轼研究论稿》第三编“苏轼科技活动探论”部分便是最佳例证，《苏轼科技活动简论》一文关注到了苏轼勘察、推广石炭，研制改良秧马，研讨药理广泛施药，推广治病良方“圣散子”等一系列具有积极意义的举措，其中涉及化学、工学、中医学等学科知识。该文使得我们见识到了苏轼投身科技活动的热诚，以及其相关科研活动的现实借鉴意义：利用科普文学创作推广新技术，将科技推广活动与地方行政力量相结合，大力倡导为科技献身的精神，等等。而《卫浴·养生·浴德·净心——苏轼与医学文化研究之三》一文则别出心裁地探讨了文学与养生学的关系。庆先生关注到苏轼诗文中出现了大量与沐浴相关的记载，其中不仅涉及对沐浴的场所、器具、方式、功效等方面的详细考察，更提炼出沐浴这一行为方式所承载的文化内涵：既能愉悦身心、舒缓压力，又能经由身体的洗浴带来人格精神的“净化”，而这和现代养生学的主张恰好不谋而合。

二是其研究能出入于雅俗，打通二者之间的壁垒。比如苏轼研究，庆振轩先生一方面重视苏轼诗、词、散文创作及文学理论方面的研究，而另一方面又醉心于苏轼与“说参请”、元杂剧之间关系的考索。在此基础上，其人物形象之于读者便不再是文学史上一个固化的形象符号，而是处于不断变化中的有着无限可能的真实、丰富、立体的“人”。对敦煌文学与河西宝卷的研究亦如此，比如《读河西〈方四姐宝卷〉》一文，针对河西地区人民耳熟能详的方四姐故事文本异同进行辨析，既采用了不同版本的传世文献整理本，又借助了宝卷表演艺人龚秀芝老人讲唱录音版整理本、永靖傩舞戏版本等，综合了不同的表演艺术形态的文本作为佐证材料。题材的通俗性，材料的丰富与翔实及语言表述上的深入浅出，既保证了文章的可读性、趣味性，又有助于扩大宝卷这类文化遗产的影响力，增进学术界对宝卷的关注，助推宝卷的整理、研究工作向更深入的方向发展。

现代社会虽然发展迅速，但是人类情感的变化却很缓慢。几千年前触动人心灵的文学作品，现在读来依然感人。优秀传统文化蕴含的思想观念、人文精神、道德规范等同样不会过时，对于我们当代人的精神世界依然有重要的借鉴意义。庆振轩先生在推动中国古代文学研究的横向拓宽与纵深发展的同时，注重阐发其中所包孕的人格魅力、人生境界及其当代价值，挖掘中国古代优秀传统文化的时代价值，启迪着为人处世的智慧和哲思，彰显了古代经典的永恒魅力。虽然已经退休数年，但庆先生依然保持着阅读、思考与写作，古代文学对其而言不是谋生的职业，而是与生命融为一体。我们期待着笔耕不辍的庆先生，能在古代文学研究这片沃土上持续探索，开辟新的疆域。